BASTEI
LÜBBE

HEDWIG COURTHS-MAHLER

MIT DIR BIS IN DEN TOD

BASTEI LÜBBE

BASTEI-LÜBBE-TASCHENBUCH
Band 11501

Printed November 1989
Einbandgestaltung: Roland Winkler
Titelfoto: Bastei Eigenproduktion
Satz: KCS GmbH, 2110 Buchholz/Hamburg
ISBN 3-404-11501-5

1

Henning Stolberg verließ das Dorfgasthaus, in dem er die letzte Nacht gewohnt hatte. Er war im Auto von der nahen Stadt gekommen und hatte außer einem eleganten kleinen Handkoffer keinerlei Gepäck mitgebracht. Sein Auto hatte er nach der Stadt zurückgeschickt und dem Chauffeur gesagt, wenn er ihn brauche, werde er ihn das wissen lassen. Sein großes Gepäck war in dem eleganten Hotel in der Stadt zurückgeblieben.

Der Chauffeur hatte sich ein wenig gewundert, daß sein Herr in diesem einfachen Dorfgasthof bleiben wollte, aber natürlich sprach er das nicht aus.

Die Wirtin des Gasthofes sah ihrem vornehmen Gast befriedigt nach. Sie war sehr stolz auf diesen Besucher, denn in der Regel verkehrten nur Bauern und höchstens einmal ein kleiner Geschäftsreisender bei ihr. Und dabei war dieser vornehme Herr so schlicht und bescheiden, hatte gestern abend Kartoffelklöße mit Pökelfleisch und Backobst mit großem Behagen verzehrt und der Wirtin seine Anerkennung ausgesprochen. Herrlich habe es ihm geschmeckt, die Klöße seien vorzüglich gewesen.

Die Wirtin lachte in sich hinein, als sie ihrem Gast nachsah.

Komisch, daß ein so feiner Herr an hausbackener Kost Genüge fand.

Henning Stolberg oder Henner, wie er sich von Kind auf nannte, ging langsam durch das Dorf und blickte sich mit seinen hell aus dem braunen Gesicht leuchtenden Grauaugen interessiert um. Als er an den Dorfteich gekommen war, blieb er stehen und sah ein paar Dorfkindern zu, die sich damit abgaben, flache Kiesel so über das Wasser hinweg zu schnellen, daß sie mehrere Male die Oberfläche berührten und das Wasser immer wieder aufspritzen ließen. Henners sonst so ernst blickende Augen blitzten auf. Dieses Spiel schien ihm zu gefallen. Im Geist sah er sich selbst hier stehen als kleinen Bauernjungen und diesem Sport huldigen. Und plötzlich konnte er der Versuchung nicht widerstehen; er bückte sich, hob einige flache Kiesel auf, die vor seinen Füßen lagen, und schnippte einen der Steine nach dem anderen über die Wasserfläche hin.

Die Kinder hörten auf zu spielen und sahen staunend und verwundert dem Fremden zu.

»Dunnerstark! Der kann dat besser als wir sülvenst!« sagte ein Hosenmatz anerkennend und steckte die Hände in die Taschen.

Henner ließ noch mehrere Steine folgen, und immer weiter glitten sie über den Dorfteich, fast bis zum anderen Ufer hinüber.

Ein Hallo erhob sich, die Jungen waren begeistert.

Ein Knirps schrie jedesmal auf, ganz rot im Gesicht, und reichte dem Fremden zutraulich immer wieder flache Steine, die er mit Kennermiene aussuchte.

Henner lachte über das ganze Gesicht bei dem Spaß, den er lange vergessen glaubte und den er wieder beherrschte, als sei er Tag für Tag in der Übung geblieben.

Nun wollten ihm auch die anderen in neidloser Bewunderung Steine geben, aber er schüttelte lachend den Kopf und klopfte sich die Hände ab.

»Lernt dat man sülvenst so good, ihr Hosenmätze!« sagte er in der Mundart der Kinder.

Diesen fiel das nicht weiter auf, aber sie wurden noch zutraulicher. Sie versuchten selbst wieder ihr Heil und wollten nicht hinter ihm zurückstehen, aber so gut wie er konnte es keiner.

»Ja, du bist ooch man groß«, sagte der Knirps, den Wettbewerb aufgebend.

Henner zog eine Handvoll kleiner Münzen aus der Tasche.

»Wer am besten von euch wirft, kriegt einen Groschen!« sagte er.

Nun ging es mit Feuereifer los, einer wollte den anderen übertreffen, und der Knirps purzelte vor Aufregung hin. Alle anderen bekamen Preise, nur er nicht. Da drückte ihm Henner ein Markstück in die Hand.

»Dat ist Schmerzengeld, Hosenmatz, mußt es besser lernen!«

Der Knirps sah die Mark an und dann ihn, und dann flitzte er davon, als habe er Angst, daß den Fremden dieses Geschenk reuen würde. Er schrie vor Freude, als ob er am Spieß steckte. Und die anderen stoben nun auch davon.

Lachend sah ihnen Henner nach, bis sie verschwunden waren. Dann ging er langsam weiter. Vor einem kleinen Bauernhaus, nahe dem Dorfteich, blieb er stehen und sah es mit großen Augen an. Vor diesem kleinen Anwesen stand ein riesiger Nußbaum, und um diesen Nußbaum hatte man eine Rundbank aufgeschlagen. Er setzte den Fuß auf diese Bank und sah verträumt in die Krone des Nußbaumes hinauf. Wie oft war er da hinaufgeklettert! Das Herz wurde ihm warm, aber als eine Schar schnatternder Enten aus dem Hof des Bauernhauses herausgewatschelt kam, ging er weiter.

Er verließ das Dorf und ging durch den Wald zu dem Herrenhaus von Erlachhausen. Es lag in einem großen Park. Das Tor stand offen. Es hing schief in den Angeln und war vom Rost zerfressen. Man sah wohl noch die schönen Formen dieser schmiedeeisernen Arbeit, aber sie machte einen traurigen, verwahrlosten Eindruck.

Henner hatte es gekannt, als es noch gut instand gewesen war. Wie oft hatte er durch dieses Tor geblickt, wie in ein Gelobtes Land, zu dem ihm der Eintritt verwehrt wurde.

Aber einmal war er doch hineingelangt. Auf dem Rücken eines großen Bernhardinerhundes war er eingeritten durch dieses Tor und in einem stolzen Wagen wieder hinausgefahren an der Seite einer schönen, gütigen Dame.

Langsam ging er weiter durch den Park. Hier war alles verlottert und verwahrlost. Unkraut wucherte zwischen dem Zertretenen Kies der Wege, Unkraut wuchs zwischen Gebüsch und Blumen. Nur der wunderschöne alte Baumbestand hatte dem Zahn der Zeit widerstanden. Ihm hatte die Verwahrlosung nichts anhaben können.

Henners Augen schweiften kritisch und forschend umher; nichts entging ihm. Viel Geld mußte hineingesteckt werden, ehe alles wieder in Ordnung kam und diese Zeichen der Verwahrlosung beseitigt waren.

Weiter ging er auf dem breiten Hauptweg, der zum Herrenhaus führte, und endlich trat er zwischen den Bäumen hervor auf einen großen Rasenplatz. Da lag das Herrenhaus vor ihm. Auch hier überall Zeichen des Verfalls: Der Rasen war ungepflegt und von Unkraut überwuchert, die großen Beete, die er einstmals mit blühenden Blumen geschmückt gesehen hatte, zeigten nur wenige verdorrte Pflanzen. Die früher mit Blumen geschmückte Terrasse lag kahl und nüchtern vor seinen Augen. Die steinernen Ritter, die zu beiden Seiten der breiten Steintreppe standen und den Eingang zum Herrenhaus bewachten, waren vom Zahn der Zeit benagt und zerbröckelt worden, die Rüstungen zerbrochen, dem einen fehlte ein Arm und dem anderen der halbe Kopf, sie machten einen traurigen Eindruck.

Das Herrenhaus selbst zeigte noch immer die schöne Sandsteinfassade, aber die Rolläden hingen liederlich und zerissen an den Fenstern, die vor Staub erblindet waren. Nur an einigen hingen fragwürdige Gardinen. Alles sah reparaturbedürftig und verkommen aus. Der jetzige Besitzer dieses einst so feudalen Hauses hatte kein Geld, um etwas in Ordnung bringen zu lassen. Und doch machte das Gebäude, selbst in diesem verwahrlosten Zustand, eine vornehmen Eindruck.

»Das muß alles wieder anders werden«, sagte Henner vor sich hin und ging mit raschen Schritten über den Rasenplatz zur Terrasse hinüber. Mit einigen Sätzen war er die Terrassentreppe hinaufgesprungen und betrat durch das Portal die große Halle. Hier begegnete er einem alten Diener, der eine gestreifte Leinenjacke trug und Stühle herbeischleppte.

»Ist Herr von Erlach im Hause?« fragte Henner.

Der Diener schüttelte den Kopf.

»Nein, mein Herr, der gnädige Herr ist vor einer Weile in den Park gegangen.«

Henner überlegte, dann sagte er:

»Justizrat Sänger hat mich hergewiesen, ich will mir das Haus ansehen, weil ich die Absicht habe, Erlachhausen heute in der Versteigerung zu erwerben.«

Der Diener sah ihn mit einem düsteren Blick an.

»Dann sehen Sie sich alles an. Ich habe keine Zeit, Sie herumzuführen, ich muß in der Halle alles für die Versteigerung richten. In zwei bis drei Stunden kommen die Gläubiger des gnädigen Herrn und der Notar, da muß alles in Ordnung sein.«

Henner winkte ab.

»Lassen Sie sich nicht stören. Andere Dienerschaft ist wohl nicht mehr im Hause?«

»Seit langem nicht mehr. Die Ratten haben das Schiff verlassen, weil es sinkt; die halten nur aus, solange es was Gutes zu fressen gibt«, sagte der Diener höhnisch.

Henner sah ihn interessiert an. Es klang ein ehrlicher Schmerz zwischen dem Hohn hervor.

»Aber Sie haben ausgehalten?«

»Ich kann zur Not mit meinem Herrn auch hungern. Ich verlasse ihn nicht.«

Einen prüfenden Blick warf Henner auf das Gesicht des Dieners.

»Gut, ich gehe allein durch das Haus und sehe es mir an.«

»Bitte, tun Sie das.«

Henner betrat die im im Erdgeschoß liegenden Räume, während ihm der Diener mit trüben Augen nachblickte.

Langsam, mit prüfendem Blick ging Henner durch die

Räume. Er wollte sich ein Bild machen, was von der inneren Ausstattung noch zu gebrauchen sein würde. Aber er fand auch hier überall Verfall und Verwahrlosung. Nur wenige wertlose und verkommene Möbel gab es, und nur in wenigen Zimmern. Alles, was Wert hatte, war wohl nach und nach verkauft worden.

Aber dann stand er plötzlich in einem Raum, der noch einigermaßen wohnlich eingerichtet war. Quer an dem einen Fenster stand ein Diplomatenschreibtisch, und darüber hing das Porträt einer schönen jungen Frau. Sie trug ein weißes Kleid, das in losen Falten an ihrer schlanken Gestalt herabfiel. Der feine Kopf, der sich auf schlankem Hals über wundervoll geformten Schultern erhob, war von einer so lieblichen Schönheit, daß der Beschauer sogleich gefesselt wurde.

Aus dem Oval des Gesichts sahen große braune Augen, in denen goldene Lichter spielten, das goldbraune Haar umgab den Kopf in leichten, natürlichen Locken und fiel weich auf den stolzen Nacken herab.

Henner Stolberg sah wie gebannt zu diesem schönen, lieblichen Gesicht empor. Er wußte, das Bild stellte die verstorbene Gattin des jetzigen Besitzers von Erlachhausen dar, die Freifrau Gerda von Erlach. Und in seiner Erinnerung stieg ein Bild auf, das er nie hatte vergessen können.

Er war ein Bürschchen von knapp zehn Jahren gewesen, der Sohn des Bauern Stolberg aus dem Dorf, und er hatte im Wald Blaubeeren gesucht, wie ihm die Haushälterin seines Vaters geboten hatte. Ein irdener Krug war schon fast bis zum Rand mit Beeren gefüllt, als er auf dem Waldweg Frau von Erlach herankommen sah. Auch damals hatte sie ein weißes Kleid getragen. Neben ihr lief ein großer Bernhardiner, und als dieser Henner gesichtet hatte, rannte er mit großen Sätzen auf ihn zu und prallte so heftig gegen ihn, daß Henner der Beerenkrug entfiel und er selbst über eine Baumwurzel stolperte und hinfiel. Sein Krug brach in Scherben, und die mühsam gepflückten Beeren zerstreuten sich auf dem Waldboden. Außerdem fühlte Henner, als er sich wieder erheben wollte, daß der Fuß heftig schmerzte und er nicht aufstehen konnte.

Erschrocken hatte Frau von Erlach den Hund zurückgerufen und war selbst herbeigeeilt, um dem verletzten Knaben zu Hilfe zu kommen. Sie sah, welchen Schaden der Hund angerichtet hatte, und half Henner, sich aufzurichten, aber das ging nicht so leicht. Er klagte zwar nicht, aber sein Gesicht verzog sich vor Schmerz.

Sie tröstete ihn wegen der verlorenen Beeren und versprach, ihm einen neuen Krug, mit Beeren gefüllt, aus ihrer Küche zu geben.

Dann sah sie jedoch, daß Henner ernstlich verletzt war und nicht aufstehen konnte.

»Armer kleiner Schelm, hast du dir weh getan?« fragte sie gütig mit ihrer weichen Stimme.

»Ein bißchen«, hatte er erwidert, seinen Schmerz tapfer bezwingend.

Sie war niedergekniet, um seinen Fuß, der unbekleidet war, zu untersuchen, und er hatte erschrocken bemerkt, daß ihr weißes Kleid von den Beeren blaue Flecke zeigte. Seiner Schmerzen nicht achtend, machte er sie darauf aufmerksam. Sie lächelte ihm zu und sah ihn forschend an.

»Oh, du bist tapfer. Ich weiß, daß dein Fuß sehr weh tun muß, und doch weinst du nicht und sorgst dich noch um mein Kleid«, sagte sie und streichelte mitleidig über den verrenkten Fuß. Henner hielt ganz still und sah nur immer mit Bewunderung auf die schöne Dame, deren Haar im Sonnenlicht wie flüssiges Gold leuchtete.

»Es tut gar nicht sehr weh«, hatte er tapfer gesagt.

Sie hatte ihm zugelächelt und den Hund herbeigerufen, der schuldbwußt um sie herumstrich.

»Da sieh, Hektor, was du in deinem Ungeschick angerichtet hast. Jetzt wirst du den armen kleinen Schelm auf deinem Rücken ins Haus tragen, denn er kann nicht laufen.«

Hektor wedelte mit dem Schwanz und schmiegte seinen dicken Kopf auf das Knie seiner Herrin. Er blieb neben Henner stehen, als habe er sie verstanden. Frau von Erlach hatte Henner dann geholfen, sich auf den Rücken des großen Hundes zu setzen.

»Wie heißt du?« hatte sie gefragt.

Er nannte seinen Namen, und ihm war, als sei dies alles nur ein Traum. Er atmete den feinen Duft, der die schöne Frau umgab, und sah zu ihr empor. Sie faßte seine Hand, die nach der Beerenernte noch etwas unsauberer aussah als gewöhnlich. Ganz fest und warm hielt sie diese kleine Jungenfaust in ihrer Hand und hielt ihn so auf dem Rücken des Hundes, damit er nicht an seinen wehen Fuß gestoßen werden konnte. Und immer tröstend auf ihn einsprechend, führte sie ihn durch den Park nach dem Herrenhaus. Das hatte damals freilich alles viel schöner ausgesehen als heute. Dort führte sie den Hund mit seinem Reiter in ihren kleinen Salon. Sie bettete Henner sorglich auf einen Liegestuhl und legte ihm einen kunstgerechten Verband an, nachdem sie seinen Fuß von den Spuren seiner Waldwanderung befreit hatte. Inzwischen ließ sie ihm eine Erfrischung bringen, Obst und kleine Kuchen, und nötigte ihn freundlich, davon zu nehmen.

Aber so verlockend diese Leckereien für Henner waren, er wagte nicht zuzulangen. Da schob sie ihm lachend einen der kleinen Kuchen in den Mund.

»Iß nur, das hilft die Schmerzen lindern.«

Gehorsam schluckte Henner das Gebäck hinunter. Ihm war, als träume er einen wunderschönen Traum. Mit großen Augen sah er in das schöne, liebe Gesicht der vornehmen Dame, die sich so freundlich um ihn bemühte.

Sie war damals erst vor kurzem Frau von Erlach geworden, und alle Menschen, die ihr begegnet waren, hatten ihre Güte und ihre Schönheit gerühmt. Nun konnte er sich selbst überzeugen, daß man nicht übertrieben hatte.

Eine Kompresse milderte die Schmerzen in seinem Fuß. Er

achtete schon nicht mehr darauf, sondern sah sich mit großen Augen in dem eleganten Zimmer um, als müsse er es sich für alle Zeiten einprägen. Ebenso betrachtete er immer wieder das schöne, feine Frauengesicht. Sie erschien ihm wie eine gute Fee.

Freundlich nötigte sie ihn immer wieder zuzulangen, und schließlich besiegte er seine Schüchternheit und begann zu schmausen. Und als er gerade so recht in alle Genüsse versunken war, hatte sich die Tür geöffnet, und Herr von Erlach war im Reitanzug hereingekommen. Er trug eine Reitpeitsche in der Hand, und Henner dachte bei sich, nun würde er wohl mit der Peitsche Bekanntschaft machen und aus diesem Paradies vertrieben werden.

Aber der Hausherr hatte nur halb lachend, halb spöttisch gefragt:

»Was hast du denn da für ein Häufchen Unglück aufgelesen?«

Sie berichtete ihm lächelnd, und darauf hatte er gesagt:

»Findest du es nicht ein wenig zu übertrieben, den Bengel auf den Seidendamast deines Liegestuhls mit seinen schmutzigen Kleidern zu legen?«

Aber Frau von Erlach hatte unmutig gesagt:

»Verschüchtere mir den armen Schelm nicht, er ist ohnedies durch Hektors täppischen Überfall hart mitgenommen. Und er ist so tapfer und hat nicht geweint, obwohl er arge Schmerzen aushalten mußte. Ich weiß es aus Erfahrung, ich habe mir selbst einmal den Fuß verrenkt als Kind und weiß heute noch, wie scheußlich weh das tat.«

Er hatte ihre Hand an die Lippen geführt und lächelnd gesagt:

»Du bist eben die geborene Samariterin, Gerda. Also päpple den Burschen, soviel es dir dein gutes Herz eingibt, aber zerstäube nachher eine Flasche Kölnischwasser, wenn der Bengel wieder draußen ist. In deinem Salon mag ich kein Bauernjungenparfüm.«

Gütig hatte Frau von Erlach mit ihrer schönen Hand Henners Haarschopf gestreichelt.

»Henner ist ein sauberer, netter Junge, laß ihn zufrieden.«

Henner Stolberg war, als er so weit in seinen Erinnerungen gekommen war, zumute, als fühle er wieder das leise Streicheln dieser zarten Frauenhand und als spüre er wieder den feinen, diskreten Duft, der von der schönen Frau ausging. Und wie damals empfand er den jubelnden Stolz, der ihn erfüllt hatte, als er bald darauf neben der vornehmen Dame in dem eleganten Wagen gesessen hatte. Sie hatte ihn selbst nach Hause begleitet. Er hatte keinerlei Schmerzen mehr verspürt, denn eine neue feuchte Kompresse kühlte das verrenkte Fußgelenk. Und er war ein strammer Bursche, dem solche kleinen Verletzungen nichts anhaben konnten. Außerdem hielt er im Arm ein Kästchen mit Schokolade und Bonbons, während er mit dem anderen Arm einen großen, mit Blaubeeren bis zum Rand gefüllten Krug umfaßte. Nie wieder war ihm so wundervoll zumute gewesen wie damals, als er mit der schönen Dame stolz in dem Wagen durch das Dorf fuhr und alle Leute ihn verwundert anstarrten.

Aber seit jenem Tage hatte er die schöne, gütige Frau von Erlach nie vergessen. Er war nachher noch mehrere Male mit ihr zusammengetroffen, und immer wieder hatte sie ihn ›mein kleiner, tapferer Freund‹ genannt. Immer hatte sie ihm die Hand gereicht und einige freundliche Worte für ihn gehabt. Sie hatte ihm auch zuweilen wieder seinen Haarschopf gestreichelt, und das war immer ein wundervolles Gefühl für ihn gewesen. Oft genug hatte er das Parktor oder eine Nebenpforte in der Parkmauer belagert, um wenigstens einen Blick von ihr zu erhaschen.

Und zum letztenmal hatte er sie getroffen, als sie mit ihrem Töchterchen im Wald spazierenging. Diese Tochter war einige Jahre nach seiner ersten Begegnung mit Frau von Erlach geboren worden, und seither war Frau von Erlach sehr zart und öfters leidend gewesen.

Bei dieser letzten Begegnung mit ihr war Henner schon ein Bursche von siebzehn Jahren gewesen, und die kleine Tochter zählte damals vier Jahre. Sie hatte ihm das Händchen reichen müssen, und die Mutter hatte lächelnd gesagt:

»Das ist mein guter Freund Henner, weißt du, der tapfere Bursche, der nie weint, wenn er auch noch so große Schmerzen hat. Du weißt, ich habe dir oft von ihm erzählt.«

Henner hatte gespürt, wie ihm der Stolz das Blut jäh in die Stirn getrieben hatte. Er hatte kein Wort hervorgebracht, hatte nur das Händchen der kleinen Senta von Erlach behutsam in seine kräftige Faust genommen, die damals schon schwere Arbeit verrichten mußte. Das Kind hatte mit ihm geplaudert, und da hatte er auch die Sprache wiedergefunden.

Das war das letztemal, daß er die schöne Frau von Erlach gesehen und gesprochen hatte. Bald darauf hatte er gehört, sie sei schwer krank geworden, und nach dieser Krankheit war sie so leidend geblieben, daß sie nie mehr im Wald spazierengehen konnte. In jahrelangem Leiden war sie kaum noch über die Schwelle ihres Hauses gekommen.

Als sie dann vier Jahre später starb, war Henner nicht mehr im Dorf gewesen. Da war er lange schon in die weite Welt hinausgezogen. Und er hatte nichts von ihrem Tod erfahren, bis vor kurzer Zeit, als er nach zwölfjähriger Abwesenheit wieder heimgekehrt war. Aber jetzt, als er vor dem Bild Gerda von Erlachs stand, jetzt wurde alles wieder lebendig in ihm. Und jedes Wort, das er mit ihr gewechselt, klang in ihm nach, und alles, was er damals im Überschwang seiner Jugend für sie empfunden hatte, wachte auf, als er wieder in ihr Gesicht sah. Das Bild war so lebendig, gab all ihren Zauber so getreulich wieder, daß er sich nicht davon trennen konnte. Aber schließlich riß er sich los und wollte weitergehen. Es wurde ihm bewußt, daß sein langes Verweilen in einem noch bewohnten Zimmer ungehörig war.

Als er sich zum Gehen wandte, entdeckte er unter diesem Bild auf dem Schreibtisch einen Pistolenkasten und neben diesem zwei Briefe, deren Weiß ihm aufdringlich in die Augen stach. Unwillkürlich las er die Adressen auf den Briefen:

An Herrn Justizrat Doktor Sänger.

An meine Tochter Senta.

Mit einem sonderbaren Gefühl starrte Henner auf die Briefe und auf den Pistolenkasten hinab. Dann sah er wieder zu dem Bild der schönen Frau empor, als wollte er sie um Rat fragen, was er tun sollte. Denn er fühlte instinktiv, daß er hier den Zeugen einer Katastrophe gegenüberstand. Und ihm war, als sähen ihn die Augen Gerda von Erlachs flehend und beschwörend an, und als handle er unter einem fremden Willenszwang, schlug seine Hand den Deckel des Pistolenkastens zurück. Nur eine Pistole lag in diesem Kasten, und an der Stelle, wo der Platz für die zweite Pistole war, lag ein offener Zettel.

Wie von einer unwiderstehlichen Macht getrieben, faßte er nach dem Zettel und las die von einer unsicheren Hand geschriebenen Zeilen. Sie lauteten:

›Ich will nicht fort von Erlachhausen! Man beerdige mich an der Stelle, wo man mich finden wird, neben den Gräbern meiner Frau und meiner Eltern. Georg von Erlach.‹

Da ging es wie ein Schlag durch Henners Körper. Seine Augen flogen wieder zu dem Bild Gerda von Erlachs empor, und ihm war wieder, als sähe sie ihn mit einem flehenden Blick an.

Er schloß den Kasten, steckte den Zettel zu sich und stürmte davon im Bewußtsein, daß er eine Katastrophe verhindern mußte.

Draußen in der Halle rief Henner dem Diener zu:

»Wo ist der Begräbnisplatz der Famile von Erlach?«

»Im Park«, sagte der Diener kurz.

»Aber wo, an welcher Stelle?« fragte Henner erregt.

»Ganz hinten, in der Nähe der kleinen Nebenpforte, die in den Wald führt«, gab der Diener Bescheid.

Henner kannte diese Nebenpforte, die er als Junge oft sehnsüchtig umlauert hatte, um einen Blick in das verschlossene Paradies werfen zu können.

Ohne ein Wort zu verlieren, stürmte er ins Freie. Der Diener sah ihm verdutzt und kopfschüttelnd nach.

2

Henner lief mit großen Sätzen mitten über den Rasenplatz zum Park hinüber. Der Schweiß stand ihm in hellen Tropfen auf der Stirn, als er an der Stelle anlangte, wo sich die Nebenpforte befand. Und nun entdeckte er den kleinen, einsamen Friedhof, der für die Herren von Erlach und ihre Familien bestimmt war.

Als er um eine Gebüschgruppe bog, sah er auf einer Bank, die auf dem Begräbnisplatz stand, einen Mann in einem dunklen Anzug. Henner verhielt den Schritt, sein Herzschlag schien auszusetzen. War dieser Mann schon tot? Kam er zu spät?

Aber nein, dieser Mann richtete sich langsam empor und suchte seiner zusammengesunkenen Gestalt Haltung und Festigkeit zu geben. Seine schmale, linke Hand strich über die Stirn, über das unbedeckte graumelierte Haar. Und dann hob er langsam die rechte Hand, und Henner sah etwas in dieser Hand aufglänzen. Ganz leise und vorsichtig schlich er heran und stand hinter der Bank, auf der der Mann saß. Fast bis zu der Schläfe hatte er die Pistole, die er in der Hand schußfertig hielt, emporgehoben, aber schnell wie der Blitz faßte Henner zu, umspannte diese Hand mit der seinen und gab dem Pistolenlauf eine andere Richtung. Der Schuß entlud sich, ohne das Ziel zu treffen. Krachend schlug er in den Stamm eines Baumes.

»Was Sie tun wollten, ist feig, Herr von Erlach!« sagte Henner hart und streng und entwand diesem die Waffe.

Die Augen des anderen sahen aus einem fahlen, verstörten Gesicht starr zu Henner auf.

»Wie können Sie es wagen, mich zu hindern, was ich tun will — tun muß?« stieß er heiser hervor.

Henner zwang sich zur Ruhe. Er war nicht weniger erregt als Herr von Erlach, denn er hatte immer noch gefürchtet, daß der Schuß sein Ziel erreichen könnte.

»Ich habe es gewagt im Namen Ihrer Tochter, die Sie hilflos allein im Leben zurücklassen wollten«, sagte er fest und bestimmt.

Es zuckte in dem blassen, verstörten Gesicht Erlachs.

»Meine Tochter? Sie wird sich leichter allein durchs Leben schlagen, als wenn ich ihr noch als Last anhängen würde«, sagte er heiser.

»Und Sie wollen sich durch ein schwaches Mädchen beschämen lassen? Weshalb wollen Sie sich ihr als Last anhängen? Weshalb nehmen Sie nicht selbst den Kampf ums Dasein auf?«

Herr von Erlach machte eine schlaffe Handbewegung.

»Ich habe keine Kraft mehr, habe lange genug gekämpft. Geben Sie mir meine Waffe und lassen Sie mich allein!«

»Weder das eine noch das andere!«

»Wer hat Ihnen gestattet, hier in diesen Begräbnisplatz einzudringen?«

»Meine Menschenpflicht. Ich bin nach Erlachhausen gekommen, um es zu besichtigen, weil ich es in der Versteigerung erwerben will. Und da fand ich Ihren Pistolenkasten und daneben zwei Briefe, die eine deutliche Sprache redeten. Das gab mir das Recht, den Pistolenkasten zu öffnen, und ich fand diesen Zettel, den man wohl erst finden sollte, wenn Sie getan hatten, was nicht geschehen durfte. Da bin ich, so schnell ich konnte, hierhergelaufen und kam gottlob noch im letzten Augenblick.«

Herr von Erlach stöhnte auf.

»Wären Sie doch zu spät gekommen! So früh habe ich niemand in Erlachhausen erwartet. Geben Sie mir meine Waffe zurück!« sagte Erlach, sich zur Festigkeit zwingend, gebieterisch.

Henner sicherte die Pistole und steckte sie zu sich.

»Nein, ich gebe sie Ihnen nicht zurück.«

»Mit welchem Recht wollen Sie mir die Waffe vorenthalten? Sie ist mein Eigentum.«

»Später werden Sie sie vielleicht wieder zurückerhalten.«

»Aber Sie können mich nicht zwingen weiterzuleben. Ich bin fertig mit dem Leben! Erlachhausen kommt in zwei Stunden unter den Hammer. Dann bin ich heimatlos. Ich mag nicht fort von Erlachhausen, ich habe keine Kraft, mich weiter gegen das Schicksal zu stemmen.«

Henner sah ihn erst an.

»Diese Kraft haben Sie nie gehabt. Wären Sie nicht so schwach und so leichtsinnig gewesen, wäre es nicht soweit gekommen.«

Finster starrte ihn Herr von Erlach an und lachte höhnisch auf.

»Was wissen Sie von meinen Kämpfen? Ist es leichtsinnig, wenn man zu den letzten Mitteln greift, um sich gegen den Untergang zu wehren? Mischen Sie sich nicht in meine Angelegenheiten, geben Sie mir meine Waffe wieder und erzeigen Sie mir die Wohltat, mich allein zu lassen. Ich gestehe Ihnen nicht das Recht zu, in meine Beschlüsse hindernd einzugreifen. Entfernen Sie sich, Sie stehen auf dem Boden, wo meine Vorfahren beerdigt sind.«

»Das weiß ich! Aber ich gehe nicht und gebe Ihnen auch Ihre Waffe nicht zurück, weil ich Ihre Tochter davor bewahren will, einen feigen Selbstmörder zum Vater zu haben, und weil ich Ihnen helfen will.«

Bitter lachte der alte Herr auf.

»Mir helfen? Das kann kein Mensch!«

»Vielleicht doch!«

»Wie kämen Sie dazu? Sie sind mir fremd, ich kenne Sie nicht.«

»Doch, Sie haben nur vergessen, daß Sie mich einst gekannt

haben, und ich verdenke es Ihnen nicht, daß Sie mich vergessen haben«, sagte Henner, und ein leichtes Lächeln huschte um seinen Mund.

Mit einem scharfen Blick sah Herr von Erlach zu ihm auf und sah ihn forschend an. Dann schüttelte er den Kopf.

»Nein, ich kenne Sie nicht, Sie sind mir fremd.«

Hernner verneigte sich.

»Gestatten Sie, daß ich mich vorstelle, ich heiße Henner Stolberg.«

Erlach schüttelte den Kopf abermals.

»Der Name sagt mir nichts.«

»Das kann ich mir denken. Aber vielleicht entsinnen Sie sich, daß Ihre Frau Gemahlin vor vielen Jahren einen schmutzigen Bauernjungen im Wald auflas, der durch Ihren großen Bernhardinerhund umgerissen worden war und sich dabei den Fuß verrenkt hatte. Ihre gütige Frau Gemahlin hatte mich mitleidig mit ins Herrenhaus genommen und mich in ihrem Salon auf einen Liegestuhl gebettet. Sehr zu Ihrem Mißfallen hatte ich mich dort breitgemacht und war von gütigen Händen verbunden und gepflegt worden.«

Herr von Erlach zog die Stirn zusammen. »Hatte das nicht etwas mit Blaubeeren zu tun?«

Henner lachte.

»Ja, der Hund hatte meinen Krug mit Blaubeeren zerbrochen. Auf diese für mich unrühmliche Art lernte ich Sie damals kennen. Sie hatten eine Reitpeitsche in der Hand, und ich fürchtete, mit ihr unliebsame Bekanntschaft machen zu müssen. Das ist nicht geschehen, und dafür seien Sie heute noch bedankt.«

Der alte Herr war wieder kraftlos in sich zusammengesunken. Diese Geschichte interessierte ihn nicht. Er war nur von einem Wunsch beseelt: seine Waffe wieder zu bekommen, um Schluß machen zu können.

»Geben Sie mir meine Waffe und gehen Sie«, sagte er bittend. Und seine Augen sahen düster und verzweifelt zu Henner empor.

Aber dieser schüttelte abwehrend den Kopf.

»Auf keinen Fall, Sie sollen Ihrer Tochter nicht diese Schmerzen bereiten.«

»Was wissen Sie von meiner Tochter?«

»Nicht viel. Ich sah sie nur einmal mit Ihrer Frau Gemahlin und sprach nur wenige Worte mit ihr. Sie war damals vier Jahre alt. Aber Ihre Frau Gemahlin war einmal sehr gütig zu mir und so wenig hochmütig, daß sie mich, wenn auch nur im Scherz, ihren jungen Freund nannte. Und ich sah heute in Ihrem Zimmer das Bild dieser allzeit von mir hochverehrten Frau. Es hängt ja über Ihrem Schreibtisch, und mir war, als sähen mich ihre Augen hilfeflehend an. Bedenken Sie, was Ihre Frau Gemahlin sagen würde, wenn Sie auf diese Weise Ihrem Leben ein Ende machen wollten. Ich habe verstanden, um was mich die Augen dieser Frau anflehten: ›Hilf meiner Tochter, hilf meinem Gatten!‹ Und — da bin ich, um zu helfen.«

Mutlos schüttelte der alte Herr den Kopf.

»Mir kann kein Mensch helfen. Bitte, ersparen Sie es mir, vor meiner Tochter erröten zu müssen. Sie weiß nichts von dem Untergang ihres Hauses, ihres Vaters. Sie — Sie wissen sicher auch, daß ich nicht schuldlos an meinem Ruin bin. Ja, ich habe sinnlos gespielt und spekuliert, weil ich damit zu retten hoffte, was schon halb verloren war. Die Verluste der Inflation wollte ich decken, wollte es erzwingen und kam nur immer tiefer ins Elend. Was wissen Sie von den Kämpfen, die ich ausgefochten habe? Vergeblich, vielleicht, weil ich nicht die Kraft dazu hatte. Und nun ist das Ende da, und Sie wollen mir verwehren, mir die letzte Wohltat anzutun. Ich will mich richten, weil ich schuldig bin.«

»Auf diese Art können Sie nichts gutmachen. Denken Sie an Ihr Kind. Sie haben es heimatlos gemacht, haben es der Heimat ferngehalten seit dem Tod Ihrer Frau. Nun ist es höchste Zeit, daß Sie sich an die Pflichten gegen Ihre Tochter erinnern.«

Aufstöhnend schlug der alte Herr die Hände vor das Gesicht.

»Ich hatte kein Geld, um ihre Pension zu bezahlen. Ich habe der Vorsteherin der Pension geschrieben, daß ich zahlungsunfähig bin. Vielleicht behält man sie als Lehrerin.«

»Und wenn nicht?«

Herr von Erlach seufzte tief auf.

»Dann kommt sie heute oder morgen nach Hause. Es ist möglich, daß man sie gehen läßt.«

»Und was soll dann aus ihr werden? Was sollte sie tun, wenn sie heimkäme und weder eine Heimat noch ihren Vater fände?«

»Mein Gott, quälen Sie mich nicht! Ich weiß es nicht, ich bin vollständig am Ende meiner Kraft, begreifen Sie das doch.«

»Aber Ihre Tochter soll die Kraft haben, den Lebenskampf aufzunehmen. Wovon soll sie leben?«

»Es bleibt ihr nichts als das, was sie gelernt hat. Ich habe ihr eine gute Erziehung zuteil werden lassen. Sie wird sie verwerten müssen, eine Stellung annehmen, vielleicht hilft man ihr eher dazu, wenn ich nicht mehr am Leben bin. Ich kann ihr nicht helfen.«

»Und damit wollen Sie sich begnügen? Wollen sich von Ihrer Tochter beschämen lassen, nicht selber den Lebenskampf noch einmal aufnehmen auf einer anderen Grundlage als bisher?«

Herr von Erlach lachte bitter auf.

»Es gibt keine Grundlage mehr, auf der ich aufbauen könnte. Und ich habe keine Kraft mehr. Muß ich hier fort, dann werde ich vollends entwurzelt. Ich bin ein elendes Wrack, liege gescheitert am Strand. Lassen Sie mich sterben, junger Mann!«

Henner richtete sich hoch auf.

»Nein! Ich will Sie aufrütteln, bis Sie sich entschließen weiterzuleben, um Ihrer Tochter willen. Hören Sie mich an! Ich weiß, Sie sind so verschuldet, daß heute die Versteigerung im günstigsten Fall so viel bringt, um Ihre Gläubiger zu befriedigen. Die Gläubiger werden froh sein, wenn ein ernsthafter Käufer auftritt. Und das bin ich. Ich habe es in der Hand, Erlachhausen billig kaufen zu können, man wird es mir zuschlagen, um überhaupt Geld zu bekommen. Und ich zahle bar. Erlachhausen ist mir sechshunderttausend Mark wert, obwohl es verlottert ist.

Ich werde es für fünfhunderttausend Mark kaufen, damit sind die wirklichen Forderungen Ihrer Gläubiger gedeckt. Die Wucherzinsen bezahle ich ihnen nicht. Darauf müssen die Gläubiger verzichten und werden es tun, wenn sie nur ihre Forderungen bezahlt erhalten. Ich habe schon alles mit Justizrat Sänger besprochen.

Die übrigen hunderttausend Mark, die mir Erlachhausen noch wert ist, will ich für Sie anlegen oder, besser gesagt, für Ihre Tochter. Diese hunderttausend Mark zahle ich Ihnen aber nicht aus, sondern ich werde sie Ihnen mit fünf Prozent verzinsen. Auf diese Weise haben Sie ein festes Einkommen von fünftausend Mark mit Ihrer Tochter zusammen. Bis zu Ihrem Tod zahle ich Ihnen diese Zinsen. Dann wird diese Summe Ihrer Tochter ausbezahlt. Aber bedenken Sie, daß diese meine freiwillige Leistung sofort erlischt, wenn Sie noch einmal versuchen, sich aus dem Leben fortzustehlen.

Und Sie werden auch nicht Erlachhausen verlassen, sich nur an bescheidenere Verhältnisse gewöhnen müssen, die aber bedeutend sorgenloser sind. Da ich Erlachhausen selbst verwalten werde, um es auf die von mir gewünschte Höhe zu bringen, werde ich den Verwalter entlassen. Er hat bereits eine andere Stellung angenommen und wird nur noch bleiben, bis ich selbst die Zügel in die Hand nehmen kann. Er ist ein unverheirateter Mann und kann für die kurze Dauer, die er noch hierbleibt, ein Unterkommen drüben in den Wirtschaftsgebäuden finden. Das bisherige Verwalterhaus wird frei. Ich werde es instand setzen lassen, und Sie können mit Ihrer Tochter dieses Haus bewohnen, und zwar überlasse ich es Ihnen mietfrei.

Nein, fahren Sie bitte nicht auf, ich will Sie in keiner Weise demütigen, Sie sollen mir die Miete in anderen Leistungen bezahlen. Ich habe die Absicht, Pferdezucht im großen zu betreiben, wenn alles andere instand gesetzt worden ist. Und ich weiß, Sie sind ein erstklassiger Pferdekenner und werden mir bei der Einrichtung eines Gestüts mit Rat und Tat zur Seite stehen. Dazu werden Sie noch Kraft haben, und Ihre Kräfte werden sich wieder heben, wenn Sie erst die Sorgen um Erlachhausen los sind und Ihren Lebensmut wiedergefunden haben. Das, was ich Ihnen vorschlage, wird Ihnen nur ein bescheidenes Dasein garantieren, aber auch ein sorgenloses. Und ich denke, es ist annehmbar genug, um Sie zu überzeugen, daß es nicht nötig ist, ein Leben von sich zu werfen. Nun ich Ihnen das alles klargemacht habe, möcht ich von Ihnen hören, wie Sie sich zu diesem Vorschlag stellen?«

Henner hatte alles mit ruhiger Sachlichkeit auseinandergesetzt, seine grauen Augen sahen nun erwartungsvoll auf den alten Herrn, der alles ganz benommen über sich hatte ergehen lassen und anscheinend noch nicht fassen konnte, daß es eine doch Lebensmöglichkeit für ihn gab und er in Erlachhausen bleiben konnte, wenn auch nur in dem bisherigen Verwalterhaus. Er sah mit einem verzagten Blick, in dem aber doch ein Hoffnungsfünkchen glühte, zu Henner auf.

»Was Sie mir sagen, das klingt wie ein Märchen. Ich kann nicht daran glauben. Das alles wollen Sie für uns tun, für meine Tochter und mich?«

»Gewiß, sonst würde ich es Ihnen nicht gesagt haben.«

»Aber warum? Warum nur wollen Sie das alles für uns tun?«

Henner lächelte, und dies Lächeln verschönte und veredelte das harte und energische Gesicht, das nicht schön, aber bedeutend war, das Gesicht eines Mannes, der wußte, was er wollte.

»Vielleicht, weil die Mutter Ihrer Tochter wie eine gütige Fee für den armen Bauernjungen sorgte, vielleicht, weil ich dieser Frau zeit meines Lebens dafür dankbar war, daß sie ein bißchen Wärme und Güte, ein bißchen Poesie in mein armes Leben trug. Ich hatte keine Mutter mehr, sie starb zwei Jahre, bevor ich Ihrer Frau Gemahlin begegnete. Und mit ihr starb mir alles, was liebevoll war. Mein Vater war ein harter, finsterer Mann, und er faßte mich rauh an, vielleicht damit ich nicht verweichlichen sollte. Und in diese Vereinsamung meines Kinderherzens trat Ihre Frau Gemahlin wie eine Lichtgestalt, die jeder Mensch braucht, um nicht zu versteinern, zu verknöchern. Sie schenkte mir in ihrer Güte und Menschlichkeit so viel, daß mein Leben nicht ohne Sonne blieb. Wie einen heimlichen Schatz barg ich die Erinnerung an sie, wenn in meinem ärmlichen Vaterhaus mir alles kalt und leer erschien. Sie gab mir viel, und um dieser reichen Gabe willen will ich Ihnen und Ihrer Tochter helfen. Nun sagen Sie mir, ob Sie mein Anerbieten annehmen wollen.«

Georg von Erlach strich sich über die Stirn, als sei ihm zu heiß geworden. Mit einem unsicheren Blick sah er zu Henner empor, der ruhig und bestimmt zu ihm hinabsah.

»Es wäre doch ein Almosen! Ich kann mir nichts von Ihnen schenken lassen.«

Henner schüttelte heftig den Kopf.

»Eben weil ich Sie nicht durch ein Almosen demütigen will, soll Ihnen nichts geschenkt werden. Ich mache mir kein Gewissen daraus, Ihren Gläubigern die Wucherzinsen wieder abzujagen, mit denen Sie belastet wurden. Ich will Erlachhausen ehrlich bezahlen, sonst macht es mir keine Freude. So kommt Ihnen auf diese Weise nur zu, was Ihnen Ihre Gläubiger zuviel abgenommen haben.«

»Aber Sie wären nicht verpflichtet, mir einen Pfennig über die Summe zu zahlen, die Sie bei der Versteigerung angeben. Sowie Ihnen Erlachhausen zugeschlagen wird, ist es Ihr Eigentum.«

»Nun ja, damit würde sich vielleicht mancher andere zufriedengeben. Aber ich bin mein Lebtag ein anständiger Mensch gewesen, und das will ich auch in Zukunft bleiben. Und ich würde mich nicht glücklich in Erlachhausen fühlen, wenn ich mir sagen müßte, ich hätte es zu billig gekauft, und sein früherer Besitzer hätte keinen anderen Ausweg gefunden, als sich das Leben zu nehmen.«

Henner sagte alles so diplomatisch als möglich, um ihm eine Beschämung zu ersparen. Und wenn Henner auch sonst ein sehr guter und kluger Geschäftsmann war, der seinen Vorteil zu wahren wußte, so spielte doch in diese Sache ein großes Gefühlsmoment hinein, die Dankbarkeit für eine Frau, die ihm in einer Zeit großer seelischer Vereinsamung innere Werte gegeben hatte.

Herr von Erlach sah ihn mit unruhig forschenden Augen an. »Ich weiß trotzdem nicht, ob ich das annehmen kann.«

»Sie müssen es, schon Ihrer Tochter wegen, und Sie können es unbesorgt, ich mute Ihnen gewiß nichts zu, was beschämend für Sie sein könnte. Aber nun kommen Sie mit ins Haus zurück. Dort wollen wir die Briefe an Ihre Tochter und an den Notar vernichten, sie dürfen nicht gefunden werden. Auch diesen Zettel wollen wir verbrennen. Und dann besprechen wir alles Weitere.«

»Sie wollen ein großes Opfer für uns bringen.«

Henner lachte, ein warmes, wohlklingendes Lachen.

»Von Opfern weiß ich nichts. Und wenn man sich vermißt, einen Menschen, der sterben wollte, ins Leben zurückzurufen, dann muß man auch die Pflicht übernehmen, ihm zu helfen, daß dies neu geschenkte Leben wenigstens erträglich wird. Das ist mein Fall. Ich habe eine Verpflichtung Ihnen gegenüber übernommen, und ich bin nicht der Mensch, der seine Pflicht vernachlässigt«, sagte er.

Herr von Erlach strich sich mit zitternder Hand über die Stirn.

»Ich bin nicht imstande, mich gegen Ihr Anerbieten zu wehren, weiß auch nicht einmal ob das alles wirkliche Güte und Menschenliebe von Ihnen ist, oder — ob Sie etwas anderes bezwecken?« fragte er heiser.

Henner sah ihn lächelnd an.

»Also Sie suchen nach egoistischen Gründen für mein Verhalten?«

Der alte Herr seufzte tief auf.

»Man hat verlernt, an etwas anderes als an den Egoismus im Menschen zu glauben, schon weil man selbst so selbstsüchtig ist.«

»Nun ja, letzten Endes kommt alles auf Egoismus heraus, und vielleicht würde ich anders handeln, hätte ich Sie nicht in so tiefer Not gefunden. Ich bin kein schwachmütiger, sentimentaler Mensch, bin gewöhnt, das Leben hart anzufassen, weil es mich hart angepackt hat. Aber es erschütterte mich doch, als ich den Zettel in dem Pistolenkasten fand und daneben den Brief an Ihre Tochter. Und da bin ich gelaufen, was ich laufen konnte, und kam gerade noch im letzten Augenblick. Und — ich bin nicht gewöhnt, etwas halb zu tun. Ich sehe ein, daß ich Sie nicht vor einem Selbstmord bewahrt haben darf, damit Sie ihn in absehbarer Zeit wiederholen würden. Das wäre sinnlos. Und sinnlose Dinge liegen mir nicht. Wenn ich Sie ins Leben zurückzwang in einem Augenblick, als Sie es schon von sich geworfen hatten, muß ich doch zusehen, Sie wieder in diesem Leben auf feste Füße zu stellen. Da ich nun zufällig dazu in der Lage bin, soll es geschehen, und Sie brauchen nicht nach anderen egoistischen Gründen zu forschen. Und hier ist Ihr Hut, der Ihnen wohl entfallen ist. Sie müssen jetzt mit mir ins Haus zurückkommen. Hier im Park ist es feucht und kühl, und Sie sind erregt und anfällig. Krank dürfen Sie nicht werden.«

Er reichte ihm den Hut, den er aufgehoben hatte, und half ihm aufstehen.

Und ihm den Arm als Stütze reichend, führte er ihn davon.

Willenslos, nicht imstande, Widerspruch zu leisten, ging Herr von Erlach neben ihm her, dem Herrenhaus zu.

Auf dem Wege sprachen sie kein Wort.

Der Diener sah ihnen mit großen Augen entgegen, als sie die Halle betraten. Sogleich kam er beunruhigt auf seinen Herrn zu. Er bemerkte sofort, daß dieser sehr elend aussah und daß der fremde Herr, der Erlachhausen kaufen wollte, ihn stützen mußte.

»Befinden sich der gnädige Herr nicht wohl?« fragte er besorgt.

Herr von Erlach winkte nur stumm ab, aber Henner sagte ruhig:

»Ihr Herr ist von einem leichten Unwohlsein befallen worden.«

Der Diener nickte vor sich hin.

»Das konnte ich mir denken, seit gestern hat der gnädige Herr nichts zu sich genommen. Ohne Früchstück ist er heute morgen fortgegangen. Da muß ihm ja elend werden.«

»Vielleicht können Sie einen stärkenden Imbiß herbeischaffen.«

»Ich habe ein Stück Fleisch für das Mittagessen, vielleicht könnte ich eine Fleischbrühe mit einem Ei abquirlen?«

»Ja, das ist gut, aber bringen Sie noch ein paar belegte Brote mit. Wir gehen in das Zimmer, wo der Schreibtisch des gnädigen Herrn steht.«

»Sehr wohl, mein Herr, sogleich soll das geschehen.«

Und mit einem abermaligen besorgten Blick auf seinen Herrn ging der Diener Franz davon.

Henner führte Herrn von Erlach in das Zimmer, wo er den Pistolenkasten gefunden hatte und wo das Bild der verstorbenen Frau von Erlach hing. Hier führte er ihn zu einem Sessel, in den er ihn niedergleiten ließ. Dabei nickte er ihm beruhigend lächelnd zu.

»Es geht Ihnen schon etwas besser, nicht wahr? Geben Sie acht, in wenigen Tagen lachen wir über die ganze dumme Geschichte. Das war nur ein Versagen Ihrer Nerven, darüber kommen Sie bald hinweg«, tröstete er gutmütig.

Der alte Herr strich sich über die Stirn.

»Ich weiß nicht, das alles ist so unwirklich wie ein Traum.«

Mitleidig sah Henner in das fahle, blasse Gesicht. Er erinnerte sich, wie frisch und lebensfroh dieser Mann damals ausgesehen hatte, als er sich im Zimmer seiner Frau über den kleinen

Bauernburschen lustig gemacht hatte. Was war inzwischen aus diesem Mann geworden? Und was war aus Erlachhausen geworden? Er hatte sich selbst als ein Wrack, das am Strand lag, bezeichnet, und wahrhaftig, als ein solches konnte man diesen einst so selbstbewußten Mann ansehen.

»Sie werden aus diesem Traum aufwachen und dann wirklich glauben, nur geträumt zu haben, was Ihre Ängste und Sorgen betrifft. Glauben Sie mir, das Leben ist auch dann noch lebenswert, wenn man sich in einfache Verhältnisse fügen muß. Sie werden es wieder liebgewinnen, schon Ihres Kindes wegen.«

»Mir ist der Kopf so dumpf und schwer.«

»Das ist kein Wunder! Ruhen Sie ein Weilchen, dann wird er klarer werden. Von so einem weiten Weg wird man schlapp. Sie waren bis ins Jenseits gewandert und dann wieder zurück. Dazu nichts im Magen — wo soll da die Kraft herkommen? Aber alles wird wieder besser werden. Bleiben Sie ruhig sitzen, ich werde inzwischen ein bißchen Ordnung machen. Ihr Diener braucht weder den Pistolenkasten noch die Briefe zu sehen, wenn er Ihren Imbiß bringt. Er scheint ein kluger Mensch zu sein und Ihnen sehr ergeben. Es ist nicht nötig, daß er ahnt, welch eine große Torheit Sie begehen wollten; das schadet der Autorität.«

So scherzte Henner, um es dem alten Herrn leichter zu machen, und trat an den Schreibtisch heran. Hier zog er die Pistole aus seiner Tasche und legte sie auf ihren Platz in den Pistolenkasten. Diesen schob er in ein Fach des Schreibtisches, an dem der Schlüsselbund steckte. Er verschloß das Fach, löste den dazugehörigen Schlüssel aus dem Bund und steckte ihn ein. Dabei warf er einen Blick zu Herrn von Erlach hinüber. Aber sie sprachen kein Wort darüber. Henner nahm dann die beiden Briefe.

»Enthalten Sie etwas Wichtiges oder können sie vernichtet werden?« fragte er.

»Nichts als Abschiedsworte an meine Tochter und eine Bitte um Verzeihung für das, was ich ihr angetan, und an den Notar die Bitte, meiner Tochter nach Kräften beizustehen, bis alles geregelt ist und meine Tochter eine passende Stellung gefunden hat. Er hätte es getan, wir waren befreundet.«

»So haben sie sich erledigt.«

Damit zerriß Henner die beiden Briefe in kleine Stücke und warf sie in den offenen Kamin. Befriedigt sah er zu, wie sie in Flammen aufgingen. Und dann zuckte er plötzlich zusammen. Erst jetzt bemerkte er, daß auf dem Kaminsims die Photographie eines jungen Mädchens stand. Sie mochte sechzehn Jahre alt sein. Er sah mit großen Augen darauf hin. Ihm war, als blickten ihn die Augen dieser Photographie genauso an, wie die aus Gerda von Erlachs Bild. Dann wandte er sich langsam zu Herrn von Erlach um.

»Ist das Ihre Tochter?«

Dieser riß sich aus seiner Teilnahmlosigkeit empor und nickte.

»Ja, es ist die letzte Aufnahme von ihr, die ich besitze. Ich ließ sie herstellen, als ich meine Tochter in Montreux in dem Pensionat besuchte. Seither habe ich sie nicht wiedergesehen, es fehlte mir an Reisegeld, denn ich mußte jeden Pfennig zusammenhalten, daß ich wenigstens ihren Pensionspreis bezahlen konnte. Seit ihrem achten Jahr, gleich nach dem Tod ihrer Mutter lebt sie dort unter der Obhut der Frau Doktor Stahl. Es war das einzige, was ich in den letzten Jahren für sie tun konnte.«

Henners Blicke schweiften vergleichend von der Photographie zum Bild der Frau von Erlach und wieder zurück.

»Wie alt war Ihre Tochter, als Sie diese Aufnahme machen ließen?«

»Sechzehn Jahre und etwas darüber.«

»Und wie alt ist sie jetzt?«

»Zwanzig Jahre.«

»Und all diese Jahre blieb sie dem Vaterhaus fern?«

»Ja, ich konnte sie hier nicht brauchen. Anfangs war sie zu klein, als daß ich sie der Dienerschaft hätte überlassen können, und dann waren die Verhältnisse so schwierig geworden, daß ich sie so lange wie möglich davor bewahren wollte, alle Sorgen mit mir zu teilen. Was hätte sie in diesem verlotterten Haushalt gehabt? Ich habe mich, weiß Gott, oft nach meinem Kind gesehnt, aber ich gab dieser Sehnsucht nicht nach, um ihr wenigstens die Jugendjahre nicht zu trüben. Sie hat allerdings in ihren Briefen immer gejammert, ihre ›schöne Heimat‹ wiederzusehen. Lieber Gott, diese schöne Heimat existiert ja schon lange nur noch in ihren Träumen.«

Mitleidig sah Henner auf die Photographie des jungen Mädchens. Etwas wie Rührung stieg in ihm auf. Das arme Kind! Er vergaß, daß sie inzwischen vier Jahre älter geworden war, sah sie im Geiste so vor sich, wie die Aufnahme sie zeigte. Ein Backfisch mit großen, gläubigen Kinderaugen, die fast zu ernst aus dem reizenden Gesicht herausleuchteten. Wie sehr sie ihrer Mutter glich! Wie würde es auf sie wirken, wenn sie ihre schöne Heimat so verlottert wiedersah? Vielleicht wurde ihr das erspart, vielleicht blieb sie noch eine Weile im Pensionat, bis er hier wieder Ordnung geschaffen hatte. Aber gottlob, daß er ihr wenigstens das Schlimmste hatte ersparen können.

Dann wandte er sich wieder Herrn von Erlach zu; aber ehe er etwas sagen konnte, trat der Diener mit einem Tablett ein, auf dem eine Tasse mit Fleischbrühe und einige Schinkenbrote bereitlagen. Henner rückte ein kleines, rundes Tischchen neben den Sessel des alten Herrn, und der Diener stellte das Tablett darauf nieder.

»Ist Wein im Hause?« fragte Henner den Diener.

Dieser zuckte die Achseln.

»Der Keller ist schon lange leer, aber der gnädige Herr hatte noch eine Flasche Burgunder hier. Ich weiß freilich nicht, ob noch etwas in der Flasche ist.«

Fragend wandte sich Henner an den alten Herrn.

Dieser zeigte stumm auf ein kleines Wandschränkchen. Der Diener öffnete es und fand in einer Weinflasche noch einen Rest

Burgunder. Damit füllte er ein Weinglas bis über die Hälfte, mehr war nicht in der Flasche. Er reichte das Glas seinem Herrn, und dieser trank es hastig leer. Seine Hand zitterte dabei, und Franz sah ihn kummervoll an.

»Der gnädige Herr haben aber gar keine Kraft mehr. Es war sehr unrecht, mit Verlaub, daß der gnädige Herr ohne Frühstück davongelaufen war.«

»Zanke nicht, Franz, hast ja recht«, sagte Herr von Erlach matt, und es war nun doch etwas wie Freude in ihm, daß er wieder in das alte, ehrliche Gesicht seines Dieners blicken konnte.

»Ich zanke nicht, das würde mir nicht zukommen, nur in Sorge bin ich um den gnädigen Herrn, er darf nicht krank werden.«

»Sie haben recht, Franz, das habe ich Ihrem gnädigen Herrn vorhin auch gesagt.«

Damit hob Henner die Tasse mit der Fleischbrühe empor und führte sie Herrn von Erlach an den Mund. Er mußte trinken, ob er wollte oder nicht. Und dann mußte er auch ein Schinkenbrot essen. Diese kurze Mahlzeit erfrischte ihn sichtlich, er kam langsam wieder zu Kräften.

Henner entließ nun den Diener, als habe er allein Bestimmungen in Erlachhausen zu treffen.

»Gehen Sie wieder an Ihre Arbeit, Franz, und melden Sie uns, wenn die ersten Herren vom Gläubigerausschuß oder der Herr Notar eintreffen. Ich bleibe bei Ihrem gnädigen Herrn, Sie können unbesorgt sein.«

»Sehr wohl, mein Herr«, erwiderte Franz, als sei es ganz in der Ordnung, daß dieser fremde junge Herr hier Befehle erteilte.

Als die beiden Herren wieder allein waren, setzte sich Henner dem Freiherrn gegenüber und sah ihn mit seinen guten Augen forschend an.

»Fühlen Sie sich ein wenig besser?«

Erlach nickte.

»Der Wein hat mir gutgetan und der Imbiß auch; ich glaube, ich hatte sehr lange nichts mehr gegessen.«

»Aber jetzt sind Sie fähig, alles Nötige mit mir zu besprechen?«

»Ich denke doch!«

»Gut! Zuerst will ich noch eine Bedingung an das Angebot knüpfen, das ich Ihnen machte.«

Herr von Erlach sah Henner an, als wollte er sagen: ›Dachte ich's doch, daß du Bedingungen stellen würdest, die ich natürlich nicht erfüllen kann.‹ Aber er sagte nur:

»Was ist das für eine Bedingung?«

Henner zog die Stirn zusammen.

»Ich wünsche, daß Ihre Tochter nichts von alledem erfährt. Sie soll nicht wissen, daß ich Ihnen auf diese Weise helfen werde, auch natürlich nicht, daß ich Sie von einem Schritt zurückgehalten habe, der nicht wiedergutzumachen gewesen wäre. Wenn sich alles so regeln läßt, wie ich es wünsche, dann werden Sie ihr sagen, daß Sie zwar darein willigen mußten, daß Erlachhausen versteigert wurde, sich aber das Recht vorbehalten haben, im Verwalterhause wohnen zu dürfen, und daß Ihnen ein Kapital von hunderttausend Mark verbleibt, das Sie mir zur Verwaltung überlassen haben und das Sie Ihrer Tochter als Erbe hinterlassen werden. Ich will nicht, daß Ihre Tochter irgendwie gedemütigt wird. Sie soll sich mir gegenüber nicht verpflichtet fühlen. Bitte, geben Sie mir Ihr Wort, daß Sie ihr nichts von meiner Beihilfe verraten werden.«

Mit einem seltsam suchenden, forschenden Blick sah Herr von Erlach Henner an und atmete tief auf.

»Ich gebe Ihnen natürlich mein Wort, um so lieber, als ich dann nicht so erbärmlich vor meinem Kind dazustehen brauche. Hauptsächlich hat mich die Angst, ihr alles enthüllen zu müssen, in den Tod getrieben. Es war mir ein unerträglicher Gedanke, daß meine Tochter mich verachten könnte.«

Henner sah ihn sinnend an. Dann nickte er ihm zu.

»Diesen Beweggrund kann ich verstehen, er erscheint mir als der einzig stichhaltige. Also, wir sind einig, Ihre Tochter erfährt nichts. Nur, daß Erlachhausen unter den Hammer kommen mußte, das können wir ihr leider nicht verheimlichen. Und — verraten Sie ihr auch nicht, daß Sie durch Spiel und Spekulation selbst an Ihrem Ruin gearbeitet haben. Damit dürfen Sie ihr das Herz nicht schwermachen. Die vergangene Inflation muß als Grund gelten, nichts weiter. Denn die Achtung vor ihrem Vater darf ihr nicht genommen werden. Es ist schlimm für ein so junges Menschenkind, wenn ihm der Glaube an die Menschen genommen wird, die ihm nahestehen und zu denen es aufschauen möchte. Haben Sie mich verstanden?«

Erlach nickte und sah ihn seltsam an.

»Das alles kann mir nur lieb sein. Aber um Gottes willen, sagen Sie mir doch, was Sie veranlaßt, derartig edelmütig an uns zu handeln. Ich begreife es nicht.«

Henner zeigte mit einem leisen Lächeln zu dem Bild der Frau von Erlach hinüber.

»Ich sagte Ihnen schon, diese Frau hat durch ihre echt menschliche Güte mein Leben vor der Verflachung, vor der Verbitterung bewahrt. Ich freue mich, ihr endlich meinen Dank abstatten zu können, indem ich ein bißchen Vorsehung für ihre Tochter spiele.«

Erlach schüttelte den Kopf.

»Gibt es wirklich Menschen, die so dankbar, so edel und gütig sind wie Sie?«

Henner lachte. »Letzten Endes ist doch alles nur Selbstsucht. Ich würde mich nicht wohl fühlen in Erlachhausen, wenn ich mir sagen müßte, der letzte Besitzer hat in seiner Verzweiflung Selbstmord verübt, und seine Tochter muß heimatlos und verlassen draußen in der Welt herumirren und den bittersten Lebenskampf bestehen. Das würde meinen Frieden bedrohen, und um mir meinen Frieden zu erhalten, tue ich das alles.«

»Und das nennen Sie Selbstsucht?«

»Nun ja, weiter ist es doch nichts.«

Eine Weile schwiegen beide und sahen sich an. Durch das Fenster irrte ein verlorener Sonnenstrahl und huschte über das gemalte Gesicht Gerda von Erlachs.

Der Freiherr richtete sich endlich auf und sagte, Henner noch immer forschend ansehend: »Und wenn ich nun alles von Ihnen annehme, was verlangen Sie als Gegenleistung von mir?«

Henner zuckte die Achseln.

»Daß Sie sich möglichst wohl fühlen in dem bescheidenen Verwalterhaus, daß Sie vernünftig und sparsam leben, damit Sie mit den ausgesetzten Zinsen auskommen und keine Schulden machen, daß Sie ein für allemal auf Ihre Selbstmordgelüste verzichten und sich bemühen, Ihrer Tochter ein guter und sorgsamer Vater zu sein und ihr das Leben in dem Ihnen gesteckten Rahmen so angenehm wie möglich zu machen. Außerdem sollen Sie mir, wie schon gesagt, mit Rat und Tat zur Seite stehen, wenn ich ein Gestüt einrichte, denn so gut ich mich auch auf die Landwirtschaft verstehe, von Pferden verstehe ich nur so viel, daß ich ein kräftiges Arbeitstier von einem Wagenpferd zur Not unterscheiden kann. Ich will Ihre Pferdekenntnisse für mich dienstbar machen. Das ist alles.«

Immer noch unsicher sah der Freiherr ihm in das energische, großzügige Gesicht, das soviel Energie verriet.

»Ist das wirklich alles? Haben Sie keinerlei Hintergedanken, und werden Sie nicht später mit Forderungen kommen, die ich vielleicht nicht erfüllen kann?«

Henner sprang auf und richtete sich straff empor.

»Ich hoffe, daß Ihnen mein Wort gilt und daß Sie mir eine anständige Gesinnung zutrauen, auch wenn ich nur der Sohn eines einfachen Bauern bin. Jeden Zweifel daran muß ich mir als Beleidigung verbitten.«

Erlach fuhr sich über die Stirn, als sei ihm zu heiß.

»Verzeihen Sie, aber, wie gesagt, soviel Edelmut und Menschenliebe bin ich nicht gewohnt. Ich kenne meine Mitmenschen von einer anderen Seite. Meine Standesgenossen würden schmählich versagen, wollte ich sie um Hilfe bitten, und mir scheint, ich kann nur Menschen aus meinen Kreisen beurteilen, die aus den Ihren sind mir bisher fremd geblieben.«

Henner lächelte schnell versöhnt.

»Nun, vielleicht lernen Sie, einmal in meiner Sphäre nach Gold zu schürfen, vielleicht haben Sie da mehr Glück. Aber nun nichts mehr davon, die Sache ist erledigt. Wir sind uns klar über das, was geschehen soll. Ich werde zuerst das Verwalterhaus in Ordnung bringen lassen. Das geht natürlich auf meine Kosten. Den Verwalter bitte ich noch heute, sich sein Unterkommen in den Wirtschaftsgebäuden zu suchen, solange er noch hier ist. Was Sie an Möbeln und Gerätschaften brauchen, wird irgendwie hier im Herrenhaus noch vorrätig sein und muß nur aufgefrischt werden. Auch das soll sogleich vorgenommen werden. Ist das Verwalterhaus in Ordnung, muß auch alles vorhanden sein, was nötig ist, um Ihnen und Ihrer Tochter einige Behaglichkeit zu schaffen. Ich lasse hier alles neu einrichten, die noch vorhandenen Sachen sind wertlos für mich. Dieses Zimmer zum Beispiel ist noch so weit in Ordnung, daß es ins Verwalterhaus hinübergeschafft werden kann. Hier muß nur weniges aufgefrischt werden. Das Bild Ihrer Frau Gemahlin nehmen Sie natürlich mit hinüber, sie wird wie ein Schutzgeist über Sie und Ihre Tochter wachen. Ihre Übersiedlung wird ins Werk gesetzt werden, sobald das Verwalterhaus eingerichtet ist, und dann können Sie Ihre Tochter heimrufen. Bis dahin bleiben Sie ruhig im Herrenhaus, ich lasse es erst auffrischen und neu ausstatten, wenn Sie es verlassen haben, wenigstens soweit es die Räume betrifft, die Sie noch bewohnen. Im anderen Flügel kann schon angefangen werden, denn mir liegt natürlich daran, sobald als möglich wieder ein festes Heim zu haben.«

»Das alles wird eine Menge Arbeit kosten und viel Geld.«

»Das Haus wird die wenigste Arbeit machen, obwohl auch die Terrasse und die beiden Hellebardiere vollständig erneuert werden müssen. Aber bedeutend mehr Arbeit wird mir die Bewirtschaftung des Gutes machen, da liegt alles im argen, und da muß ein ganz anderer Zug hineinkommen. Auf den Feldern ist Raubbau getrieben worden, im Wald müssen ganze Strecken, die abgeholzt worden sind, neu aufgeforstet werden. Und der Park muß auch in Ordnung gebracht werden. Aber das schaffe ich schon, darum ist mir nicht bange. Im Gegenteil, ich freue mich auf diese Arbeit, bei der ich all meine Kräfte regen kann.«

Und Henner streckte mit leuchtenden Augen die Arme aus, als sehne er sich danach, kräftig zuzufassen.

Erlach sah ihn halb beklommen, halb bewundernd an. Ein Seufzer hob seine Brust.

»An Kraft und Willen scheint es Ihnen nicht zu fehlen, aber, wie gesagt, mit der Arbeit allein ist es nicht getan, Sie werden viel Geld brauchen, wenn Sie Erlachhausen wieder in die Höhe bringen wollen. Sind Sie sich darüber klar? Ohne Geld, ohne viel Geld ist nichts zu machen. Und wenn Sie dazu noch hundertttausend Mark für meine Tochter und mich festlegen wollen, werden Ihnen dann die nötigen Mittel bleiben?«

Henner lachte.

»Darüber sollen Sie ganz ruhig sein, es reicht schon, bei mir gibt es nichts Halbes. Wenn ich an eine Sache herangehe, muß es eine ganze Sache sein, sonst würde ich die Hände davon lassen.«

Mit einem immer stärker werdenden Interesse sah der Freiherr Henner an.

»Sie sagen mir, daß Sie der Sohn eines schlichten Bauern sind. Darf ich fragen, wie Sie zu so großem Reichtum gekommen sind? Halten Sie meine Frage nicht für Neugier, aber bei jedem Wort, das ich mit Ihnen spreche, wächst mein Interesse an Ihrer Persönlichkeit, die mir mehr und mehr Bewunderung einflößt.«

Henner ließ sich wieder ihm gegenüber in seinen Sessel fallen.

»Während Sie die anderen Schinkenbrote verzehren, will ich Ihnen in kurzen Worten meine Geschichte erzählen, wenn Sie diese hören wollen.«

»Mit großem Interesse, das glauben Sie mir.«

3

Henner Stolberg sah eine Weile vor sich hin, als sammle er sich, und dann begann er zu berichten:

»Also, wie ich Ihnen schon sagte, bin ich der Sohn des Bauern Friedrich Stolberg, der im Dorf am Dorfteich das kleine Anwesen besaß. Meine Mutter starb, als ich acht Jahre alt war, und seitdem fehlte gewissermaßen im Haus meines Vaters die Seele und die treibende Kraft. Meine Mutter vermochte in ihrer Güte und Klugheit sehr viel über meinen Vater, der ein wortkarger, düsterer Mann war. Seit ihrem Tod fehlte ihr Einfluß auf ihn, er hatte keine Freude mehr am Leben und besaß nicht mehr die nötige Spannkraft, um sich aufzuraffen. Es ging schlecht und recht weiter. Eine alte Magd, noch finsterer und wortkarger als der Vater, übernahm das Amt einer Haushälterin und glaubte, mir gegenüber ihre Pflicht getan zu haben, wenn sie mich sauber hielt und mir zu essen gab.

Aber ich war es anders von der Mutter gewöhnt und vermißte sie so sehr, daß ich mich heimlich oft in den Schlaf weinte. Das durfte aber mein Vater nicht merken, der hätte es mir als weichlich ausgeprügelt.

In einer Art Stumpfheit verlebte ich so zwei Jahre. Und dann begegnete ich Ihrer Frau Gemahlin — jener Tag sei gesegnet. Gerade weil mein Leben so lichtlos geworden war, wirkte ihre Güte und Freundlichkeit um so stärker auf mich. Seit jenem Tag hatte ich wieder einen Lebensinhalt, etwas, auf das ich mich freuen, an das ich denken konnte wie an etwas Lichtes, Helles, Schönes. Ich schwärmte für sie wie für eine gute Fee, und obwohl ich sehr selten mit ihr zusammentraf, wirkte ein solches Zusammentreffen immer bis zum nächsten Wiedersehen. Sie war gewissermaßen bei all meinem Tun. Bei allem, was ich tat und ließ, fragte ich mich: Was würde die gnädige Frau dazu sagen? So übte sie einen starken Einfluß auf mich aus, ohne daß es mir so recht zum Bewußtsein kam.

Wenn ich auch nur ein schlichter Bauernjunge war, seit die zarte Hand der Frau von Erlach gütig meinen Kopf gestreichelt, sich um mich bemüht hatte, war mir zumute, als sei mir eine große Anerkennung zuteil geworden, die ich durch Anspannen aller meiner Kräfte verdienen müsse. Ich fühlte damals zum erstenmal, wie mangelhaft meine Erziehung war.

Genug, ich strebte seit dieser Zeit über das mir angestammte Niveau hinaus. Ein forscher, entschlossener Bengel war ich schon damals, und eines Tages ging ich einfach zu unserem alten Kantor und fragte ihn, ob er mich nicht mehr lehren wolle als meine Schulgenossen. Ruhig erklärte ich ihm, daß ich viel freie Zeit hätte, die ich nicht nutzlos vergeuden wolle mit Spielereien und Herumlungern, wie meine Kameraden. Ich werde das wohl in etwas unbeholfener Art erklärt haben. Aber der alte Kantor verstand mich, verstand mein Drängen nach Wissen. Er sah mich lange an und sagte dann in seiner bedächtigen Art:

›Wenn du nur willst! Das Zeug dazu hast du, aber du mußt dich ernstlich auf die Hosen setzen.‹

Ob ich wollte! Und der alte Kantor hat mich im Laufe der Jahre alles gelehrt, was er selber wußte, und hatte seine Freude an dem gelehrigen Schüler. Und seine Frau, die als Mädchen Erzieherin in England gewesen war, half bei dem guten Werk und gab mir Unterricht in der englischen Sprache. Da mußte viel in den harten Bauernjungenschädel hinein, aber es wurde nicht gefackelt, ich setzte mich ernsthaft auf die Hosen, und jeder Brocken Wissenschaft, den ich mir aufspeichern konnte, war ein Ergebenheitsgruß an Frau von Erlach. Ich malte mir aus, was sie wohl für Augen machen würde, wenn ich sie bei einer Begegnung mit meinem Wissen überraschen oder gar in englischer Sprache anreden würde. Ich wagte keins von beiden, blieb der schüchterne Bauernjunge ihr gegenüber, auch dann noch, als ich schon allerhand gelernt hatte; aber sie schien trotzdem ihren Spaß an mir zu haben und plauderte jedesmal ein Weilchen mit mir, wenn ich ihr begegnete.

Inzwischen war der Krieg über die Welt dahingetobt, und es kamen schwere Zeiten. Mein Vater verlor die letzte Freude an der Arbeit und überließ mir alles. Er hatte keine Lust mehr, in den schwierig gewordenen Verhältnissen zu leben. Sein jüngerer Bruder, der in seiner Jugend nach Amerika ausgewandert war und dort eine große Farm besaß, schrieb ihm in jener Zeit immer wieder, er möge zu ihm nach Amerika kommen, möge sein Bauerngut verkaufen und sich drüben ansiedeln. Er könne drüben mehr erreichen.

Und so beschloß mein Vater schließlich, auszuwandern, und fragte mich eines Tages, ob ich mit ihm gehen würde. Nun, in jedem Jungen steckt Abenteurerblut. Ich war Feuer und Flamme, träumte von großen Taten, die ich vollbringen würde. In der Heimat hielt mich nichts mehr, mein alter Kantor war in jenen Tagen gestorben, und Frau von Erlach war so krank daß sie das Haus schon seit Jahren nicht mehr verließ. Ich sah sie nie mehr. Über die angeborenen Kreise war ich, dank meines alten Kantors, längst hinausgewachsen, das väterliche Dorf und Haus waren mir zu eng geworden, und mein Sinn stand nach einem Flug ins Weite.

Vater korrespondierte noch mit seinem Bruder, bis dieser uns schrieb, daß wir mit Freuden erwartet würden und daß in nächster Nähe eine hübsche Farm zu haben sei, die für uns passe. Es handelte sich nur noch darum, einen Käufer für den Bauernhof meines Vater zu finden. Das hielt in jener Zeit nicht schwer, die Inflation hatte ihre leisen Vorboten ausgeschickt, und jeder wollte sein Geld in festen Werten anlegen. Und bald hatte mein Vater sein Gütchen für einen ganz annehmbaren Preis verkauft.

Ehe es aber zur Abreise kam — die Überfahrt war in jener Zeit noch schwierig —, wurde mein Vater schwer krank, eine böse Grippe, die sich in einer Lungenentzündung austobte, befiel ihn, und acht Tage später war er tot.«

Herr von Erlach hatte interessiert zugehört, und als jetzt Henner eine Weile schwieg, sagte er:

»Jetzt kann ich mich auf Ihren Vater besinnen, ich erinnere mich, daß einer der Bauern sein Anwesen verkaufte, um nach Amerika auszuwandern, und daß er starb, ehe er abreisen konnte. Aber bitte, verzeihen Sie mir die Unterbrechung und erzählen Sie weiter.«

Henner sah ihn fragend an.

»Langweile ich Sie nicht? Ich bin etwas weitschweifig geworden.«

»Gewiß nicht! Wenn mich noch etwas interessieren kann, tut es Ihre Geschichte. Bitte, fahren Sie fort.«

Henner fuhr sich über die Stirn.

»Gut! Also mein Vater starb, und der neue Besitzer des Anwesens wartete darauf, daß das Haus von uns geräumt wurde. Ich beerdigte meinen Vater und machte mich dann allein auf die Reise nach Kansas, wo mein Onkel lebte. Es ging alles über Erwarten gut, und ich kam, kaum einundzwanzig Jahre alt, in Kansas an, von meinem Onkel und seiner Familie freundlich aufgenommen. Ich erwarb die Farm, die mein Onkel für uns ausgesucht hatte. Sie war viermal so groß wie unser Bauerngütchen hier, lag aber sehr im argen. Teilweise mußte der Boden erst ausgerodet werden, und es war gut, daß ich starke Arme hatte und gesund und kräftig war, sonst hätte ich nicht leisten können, was ich leisten mußte.

Ich besaß eine sehr primitive Behausung, es war ein kleines Blockhaus, das aus zwei Räumen bestand. Der eine davon hatte eine Feuerstätte und diente mir als Küche und zugleich als Speisezimmer, der andere war Wohn- und Schlafzimmer zugleich. Aber ich fühlte mich sehr wohl, hatte einen Arbeiter eingestellt und genoß die Freiheit, von keinerlei Zwang und Fesseln eingedämmt. Ein Pferd und einen kleinen Wagen hatte ich mir angeschafft, Vieh hatte ich auch gekauft, und für die Fahrten zu meines Onkels Farm und in die Stadt schaffte ich mir ein Motorrad an, damit ich schneller vorwärts kam.

In meiner Kücher fehlte allerlei, die Gerätschaften waren knapp, und ich besaß nur, was meine Tante mir abgelassen hatte. Gern hätte ich noch einige Töpfe und Schüsseln gehabt, und da man in der Not auf seltsame Gedanken kommt, fragte ich mich, ob ich mir solche Geräte nicht selbst formen und brennen könne. Ich hatte schon einigemal auf einem Teil meiner Farm eine sonderbar fettige Tonerde unter einer dünnen Erdschicht hervorkommen sehen. Von diesem fettigen Ton holte ich mir eines Tages einen tüchtigen Klumpen und begann, daraus Töpfe und Schüsseln von allerdings sehr einfachen Formen zu kneten. Später brannte ich sie auf meiner Feuerstelle, und ich staunte, was für schöne weiße und feste Geräte ich erhielt. Eines Tages las ich in einem Buch, das ich von meinem alten Kantor geschenkt erhalten und mitgenommen hatte, über die Erfindung des Meißner Porzellans durch Bötticher, und da ging mir plötzlich ein Licht auf. Dieser helle, fettige Ton mußte Kaolin sein, richtige Porzellanerde, und ich wurde mir bewußt, daß mein Grund und Boden Schätze barg, von deren Größe ich keine Ahnung hatte.

Kurzum, ich will Sie nicht mit allen Einzelheiten aufhalten, will Ihnen nicht jede Stufe meines Aufstiegs beschreiben, ich hatte wirklich ein Riesenlager der besten Porzellanerde entdeckt und war klug genug, mir darüber klarzuwerden, daß ich damit ein Vermögen verdienen konnte.

Das ging natürlich alles nicht so schnell, wie ich dachte, aber es gelang mir, mich mit maßgebenden Persönlichkeiten in Verbindung zu setzen. Man versuchte, das ›Greenhorn‹, wie man drüben die naiven Anfänger nennt, über das Ohr zu hauen, man wollte mir meine Bodenschätze für ein Butterbrot abnehmen, aber ich war zäh, und mein Onkel stand mir bei mit seinen Erfahrungen und steifte mir den Nacken.

Schließlich ließen sich die Geldleute herbei, vernünftig mit mir zu verhandeln, und schneller, als man das hier für möglich halten würde, wuchsen auf meinem Grund und Boden Porzellanfabriken aus der Erde. Die Eisenbahn wurde von der Stadt zu meiner Farm geführt, damit die fertigen Waren befördert werden konnten. Aus meinem Grund und Boden wuchsen ungeahnte Schätze hervor. Man hatte mir erst eine Kaufsumme geboten, die mich ein für allemal abfinden sollte. Mir schwindelte vor der Höhe dieser Summe der Kopf, aber ich biß die Zähne zusammen. Der deutsche Bauernjunge ließ sich nicht von den amerikanischen Geldleuten dumm machen. Die angebotene Kaufsumme stieg höher und höher, und schließlich bequemten sich die Herren, mich zum Teilhaber des Aktienunternehmens zu machen, das aus meiner Porzellanerde hervorwuchs. In einigen Jahren war ich ein Dollarmillionär geworden, und ich habe von den Amerikanern gelernt, wie man Geld macht und Geschäfte abschließt.

Auch mein Onkel war durch meine Entdeckung ein reicher Mann geworden; durch meinen Erfolg aufmerksam gemacht, entdeckte auch er ein großes Kaolinlager auf seinem Grund und Boden. Wir waren aus schlichten Farmern fast über Nacht Unternehmer geworden.

Aber das war das seltsame: so wohl ich mich als schlichter Farmer gefühlt hatte, der Geschäftsmann lag mir nicht. Ich bekam, als alles geordnet war und die Fabriken glänzend in Gang waren, rasendes Heimweh. Heimweh nach Deutschland, nach einer gesegneten Arbeit als Landwirt. Ich fühlte mich unter den smarten Geldleuten nicht am Platze. Mein Onkel hatte sich mit seiner Familie nach Florida begeben, dort hatte er eine schöne Villa bauen lassen, und meine inzwischen verheiratete Base war mit ihrem Mann auch dorthin übergesiedelt. Sie wollten mich überreden, mich auch in Florida anzukaufen, aber ich schob es immer wieder hinaus. Mein Reichtum wuchs, aber eines Tages fragte ich mich: Wozu das alles? Wie lange willst du das noch mitmachen? Geld hast du mehr, als du je brauchen kannst, und fühlst dich dabei überflüssig auf der Welt.

Und die Sehnsucht nach der Heimat ließ mich nicht mehr los. Da ich Aktionär war, verdiente ich immer mehr Geld, ohne daß ich dafür einen Finger hätte zu rühren brauchen. Aber gerade das gefiel mir nicht. Neben dem Heimweh überfiel mich ein Arbeitshunger, in meine Träume hinein duftete die Heimaterde, und liebe Erinnerungen wachten in mir auf. Ich war und blieb ein deutscher Bauer in meines Wesens tiefstem Sein, mochte ich auch inzwischen noch soviel gelernt haben.

Ich überlegte mir, daß ich in der Lage war, daheim ein großes Gut zu kaufen, wo ich Arbeit in Hülle und Fülle finden würde, Arbeit, die mir lag, die mich befriedigen würde. Und dieser Gedanke ließ mich nicht mehr los, er lockte und zog mich wieder übers Meer. Und so ordnete ich drüben alles Nötige, und nach zwölf Jahren der Abwesenheit, die mir viel länger erschienen waren, kehrte ich wieder heim. Meine Aktien arbeiten drüben für mich weiter, aber ich bin ein freier Mann.

Als erstes erkundigte ich mich nach Erlachhausen und hörte zu meinem tiefen Bedauern, daß Frau von Erlach bald nach meiner Abreise gestorben sei. Ich hätte mich sehr gefreut, sie noch einmal wiederzusehen. Aber ich hörte auch, daß Erlachhausen in kurzer Zeit unter den Hammer kommen sollte, daß Herr von Erlach vollständig fertig sei, wie das gekommen war, und auch sonst noch allerlei, was mich lebhaft interessierte. Auch, daß Ihre Tochter gleich nach dem Tod ihrer Mutter in ein Pensionat in Montreux gebracht worden war und bis jetzt nicht zurückgekehrt sei, hörte ich.

Nun, Sie können sich vielleicht denken, wie sehr es mich lockte, gerade Erlachhausen zu kaufen und zu bewirtschaften. Ich suchte Justizrat Sänger auf, stellte mich als ernsthaften Bewerber um Erlachhausen vor und besprach alles Nötige mit ihm. Vor allem wollte ich mir nun Erlachhausen ansehen und mietete mich gestern im Dorf im ›Schwarzen Lamm‹ ein. Ich wunderte mich, wie klein das Dörfchen war, hatte es viel größer in der Erinnerung, aber ich freute mich unsinnig, daß ich wieder Heimatluft atmete, ließ mir von der Wirtin im ›Schwarzen Lamm‹ meine einstige Leibspeise, Kartoffelklöße mit Pökelfleisch und Backobst, vorsetzen und schmauste mit einem größeren Behagen, als verzehrte ich die größten Leckerbissen, die ich inzwischen kennengelernt habe. Heute morgen habe ich dann mit den Dorfjungen flache Kiesel über den Dorfteich flitzen lassen und fühlte mich so glücklich und froh, wie die ganzen zwölf Jahre nicht ein einziges Mal.

Dann kam ich hierher und erschrak vor den Zeichen der Verwahrlosung, obwohl mich Justizrat Sänger vorbereitet hatte. Aber so schlimm hatte ich es mir nicht gedacht. Aber dann sagte ich mir: Du hast ein vollgerüttelt Maß an Arbeit gewollt, die findest du hier, und alles soll wieder werden wie einst oder noch viel schöner. Hier gibt es liebe, schöne, gesunde Arbeit für dich, Arbeit nach deinem Herzen. Und so wurde meine Absicht zum festen Entschluß, ich will Erlachhausen kaufen, will es wieder emporbringen, will ein großes Gestüt anlegen und den Wald aufforsten lassen. An Arbeit wird es mir nicht fehlen, und das ist gut so. Das ist, was ich brauche. Ein Bauer bleibt ein Bauer, und ich will einer bleiben bis ans Ende meiner Tage, wenn ich auch ein reicher Mann geworden bin, der sich in der Welt umgesehen und mancherlei gelernt hat.

So, Herr von Erlach, nun haben Sie Ihre belegten Brote aufgegessen und werden wohl ein bißchen zuversichtlicher in das neu geschenkte Leben blicken, nicht wahr?«

Damit erhob sich Henner und fuhr aufatmend mit seiner kräftigen, gut gebildeten Hand, die gepflegt war und keine Spuren ehemaliger schwerer Arbeit mehr zeigte, durch seinen braunen Haarschopf, und seine grauen Augen leuchteten hell und warm unter der wuchtigen Stirn hervor, die von großer Intelligenz zeugte. Georg von Erlach sah ihn an und spürte die verborgene Kraft, die von diesem jungen Mann ausströmte.

»Neidisch könnte man auf Sie werden, Herr Stolberg, nicht wegen Ihres Reichtums, sondern wegen Ihrer Arbeitskraft, Ihrer zähen Energie, Ihrem Arbeitswillen. Wenn man sich doch davon anstecken lassen könnte«, sagte er seufzend.

Henner lachte sein frohes, warmes Lachen.

»Nun wohl, lassen Sie sich ruhig anstecken, Herr von Erlach!«

Dieser schüttelte den Kopf.

»Dazu ist es zu spät!«

»Wie alt sind Sie?«

»Zweiundfünfzig Jahre.«

»Da ist man doch noch jung! Mein Onkel ist zehn Jahre älter und hat jetzt noch einmal ein neues Leben angefangen.«

»Dann ist er von Ihrer Art. Ich habe keine Kraft, bin viel zu verweichlicht. Sie können Ihrem Vater danken, daß er Sie hart angefaßt hat. Das ist bei mir versäumt worden.«

»Ja, ich danke es meinem Vater auch. Aber Sie sollten wieder Mut fassen, Sie müssen nur ernstlich wollen.«

»Auch zum Wollen gehört Kraft.«

»Die stellt sich ein, wenn Sie diese Etappe hinter sich haben. Aber da höre ich einen Wagen vorfahren, mir scheint, Ihre Gläubiger sind sehr pünktlich. Wollen Sie mit hinaus in die Halle kommen?«

Fast angstvoll wehrte Herr von Erlach ab.

»O nein! Wenn mir das erspart bleiben könnte, wäre ich sehr froh.«

Henner dachte nach, dann sagte er:

»Gut, bleiben Sie ruhig hier. Ich werde dafür sorgen, daß Sie niemand stört, und werde Ihnen Ihren Diener Franz schicken.«

Der alte Herr richtete sich auf.

»Ich habe Ihnen noch nicht einmal gedankt für alles, was Sie für mich getan haben und noch tun wollen. Darf ich Ihnen die

Hand reichen, oder wollen Sie die Hand nicht fassen, die eine feige Tat begehen wollte?«

Henner faßte seine Hand, und seine Augen flogen noch einmal zu Gerda von Erlachs Bild empor.

»Daran denken wir nun nicht mehr; was vorhin war, das ist erledigt und abgetan. Jeder Mensch hat eine schwache Stunde.«

»Leider habe ich sehr viele schwache Stunden in meinem Leben gehabt, und ich schäme mich — ja, ich schäme mich namenlos vor Ihnen. Tief bereue ich jetzt, daß ich meine Tochter allein und schutzlos zurücklassen wollte.«

Ernst sah Henner in seine Augen.

»Das war auch, ehrlich gesagt, nicht schön von Ihnen, aber wir denken nicht mehr daran, Sie werden Gelegenheit haben gutzumachen. Und jetzt muß ich Sie allein lassen, ich werde draußen gebraucht werden. Wenn die Versteigerung vorüber ist, komme ich wieder zu Ihnen, damit wir noch Einzelheiten besprechen können.«

»Wenn man Ihnen nur Erlachhausen auch zusprechen wird!«

»Keine Sorge! Ich weiß von Justizrat Sänger, daß ich der einzige ernsthafte Käufer sein werde. Es sind noch ein paar Leute da, die darauf warten, daß Erlachhausen parzelliert wird. Sie wollen einzelne Parzellen ersteigern, aber den Gläubigern liegt natürlich daran, alles zusammen an den Mann zu bringen und gleich Geld zu bekommen. Es kommt gar nicht in Frage, daß mir Erlachhausen entgehen kann. Also beruhigen Sie sich, und wenn ich Sie nachher wiedersehe, hoffe ich, Sie etwas zuversichtlicher zu finden.«

Darauf verließ Henner Stolberg schnell das Zimmer.

Die große Halle hatte sich inzwischen mit mißmutig und verdrossen aussehenden Gläubigern, einigen Neugierigen und kleinen Bauern gefüllt, die etwas Land ersteigern wollten. Auch der Notar war bereits eingetroffen.

Henner trat schnell erst zu dem Diener Franz, der an der Tür stand.

»Gehen Sie sofort zu Ihrem Herrn, Franz, und verlassen Sie ihn nicht, bis ich zurückkomme. Er ist noch immer schwach und darf auf keinen Fall allein bleiben.«

»Es ist gut, mein Herr!«

»Und lassen Sie niemand zu ihm hinein, er soll nicht gestört werden. Verstehen Sie?«

»Sehr wohl, mein Herr!«

Und Franz verschwand hinter der Tür.

Henner wurde nun von dem Notar begrüßt, und sofort wandte sich aller Anwesenden Aufmerksamkeit auf den fremden Herrn. Aller Augen erhellten sich ein wenig, die Gläubiger hatten schon gefürchtet, der von dem Notar angekündigte Käufer würde ausbleiben. Sie hatten nicht geahnt, daß er schon im Hause war.

Man umdrängte ihn von allen Seiten und ließ sich vorstellen. Henner sprach nur wenig, übersah die Versammlung mit einem scharfen Blick und nickte dann dem Notar zu, als wollte er sagen: es kann losgehen.

Und während die Versteigerung begann, lehnte Henner Stolberg ruhig mit untergeschlagenen Armen an einer Säule und verfolgte die Vorgänge mit Aufmerksamkeit. Seine hohe, kraftvolle Gestalt hatte etwas Gebietendes, niemand hätte ihm ansehen können, daß er seine Laufbahn als Sohn eines schlichten Bauern begonnen hatte.

4

Frau Doktor Stahl, die Besitzerin des Pensionats, in dem Senta von Erlach seit ihrem achten Lebensjahr Aufnahme gefunden hatte, saß mit ihrer Schwester Klarissa, die als Lehrerin im Pensionat tätig war, in ihrem Wohnzimmer. Sie hielt einen offenen Brief in ihrer Hand und sagte betroffen:

»Herr von Erlach schreibt mir kurz und bündig, daß er nicht mehr in der Lage sei, den Pensionspreis für seine Tochter Senta zu zahlen. Er hoffe, daß sie in all den Jahren genug gelernt habe, um nun auf eigenen Füßen stehen und ihren Unterhalt selbst verdienen zu können. Was sagst du dazu, Klarissa? Ich bin ganz fassungslos. Wie soll man Senta gegenüber dazu Stellung nehmen?«

Klarissa sah über ihre Brille hinweg zu der Schwester hinüber.

»Das ist eine schöne Bescherung! Was heißt da, Stellung nehmen? Man wird Senta einfach sagen müssen, daß sie nach Hause fahren soll. Wir werden uns doch nicht die unangenehme Aufgabe aufpacken, ihr zu sagen, daß ihr Vater zugrunde gerichtet ist. Das gibt dann Jammern und Weinen, und sie macht uns die anderen Pensionärinnen unruhig. Du weißt, wie sehnsüchtig sie seit Jahren wartet, daß sie von ihrem Vater heimgerufen wird. Ich halte es für das klügste, du sagst ihr, daß dies jetzt in dem letzten Brief ihres Vaters geschehen ist, und damit fertig.«

»Aber er schreibt nichts darüber, daß sie heimkommen soll.«

»Nun, das ist doch in diesem Fall selbstverständlich. Sie wird zu Hause noch früh genug erfahren, wie schlecht es um ihren

Vater steht und daß sie sich ihren Unterhalt jetzt selbst verdienen muß.«

»Mein Gott, das arme Ding!« seufzte Frau Doktor Stahl mitleidig.

Klarissa zuckte die Achseln.

»Unzeitgemäßes Mitleid ist ein Luxus, den wir uns in unserer Lage nicht gestatten dürfen, Helene. Die Geschäfte gehen in den letzten Jahren schlecht. Aus Deutschland bleiben die Schülerinnen aus, weil die Leute dort kein Geld mehr haben, ihre Töchter in teure Pensionen zu schicken. Die Amerikanerinnen werden auch immer seltener. Wir haben dieses Jahr wieder fünf Pensionärinnen weniger, als wir unterbringen können. Willst du dir in unangebrachtem Mitleid einen nicht zahlungsfähigen Brotesser aufhalsen? Das würde geschehen, sorgten wir nicht schnell dafür, daß Senta von Erlach abreist. Sonst haben wir sie hier auf dem Hals; denn bis sie so weit ist, daß sie ihr Brot verdienen kann, wird eine lange Zeit vergehen.

Sie hat gewiß viel bei uns gelernt, aber was soll sie für einen Beruf ergreifen? Das Lehrerinnenexamen hat sie nicht gemacht, davon war nie die Rede. Sie beherrscht die englische und französische Sprache ziemlich gut, aber das können heute Hunderttausende, die damit ihr Brot verdienen wollen. Sie könnte eine Stelle als Gesellschafterin bekleiden, aber wie zahlreich sind auf die wenigen Stellen, die es gibt, die Angebote! So bleibt nur noch ihre Malerei. Sie ist unbedingt begabt, das gebe ich zu, und ihre Bildchen, die sie hier anfertigte und womit sie Geschenke machen könnte, sind sehr hübsch und weit über das Mittelmaß hinaus künstlerisch. Vielleicht, daß sie sich damit über Wasser halten kann, wenn auch gute Bilder sehr schwer einen Käufer finden. Aber, wie gesagt, wir müssen schnell sehen, sie loszuwerden.«

»Ach, Klarissa, das klingt so herzlos, sie ist uns doch in all den Jahren lieb geworden.«

»Aber helfen können wir ihr nicht, und es hat keinen Zweck,

mitleidig zu sein. Also sage ihr ruhig, ihr Vater habe geschrieben, daß sie heimkommen soll und daß ihre Abreise sogleich erfolgen müsse. Dann reist sie in guter Stimmung und genießt die Reise noch mit unbeschwertem Herzen. Das Schlimme ihrer Lage erfährt sie noch früh genug von ihrem Vater. Er hat sich seine Vaterpflichten bisher sehr leicht gemacht, nun mag er ihr selbst sagen, wie es um ihn steht.

Im übrigen wird sie es zu Hause nicht gar so schlecht treffen, denn auf einem Gut werden viele Menschen satt, da kommt es auf einen mehr nicht an, wenn es Herrn von Erlach auch an barem Geld fehlt, um den Pensionspreis zahlen zu können. Also mach dir nicht zu große Sorgen um Senta.«

Frau Doktor Stahl seufzte wieder auf.

»Du magst recht haben mit allem, was du sagst, Klarissa, aber schwer wird mir die Trennung von Senta doch.«

»Sie ist uns von mancher Schülerin schon schwer geworden.«

»Aber gerade Senta! Du weißt, sie ist seit ihrem achten Jahre bei uns, also zwölf Jahre lang, da wächst einem so ein Kind ans Herz.«

»Es ist für uns nicht gut, wenn wir unsere Herzen an unsere Schülerinnen hängen«, sagte Klarissa kalt und sah über die Brille hinweg strafend zu der weichmütigeren Schwester. »Einmal verlassen uns doch alle. Und der Abschied von Senta muß so gut oder so schlecht überstanden werden wie von allen anderen auch.«

»Nein, Klarissa, das wird mir viel schwerer. Sieh mal, die anderen reisen in den Ferien nach Hause, da ist man das Abschiednehmen gewissermaßen gewöhnt. Aber Senta war in all den zwölf Jahren keinen Tag von uns getrennt, selbst bei den wenigen Besuchen, die ihr Vater ihr im Laufe der Jahre gemacht hat, war sie nur auf Stunden mit ihm zusammen. Wie gesagt, dieser Abschied wird mir sehr schwer.«

»Um so schneller muß ein Ende gemacht werden. Ich habe es mir zum Grundsatz gemacht, keine meiner Schülerinnen in mein Herz zu schließen, das schafft nur Pein. Ich lehre sie, soviel ich kann, tue meine Pflicht, wie du weißt, im höchsten Maße, aber damit genug.«

»Du bist eben ein viel härterer Charakter als ich, Klarissa!«

»Gott sei Dank!«

»Also du meinst wirklich, wir sollen ihr verheimlichen, wie es um ihren Vater steht und welche mißlichen Verhältnisse sie zu Hause erwarten?«

Klarissa nickte energisch.

»Unbedingt! Ich wiederhole dir: sie erfährt alles noch viel zu früh. Gönne ihr noch die wenigen ruhigen, sorglosen Tage und die Freude auf die Heimkehr, die sie so lange ersehnt hat. Meinst du, sie wird sich viel darum kümmern, ob uns der Abschied von ihr schwer wird? Sie wird jubeln, daß sie heimkehren darf, und nicht danach fragen, ob uns das weh tut.«

Frau Doktor Stahl wischte verstohlen eine Träne fort und zwang sich zur Festigkeit.

»Nun ja, du wirst recht haben, Klarissa. Es hilft nichts, es muß sein. Aber du könntest es mir abnehmen, ihr alles zu sagen, ich fürchte, daß ich dabei meine Fassung verliere und in Tränen ausbreche.«

Fast strafend sah Klarissa die Schwester an. Dann sagte sie ruhig:

»Nun gut, ich werde es ihr sagen, du brauchst dich nicht damit zu beschweren. Und es soll gleich geschehen. Je eher wir damit fertig sind, um so besser ist es.«

Klarissa erhob sich zu ihrer ganzen Länge, die um so mehr auffiel, als sie sehr schlank, sehr mager war, und schritt auf die Klingel zu. Auf ihr Läuten erschien ein sauberes Zimmermädchen in schwarzem Kleid, mit weißer Schürze und Häubchen.

»Walli, rufen Sie Fräulein von Erlach! Sie ist im Garten unten am Seeufer, wo sie malt.«

Es war gerade Unterrichtspause, und die Pensionärinnen gingen in dem Garten spazieren oder saßen unten am Seeufer um Senta von Erlachs Staffelei herum, deren Bild mit mehr oder minder günstigen oder abfälligen Worten betrachtend.

Senta von Erlach stand an einen Baum gelehnt, und ihre Augen flogen vergleichend von ihrem fast fertigen Bild hinüber zu dem Stück Seeufer, das sie malte. Dann suchten ihre Augen mit versonnenem Blick das schneeige Haupt des Dent du Midi, der sich als Wahrzeichen über den See erhob und Montreux beherrschte.

Senta war ein schlankes, schönes Mädchen, etwas über zwanzig Jahre alt und folglich reifer und verständiger als ihre Mitpensionärinnen, die höchstens bis achtzehn Jahre alt waren. Sie beteiligte sich jetzt an verschiedenen Unterrichtsstunden nicht mehr und benutzte diese Zeit, um ihre Malstudien fortzusetzen. Unstreitig war sie die schönste Pensionärin der Frau Doktor Stahl und auch die anmutigste. Ihr goldbraunes Haar umgab in kurzen, dichten Locken das feine, liebliche Gesicht, und ihre samtbraunen Augen hatten einen reinen, stolzen Ausdruck. Es lag aber auch viel Güte und Gemütstiefe in diesen Augen, wie man das bei so jungen Menschen selten findet. Zuweilen leuchtete es in diesen wundervollen Augen auf, als spielten Sonnenfunken darin. Ihr Teint war von seltener Reinheit und Frische, und die Farbe wechselte bei der leisesten Erregung, was einen besonderen Zauber auf den Beschauer ausübte. Der blaßrote, feingeschwungene Mund ließ beim Lachen sehr ebenmäßige weiße Zähne sehen. Das feine Näschen war für strenge Schönheitsregeln ein wenig zu kurz geraten, aber gerade das gab dem Gesicht einen aparten Ausdruck.

Ihre schlanke Gestalt zeigte edle, jugendschöne Formen, und ihre Bewegungen waren von einer weichen Grazie und doch kraftvoll und elastisch. Sie trug ein hellblaues Kleid, das mit weißer Tresse besetzt war und die klassisch schönen Unterarme frei ließ. Diese Arme hatte Senta hinter dem Kopf verschränkt, der in ihren schönen Händen ruhte. Pinsel und Palette lagen auf dem Sessel, auf dem sie gesessen hatte, während sie malte.

Die Pensionärinnen, die sie umgaben, sahen bewundernd zu ihr auf. Es war ganz von selbst gekommen, daß Senta eine führende Stellung unter ihnen einnahm. Sie besprachen Sentas neuestes Bild mit wichtiger Miene, aber wenn auch diese und jene noch etwas an dem Bild geändert wünschte, waren doch alle überzeugt, daß es wieder sehr hübsch geworden sei. Lächelnd, den Blick auf den Gipfel des Dent du Midi gerichtet, hörte Senta zu.

»Ich muß noch viel, sehr viel lernen«, sagte sie ruhig und bestimmt.

In diesem Augenblick hörte sie Walli ihren Namen rufen.

»Fräulein von Erlach! Fräulein von Erlach! So hören Sie doch!«

Langsam wandte sich Senta nach dem Zimmermädchen um.

»Was gibt es, Walli?«

»Sie möchten sofort zu Frau Doktor kommen, Fräulein von Erlach«, sagte Walli.

Senta verwahrte schnell ihr Malgerät und bat die anderen, nicht an ihre Staffelei zu stoßen, sie werde wiederkommen, um das Bild heute noch fertigzumachen.

»Wer bekommt das Bild, Senta?« fragte eine der jungen Damen.

Senta lachte.

»Wer von euch zuerst Geburtstag hat.«

»O fein, Senta, das bin ich!« rief ein blondes, frisches Ding.

»Gut, Helga, dann wirst du es bekommen.«

Helga umarmte und küßte sie.

»Du, da bin ich aber stolz. Ist das wirklich dein Ernst?«

»Selbstverständlich! Aber nun laß mich, ich muß zu Frau Doktor!«

Sie wurde noch mehrere Male aufgehalten von den jungen Mädchen und mußte sich ganz entschieden losmachen.

»Ich habe jetzt keine Zeit, ihr habt gehört, daß Frau Doktor mich zu sprechen wünscht.«

»Hast du etwas angerichtet, Senta?«

»Unsinn, Senta bekommt keine Strafpredigten mehr, sie ist doch erwachsen!«

So tönte es hinter Senta her, und sie mußte ein wenig in sich hineinlachen.

Ruhig und ahnungslos setzte sie ihren Weg durch den großen Garten bis nach dem Hause fort. Sie trat in das Wohnzimmer der Frau Doktor Stahl, und jetzt fiel es besonders auf, wie hold und lieblich sie anzusehen war, weil ihre junge Schönheit in so starkem Gegensatz zu dem Äußeren der beiden ältlichen Schwestern stand.

»Sie wünschen mich zu sprechen, Frau Doktor?« fragte Senta, ruhig zu den beiden Damen hinübersehend.

Fräulein Klarissa sah über die Brille hinweg zu ihr.

»Ja, liebe Senta, wir haben dir etwas zu sagen. Bitte, nimm Platz«, sagte sie mit einem säuerlichen Lächeln.

Etwas betreten sah Senta zu ihr hinüber. Fräulein Klarissa war eine anerkannt tüchtige Lehrerin, aber menschlich nahe stand ihr keine ihrer Schülerinnen. Sie setzte sich und sah wie hilfesuchend zu Frau Doktor Stahl hin, aber diese wich ihren Blicken aus. Und so blickte sie wieder zu Fräulein Klarissa hinüber mit einem gespannten, erwartungsvollen Blick.

»Was haben Sie mir zu sagen, Fräulein Klarissa? Hoffentlich ist es nichts Unerfreuliches?«

»Nein, nein, Senta, im Gegenteil, du wirst dich sehr freuen. Deine Sehnsucht soll endlich gestillt werden. Dein Vater ruft nach dir.«

Senta fuhr aus dem Sessel empor und starrte sie fassungslos an.

»Mein Vater? Soll das heißen, daß er mich heimruft?« fragte sie blaß bis in die Lippen vor Erregung.

»Ja, so ist es!«

Da drückte Senta im Übermaß des Empfindens die Hände aufs Herz. So lange hatte sie sich nach diesem Heimruf gesehnt, immer vergeblich. All ihre heimlichen Wünsche waren nach ihrer geliebten schönen Heimat geflogen, die sie immer wieder in ihren Träumen sah und die ihr durch diese Sehnsucht vergoldet wurde. Wie ein verlorenes Paradies erschien sie ihr. All die Jahre hatte sie die Heimat nicht wiedersehen dürfen, und auf all ihre Bitten hatte der Vater ihr erklärt, er könne sie nicht daheim brauchen, es sei alles leer und öde um ihn her, und für ein so junges Ding wie sie sei es viel zu einsam und abgelegen in Erlachhausen. Nun kam dieser Heimruf so unerwartet, daß sie es nicht fassen konnte. Immer hatte sie sich zwar gesagt: einmal wird der Vater dich rufen, ewig kannst du nicht im Haus von Frau Doktor Stahl bleiben. Aber die Erfüllung ihres sehnlichsten Wunsches erschien ihr nun doch unfaßbar.

»Ist es wahr? Mein Gott, ist es wirklich wahr? Ich darf nach Hause kommen?« fragte sie mit bebender Stimme und verklärtem Blick.

»Ja doch, Senta, glaube es nur. Endlich soll dein Wunsch in Erfüllung gehen.«

Da schossen Senta die hellen Tränen in die Augen.

»Mein Gott! Endlich! Endlich also doch!« rief sie außer sich vor Freude.

Auch Frau Doktor Stahl traten die Tränen in die Augen. Ihre Schwester sah sie an, als wollte sie sagen: Siehst du, wie sie sich freut, von uns fortzukommen.

»Du freust dich also sehr, Senta?« fragte sie scharf.

Senta drückte die Hände aufs Herz. »Oh, Sie werden verstehen, wie sehr ich mich freue. Aber schelten Sie mich darum nicht undankbar. Ich sollte mich eigentlich nicht so sehr freuen, weil ich Sie doch verlassen muß. Aber ich habe mich trotz all dem Guten, das ich in Ihrem Hause genossen habe, manchmal fast krank gesehnt nach Hause, nach Vater, nach meiner lieben schönen Heimat. Und nun soll ich sie endlich wiedersehen! Oh, nicht wahr, liebe Frau Doktor, Sie können mich verstehen und werden mir nicht zürnen wegen meiner Freude und mich nicht undankbar schelten?«

Mit dieser Bitte wandte sich Senta an Frau Doktor Stahl, denn bei Fräulein Klarissa meinte sie kein Verständnis zu finden.

Frau Doktor Stahl faßte ergriffen Sentas Hände und zog sie zu sich heran. Aber die harte Stimme ihrer Schwester gab ihr gleich wieder Haltung.

»Wir sind gewöhnt, daß unsere Zöglinge uns verlassen, wenn sie flügge sind, Senta, und dich haben wir so lange behalten dürfen wie keine andere. Nun müssen wir uns auch in diese Trennung fügen und wollen sie dir nicht durch unseren Schmerz schwermachen«, sagte Klarissa.

Frau Doktor Stahl streichelte Sentas Hand und sagte, ihrer Stimmung nachgebend:

»Mein liebes Kind, deine Freude auf daheim können wir wohl verstehen und zürnen dir nicht. Du wirst uns in gutem Gedenken behalten, das weiß ich. Und ich möchte dir noch einen Spruch mit auf deinen ferneren Lebensweg geben, der vielleicht nicht alles in Erfüllung bringt, was du dir von ihm versprochen hast: ›Erfüllt wird jedes Glück gering und zeigt die Grenzen seiner Macht.‹ Du gehst jetzt hinaus in die Welt, aus diesem stillen, umfriedeten Heim, und du wirst vielleicht ebenso, wie du dich jetzt nach der Heimat sehnst, dich eines Tages nach der Ruhe und dem Frieden deiner Kindheit und Jugend zurücksehnen. Wir Menschen wissen nie, wo unser Glück liegt. Aber ich wünsche dir von Herzen, daß es dir auf allen Wegen treu bleiben möge.«

Senta beugte sich hinab und küßte ihre Hand. Sie glaubte zwar nicht, daß sie sich je aus ihrer lieben, schönen Heimat wieder fortsehnen würde, aber sie fühlte, Frau Doktor war tief bewegt, und das rührte an ihr gutes, weiches Herz.

Sie küßte auch Fräulein Klarissa die Hand und fragte dann unruhig:

»Wann soll ich heimkehren?«

»So schnell wie möglich. Wir werden sogleich alles vorbereiten, ich denke, daß du übermorgen reisen kannst.«

Senta nickte froh und bewegt.

»O ja, bis dahin kann ich mit allem fertig sein. Ich will schnell mein Bild noch fertigmalen, das ich Helga Morlan zum Geburtstag versprochen habe.«

»Kind, mit deinen Bildern machst du kostbare Geschenke, gekauft, würden sie mehrere hundert Mark kosten. Das sagte ich dir doch schon, als du mich Weihnachten mit einem solchen Bild erfreutest.«

Senta lachte.

»Ach, liebe Frau Doktor, das sagen Sie nur, um mir Mut zu machen, mit meiner Malerei fortzufahren.«

»Nein, wirklich nicht, du kannst es mir glauben, einige hundert Mark würde so ein Bild bestimmt kosten.«

Das sagte Frau Doktor Stahl recht nachdrücklich, weil sie hoffte, Senta würde sich daran erinnern, wenn sie erst wußte, daß sie gezwungen sein würde, ihren Unterhalt selbst zu verdienen.

Senta aber ahnte nicht, was für ein Fingerzeig ihr da gegeben wurde, und sagte lächelnd:

»Nun, ich habe es Helga versprochen, und ein Versprechen muß man halten; ich weiß, daß sie sich darüber freuen wird.«

»Das kann sie auch. Aber du hast recht, Versprechen muß man halten. Also mache nachher das Bild gleich fertig, denn du mußt deine Koffer packen.«

Die beiden Schwestern besprachen nun noch allerlei, was auf Sentas Reise Bezug hatte, mit ihr.

Als sie dann wieder in den Garten ging, den die Zöglinge des Pensionats verlassen hatten, um das Schulzimmer aufzusuchen, und an ihrer Staffelei saß, ließ sie plötzlich Pinsel und Palette sinken und sah mit großen Augen vor sich hin. Ihr war zumute, als habe sie keine Kraft mehr, sich auf die Heimat zu freuen, als habe sich diese Kraft in der jahrelangen Sehnsucht aufgezehrt. Und der Geleitspruch, den ihr Frau Doktor Stahl gegeben hatte, fiel ihr beklemmend auf die Seele:

›Erfüllt wird jedes Glück gering
und zeigt die Grenzen seiner Macht.‹

Ja, war ihr nicht jetzt schon zumute, als sei ihr das Glück, heimkehren zu dürfen, geringer geworden?

Aber nein, das war ja Torheit, sie fürchtete sich nur ein wenig, weil sie fühlte, daß sie dem Vater in jahrelanger Trennung etwas fremd geworden war. Aber das würde vorübergehen. Oh, sie wollte unablässig werben um seine Liebe, er sollte es lernen, sie wieder zärtlich an sein Herz zu nehmen, wie er es getan, als die Mutter noch lebte. Und es wurde ihr in dieser Stunde klar, was sie hatte entbehren müssen all die Zeit, wie verlassen und einsam sie gewesen war. Der ganze Liebesreichtum ihres jungen Herzens war wie ein Gut in ihr aufgestapelt, das immer größer wurde, weil sie nie davon ausgeben durfte, und das ihr oft das Herz zu sprengen gedroht hatte. Sie mußte alle Kraft zusammennehmen, um sich auf ihre Arbeit zu konzentrieren.

Endlich war sie fertig und räumte ihr Malgerät zusammen. Vorsichtig trug sie das Bild ins Haus und holte ihr Malgerät herein. Solch kleine Arbeiten mußten die Pensionärinnen der Frau Doktor Stahl immer selbst besorgen, denn erstens wurden sie dadurch zur Ordnung erzogen, und zweitens wurde mindestens noch ein bezahlter Dienstbote gespart.

5

Als es im Pensionat bekanntwurde, daß Senta in kurzer Zeit abreisen würde, gab es große Aufregung.

Senta selbst ging herum wie in einem Traum befangen. Ihre Gefühle schwankten zwischen heißer Freude und einer eigenartigen Beklommenheit, aber schließlich siegte doch die Freude. Ihr Kinderland stieg in ihrer Erinnerung wieder auf wie ein verlorenes Paradies, das sie wiedergewinnen sollte. Es war ihr durch die Erinnerung noch verklärt, und als sie vor zwölf Jahren Erlachhausen verlassen hatte, war es wirklich noch eine schöne Heimat gewesen.

Sie ahnte nicht, in welchem traurigen Verfall sie es wiedersehen würde, ahnte nichts von der mißlichen Lage ihres Vaters. Noch weniger ahnte sie, daß der Vater sie hatte allein lassen wollen in der Welt als ein armes, verlassenes, heimatloses Geschöpf. Sie malte sich das Wiedersehen mit dem Vater und der Heimat in den leuchtendsten Farben aus und bekämpfte das unklare, beklommene Gefühl, das zuweilen in ihr aufsteigen wollte und das sie als Angst vor einer möglichen Entfremdung zwischen ihr und dem Vater betrachtete.

Ihr Zimmer glich in diesen letzten zwei Tagen einem Bienenstock, immer gingen die Pensionärinnen bei ihr aus und ein, brachten ihr kleine Erinnerungsgeschenke und gute Ratschläge für die Reise.

Senta war schon zu reif, um all dem süßen Backfischunsinn noch Geschmack abgewinnen zu können, aber sie war gerührt über die Anhänglichkeit der jungen Mädchen, verschenkte auch

Andenken und versprach, ihnen zu schreiben und vor allem ihre Reise und ihre Heimkehr genau zu schildern. Alle wünschten ihr eine recht interessante Reisegesellschaft und kramten eigene kleine Reiseerlebnisse aus.

Frau Doktor Stahl aber empfahl Senta die größte Zurückhaltung allen Mitreisenden gegenüber und machte es ihr zur Pflicht, im Nichtraucherabteil zu fahren und bei jedem Umsteigen darauf zu achten, daß sie immer wieder in solch ein Abteil kam. Es war beschlossen worden, daß Senta von Frankfurt aus im Schlafwagen fahren solte, damit sie die Reise nicht zu unterbrechen brauchte und nicht in einem Hotel übernachten müßte. In Berlin sollte sie dann gleich von einem Bahnhof zu dem anderen fahren und nur im Bahnhofsrestaurant eine Erfrischung nehmen, wenn das nötig sein würde.

Senta wurde unter all diesen Ratschlägen ein wenig benommen zumute. Ihr wäre es lieber gewesen, wenn der Vater sie abgeholt oder wenigstens für eine Begleitung für sie gesorgt hätte. Sie war doch ziemlich unselbständig. Und Frau Doktor Stahl, die ihr unter anderen Umständen eine Begleiterin mitgegeben hätte, wollte die Reisekosten nicht vergrößern, zumal ihre Schwester energisch dagegen stimmte.

Fräulein Klarissa sagte ruhig und bestimmt:

»Du bist alt und verständig genug, Senta, um diese Reise allein zurücklegen zu können. Wir haben dir alles genau aufgeschrieben. Du kannst dich ruhig auf diese Angaben verlassen.«

Senta dankte, sagte aber leise:

»Warum mich nur mein Vater nicht abholt?«

»Aber, Kind, das ist doch so erklärlich, der Landwirt hat jetzt mit der Frühjahrsbestellung der Felder zu tun, da kann er nicht abkommen. Und er wird sich, wie wir, darauf verlassen, daß du vernünftig bist.«

Senta nickte. Im Grunde war sie doch ein wenig verzagt, wenn sie sich auch andernteils ein wenig darauf freute, ganz allein in die Welt hinauszufliegen. Ihr war zumute wie einem

Vogel, dem man den Käfig geöffnet hat und der nicht erwarten kann, bis er davonfliegen darf.

»Aber Sie geben meinem Vater telegraphischen Bescheid, wann ich ankomme, Frau Doktor?« fragte sie.

Diese schüttelte aber den Kopf, und Klarissa sagte schnell:

»Dein Vater erwartet dich natürlich in diesen Tagen mit jedem Zug, da brauchen wir nicht erst zu drahten.«

Senta gab sich damit zufrieden. Nichts fiel ihr auf. Sie hatte auch an so vielerlei zu denken, daß ihr keine Zeit blieb, sich ernstlich um etwas Sorge zu machen.

Mit unruhigem Herzklopfen verabschiedete sie sich am Morgen ihrer Abreise von ihren Mitpensionärinnen, die alle zeitiger als sonst aufgestanden waren, um ihr das letzte Lebewohl zu sagen. Am liebsten wären sie alle mit zum Bahnhof gekommen, aber Fräulein Klarissa wehrte energisch ab. Nur sie und ihre Schwester begleiteten Senta. Diese mußte aber versprechen, vom Zug aus noch zu winken, denn dieser war, wenn er von Montreux bergaufwärts fuhr, noch mehreremal vom Pensionsgarten aus zu sehen.

Auf dem Bahnhof wurde Senta von den Schwestern in einem Aussichtswagen zweiter Klasse untergebracht. In der ganzen Schweiz gibt es auf keiner anderen Strecke solch elegante Wagen wie auf der Strecke Montreux—Zweisimmen.

Als der Abschied von den beiden Schwestern kam, wurden Senta doch die Augen feucht, besonders wenn sie in Frau Doktor Stahls zuckendes Gesicht sah, die sich sehr beherrschen mußte, um nicht ebenfalls in Tränen auszubrechen. Hatte diese Frau ihr doch jahrelang die Mutter ersetzen müssen und hatte es pflichtgetreu getan, so gut sie konnte.

Als der Zug davonfuhr und dieser Abschied überstanden war, erwachte wieder die heiße Freude auf die Heimkehr, auf das Wiedersehen mit dem Vater.

Langsam fuhr der Zug in Serpentinen den Berg hinauf, nach Les Avant. Und immer wieder lag Montreux vor Sentas

Blicken, und der Genfer See und der Dent du Midi grüßten zu ihr herüber. Sie sah ihn abschiednehmend an. Immer reizvoller wurde der Ausblick auf Montreux und den See, je höher die Bahn hinauffuhr, und endlich sah Senta auch unter sich den Pensionsgarten liegen, sah die bunten Kleider ihrer Freundinnen und sah, wie diese mit ihren Taschentüchern winkten. Halb lachend, halb weinend grüßte und winkte Senta zurück, und als das alles ihren Blicken entschwunden war, befiel sie plötzlich ein Gefühl grenzenloser Verlassenheit und Einsamkeit. Erschrocken sah sie sich nach den anderen Wageninsassen um. Es waren nur zwei Damen, anscheinend Mutter und Tochter. Um diese Zeit ist der Verkehr auf den Schweizer Bahnen noch nicht sehr lebhaft, die Wintersaison war vorbei, und die Sommersaison hatte noch nicht begonnen. Tief hinab lag auf den Bergen noch der Schnee, auch drüben in Caux war noch alles verschneit. Und oberhalb von Les Avant lag auf den Feldern, auf denen im Mai die Narzissen alles färbten, noch eine leichte Schneedecke. Montreux und der See waren verschwunden, und nur der Dent du Midi grüßte noch einmal herüber. Dann verschwand auch er, und es ging jenseits des Berges abwärts nach Zweisimmen.

Dort stieg Senta um, sie mußte den schönen, eleganten Aussichtswagen mit einem viel weniger schönen und bequemen vertauschen. Es war der Abschied vom letzten, was mit Montreux zusammenhing. Ob sie es jemals wiedersehen würde?

Ganz allein in dem Wagen, setzte sie ihre Reise fort bis Basel. Während dort die Zollkontrolle vorgenommen wurde, verließ Senta den Wagen und erledigte ihre Zollangelegenheit. Als sie dann wieder ihren Platz eingenommen hatte, stieg ein Herr in ihr Abteil. Er verbeugte sich mit stummem Gruß, und seine Augen blitzten unternehmungslustig auf, als er in Sentas reizendes Gesicht sah. Ihre Augen blickten rein und unschuldsvoll zu ihm empor. Sie erwiderte seinen Gruß mit einem leichten, schüchternen Neigen des Kopfes, aber ihr Herz klopfte unter seinem Blick bis zum Halse hinauf. Denn dieser junge Herr, der einen sehr eleganten Reiseanzug trug, war wohl dazu geschaffen, Eindruck auf ein junges, unerfahrenes Mädchenherz zu machen. Er war ein blendend schöner Mensch mit dunklen, feurigen Augen und einem gebräunten Gesicht.

Jetzt kam der Zollbeamte durch den Zug, der die Pässe kontrollierte. Senta reichte den ihren, und als er ihn zurückgab, fiel er zu Boden. Der junge Herr beeilte sich, ihn aufzuheben. Der Paß hatte sich geöffnet und war so vor seine Füße gefallen, daß er den Namen der jungen Dame lesen konnte. Er zuckte leise zusammen und sah forschend in Sentas Gesicht, als er ihr mit einer tiefen Verbeugung den Paß zurückgab. Während nun der Zollbeamte weiterging, sagte der junge Herr mit einer weichen, einschmeichelnden Stimme zu Senta:

»Verzeihen Sie, mein gnädiges Fräulein, daß ich Ihren Namen las, es war nicht meine Schuld. Aber ich preise den Zufall, der mir den Namen meiner reizenden Reisegenossin enthüllte, denn er ist mir nicht unbekannt. Ich darf doch wohl annehmen, daß Sie die Tochter des Herrn Georg von Erlach auf Erlachhausen sind.«

Überrascht sah ihn Senta an und wechselte dabei wieder die Farbe, was ihn entzückte.

»Allerdings, mein Herr! Kennen Sie meinen Vater?«

»Gewiß, mein gnädiges Fräulein, wir sind Nachbarskinder! Gestatten Sie mir, daß ich mich Ihnen vorstelle: mein Name ist Dorneck.«

Ein erlöstes Lächeln flog über Sentas Gesicht, der ein wenig bange geworden war, daß sie sich gegen Frau Doktor Stahls Anweisung, sich mit niemand auf der Reise in ein Gespräch einzulassen, vergangen hatte.

Dies Lächeln erschien dem jungen Herrn sehr reizvoll, und seine Augen flammten in die Sentas. Er pries sich glücklich, eine so reizende Reisegenossin gefunden zu haben, die ihm die Langweile der weiten Reise kürzen würde.

»Oh, ich weiß, Dorneck liegt ganz in der Nähe von Erlachhausen, ich weiß, daß mein Vater dort verkehrt hat«, sagte Senta, froh, daß sie zu diesem schönen jungen Mann nicht abweisend zu sein brauchte.

Hans von Dorneck verneigte sich.

»Ihr Herr Vater und der meine waren gute Freunde. Mein Vater ist leider schon seit Jahren tot.«

Oh, wie froh war Senta, daß dieser liebenswürdige Reisegenosse über jeden Zweifel erhaben war. Er war der Sohn eines Freundes ihres Vaters, sie waren Nachbarskinder. Das erschien ihr Garantie genug, ihm ihr Vertrauen entgegenbringen zu dürfen. Ohne Scheu, ganz zutraulich, sagte sie aufatmend:

»Das ist ein großes Glück für mich, Herr von Dorneck, daß ich hier mit Ihnen zusammentreffe. Ich habe mich ein wenig vor der weiten Reise gefürchtet. Sie reisen wohl auch nach Hause?«

Er setzte sich ihr gegenüber an das andere Fenster des Abteils und sah sie mit so bezwingender Liebenswürdigkeit an, daß ihr wieder das Herz klopfte.

»Ja, mein gnädiges Fräulein, und ich preise mich ebenfalls sehr glücklich, daß ich eine so reizende, scharmante Reisegenossin gefunden habe. Sie müssen mir gestatten, Ihnen alle Ritterdienste auf dieser Reise leisten zu dürfen. Sie reisen allein?«

»Ja, leider kann mein Vater daheim nicht abkommen, und aus der Pension in Montreux, wo ich bisher weilte, war auch niemand abkömmlich. So mußte ich schon allein reisen.«

Es lag ein sonderbarer Ausdruck in seinen Augen. Er wußte ja, daß Erlachhausen dieser Tage unter den Hammer kommen würde. Diese junge Dame schien aber darüber nicht im Bilde zu sein, und er würde sich natürlich hüten, ihr das mitzuteilen. Es fiel ihm jetzt ein, gehört zu haben, daß die einzige Tochter Herrn von Erlachs seit dem Tod ihrer Mutter in einem Pensionat in Montreux untergebracht worden war.

Anscheinend hatte sie ihr Vater nun heimlich gerufen, weil er die teure Pension nicht mehr bezahlen konnte, ohne ihr jedoch seine Lage klarzumachen.

»Sie kommen direkt aus der Pension? Es scheint mir jedoch, als seien Sie bereits eine erwachsene junge Dame, die längst über die Pensionsjahre hinaus ist.«

Sie nickte ihm harmlos zu.

»Ja, mein Vater hatte leider bestimmt, daß ich solange dort bleiben sollte, er konnte mich daheim nicht brauchen. So sehr habe ich mich all die Jahre nach Hause gesehnt, und ich bin nun sehr glücklich, endlich dorthin gerufen zu werden. Wie freue ich mich auf unser schönes Erlachhausen! Ich habe es immer in meinen Träumen gesehen, mit seiner blumengeschmückten Terrasse, den großen Beeten voll blühender Blumen auf den großen Plätzen, die mit kurzgeschorenem englischem Rasen bedeckt sind, mit den steinernen Hellebardieren, die unser Heim bewachen. Ach, welche Freude, das alles wiederzusehen! Ich kann die Zeit nicht erwarten, bis ich durch das herrliche schmiedeeiserne Parktor fahren kann.«

Ein kurzer mitleidiger Blick aus seinen Augen streifte ihr schönes, strahlendes Gesicht. Sein etwas leichtfertiges Gesicht wurde ernst. Das arme Ding! Was für eine bittere Enttäuschung stand ihm bevor! Was würde es empfinden, wenn es Erlachhausen in seiner jetzigen Gestalt wiedersah? Und wenn es erfuhr, daß auch das, was von Erlachhausen übriggeblieben war, bald nicht mehr seinem Vater gehören würde?

Er konnte ihm alles nachfühlen, denn auch er war bis vor kurzem in schwerer Angst und Not gewesen, daß er Dorneck den Gläubigern würde überlassen müssen. Ein gütiges Geschick hatte ihm Hilfe in der Not gesandt. Aber Herr von Erlach würde in kurzer Zeit Erlachhausen verlassen müssen und seine Tochter mit ihm. Da tat man wahrlich ein gutes Werk, wenn man ihr diese Reise ins Elend etwas vergnüglicher gestaltete.

»Sie waren wohl lange nicht in Erlachhausen?« fragte er.

»Nicht ein einziges Mal in den zwölf Jahren, die ich im Pensionat verbrachte.«

Wieder stieg ein leises Mitleid in ihm auf, das ihn aber nicht hinderte, eroberungslustig in ihre schönen, vertrauenden Augen zu blicken und damit ihr junges Herz zu beunruhigen, wie er sehr wohl merkte. Denn Hans von Dorneck kannte die Frauen und wußte, daß er bisher jede besiegt hatte, die er hatte erobern wollen.

»Dann werden Sie manches verändert finden«, sagte er.

Sie nickte.

»Ich kann mir denken, daß Vater allerlei Verschönerungen in all den Jahren angebracht hat.«

»Aber davon wollen wir jetzt nicht reden«, sagte er schnell abbrechend. »Wir haben eine lange Reise vor uns und wollen uns so behaglich wie möglich einrichten. Ist Ihr Gepäck schon durch die Zollkontrolle gegangen?«

»Ja, ich war eben damit fertig, als Sie einstiegen.«

»Und reisen Sie direkt durch oder in Unterbrechungen?«

»Ich benutze von Frankfurt bis Berlin den Schlafwagen und reise gleich durch, weil ich keine Station in einem fremden Hotel machen will.«

»Das trifft sich gut, genauso habe ich meine Reise auch geplant. Haben Sie schon einen Schlafwagenplatz?«

»Ja, das alles hat mir Frau Doktor Stahl, meine Pensionsvorsteherin, besorgt.«

»Das ist vernünftig. Obwohl jetzt keine Reisesaison ist, sind zwischen Frankfurt und Berlin fast immer alle Plätze belegt. Und wie steht es mit dem Appetit?« fragte er lachend.

Sie lachte mit, so recht von Herzen froh, weil sie nun nicht mehr allein war und einen so angenehmen Reisegenossen gefunden hatte.

»Ich habe im Bahnhofslokal ein belegtes Brot gegessen, weil ich nicht wußte, ob und wann wir einen Speisewagen im Zug bekommen würden.«

»Natürlich bekommen wir einen, mein gnädiges Fräulein, gleich hinter Basel beginnen die Mahlzeiten. Da ich hungrig bin, werde ich daran teilnehmen, und ich hoffe sehr, daß Sie mir Gesellschaft leisten werden.«

Dabei sah er sie so flehend und so bezaubernd liebenswürdig an, daß ihr das Herz wieder in schnellem Tempo klopfte. Dieser blendend schöne Mensch hatte es leicht, ihr junges, unerfahrenes Herz zu bestricken. Ein seltsam süßes Glücksgefühl stieg in ihr auf, sie hätte jubeln und singen mögen vor Freude. Wie war die Welt so schön, und wie reizend und gut war ihr Reisegenosse! Ein leises Schelmenlächeln, das Hans von Dornecks leichtsinniges Herz bezauberte, flog über ihr Gesicht.

»Ich habe zwar strenge Weisung von Frau Doktor Stahl bekommen, mich während dieser Reise von allen Menschen zurückzuhalten, da man nicht wissen könne, mit wem man es zu tun habe, aber von Ihnen weiß ich es ja, und da wir Nachbarskinder sind, denke ich, daß ich keinen Verstoß begehe, wenn ich mit Ihnen speise.«

Hans von Dorneck war von Senta nicht weniger bezaubert als sie von ihm.

Und sein leicht entflammtes Herz war immer bereit zu einem kleinen, amüsanten Flirt. Mehr durfte natürlich nicht daraus werden, denn erstens war Senta von Erlach arm wie eine Kirchenmaus, wenn sie das auch noch nicht wußte, und zweitens — nun, daran wollte er jetzt nicht denken.

»Das kommt gar nicht in Frage, mein gnädiges Fräulein, daß Sie einen Verstoß begehen könnten. Wir sind Nachbarskinder, unsere Väter waren gute Freunde, da ist es doch selbstverständlich, daß wir auch wie gute Freunde miteinander verkehren. Bitte, entschuldigen Sie mich einige Minuten, ich will mir gleich Platzkarten für den Speisewagen geben lassen. Wenn er auch kaum besetzt wird, so sind doch die kleinen Tische immer schnell belegt, und wir verzichten doch darauf, daß sich fremde Menschen an unseren Tisch setzen.«

»Es wird natürlich angenehmer sein, wenn wir allein an einem Tisch speisen können«, sagte sie arglos.

Aber er quittierte mit einem feurigen Blick. Junge Damen von Sentas Art waren ihm bisher fremd geblieben, er glaubte nicht, daß sie wirklich so harmlos war, wie sie sich den Anschein geben wollte. Sicher war sie einem Flirt ebensowenig abgeneigt wie er.

Mit einer Verbeugung verließ er das Abteil, um Platzkarten für den Speisewagen zu besorgen. Senta saß mit einem unbeschreiblichen Gefühl auf ihrem Platz und sah gewissermaßen den Himmel offen. Nichts warnte sie vor diesem bezaubernden jungen Mann. Als er nach einer Weile zurückkam, legte er einen Strauß Rosen vor sie auf den kleinen Klapptisch.

»Ein kleiner Vorschuß auf das Willkommen in der Heimat, mein gnädiges Fräulein«, sagte er mit seiner betörenden und weichen Stimme.

Es waren die ersten Blumen, die Senta von einem Herrn bekam, außer ihrem Vater, wenn dieser zu Besuch in Montreux gewesen war. Sie errötete, sah zaghaft auf die Rosen und wußte nicht, ob sie sie annehmen durfte. Als sie ihm schließlich dankte, sah sie mit so zaghaften, unschuldigen Augen zu ihm auf, daß er denken mußte: ›Herrgott, wie ist sie schön und hold, und wahrhaftig, ich glaube, sie ist wirklich so unschuldig und unerfahren, wie sie sich gibt.‹

Das hinderte ihn aber nicht, seine Betörungsversuche fortzusetzen, im Gegenteil, er fing noch heftiger Feuer, und sein Begehren, dies junge Herz zu erobern, steigerte sich, obwohl er hätte wissen müssen, daß es ein Verbrechen war, die Seelenruhe dieses jungen Mädchens zu stören. Wann hätte Hans von Dorneck je vor solchen Bedenken haltgemacht? Er wußte nur, daß sie süß und reizend war, um sein Herz oder vielmehr seine Sinne in Flammen zu setzen — und er brauchte so nötig eine kleine Entschädigung dafür, daß er die Reise von daheim nach Basel in weniger angenehmer Reisegesellschaft hatte zurücklegen müssen. Die Rückreise sollte ihn entschädigen. Und dazu hatte ihm das Schicksal eine so entzückende Reisegenossin beschert. Er würde nicht der Narr sein, sich die Freude an dieser Gesellschaft durch allerlei moralische Bedenken verbittern zu lassen. Das arme junge Ding würde noch früh genug Trübsal blasen müssen, so daß ihr ein kleines Vergnügen zu gönnen war.

Er merkte sehr wohl, daß er auch Senta von Erlach mit seinem Zauber besiegen würde, und sich ihr gegenübersetzend, begann er nun, mit allen Künsten Sentas junges Herz zu bestürmen.

Der Zug hatte sich endlich wieder in Bewegung gesetzt, und Senta fragte, ihr Gesicht in die kühlen Rosen vergrabend: »Sind Sie schon lange von Dorneck fort?«

»O nein, nur einige Tage, ich — ich begleitete einige Damen — Verwandte — nach Basel, wo sie an einem Familienfest teilnehmen wollten. Es war mir eine sehr lästige Pflicht, und das Schicksal war mir eine Entschädigung schuldig für diesen nicht sehr gern geleisteten Ritterdienst.«

Diese Worte waren wieder von einem Blick begleitet, der Senta das Blut in die Wangen trieb. Er fand es sehr reizvoll, wie schnell die Farbe in ihrem Gesicht wechselte, und legte es immer wieder darauf an, diesen Farbenwechsel hervorzurufen.

Senta war viel zu unerfahren, um zu erkennen, daß sein Verhalten ihr gegenüber zu vertraulich war. Sie war froh und glücklich, einen so reizenden Reisebegleiter gefunden zu haben, und da er der Sohn eines Freundes von ihrem Vater war, legte sie überhaupt keinen strengen Maßstab an. Sie meinte, da sie Nachbarskinder seien, wäre eine leichte Vertraulichkeit schon am Platz. Jedenfalls fand sie es wundervoll, daß er so zwanglos und natürlich zu ihr war, als würden sie sich schon seit langen Jahren kennen.

Senta ließ sich immer williger in den holden Zauber einspinnen, der ihr Herz vom ersten Augenblick zu ihm hingezogen hatte. Sie mußte ihn immer wieder ansehen, und eine heiße

Freude stieg in ihr auf, daß ihr das Schicksal gerade diesen Reisebegleiter in den Weg geführt hatte. Ihr war zumute, als beginne ein neues Leben für sie, das mit tausend Glücksmöglichkeiten gefüllt war. Sie suchten zusammen den Speisewagen auf, und Hans von Dorneck umgab Senta mit der bei ihm Frauen gegenüber selbstverständlichen Galanterie. Sie fiel ihm diesem bezaubernd schönen Geschöpf gegenüber besonders leicht, und Senta ahnte nicht, daß er genauso jeder anderen hübschen Frau begegnet wäre.

Er fing immer mehr Feuer, je öfter sie ihn mit ihren unschuldsvollen Augen ansah. Es entzückte ihn zu bemerken, was für einen tiefen Eindruck er auf sie machte. Zwar war er an leichte Siege bei Frauen gewöhnt, aber dieser Sieg, den er heute gewann, war doch von anderer Art als alle anderen zuvor. Und es wachte etwas wie Bedauern in ihm auf, daß diese holde Blume, die ihm so willig entgegenblühte, nicht für ihn bestimmt war.

Seine Verhältnisse waren nicht so, daß er eine arme Frau hätte heimführen können. Dorneck war ebenfalls tief verschuldet, und nur die Aussicht auf eine reiche Partie hatte ihn noch über Wasser gehalten. So war es völlig ausgeschlossen, daß Senta von Erlach hätte seine Frau werden können. Aber er war viel zu leichtsinnig und viel zu schnell entflammt, als daß er einem kleinen süßen Flirt mit ihr aus dem Weg gegangen wäre. Er würde sich schon zur rechten Zeit loszureißen verstehen, wenn es sein mußte. Diese Reise wollte er jedenfalls auskosten bis zur letzten Minute. Es war vielleicht der letzte glückliche Tag für ihn, und den wollte er mit Inbrunst genießen. Jetzt vernünftigen Erwägungen zugänglich zu sein, das konnte kein Mensch von Hans von Dorneck verlangen.

Immer länger ließ er seine dunklen, feurigen Augen in die Sentas brennen, immer zärtlicher küßte er ihre kleine weiße Hand, immer weicher und werbender wurde seine Stimme, so daß Senta alle Wonnen einer ersten jungen Liebe fühlte.

Ja, sie verlor ihr Herz rettungslos an diesen schönen, bezaubernden Mann, den ersten, der es darauf anlegte, sie zu betören. Sie war bisher nur sehr selten mit jungen Herren zusammengetroffen, zuweilen war ein Bruder oder ein anderer junger Verwandter ihrer Pensionsgenossinnen in dem Pensionat aufgetaucht, dann war aber immer Frau Doktor Stahl oder Fräulein Klarissa zugegen gewesen. Und all diese jungen Herren hatten gar keinen Eindruck auf sie gemacht, es waren mittelmäßige Erscheinungen gewesen. Nicht einen Schlag schneller hatte ihr Herz geklopft in Gegenwart dieser Herren.

Aber nun war ihr auf ihrem ersten Flug in die Welt dieser bezaubernde Mann begegnet, der es verstand, Frauenherzen zu betören. Und noch nie war ihm so viel daran gelegen, einen Sieg zu erringen, als Senta von Erlach gegenüber. Wie hätte sie da widerstehen können?

Scheinbar harmlos erzählte er ihr allerlei kleine Erlebnisse aus seiner Vergangenheit, die ihn in ein günstiges Licht setzten. Es erschien ihr so interessant, daß sie ihm jedes Wort vom Gesicht ablas. Und immer wieder entlockte er ihr ein leises, glückliches Lachen, indem er seinen Geist und seinen Witz sprühen ließ.

Nachdem sie ihre Mahlzeit eingenommen hatten, begaben sie sich wieder in ihr Abteil zurück. Da die Wagen heftig schaukelten, hielt er seine Arme um sie, damit sie sich bei dem Rütteln des Zuges nicht weh tun konnte. Daß er dabei öfter als nötig seine Arme fest um ihre schlanke Gestalt legte, war selbstverständlich. Als er es das erstemal tat, zuckte Senta schreckhaft zusammen und sah über die Schulter hinweg nach ihm zurück. In ihren Augen lag ein so großes Erschrecken, daß er sich bewogen fühlte, sich zu entschuldigen.

»Verzeihen Sie, mein gnädiges Fräulein, aber wenn ich Sie nicht halte, tun Sie sich weh«, sagte er so ehrerbietig, daß sie sofort wieder beruhigt war. Ein Gefühl grenzenloser Glückseligkeit kam über sie, weil sie sich in so guter Hut fühlte. Wie aufmerksam er war, wie sorgsam er sie davor bewahrte, sich weh zu tun!

Arme kleine Senta! Sie hatte ihr Herz an diesen leichtsinnigen jungen Mann verloren, ehe sie sich dessen bewußt geworden war. Alles, was vorher in ihrem Leben gewesen war, ehe sie ihn gekannt hatte, war wie fortgewischt als nebensächlich und unwichtig. Ihr war, als habe ihr wirkliches Leben erst begonnen in dem Augenblick, da sie zuerst in seine sieghaften Augen gesehen hatte. Wie alle unerfahrenen Menschen glaubte sie, daß er nur gute, ehrenhafte Charaktereigenschaften haben könne, weil er so schön war. Bevor sie ihn kennengelernt hatte, war ihr Leben nur ein dumpfes Dahinleben in einem freudlosen Dasein gewesen. Jetzt war ein neues, holdes, süßes, schönes Leben in ihr und um sie her erwacht. Und das würde nun immer so bleiben, denn Hans von Dorneck war der Nachbar ihres Vaters und würde nun immer in ihrem Leben sein.

»Leben Sie immer auf Dorneck?« fragte sie aus diesen beglückenden Gedanken heraus, als sie ihre Plätze wieder eingenommen hatten.

Er nickte ihr strahlend zu, denn er verstand in ihrem Gesicht zu lesen. »Ja, mit wenig kurzen Ausnahmen. Und ich habe mich noch nie so sehr darüber gefreut wie jetzt, da ich nun Sie in meiner Nähe weiß.«

Ihr Herz klopfte laut vor Daseinswonne, und sie ahnte nicht, daß er fest davon überzeugt war, daß ihre Tage auf Erlachhausen bald gezählt sein würden. Und mit einem letzten Rest von Vernunft sagte er sich:

Es ist gut, daß sie sehr bald wieder aus meinem Leben verschwinden wird, sonst müßte ich mich entschiedener gegen den Zauber wehren, den dieses süße kleine Mädchen auf mich ausübt. Aber es ist doch wundervoll, daß man noch die Fähigkeit hat, sich so über Hals und Kopf verlieben zu können. Ich dachte schon, ich hätte das verlernt in den Tagen einer nüchternen Pflichterfüllung der späteren Frau von Dorneck gegenüber.

Und weil er an eine baldige Trennung von Senta glaubte, gab er sich widerstandslos und sorglos dem süßen Zauber hin, den sie auf ihn ausübte.

So genossen sie jede Minute dieser gemeinsamen Reise mit einem immer wachsenden Entzücken. Vor Sentas Herzen stand nichts Wache, es öffnete sich weit und ließ die Liebe zu diesem Mann einziehen, dem sie ein schrankenloses Vertrauen entgegenbrachte. Wie hätte sie in ihrer Unerfahrenheit ahnen können, daß er nur ein Spiel mit ihr trieb, da sie sich selbst mit einem so tiefen, heiligen Ernst dem Glück dieser jungen Liebe hingab. Nichts warnte sie.

So kamen sie in Frankfurt an. Wieder umsorgte Hans von Dorneck Senta mit großer Aufmerksamkeit. Er beredete sie, mit ihm im Bahnhofslokal zu speisen, da sie genügend Aufenthalt hatten.

Sie waren nun schon so vertraut miteinander, als seien sie seit Jahren miteinander bekannt. Und immer rettungsloser verfiel Senta seinem Zauber.

Nachdem sie gespeist hatten, begleitete er sie zu ihrem Schlafwagenabteil. Sie hatte Glück, in ihrem Abteil war sie allein, weil wenige Damen in dem Zug reisten. Er übergab sie der besonderen Aufmerksamkeit des Schlafwagenschaffners.

Für ihn selbst war ein Abteil im übernächsten Wagen bestellt, und nun sollte es vorläufig eine Trennung für sie geben. Das empfanden beide bitter, doch ließ sich daran nichts ändern. Sie blieben aber so lange wie möglich in dem Gang am Fenster stehen und plauderten noch immer wie zwei Menschen, die sich viel mehr zu verschweigen als zu sagen hatten. Aber dabei verrieten ihre Augen einander, was sie verschweigen mußten.

Endlich mußte sich Hans von Dorneck verabschieden. Mit einem festen, warmen Druck faßte er ihre Hand und sah sie mit brennenden Augen an.

»Es ist schauderhaft, daß wir nun getrennt werden, mein gnädiges Fräulein, die ganze lange Nacht geht uns verloren. Sagen Sie mir wenigstens, daß auch Sie das bedauern.«

Mit einem unbeschreiblichen Blick sah sie ihn an.

»O ja, ich bedaure es sehr. Wir hätten so nett zusammen plaudern können«, sagte sie leise.

Er raffte sich auf. Unter ihrem Blick schoß ihm das Blut rebellisch durch die Adern. Ihre reinen, unschuldsvollen Augen verrieten ihm, daß sie nichts ahnte von seinen heißen, leidenschaftlichen Gefühlen. Er mußte sich zusammennehmen.

»Sie brauchen den Schlaf jetzt nötiger als meine Unterhaltung. Und morgen früh sehen wir uns wieder. Wir haben dann noch eine dreistündige Bahnfahrt vor uns und eine gute Stunde in Berlin. Darauf wollen wir uns freuen, ja?«

Sie nickte ihm zu, und ihre Hand bebte in der seinen.

»Ja, darauf wollen wir uns freuen!«

»Gute Nacht, Fräulein Senta! Schlafen Sie gut und träumen Sie süß!« flüsterte er ihr heiser vor Erregung zu.

Ein leises Zittern flog über sie dahin, als er sie zum ersten Male bei ihrem Rufnamen nannte.

»Gute Nacht, Herr von Dorneck! Ich glaube, ich werde wenig schlafen können, weil — weil ich soviel zu denken habe, und — der Lärm wird es auch nicht zulassen«, fügte sie hinzu, als habe sie ihm zuviel verraten.

Sie konnte ihm nicht zürnen, daß er sie Senta genannt hatte, es hatte so lieb geklungen und war ihm aus dem Herzen gekommen. Und er hatte ihr damit sagen wollen, daß sie ihm lieb geworden war, so lieb wie er ihr.

Schnell verschwand sie in ihrem Abteil und schloß mit bebender Hand die Tür hinter sich.

Er ging noch eine Weile im Gang auf und ab, eine Zigarette rauchend, und wollte sich selbst auslachen, daß ihm ein kleines Mädchen, das er heute erst kennengelernt, so heiß gemacht hatte. Sie war doch gar nicht der Typ, der ihm sonst gefährlich zu werden pflegte. Aber er konnte nicht lachen. Wahrhaftig, viel zu ernst war ihm zumute. Zum erstenmal in seinem Leben übte eine Frau einen so tiefen Einfluß auf ihn aus, vielleicht gerade, weil sie so ganz anders war als all die Frauen, mit denen er bisher herumgetändelt hatte. Die hatten ihn auch nicht ernst genommen. Aber diese kleine Senta, die nahm ihn ernst, und schön war es, weiß Gott, es war schön und lieb. Aber das konnte er doch nicht brauchen, gerade jetzt nicht. Dagegen mußte er sich wehren mit aller Entschiedenheit.

Aber mit allem Wehren konnte er das holde, liebliche Bild nicht verscheuchen, das vor seinen Augen stand. Er biß die Zähne zusammen und warf den Rest seiner Zigarette fort.

»Keine Torheiten, mein Lieber, arm und arm zusammen ergibt nichts! Dieses Blümchen Wunderhold ist nicht für dich gewachsen, für dich darf nur das Tausendgüldenkraut blühen, und wenn es dir noch so zuwider ist. Damit mußt du dich schon abfinden; sonst gehst du vor die Hunde wie der arme Erlach. Verdammt, daß man so sehr arm ist!«

So redete er mit sich selbst, und dann suchte auch er sein Abteil auf und begab sich zur Ruhe.

6

Senta hatte in dieser Nacht sehr wenig geschlafen, aber daran war nicht nur das unruhige Rattern des Wagens schuld, wenn sie vielleicht auch dadurch am Einschlafen gehindert worden wäre. Sie hatte soviel zu denken, und was sie denken mußte, war so hold und schön, daß es eigentlich schade war zu schlafen. Sie war so unbeschreiblich glücklich und hörte immer wieder den weichen, zärtlichen Ton von Hans von Dornecks Stimme, als er sie ›Senta‹ genannt hatte.

Sie freute sich auf den nächsten Morgen, wenn sie ihn wiedersehen würde. Wie seltsam es war, daß dieser Mann, den sie gestern noch gar nicht gekannt hatte, ihr nun mit einemmal der liebste und vertrauteste Mensch geworden war. Und wie über alle Maßen herrlich und schön, daß sie auch für ihn der liebste Mensch war. Daran zu zweifeln, hätte sie für ein Verbrechen gehalten. Hatte er ihr doch mit jedem Blick, mit allem, was er sagte und tat, bewiesen, daß es so war. Wie wundervoll war plötzlich ihr Leben geworden! Nicht nur, daß der Vater sie endlich heimrief in ihre liebe, schöne Heimat, nein, der liebe Gott hatte noch ein schöneres, süßeres Glück für sie bereitgehalten: er hatte ihr Hans von Dorneck in den Weg geschickt und hatte es auch gefügt, daß ihre Herzen einander zuflogen beim ersten Sehen. Ja, auch Hans von Dorneck hatte sich gleich auf den ersten Blick in sie verliebt, das hatte sie in seinen Augen gelesen.

Was wußte dieses unerfahrene Kind davon, welch himmelweiter Unterschied zwischen Liebe und Verliebtsein bestand? Sie glaubte fest daran, daß Hans von Dorneck in ihr Leben getreten war, um nie mehr daraus zu verschwinden, um immer zu ihr zu gehören.

So unerfahren sie auch war, das fühlte sie doch, daß Hans von Dorneck sie mit anderen Augen angesehen hatte als alle anderen Menschen bisher.

Ja, ja, er liebte sie, wie sie ihn liebte. Davon hatte sie oft gelesen, es gab eine Liebe auf den ersten Blick. Und er freute sich ganz gewiß ebensosehr auf das Wiedersehen morgen früh wie sie, und sie würden sich nun jeden Tag sehen, immerfort, sie würden miteinander Hand in Hand im wunderschönen Park von Erlachhausen spazierengehen, und er würde sie wieder so weich und zärtlich Senta nennen.

Sie erbebte im Gedanken daran, im Gedenken an seine werbenden Blicke, die sich ihr tief ins Herz gebrannt hatten. So hatte sie noch nie unter dem Blick eines Menschen gezittert vor Glückseligkeit. Wenn es doch nur erst morgen wäre!

Das Glück schlug wie eine warme Welle über ihr zusammen. Sie dachte nicht daran, daß es ein Hindernis zwischen ihnen geben könne. Wenn sie einander liebten, was konnte es da für Hindernisse geben? Daß es etwas gab, wie die gemeine Not des Lebens, das wußte sie nicht, wußte auch nichts von tausend Möglichkeiten, die sich zwischen Menschen, die sich liebten, auftürmen können.

Es war sehr spät, als sie endlich doch einschlief, und sie schrak auf, als der Schlafwagenschaffner an ihre Tür klopfte, um zu wecken.

Da war sie sofort wach und fühlte sich munter und ausgeschlafen. Glücksbereit tat sich ihr Herz auf und schlug Hans von Dorneck entgegen. Schnell kleidete sie sich an. Und als sie dann die Tür öffnete, stand Hans von Dorneck schon ihrer wartend bereit. Eine Glutwelle flog über ihr Gesicht und verriet ihm nur zu gut, was in ihr vorging.

Er faßte ihre Hand und drückte seine Lippen darauf.

»Guten Morgen, Fräulein Senta! Ich darf Sie doch so nennen? Wir sind ja Nachbarskinder. Haben Sie gut geschlafen?«

Er wartete ihre Erlaubnis, sie beim Rufnamen zu nennen, gar nicht ab, als sei es selbstverständlich. Und sie fand es so wunderschön, daß er sie so vertraulich anredete, daß sie nichts dagegen einzuwenden hatte.

»Ich danke, Herr von Dorneck, ich habe ganz leidlich geschlafen. Sie hoffentlich auch?«

Er sah sie mit heißen Augen an.

»Nein, fast gar nicht! Ich habe zuviel an Sie denken müssen«, sagte er fast vorwurfsvoll.

Wieder schoß ihr das Blut ins Gesicht.

»Das tut mir leid.«

»Daß ich soviel an Sie denken mußte?«

Ihre Augen strahlten ihn glückselig an.

»Nein, daß Sie so wenig geschlafen haben. Ganz ehrlich — auch ich habe sehr wenig geschlafen.«

»Warum?«

Sie schüttelte verwirrt den Kopf.

»Ich — ich weiß es nicht.«

»Ach schade, ich hoffte schon, daß auch Sie an mich denken mußten.«

Der Schlafwagenschaffner, der eben vorüberging, enthob sie einer Antwort. Er fragte, ob die Herrschaften das Frühstück im Zug einnehmen wollten. Hans von Dorneck lehnte ab, und als der Schaffner vorüber war, sagte er lachend zu Senta:

»Das Frühstück im Schlafwagen ist immer sehr mangelhaft; wir haben bis zum Abgang unseres Zuges über eine Stunde Zeit. Zwanzig Minuten brauchen wir, um zu dem anderen Bahnhof zu gelangen, so bleibt uns noch genügend Zeit, in einem Hotel zu frühstücken. Werden Sie sich meiner Führung anvertrauen, Fräulein Senta?«

Sie sah ihn gläubig an.

»Ganz gewiß, Herr von Dorneck.«

»Also ich bleibe ganz offiziell Herr von Dorneck?« fragte er.

Zum Glück lief jetzt der Zug ein, und der Gang, in dem sie standen, füllte sich mit Reisenden. So war sie einer Antwort enthoben. Sie hätte nicht gewußt, was sie sagen sollte, denn so vertraulich ihr der Verkehr auch schon geworden war, nie hätte sie gewagt, ihn anders zu nennen. Sie hatten nun vorläufig keine Zeit, sich zu unterhalten.

Wie selbstverständlich führte Hans von Dorneck seine Begleiterin zu einer Autodroschke, und sie widersprach nicht. Konnte sie in besserer Hut sein als in der seinen? Sie fuhren zu einem am Weg liegenden Hotelrestaurant, und Hans von Dorneck bestellte Frühstück, nachdem er Senta gefragt hatte, ob sie Tee, Kaffee oder Schokolade haben wollte. In der Pension hatte es unweigerlich früh Schokolade gegeben, und Tee mochte sie nicht. So bestellte sie Kaffee und kam sich sehr rebellisch vor. Es erschien ihr wie ein Beweis ihrer neugewonnenen Freiheit, daß sie ganz nach Belieben bestellen konnte, was sie wollte.

Herrlich mundete dies Frühstück zu zweien in dem eleganten Hotelraum, in dem noch viele andere Gäste frühstückten. Senta schmauste mit Behagen. Sie hatte seit Frankfurt noch nichts gegessen, und in Frankfurt hatte sie auf dem Bahnhof auch nicht viel Zeit gehabt.

Verliebt sah er zu, wie ihre weißen Zähne in das knusprige Weißbrot bissen. Und er sagte ihr mancherlei, was er in seinen Verhältnissen nicht hätte sagen dürfen. Aber die guten Vorsätze von gestern abend waren wieder vergessen. Er sagte süße, verliebte Torheiten, bewunderte ihr Haar, ihren Teint, ihre Augen und ihren Mund. Und sie hörte selig zu, war viel zu glücklich, daß sie ihm gefiel, als daß sie sich diese Schmeicheleien hätte verbitten sollen. Warum hätte sie das auch tun sollen? Es war so wunderselig, das alles anzuhören. Am liebsten hätte auch sie ihm gesagt, was alles sie an ihm bezaubernd fand, seine stolze, schlanke Gestalt, seinen lachenden Mund, sein schönes, ebenmäßiges Gesicht und — ach — seine Augen. Lieber Gott, was an ihm wäre ihr nicht liebenswert erschienen! Wenn sie ihm ebensogut gefiel, dann war es Glücks genug.

Viel zu schnell verging die Zeit, und sie mußten aufbrechen. Er wußte, daß ihr Vater nicht den Zeitpunkt ihrer Ankunft wußte, und gar so gern hätte er sie veranlaßt, einen Tag mit ihm zusammen in Berlin zu bleiben und die Reise erst morgen fortzusetzen. Schon öffnete er den Mund, um ihr diesen Vorschlag zu machen. Aber da sah sie ihn wieder so vertrauensvoll mit ihren gläubigen Augen an, und da wagte er es nicht, seine Bitte laut werden zu lassen. Zum erstenmal war er einer Frau gegenüber zaghaft und beklommen.

Er zahlte, und sie fuhren zum Bahnhof, ohne daß er den Mut gefunden hätte, sie zu längerem Bleiben aufzufordern. Er wußte plötzlich, daß sie ihm diese Bitte ruhig und bestimmt abschlagen würde, und darin hätte er sich nicht getäuscht.

Bald saßen sie sich wieder in einem Abteil ihres Zuges gegenüber, und wieder blieben sie allein. Und die Stunden flogen dahin wie Minuten und waren doch mit tausend Seligkeiten angefüllt. Nicht nur Senta hängte ihr Herz immer fester an Hans von Dorneck, sondern auch seine Gefühle für sie wurden immer stärker, wenn sie auch von einer anderen Art waren als die ihren. Er war rasend in sie verliebt und begehrte sie mit leidenschaftlicher Dringlichkeit, aber er dachte dabei nur an sich, überlegte nicht, daß er ihr ein Leid zufügte damit, daß er ihr junges Herz immer fester an sich zu binden suchte. Seine Liebe war eigennützig. Er wußte, daß Sentas Liebe zu ihm nur Leid im Gefolge haben mußte, und er tat nichts, sie vor dieser Liebe zu bewahren. Im Gegenteil, er wünschte immer dringender, sie an sich zu reißen, wenn auch nur zu einem flüchtigen Spiel, weil er eben nicht Ernst machen konnte, nicht Ernst machen durfte.

Daß er sie aber noch viel weniger in eine Liebelei verstricken durfte, daß sie darüber vielleicht zugrunde gehen könnte, daran wollte er nicht denken.

»Lieber Gott, sie ist so reizend, so entzückend, wie soll ich ihrem Zauber widerstehen können, das kann kein Mensch von mir verlangen«, sagte er zu sich selbst, um sich zu entschuldigen.

Bei seiner Veranlagung bedeutete es schon viel, daß er sie nicht in seine Arme riß und mit Küssen erstickte. Aber so weit hatte er sich in der Gewalt, um das nicht zu tun, wenn er auch einigemal nahe daran war.

So kamen sie, viel zu früh für ihre Wünsche, in der Stadt an, die nahe bei Erlachhausen und Dorneck lag. Senta wollte noch weiterfahren bis zur nächsten Station, die ganz dicht bei Erlachhausen lag, aber er sagte zu ihr:

»Sie werden doch nicht erwartet an der Station?«

»Ich weiß es nicht. Frau Doktor Stahl meinte, Vater würde wohl zu jedem Zug einen Wagen an die Station schicken.«

Es zuckte um seinen Mund. Er wußte, daß Herr von Erlach nicht mehr über einen Wagen und die dazugehörige Dienerschaft verfügte.

»Dann ist es viel einfacher, Sie steigen hier am Bahnhof mit mir aus. Mein Auto erwartet mich. Ich nehme Sie mit und setze sie am Parktor von Erlachhausen ab. Ihr großes Gepäck kann ja später von der Station geholt werden.«

Ihre Augen glänzten verlangend.

»Müssen Sie nicht einen weiten Umweg machen, wenn Sie mich mitnehmen?«

Seine Augen brannten in die ihren.

»Erstens ist es kein weiter Umweg, und zweitens werden Sie doch nicht glauben, daß mich das abschrecken könnte, noch eine Weile Ihre Gesellschaft zu genießen.«

Sie rückte den Hut zurecht.

»Wenn Ihnen die Gesellschaft eines so kleinen dummen Mädels etwas sein kann?«

Er faßte ihre Hand mit festem Griff.

»Jetzt entdecke ich zum ersten Male, daß Sie auch eine Evastochter sind. Zum ersten Male kokettieren Sie und fordern Komplimente heraus.«

Dunkelrot blickte sie erschrocken zu ihm auf.

»Oh, wie können Sie so etwas von mir denken! Es war meine ehrliche Überzeugung. Ich weiß so wenig vom Leben, bin so ungewandt in geselligen Künsten und darf mir doch nicht einbilden, einem so weltgewandten Mann eine gute Gesellschafterin gewesen zu sein.«

Noch immer hielt er ihre Hand fest.

»Doch, das können Sie sich einbilden. Ich will Ihnen etwas sagen, Senta von Erlach, noch nie in meinem Leben hat mir die Gesellschaft einer Frau soviel gegolten wie die Ihre«, sagte er sichtlich bewegt und sehr ernst.

Ihre Augen strahlten ihn an und verrieten ihm ohne Verstellung, was sie für ihn empfand.

»Oh, wie froh macht mich das!« sagte sie mit bebender Stimme.

Er rang mit sich, wollte jetzt ein Ende machen, wollte ihr sagen, daß er sie nicht wiedersehen dürfe, obwohl sie ihm soviel galt. Aber er brachte es nicht über seine Lippen. Statt dessen sagte er hastig:

»Wir müssen uns wiedersehen, sehr bald, Fräulein Senta.«

Sie sah ihn vertrauend an.

»Sie werden nach Erlachhausen kommen, recht bald und recht oft?«

Schaudernd dachte er, welcher Empfang ihr in Erlachhausen beschieden sein würde. Und jetzt erschien es ihm nicht mehr wünschenswert, sondern sehr betrüblich, daß sie wahrscheinlich Erlachhausen schon sehr bald mit ihrem Vater würde verlassen müssen. Ihm war dieser Gedanke fast unerträglich, er wußte, er würde sich namenlos sehnen, sie wiederzusehen.

Daß schon heute die Versteigerung in Erlachhausen war, ahnte er freilich nicht.

Jedenfalls wollte er sich nicht schon heute für immer von ihr trennen. Einmal wollte er sie noch wiedersehen, wollte von ihr hören, wie sie die Enttäuschung ertragen hatte. Aller Vernunft zum Trotz sagte er:

»In den nächsten Tagen will ich Ihren Herrn Vater noch nicht mit meinem Besuch belästigen; ich werde wahrscheinlich auch keine Zeit finden. Aber vielleicht treffen wir uns einmal im Wald, zwischen Erlach und Dorneck, wenn Sie Ihre täglichen Spaziergänge machen werden.«

Sie wurde sehr rot. Instinktiv fühlte sie, daß er sie zu einem Zusammentreffen veranlassen wollte, von dem ihr Vater nichts wissen sollte. Und so lieb sie ihn auch hatte, sagte sie doch ruhig und bestimmt:

»Dann werden wir mit einem Wiedersehen schon warten müssen, bis Sie Zeit zu einem Besuch in Erlachhausen haben. Meinen Vater werden Sie gewiß nicht belästigen.«

Er spürte wieder die große Reinheit ihres Empfindens. Das war es ja, was ihn so bezauberte, daß sie bei aller hingebenden Vertraulichkeit von einer so stolzen Reinheit war. Und sich zusammenraffend, nickte er ihr lächelnd zu.

»Sie haben recht, wir müssen warten.«

Und er glaubte nun, daß er sie nicht wiedersehen würde, denn nach Erlachhausen würde er nicht kommen. Und es war gut so, sagte er sich, obwohl es ihm am Herzen riß.

Der Zug war eingelaufen. Er half ihr beim Aussteigen und führte sie schnell zu seinem Wagen, sich vorsichtig umsehend. Denn es lag ihm nichts daran, mit ihr gesehen zu werden.

Zu seinem Chauffeur sagte er scheinbar gleichmütig:

»Wir wollen Fräulein von Erlach am Parktor von Erlachhausen absetzen. Sie wird nicht erwartet, es ist niemand hier, um sie abzuholen.«

Das Auto verließ die Stadt und fuhr nun auf der Straße nach Erlachhausen dahin. Senta sah sich mit strahlenden Augen um. Das alles gehörte zur lieben Heimat! Oh, wie gut kannte sie noch diesen Weg mitten durch den herrlichen Wald, wie oft war sie ihn im Traum und in der Erinnerung gewandelt! Hans von

Dorneck sah ihr Entzücken, ihre jubelnde Freude, und ihm war, als presse ihm etwas das Herz zusammen. Herrgott, wenn er doch jetzt das liebe Ding in seine Arme nehmen und ihm sagen könnte: Erschrick nicht, wenn du zu Hause alles verändert findest, du sollst deine Heimat in meinem Hause, an meinem Herzen finden. Aber das durfte nicht sein, denn — wenn er das tun würde, dann würde er sehr bald keine Heimat mehr haben. Er biß die Zähne zusammen.

Arme kleine Senta, wie bitter wird dein Heimkommen sein! Wie grauenvoll wird der Verfall von Erlachhausen auf dich wirken? Er hätte wirklich in dieser Stunde viel darum gegeben, wenn er ihr einen Ersatz für die verlorene Heimat hätte bieten können. Und seine Liebe, das wußte er, wäre das beste Heilmittel für ihre Enttäuschung gewesen. Aber er durfte dies Heilmittel nicht anwenden, denn auch ihm gehörte von Dorneck kaum noch ein Stein — und das ›Tausendgüldenkraut‹ mußte den Verfall abwenden, würde ihn abwenden. Dafür mußte er sich aber diesem ›Tausendgüldenkraut‹ mit Leib und Seele verschreiben für alle Zeit, und das Blümchen Wunderhold mußte er aus seinem Leben streichen. Er biß die Zähne zusammen, als sie sich dem Parktor näherten. Er wußte, hier harrte ihrer die erste Enttäuschung, denn sie hatte ihm dies kunstvolle schmiedeeiserne Tor geschildert, so, wie es vor langen Jahren einmal ausgesehen hatte, und nicht in dem verlotterten Zustand, in dem es sich jetzt befand.

Der Wagen fuhr vor, und Sentas Augen weiteten sich, als sie das häßliche und windschief in seinen Angeln hängende, verwitterte und verrostete Tor sah. Sie wurde sehr blaß.

»Mein Gott, was ist denn mit dem Parktor geschehen?« fragte sie atemlos und sprang aus dem Wagen.

Mit erbarmenden Augen sah er sie an.

»Der Zahn der Zeit, Fräulein Senta; ich sagte Ihnen ja, daß Sie manches verändert finden würden. Aber nun muß ich mich von Ihnen verabschieden. Durch den Park finden Sie sich wohl heim?«

Sie schluchzte einige Male, als müsse sie aufsteigende Tränen zurückhalten, und konnte ihren Blick nicht von dem verfallenen Parktor wenden.

»Kommen Sie nicht mit? Wollen Sie meinem Vater nicht guten Tag sagen und ihn danken lassen, daß Sie mich so ritterlich unter Ihren Schutz genommen haben?« fragte sie, ihrer Stimme Festigkeit gebend.

Er atmete tief auf. Wenn er jetzt noch eine Minute zögerte, beging er eine große Torheit.

»Nein, nein, ich muß nach Hause. Bitte, grüßen Sie Ihren Herrn Vater, und zu danken braucht er mir nicht. Ich — ich muß danken, daß ich Ihre Gesellschaft genießen durfte. Es — ja — es war ein liebes Erlebnis. Nicht wahr, Fräulein Senta, wir werden diese gemeinsame Reise nie vergessen?«

Sie sah in seine Augen und vergaß für eine Weile das verfallene Parktor.

»Nein, o nein, wie könnte man etwas so Schönes, Herrliches vergessen! Und meinen Dank müssen Sie sich schon gefallen lassen für Ihre Begleitung, Ihren Schutz, Ihre Fürsorge. Auf Wiedersehen, Herr von Dorneck!«

»Auf Wiedersehen!« sagte er heiser.

Und dann riß er sich los, sprang in seinen Wagen und rief dem Chauffeur zu:

»Fort, nach Dorneck!«

Senta blieb stehen und winkte ihm mit einem zagen, verlorenen Lächeln nach. Und dies Bild grub sich ihm viel tiefer ins Herz, als es für seine Ruhe gut war.

»Lebe wohl, Blümchen Wunderhold, ich darf dich nicht wiedersehen, sonst wird mir das ›Tausendgüldenkraut‹ noch widerwärtiger als bisher«, sagte er leise vor sich hin.

Senta wandte sich um, als der Wagen ihren Blicken entschwunden war, und sah wieder zu dem verfallenen Tor empor. Sie wußte nicht, weshalb sich ihr dieser Anblick so beklemmend aufs Herz legte. Und plötzlich kam ihr das Geleitwort in den Sinn, das ihr Frau Doktor Stahl mit auf den Weg gegeben hatte:

›Erfüllt wird jedes Glück gering
und zeigt die Grenzen seiner Macht.‹

7

Da stand sie nun vor der Schwelle zu ihrer Heimat — und konnte sich nicht freuen. Tausendmal hatte sie sich diesen Augenblick ausgemalt und immer in so herrlichen Farben. Die Wirklichkeit blieb so weit dahinter zurück.

›Erfüllt wird jedes Glück gering!‹

Sie atmete tief auf und mußte sich zwingen weiterzugehen. Am liebsten hätte sie Hans von Dorneck nachgerufen: Um Gottes willen, laß mich nicht allein!

Sich zusammenraffend, nahm sie ihren kleinen Handkoffer, den der Chauffeur neben sie gestellt hatte, und drängte sich durch den schief hängenden Torflügel in den Park. Nur ein Torflügel ließ sich mühsam öffnen, der andere gab ihrem Drängen nicht nach, als wollte er ihr den Eintritt wehren. Und das Drehen des einen Torflügels verursachte ein häßliches kreischendes Geräusch. Es berührte sie wie ein heiserer Klagelaut.

Langsam, mit einem seltsam bedrückten Gefühl ging sie durch den Park dem Herrenhaus zu, und je weiter sie kam, desto mehr fiel ihr auf, wie verwahrlost der einst so gut gepflegte Park war. Die Wege waren von Unkraut durchsetzt, unter den Bäumen machte sich Gestrüpp breit, und schmarotzende Wucherpflanzen wanden sich um die Baumstämme, als wollten sie diese erdrosseln. Auch Senta war zumute, als legte sich eine sinnlose Angst beklemmend um ihren Hals.

Die strahlende Freude auf die Heimat wich einer zagenden Sorge. Also deshalb hatte Hans von Dorneck gesagt, sie werde manches verändert finden? Und sie hatte geglaubt, er meine, daß alles verschönert sei. O mein Gott! Hier war alles so anders, als sie es zu finden erwartet hatte. Das war doch nicht ihre liebe, schöne, herrliche Heimat, alles trug das Zeichen eines grauenhaften Verfalls.

Ihre Schritte wurden immer zaghafter und langsamer. Aber endlich trat sie zwischen den Bäumen hervor auf die weite Rasenfläche vor dem Herrenhaus, wo sie große Beete mit blühenden Blumen zwischen sorgsam geschorenem englischem Rasen erwartet hatte und eine blumengeschmückte Terrasse.

Da drüben lag es, das liebe, geliebte Herrenhaus von Erlachhausen. Aber ihre Augen weiteten sich im Entsetzen. Sie glaubte, ihnen nicht trauen zu können. Da lag der Rasenplatz, wüst, von Unkraut überwuchert, keine einzige Blume auf den verwahrlosten Beeten, keine Blume auf der Terrasse.

Und das Haus, ihr Vaterhaus, Gott im Himmel, wie sah es aus? Die Rolläden hingen kaputt herab, die Fensterscheiben waren blind vor Schmutz und Staub bis auf einige, hinter denen noch Gardinen hingen, die freilich auch nicht sehr sauber und ordentlich waren.

Sie stand wie erstarrt, schaute auf dieses Bild und rang mühsam nach Fassung. Ihr Herz zuckte in wildem Weh. Sie mußte daran denken, wie sie gestern auf der Reise ihrem Reisegefährten eine so begeisterte Schilderung ihrer Heimat gemacht hatte, um ihm zu beweisen, wie gut sie dieselbe noch in Erinnerung hatte. Und nun fiel ihr ein, daß er dabei den Blick von ihr abgewandt hatte, als könne er sie nicht ansehen. Ah, er hatte also gewußt, wie sie die Heimat wiederfinden würde, und hatte es ihr nicht zu sagen gewagt. Eine heiße, alles bezwingende Sehnsucht nach Hans von Dorneck stieg in ihr auf, ihr war, als müsse sie zu ihm laufen und ihn bitten: ›Hilf mir, das ertrage ich nicht!‹

Als sie so in ihr Leid versunken dastand und mit trüben Augen auf das veränderte Bild schaute, schrak sie plötzlich zusammen. Aus dem geöffneten Portal ihres Vaterhauses hörte sie plötzlich laute, aufgeregte Männerstimmen durcheinanderklingen. Da mußten Männer zusammen sein, die laut und aufgeregt miteinander sprachen. Sie stieß einen zitternden Seufzer aus. Unter diesen Männern mußte sich auch ihr Vater befinden. Dieser Gedanke ließ sie aus ihrer Erstarrung aufschrecken. Sie raffte allen Mut zusammen und lief, so schnell sie konnte, auf das Portal zu.

Erschrocken blieb sie am Fuße der Terrassentreppe stehen und starrte auf die beschädigten Hellebardiere. Sie waren zerfallen und zerbröckelt wie anscheinend ganz Erlachhausen.

Ein verhaltenes Schluchzen stieg aus ihrer Brust empor, und sie hatte alle Selbstbeherrschung nötig, um nicht in Tränen auszubrechen. Aber der Gedanke, fremde Menschen zu sehen, half ihr, ihren Stolz zusammenzuraffen und Haltung zu wahren. Ihre letzte Kraft zusammennehmend, stieg sie an den Hellebardieren vorüber die Terrassentreppe hinauf, in deren Fugen Grashalme wucherten. Dann eilte sie über die Terrasse zum Portal.

Und da stand sie plötzlich einer lärmenden Menschenmenge gegenüber, die sich um einen Tisch gruppierte, hinter dem der Justizrat Sänger stand, den sie natürlich auch nicht kannte. Aufgeregt sprachen alle diese Menschen miteinander, aber Senta verstand kein Wort.

Etwas abseits aber von dieser Menschenmenge stand, an eine Säule gelehnt, eine hohe Männergestalt mit einem Kopf, der wie aus Stein gemeißelt schien in seiner ruhevollen Energie. Er sah mit überlegener Miene auf das Treiben um ihn hinab und war für Senta wie ein fester Punkt in dem wüsten Durcheinander. Ihre Augen hefteten sich auf das ruhige, strenge, fast harte Gesicht, und obwohl ihr Herz furchtsam erzitterte, fühlte sie doch, daß sie sich nur an diesen Mann um Auskunft wenden konnte, was hier geschah und wo ihr Vater weilte, den sie nicht erblickte zwischen all den Menschen.

Ihr Blick schien eine geheime Anziehungskraft auf diesen Mann auszuüben, denn wie magnetisch angezogen wandte er langsam das Haupt und erblickte Senta, die in einer Hand ihren kleinen Handkoffer trug und in der anderen ihren Hut, den sie in der Erregung vom Kopf gerissen hatte, als sei es ihr zu heiß geworden. Ihr goldbraunes Gelock umgab wirr, aber sehr reizvoll das feine Gesicht, und ihre samtbraunen Augen ruhten forschend und fragend auf Henner Stolbergs Zügen. Dieser war bei Sentas Anblick heftig zusammengezuckt. Das schöne, schlanke Mädchen, auf das niemand achtete, erschien ihm wie eine unwirkliche Erscheinung. Eine jähe Blässe überzog unter dem großen, angstvollen Blick ihrer Augen sein Gesicht. Sie sah ihrer Mutter so ähnlich, daß er einen Augenblick glaubte, diese selbst stehe da an der Pforte des Hauses.

Aber schnell faßte er sich und begriff alles. Das war Senta von Erlach, die Tochter der Frau, die er so sehr verehrt hatte, und des Mannes, dem er vor kaum einer Stunde die Waffe entrissen hatte, mit der er sich den Tod geben wollte.

Gottlob, daß er es hatte verhindern können! Dieser Gedanke durchflog seinen Kopf. Wie hätte er sonst diesem armen Geschöpf gegenüberstehen sollen?

Wenn ihn auch ihre reizende Erscheinung um alle Ruhe zu bringen drohte, faßte er sich doch schnell und schritt auf sie zu.

In diesem Augenblick hob sich eine Stimme über alle anderen hervor und rief:

»Fünfhunderttausend Mark zum ersten — zum zweiten — und — zum letzten!« Dann folgte ein Hammerschlag, und dieselbe Stimme fuhr fort: »Hiermit wird Herrn Henning Stolberg Erlachhausen mit allem lebenden und toten Inventar gesetzlich zugesprochen.«

Das hörte Senta ganz deutlich, während sie Henner Stolberg auf sich zukommen sah. Sie faßte es nicht und erschrak nur, als jetzt eine noch stärkere Bewegung losbrach. Aber schon stand Henner vor ihr.

»Fräulein von Erlach?« fragte er, sich verneigend und zur Ruhe zwingend.

Unruhig, fragend und blaß bis in die Lippen sah sie zu ihm auf.

»Ja, das bin ich! Aber um Gottes willen, was geht hier vor — und — wo ist mein Vater?«

Er nahm ihr ohne weiteres den Koffer aus der Hand. Ihr blasses, angstvolles Gesicht erschütterte ihn.

»Bitte, folgen Sie mir, ich werde Sie zu Ihrem Vater bringen«, sagte er, und sie fühlte, daß seine Augen sie so gütig und mitleidig ansahen und daß seine Stimme so warm und weich klang. Das paßte so gar nicht zu der strengen Härte, die vorhin sein Gesicht zeigte.

Sentas Hilflosigkeit rührte an den ritterlichen Sinn Henner Stolbergs. Und zugleich erwachte in seinem Herzen ein ungekanntes Gefühl für dieses schöne, hilflose Mädchen. Und dieses Gefühl war vom ersten Augenblick an stark genug, um ihn zu veranlassen, sich wie ein Wall zwischen sie und alles Unglück zu werfen.

Senta folgte ihm willenlos. In diesem Augenblick drängte sich ein kleiner, dicker Mann mit einem kahlen Kopf an Henner heran und sagte lebhaft:

»Herr Stolberg, ich möchte der erste sein, der in Ihnen den neuen Besitzer von Erlachhausen begrüßt.«

Das traf Senta mitten ins Herz. Sie begriff nun, daß hier eine Versteigerung stattgefunden hatte. Erlachhausen, ihre Heimat, war unter den Hammer gekommen, und dieser große, kraftvolle Mann neben ihr hatte es gekauft.

Mit dieser Erkenntnis stieg ein heißer Groll gegen diesen Mann in ihrem Herzen auf. Aber sie vermochte sich nicht zu rühren, sah nur, wie Henners Augen drohend auf den kleinen, dicken Mann herniederblickten und wie er ihn mit einer ruhigen, kraftvollen Handbewegung aus dem Weg schob, als sei er eine leichte Feder. Dann wandte er sich wieder mit dem seltsam gütigen Ausdruck zu ihr.

»Kommen Sie, bitte, schnell aus diesem Tumult, Fräulein von Erlach«, sagte er ruhig und ergriff ihren Arm. So führte er sie an den lärmenden Männern vorbei nach einer Tür. Die öffnete er und schob sie hinein. Schnell schloß er dann, ihr folgend, die Tür wieder. Sie hatten ein Zimmer betreten, in dem sich Senta mit großen, bangen Augen umsah. Auch dieser Raum trug die Spuren des Verfalls, er sah unordentlich aus, und die wenigen Möbel waren schadhaft und verlottert.

Aber plötzlich richtete sie sich auf und sah Henner mit flammenden Augen an.

»Was soll das alles? Wo ist mein Vater?«

Henner dachte, wie gut es sei, daß er auf diese Frage eine beruhigende Antwort geben konnte.

»Sie werden gleich vor ihm stehen, Fräulein von Erlach. Aber bitte, fassen Sie sich erst ein wenig. So erregt dürfen Sie nicht vor ihn treten. Ich kann mir sehr gut denken, in welcher Verfassung Sie sich befinden, und ich hätte es Ihnen gern erspart, gerade jetzt heimkehren zu müssen. Aber — Sie müssen tapfer sein!«

In seiner Stimme lag wieder sehr viel Wärme und Güte, aber sie hörte nur eins: er war der neue Herr von Erlachhausen, er hatte sie und den Vater heimatlos gemacht. Darüber konnte sie nicht hinwegkommen, und das genügte, sie gegen ihn einzunehmen. Mit schmerzhaft zusammengezogener Stirn fragte sie heiser: »Ist das wahr, was ich gehört habe? Sind Sie der neue Herr von Erlachhausen? War da draußen eine Versteigerung? Gehört meinem Vater Erlachhausen nicht mehr?«

Ein heißes Mitleid mit ihr durchrieselte ihn. Er fand, daß das Geschick grausam zu ihm sei, weil er, gerade er dazu bestimmt war, ihr die schlimme Eröffnung von dem Zusammenbruch ihres Vaters machen zu müssen. Unglücksboten läßt man leicht die schlimme Botschaft entgelten, die sie bringen. Aber er sagte sich auch wieder, daß niemand es ihr schonender beibringen würde als er, daß ihr Vater zugrunde gerichtet war.

Sie mußte alles wissen, ehe sie ihren Vater sah, denn dieser war jetzt kaum in der Lage, ihr eine Stütze, ein Halt zu sein.

»Bitte, setzen Sie sich eine Weile und suchen Sie sich zu fassen, ehe Sie Ihrem Vater gegenübertreten. Sie können sich denken, daß er augenblicklich in einer sehr bedrückten Stimmung ist.«

Kraftlos sank sie in den verblichenen, verstaubten Sessel, den er ihr zuschob. Mit einem düsteren Blick sah sie zu ihm auf.

»Bitte, sagen Sie mir alles«, sagte sie herb, sich mühsam fassend.

Er fuhr sich mit der Hand über die Stirn.

»Es wird mir schwer, Fräulein von Erlach, Ihnen soviel Schlimmes berichten zu müssen. Ihr Herr Vater hat Sie all die Jahre über seine Verhältnisse im unklaren gelassen, um Ihnen alles Schwere so lange wie möglich ersparen zu können. Nur mit Mühe hat er in den letzten Jahren den Pensionspreis für Sie entrichten können. Seine Vermögensverhältnisse sind seit Jahren die schlechtesten. Das alles ist infolge der Inflation gekommen — verstehen Sie das?«

Sie zwang sich zur Ruhe und nickte nur.

Er fuhr fort:

»Erlachhausen wurde immer stärker belastet, und nun ließen sich die Gläubiger nicht länger hinhalten, sie bedrängten Ihren Vater, er mußte sich entschließen, Erlachhausen aufzugeben, es ließ sich eben nicht mehr halten. Und unglücklicherweise mußten Sie gerade in dem Augenblick nach Hause kommen, als Erlachhausen unter den Hammer kam.«

Sie erzitterte leise und wurde wieder sehr blaß. Aber rührender und hilfloser hatte sie nie ausgesehen, und seine Augen hingen in heißer Unruhe und Besorgnis an ihr. Sie preßte die Handflächen wie im Krampf aufeinander und sagte heiser:

»Und nun sind Sie der neue Herr von Erlachhausen?«

Er verneigte sich, fast schuldbewußt.

»Ja, Fräulein von Erlach, es war kein anderer Käufer da; aber ich hätte es auch jedem anderen streitig gemacht. Ich wollte es kaufen, da es Ihr Herr Vater doch nicht mehr halten konnte.«

Sie erhob sich mit einem Ruck. Fast feindselig sah sie ihn an.

Kalt und stolz war ihr Blick, und ihr Mund preßte sich herb zusammen.

»Bitte, führen Sie mich zu meinem Vater, ich bin nun genügend vorbereitet«, sagte sie bitter.

Er wollte noch etwas sagen, wollte ihr seine tiefste Ergebenheit versichern, wollte ihr sagen, daß er nichts sehnlicher wünschte, als sie beschützen, vor allem Leid bewahren zu dürfen. Ganz seltsam war ihm zumute, sein ganzes Herz flog ihr zu, gleich in dieser ersten Stunde. Und dabei mußte er sie immer wieder mit ihrer schönen Mutter vergleichen. So sehr zwei Menschen einander ähnlich sein konnten, so sehr glich sie dieser. Aber die Augen Gerda von Erlachs hatten ihn immer freundlich und gütig angesehen, ihre Tochter aber sah ihn kalt und stolz an, wie in gefühlsmäßiger Abwehr, sie sah in ihm nur den Eindringling, der sich in ihrem Vaterhaus breitmachen wollte, der sie und ihren Vater verdrängen würde. Das tat ihm weh. Aber er mußte es ertragen, bis er ruhiger geworden war und ihm Gerechtigkeit widerfahren lassen konnte.

Mit einer Verbeugung trat er zurück.

»Bitte, folgen Sie mir!«

Er schritt an ihrer Seite zum Arbeitszimmer ihres Vaters, das er öffnete, und ließ sie eintreten. Aber er betrat gleich hinter ihr das Zimmer, weil er fürchtete, sie jetzt mit ihrem Vater allein zu lassen. Erst wollte er sich überzeugen, daß Herr von Erlach in der Verfassung war, seine Tochter zu empfangen.

Senta sah mit großen Augen auf die zusammengesunkene Gestalt des Vaters, der bei ihrem Eintritt nicht einmal aufsah. Hinter ihm stand der Diener Franz. Sie vermochte nicht zu sprechen, lehnte matt und kraftlos an dem Türrahmen und sah zu dem Vater hinüber.

Henner verdeckte sie mit seiner großen, kraftvollen Gestalt, als er jetzt Herrn von Erlach anredete, so daß dieser Senta nicht gleich erblicken konnte.

»Herr von Erlach, ich komme, Ihnen zu melden, daß die Versteigerung den von uns gewünschten Verlauf genommen hat. Ich habe jetzt noch einiges zu ordnen und werde dann noch einmal zu Ihnen kommen. Aber ich habe Ihnen etwas zum Trost mitgebracht. Ihr Fräulein Tochter ist eben angekommen. — Kommen Sie, Franz!«

Bei den letzten Worten winkte er Franz gebieterisch, ihm zu folgen, und dieser gehorchte, wie selbstverständlich. Vater und Tochter waren allein.

Sie standen sich eine Weile wie gelähmt gegenüber, aber dann breitete der Vater zitternd die Arme aus, und Senta flog auf ihn zu und warf sich in seine Arme.

»Vater! Mein lieber Vater! Mein armer, lieber Vater!« rief sie außer sich.

Er hielt sie fest und streichelte ihr Haar.

»Mein armes Kind! Das war wohl eine böse Heimkehr für dich?«

Sie zitterte an allen Gliedern.

»Ach, Vater, warum hast du mich nicht früher heimgerufen, damit ich deine Sorgen mit dir teilen durfte?«

Beklommen sah er sie an. Sie durfte nicht ahnen, daß er nicht schuldlos an seinem Zusammenbruch war.

»Ich wollte dir allen Kummer fernhalten, solange ich konnte, meine Senta. Du hättest mir doch nicht helfen können.«

»Aber ein Trost hätte ich dir sein können, und es hätte mich nicht so unvorbereitet getroffen.«

Er streichelte noch immer zärtlich ihr Haar und war glücklich, daß er lebte und daß Henner Stolberg sie vor dem Ärgsten bewahrt hatte und — bewahren würde. Dieser Gedanke ließ die Dankbarkeit gegen Henner in seinem Herzen aufwallen.

»Ja, mein Kind, es hat dich unvorbereitet getroffen, aber ich habe es dir leider nicht ersparen können. Nur ahnte ich nicht, daß du — jetzt schon heimkommen würdest.«

Sie sah erstaunt zu ihm auf.

»Du hast mich doch heimgerufen, Vater, endlich.«

»Nein, mein Kind, ich habe Frau Doktor Stahl nur mitgeteilt, daß ich nicht länger für dich bezahlen könnte.«

Sie barg ihr Gesicht an seiner Schulter.

»Ach, das haben sie mir nicht gesagt. Sie sagten nur, du wolltest, daß ich heimkehren soll — und — ich war so glücklich darüber.«

Sie erschauerte leise. Nach dem überschwenglichen Glücksgefühl während ihrer Reise trafen sie nun der Verlust ihrer Heimat und all das Grauenvolle doppelt schwer.

»Es tut mir leid, Senta, daß ich dir nicht mehr eine so liebe und schöne Heimat bieten kann, wie du sie dir in deinen Träumen vorgestellt hast.«

Sie sah ihn mit angstvollen Augen an.

»Nun müssen wir wohl fort von Erlachhausen, Vater?« fragte sie mit zitternder Stimme, und ihr Herz setzte hinzu: Und von Hans von Dorneck?

Der Vater wollte sie beruhigen mit einer begeisterten Schilderung von Henner Stolbergs Güte und Hilfsbereitschaft, aber da fiel ihm ein, daß dieser es verboten hatte und daß er sein Wort hatte geben müssen, seiner Tochter alles zu verheimlichen und in einem anderen Licht hinzustellen. Senta sollte ja nicht wissen, daß sie in Zukunft von Henner Stolbergs Güte abhängig sein würde. Und er fühlte in diesem Augenblick, daß seine Tochter stolzer war als er selbst und keine Hilfe von Henner Stolberg annehmen würde. Und so sagte er nach einem kleinen Zögern:

»Nein, nein, du brauchst das Schlimmste nicht zu fürchten. Wir brauchen nicht fortzugehen von Erlachhausen. Ich — wir — ja, wir haben das Recht, in Zukunft das Verwalterhaus zu bewohnen. Und der neue Besitzer von Erlachhausen wird es in Ordnung bringen lassen, so daß es gut bewohnbar ist. Das — habe ich mir ausbedungen, bevor Erlachhausen unter den Hammer kam.«

Sie strich sich über das Haar. Ach, gottlob, wenigstens mußte sie nicht fort von Erlachhausen, aus Hans von Dornecks Nähe. Aber eine andere Sorge überfiel sie jäh, sie, die sich nie um Geld und Geldeswert gekümmert hatte.

»Wovon sollen wir aber leben, Vater? Du bist doch sicher ganz, ganz arm geworden?«

Er nahm ihre Hand und streichelte sie, und sein Herz war voll Dankbarkeit gegen Henner Stolberg.

»Ganz so schlimm, wie du denkst, ist es nicht, mein Kind. Aus — ja, aus der Versteigerung bleibt mir noch eine Summe von hunderttausend Mark. Die werde ich Herrn Stolberg in Verwaltung geben, weil er sie gut verzinst. Und von diesen Zinsen werden wir leben. Sie werden sich monatlich auf etwa fünfhundert Mark belaufen. Das ist nicht viel, aber da wir frei wohnen, können wir bei sparsamer Wirtschaft damit auskommen. Ach, Kind, ich bin doch wenigstens die schrecklichen Sorgen los, die mich keine Nacht ruhig schlafen ließen.«

Sie nahm seine Hand und schmiegte ihre Wange hinein.

»Ach, lieber Vater, dann ist ja alles gar nicht so schlimm, wie ich glaubte.«

Er nickte ihr zu und unterdrückte einen Seufzer.

»Nicht wahr, es hätte viel schlimmer kommen können? Wir werden uns behaglich im Verwalterhaus einrichten, denn wir dürfen an Möbeln mitnehmen, was noch leidlich imstande ist. Auch das Bild deiner lieben Mutter, ja, auch das werden wir mitnehmen.«

Senta sah zu dem Bild ihrer Mutter auf, und ihre Augen umflorten sich. Aber sie zwang sich zur Tapferkeit, sie begriff, daß sie ihrem Vater alles so leicht wie möglich machen mußte, daß sie ihm nicht mit Klagen und Jammern das Herz beschweren durfte.

»Ja, Vater«, sagte sie mutig, »wir werden uns einrichten. Und — vielleicht kann ich noch etwas dazu verdienen. Ich habe ein kleines Maltalent, das ich in den letzten Jahren sehr gepflegt habe, und wenn ich Aufträge bekommen könnte, würde ich doch so viel verdienen können, wie ich für meine Kleider und andere kleine Bedürfnisse brauche. Wir wollen also nicht verzagen, sondern tapfer und mutig sein. Der liebe Gott wird schon weiterhelfen. Wie lange dürfen wir noch in Erlachhausen bleiben?«

Er strich sich über sein gelichtetes Haar.

»Das muß ich alles noch mit Herrn Stolberg besprechen.«

Sie zog die Stirn zusammen.

»Dieser Herr Stolberg ist mir sehr unsymphatisch, weil er nun Erlachhausen besitzt. Als ich vorhin die Halle betrat, stand er wie ein Gebieter, mit hartem, strengem Gesicht an eine Säule gelehnt, als habe hier kein Mensch außer ihm etwas zu sagen.«

»Das ist auch so, Senta. Du darfst nicht ungerecht sein, er hat sich mir gegenüber sehr liebenswürdig und — nun ja, sehr aufmerksam gezeigt. Und wenn er ein hartes, strenges Gesicht zeigt, so weiß sein Herz nichts davon, er ist ein sehr guter Mensch.«

»Ich mag ihn nicht!« rief sie, heftig den Kopf zurückwerfend.

»Aber, Senta, wir sind ihm wirklich viel Dank schuldig, er hat sich so um mich bemüht.«

»Aber ich mag ihm nicht zu Dank verpflichtet sein, und wenn es nur von seiner Gnade abhängt, dann wollen wir lieber gleich heute nach dem Verwalterhause ziehen. Ich mag ihn um nichts bitten«, sagte sie in einer bei ihr sonst ungewohnten Schärfe.

Ihr Vater sagte sich, wie gut es sei, daß Henner Stolberg darauf gedrungen hatte, daß Senta alles verschwiegen werden sollte, was er für sie tun würde. Sie durfte nicht ahnen, wie sehr sie ihm schon verpflichtet war.

»Nun ja, Kind, ich werde alles sachlich und korrekt mit ihm besprechen. Von einer Gnade kann nicht die Rede sein, ich werde feststellen, wie weit unsere Rechte gehen. Und danach allein richten wir uns. Aber bitte, zeige ihm nicht, daß er dir so unsympathisch ist. Immerhin wird er jetzt unser nächster Nachbar sein, und wir müssen uns gut mit ihm stellen.«

Sie seufzte.

»Wird er immer in Erlachhausen wohnen?«

»Sicher! Er will alles auffrischen lassen. Haus und Park sollen in kürzester Zeit hergerichtet werden, und er will auch das Gut selbst bewirtschaften und wieder auf die Höhe bringen.«

Senta sah nachdenklich vor sich hin. Dieser Herr Stolberg sah allerdings aus, als wenn er alles durchführen würde, was er sich vorgenommen hatte. Und daß er Erlachhausen wieder hochbringen und der Verwahrlosung ein Ende machen würde, freute sie doch. Wenn hier alles wieder so würde wie in ihrer sonnigen Kindheit, so wie damals, als die Mutter noch lebte, dann konnte sie sich wieder über Erlachhausen freuen, wenn es auch dem Vater nicht mehr gehörte. Aber grollen würde sie immer diesem Mann, der in ihre liebe, schöne Heimat eingedrungen war und sich als Herr aufspielte, wenn auch mit Recht. Sie fühlte sehr wohl, daß ihr Groll ungerecht war, und sie war sonst nie ungerecht. Aber ihr war, als müsse sie sich gegen diesen Mann innerlich zur Wehr setzen, er hatte so etwas Beeinflussendes, was sie beunruhigte. Aber sie sagte doch vernünftig:

»Nun ja, Vater, ich werde es ihn natürlich nicht spüren lassen, daß er mir unangenehm ist, er kann ja nichts dafür, und ich gestehe, daß ich ungerecht bin. Aber ich kann nicht anders, und hoffentlich kommen wir sehr wenig mit ihm zusammen.«

»Du gewiß, Senta, dir wird er nicht viel in den Weg laufen. Aber zwischen ihm und mir wird es allerlei Berührungspunkte geben. Wenn er wieder alles in Ordnung gebracht hat, will er Pferdezucht im großen betreiben. Das war immer ein unerfüllter Wunsch von mir. Und er hat mich gebeten, ihm dann mit Rat und Tat zur Seite zu stehen, weil ich ein guter Pferdekenner bin.«

Sie seufzte ein wenig. In ihren Träumen hatte sie es als selbstverständlich angesehen, daß der Vater ihr ein Reitpferd zur Verfügung stellen würde, wenn sie in Erlachhausen war, und sie hatte deshalb in Montreux mit einigen Pensionsgenossinnen Reitunterricht genommen. Dieser Traum war auch ausgeträumt.

Gestern während der Reise hatte sie sich noch ausgemalt, wie schön es sein würde, wenn sie an Hans von Dornecks Seite durch die Heimatwälder reiten würde. Ach, zwischen Hans von Dorneck und ihr war jetzt ein großer, großer Unterschied. Sie war nicht mehr die Erbin von Erlachhausen, war ein armes Mädchen, das froh sein mußte, wenn es mit seinem Vater im Verwalterhaus ein Unterkommen fand. Vielleicht würde Hans von Dorneck, wenn er alles erfuhr, gar nicht mehr mit ihr verkehren wollen? Aber nein, wie konnte sie so etwas von ihm denken, so niedrig durfte sie ihn nicht einschätzen. Er mußte ja schon gewußt haben, daß es so schlimm um Erlachhausen stand, wenn er vielleicht auch nicht ahnte, daß es bereits heute versteigert worden war. Aber — wie es auch war — er würde treu zu ihr halten, das wußte sie, daran durfte sie nicht zweifeln, sonst würde sie ihm unrecht tun.

Sie sehnte sich danach, allein sein zu können, damit sie ihre Gedanken wieder ordnen und über alles, was über sie hereingebrochen war, zur Klarheit kommen konnte.

Während sie mit ihrem Vater sprach, klang immer noch der Lärm der Männerstimmen zu ihnen herein, aber jetzt wurde es plötzlich ganz still. Und sie mußte daran denken, wie Herr Stolberg den kleinen, dicken Mann so ruhig und bestimmt beiseite geschoben hatte. Sie traute ihm ohne weiteres zu, daß er jetzt da drüben Ruhe geschafft hatte. Er war ja der Herr von Erlachhausen und konnte die Ruhestörer entfernen.

Sie sah den Vater unruhig an.

»Wo kann ich mich ein wenig erfrischen, Vater? Ich bin seit gestern morgen unterwegs und möchte mich ein wenig ausruhen. Auch umkleiden möchte ich mich. Meine Koffer sind noch auf der Station, aber ob wir sie hierher holen lassen, weiß ich nicht. Vielleicht lassen wir sie gleich nach dem Verwalterhaus schaffen?«

Er sah sie unsicher an. Es fiel ihm ein, daß für Senta gar kein Unterkommen bereit war.

»Wir werden das alles mit Herrn Stolberg besprechen, Senta. Vorläufig weiß ich nicht, ob Franz ein Zimmer für dich bereit hat. Du mußt entschuldigen, die letzten Tage ist alles drunter und drüber gegangen, und ich hatte nichts im Sinn, als daß Erlachhausen unter den Hammer kommen würde.«

Aufschluchzend umfaßte sie ihn.

»Und du hast das alles allein getragen, armer Vater? Aber sorge dich nicht, irgendwie wird Franz schon ein Unterkommen für mich schaffen.«

»Nun ja — und vorläufig könntest du in mein Schlafzimmer hinübergehen. Da ist noch alles leidlich in Ordnung. Du kannst dich dort erfrischen und ein wenig ruhen. Inzwischen wird Franz ein Mittagessen für uns richten.«

»Kann das nicht ein anderer von der Dienerschaft besorgen?« fragte sie naiv.

Er sah sie seltsam an.

»Franz ist seit Wochen der einzige Diener in Erlachhausen — und auch ihm bin ich den Lohn schuldig geblieben. Alle anderen sind entlassen worden und wären auch nicht geblieben. Aber das mit Franz kommt schon wieder in Ordnung.«

Sie erschrak und wurde sehr rot.

»Ach verzeih, das wußte ich nicht. Es war gedankenlos von mir. Also ich gehe in dein Schlafzimmer. Es liegt nebenan, nicht wahr?«

Er öffnete ihr die Tür zum Nebenzimmer.

»Hier wirst du alles Nötige finden, was du nicht in deinem Reiseköfferchen hast.«

Sie umarmte und küßte ihn.

»Du entschuldigst mich ein Weilchen, Vater, ich möchte ein halbes Stündchen ruhen und versuchen, mich in unserer neuen Lage zurechtzufinden.«

Er nickte ihr zu.

»Das kann ich verstehen. Niemand wird dich stören. Wenn du dich beruhigt hast, erwarte ich dich wieder hier.«

Sie nahm ihren Reisekoffer und verschwand. Als sie die Tür hinter sich geschlossen hatte, ließ sie kraftlos das Köfferchen fallen und sank in einen Sessel. So tapfer, wie sie scheinen wollte, war sie nicht. In dieser Stunde kämpfte Senta von Erlach einen schweren Kampf, um sich mit ihrem so grausam veränderten Schicksal abzufinden.

Die Gedanken jagten hinter ihrer Stirn, und die meisten drehten sich um Hans von Dorneck. Hatte er gewußt, daß Erlachhausen unter den Hammer kam, dann brauchte sie nicht zu fürchten, daß er sich anders zu ihr stellen würde, sonst wäre er wohl viel zurückhaltender gewesen. O nein, nein, ihm machte es nichts aus, ob sie arm oder reich war, er hatte sie lieb, wie sie ihn liebte, und das alles würde ihn nicht kümmern. Er würde sie eines Tages nach Dorneck holen, daran wollte sie glauben. Gewiß hatte er gewußt, daß es sehr schlecht um ihren Vater stand, und deshalb allein hatte er wohl nicht mit ihr zum Vater gehen wollen. Zartfühlend hatte er sie allein gelassen, damit sie erst mit ihrer Enttäuschung fertig wurde. Er würde aber bald kommen, vielleicht morgen schon, um ihr und dem Vater seine Hilfe anzubieten. Natürlich würden sie keinerlei Hilfe von ihm annehmen, brauchten es auch nicht, aber es würde sie doch sehr glücklich machen, wenn er sich um sie sorgte. Und wenn er kam und ihr wieder so liebevoll zärtlich in die Augen sah, dann war alles gut, dann wollte sie nicht gegen das Schicksal murren, wenn es sie auch jetzt hart anfaßte. Seine Liebe würde ihr doch alles, alles ersetzen.

Und dieser Gedanke gab ihr Mut und Kraft. Sie war viel zu unerfahren, um sich sagen zu können, daß sie einem Phantom nachhing. In ihrem jungen, unschuldigen Herzen hielt sie es für sicher, daß Hans von Dorneck um ihre Hand anhalten würde, gleichviel, ob sie reich oder arm war. Sie war überzeugt, daß er jedes Opfer bringen würde, um sie besitzen zu können. Hätte sie doch auch nicht danach gefragt, ob er reich oder arm sei. Und sie hatte keine Ahnung, wie schlecht es um Dorneck bestellt war, und daß er gezwungen war, eine reiche Heirat zu machen, um sich selbst vor dem Untergang zu retten. Der Gedanke an ihn half ihr über allen Kummer hinweg und machte sie tapfer und unverzagt.

Sie erhob sich und begann sich zu erfrischen, kühlte die brennenden Augen, brachte ihr Haar in Ordnung und entnahm ihrem Reiseköfferchen ein hübsches steingrünes Nachmittagskleid. Dabei kam ihr der Gedanke an Henner Stolberg, den neuen Besitzer von Erlachhausen. Und wieder fiel ihr ein, wie ruhig und sicher er den kleinen, dicken Herrn aus seinem Wege geschoben hatte. Es lag so etwas Unentwegtes in seiner ganzen Art — ›unentwegt wie das Schicksal‹, dachte sie.

Sie fand, daß er wie ein Amerikaner aussah. In Montreux waren ihr viele Amerikaner begegnet. Er hatte so feste, harte Linien im Gesicht wie ein Mensch, der alles nach seinem Kopfe zwang. Und so groß und stark war er, daß Hans von Dorneck fast klein und zierlich neben ihm aussah. Aber Hans von Dorneck war viel schöner als er, und so elegant und vornehm, mit ihm konnte sich dieser Herr Stolberg nicht messen.

Aber dann ärgerte sie sich, daß sie überhaupt einen Gedanken an diesen Herrn Stolberg verschwendete. Er beunruhigte sie, das stand fest. Aber sie wollte nicht mehr an ihn denken, und hoffentlich lief er ihr nicht zu oft in den Weg, denn sie konnte ihn nicht leiden, weil er Erlachhausen gekauft hatte. Das erschien ihr Grund genug, ihn unangenehm zu finden.

8

Der neue Herr von Erlachhausen hatte inzwischen eine sonderbare Tätigkeit entfaltet. Zuerst hatte er Franz gefragt, ob ein Zimmer für das gnädige Fräulein bereit sei. Franz hatte bestürzt mit dem Kopf geschüttelt.

»Nein, Herr Stolberg, ich hatte doch keine Ahnung, daß das gnädige Fräulein heimkommen würde und gerade jetzt, wo wir sie am wenigsten brauchen können. Keines der Zimmer ist so weit instand, daß sie darin wohnen könnte. Ich habe nur noch die Zimmer vom gnädigen Herrn in Ordnung gehalten, da ich auch alle andere Arbeit mit verrichten mußte; sogar kochen mußte ich, was ich mein Lebtag nicht getan habe. Es ist auch danach, es schmeckt nicht einmal mir, und ich wundere mich nur, daß der gnädige Herr es so geduldig hinunterschluckt.«

Henner winkte ungeduldig ab.

»Nun gut, Franz, so müssen wir jetzt schnell ein Zimmer für das gnädige Fräulein herrichten. Ich habe in einem der Zimmer einige zierliche, mit Seide bezogene Möbelstücke gesehen, die sehr gut für ein Damenzimmer passen, wenn die Seide auch schon brüchig ist.«

»Ach, Sie meinen die Möbel aus dem ehemaligen Salon der verstorbenen gnädigen Frau?«

»Ja, ja, ganz recht. Das Zimmer, in dem sie stehen, wollen wir schnell herrichten.«

»Der Seidenstoff wird nicht mehr halten.«

»Einige Tage wird es noch gehen. Und wie ist es mit einem Bett, ist eins vorhanden?«

»Ja, in einem der Gastzimmer steht noch ein weiß lackiertes Bett.«

»Gut, gut, das schaffen wir in den Salon mit den Seidenmöbeln. Da sind auch die Fenstervorhänge noch leidlich in Ordnung, wie ich gesehen habe.«

»Ja, aber . . .«

»Es gibt kein Aber, Franz. Los, los, ich helfe mit.«

Franz riß die Augen weit auf.

»Sie?« fragte er ungläubig.

Henner lachte.

»Glauben Sie, ich hätte noch kein Zimmer eingerichtet? Da werden Sie staunen, Franz, wie schnell das geht. Los, in einer halben Stunde muß das Zimmer fertig sein. Holen Sie vor allen Dingen Besen und Staublappen herbei!«

Und ehe Franz noch recht begreifen konnte, was Henner vorhatte, kam dieser schon selbst mit einem Teil des Bettgestells die Treppe herunter und trug es in den Salon. Hier flogen die Möbel förmlich von einer Stelle zur anderen, und Henner hantierte mit Besen und Staubtuch zu des alten Dieners restlosem Erstaunen wie ein gelerntes Zimmermädchen. Er schleppte einen alten Waschtisch herbei, der auch in weißer Farbe gehalten war, fand in einem anderen Zimmer einen leidlich erhaltenen Teppich, suchte, wo er noch etwas Brauchbares finden konnte, und machte Franz Beine, daß auch er sein möglichstes tat. Der alte Diener staunte Henner immer wieder an, wenn dieser so kraftvoll und gewandt die schweren Möbel hin und her schleppte, und mußte schließlich in sich hinein lachen, als wirklich nach kaum einer halben Stunde ein leidlich behagliches Zimmer für Senta zurechtgemacht war. Zuletzt mußte Franz noch ein Waschgeschirr herbeizaubern, und nun war alles fertig. Lachend und mit vor Eifer gerötetem Gesicht sah Henner sein Werk an.

»Nun, Franz, was sagen Sie jetzt?«

»Einfach großartig, Herr Stolberg, wie Sie das gemacht haben!«

Jetzt hatte Henner wieder Zeit, auf den Lärm zu hören, der draußen in der Halle noch immer zu hören war.

»Was toben die denn noch herum? Die werde ich gleich zur Ordnung rufen. Haben Sie eine Kleiderbürste, Franz? Ja? Na, dann bürsten Sie mal meinen Rock ab, mir scheint, ich bin da irgendwo in die Spinnweben geraten.«

Franz gehorchte, als könnte es nicht anders sein, und als er Henners Anzug sauber abgebürstet hatte, sagte dieser:

»Nun gehen Sie in die Küche, Franz, und sehen Sie zu, daß Sie für Ihre Herrschaft ein leidlich anständiges Mittagessen zustande bringen. Nachmittags lasse ich alles Nötige aus dem Dorfgasthaus herüberschicken, da wird es ja Konserven und dergleichen geben, womit Sie in den nächsten Tagen Ihre Herrschaft beköstigen können. Aber darüber wird reiner Mund gehalten, verstanden? Und jetzt will ich die Rasselbande hinaustreiben, die hat hier nichts mehr zu suchen.«

Franz wirbelte der Kopf. Dieser Herr Stolberg hatte ja ein atemberaubendes Tempo, aber ein Prachtkerl war er. Wie ihm alles von der Hand gegangen war! Wie Nippsachen trug er die schweren Möbel hin und her. Mit Besen und Staubtuch hantierte er wie ein gelerntes Zimmermädchen. Und das Zimmer für das gnädige Fräulein sah wirklich ganz anständig aus. Es war ein Wunder, wie er alles Nötige zusammengebracht hatte. Wie gesagt, ein Staatskerl!

Franz trollte sich in die Küche und begann sich den Kopf zu zerbrechen, wie er seine Herrschaft heute mittag satt bekommen würde, und sich natürlich mit.

Henner Stolberg aber trat hinaus in die Halle, wo die lärmenden Männer immer noch krakeelten. Er trat in ihre Mitte, sah sie eine Weile groß mit einem unbeschreiblichen Ausdruck an und fragte, als es etwas ruhiger wurde:

»Was haben Sie eigentlich hier noch zu suchen, meine Herren? Ihre Geschäfte sind zu Ihrer Zufriedenheit erledigt, Ihr Geld ist Ihnen angewiesen, und wie und wo Sie es nun untereinander

ander verteilen, interessiert mich nicht. Das können Sie besser im Dorfgasthof besorgen, da gibt es ein gutes Bier. Dies Haus gehört jetzt mir, und ich bedaure, Sie nicht länger zu Gast laden zu dürfen. Hier soll jetzt aufgeräumt und gelüftet werden, denn es riecht scheußlich nach Tabakqualm. Also guten Morgen, meine Herren!«

Damit trat er zu dem Justizrat Sänger heran, der in einer Ecke saß und sich noch einige Notizen machte. Er sah Henner lachend an.

»Mich brauchen Sie nicht erst an die Luft zu setzen, Herr Stolberg, ich gehe freiwillig.«

»Für Sie galt das nicht, Herr Justizrat. Aber es ist jetzt eine Dame im Haus, Fräulein von Erlach, und da will ich Ruhe schaffen.«

»Sehr richtig. Ich muß jetzt auch zur Stadt.«

»Ich komme morgen zu Ihnen, Herr Justizrat, um noch einiges mit Ihnen zu besprechen. Ich will ohnedies den Architekten aufsuchen, der mir Vorschläge machen soll wegen der Neuausstattung dieses Hauses oder vielmehr, dem ich meine Vorschläge machen will.«

Der Lärm hinter ihm war verstummt, aber noch waren die Herren nicht aufgebrochen. Da wandte sich Henner wieder nach ihnen um und sah sie groß und gebietend an. Und da ging einer nach dem anderen hinaus, ohne noch ein Wort zu verlieren. Dann verabschiedete sich auch der Justizrat, eine Empfehlung an Herrn von Erlach zurücklassend.

Dann war die Halle leer. Man wollte es mit ›dem Amerikaner‹ nicht verderben, der zahlte in Dollar, und man konnte vielleicht noch Geschäfte mit ihm machen.

Henner rief dem Justizrat nach, er möge die Güte haben, im Hotel in der Stadt zu bestellen, daß sein Chauffeur mit dem Auto herauskommen solle.

Dann veranstaltete Henner erst mal gründlich Gegenzug, damit die Rauchschwaden von dem Tabak aus der Halle hinauszogen. Es war nun ruhig und still in dem hohen, weiten Raum, und nur die aufgewirbelten Staubwolken schwebten mit dem Tabakrauch um die Wette in der Luft herum.

Henner stand mitten in der Halle und sah sich um. Das war kein passender Aufenthalt für Fräulein von Erlach. Lieber Gott, wie sah das alles verkommen aus! Und in dieses Tohuwabohu war das arme Ding hereingeschneit. Wie blaß und erschrocken sie ausgesehen, wie angstvoll sie ihn angestarrt hatte! Und doch, wie hold und lieblich hatte sie ausgesehen mit den etwas wirren Locken, die gegen das Licht so golden geflimmert hatten.

Wie sehr sie ihrer verstorbenen Mutter glich! So hatte diese ausgesehen, als er sie zum erstenmal erblickt hatte. Nun, die Tochter war nicht ganz so hoheitsvoll, war zarter und holdseliger. Das Herz klopfte ihm wie ein Hammer in der Brust, und er schloß eine Weile die Augen, um sich ihr Bild zurückzurufen. Herrgott, wie lieb und süß dieses Fräulein von Erlach war! Ihm war, als müsse es eine ungeahnte Seligkeit sein, ihr die Hände unterbreiten zu dürfen, damit kein Stein ihr weh tun konnte.

Ob sie nun wohl das Schlimmste überstanden hatte? Wie kalt und abweisend sie ihn angesehen hatte, weil er der neue Herr von Erlachhausen war! Aber das würde sie nicht lange tun, ganz gewiß nicht, sie sollte sich ihm gegenüber bald anders einstellen. Gottlob, daß sie den Vater noch lebend angetroffen hatte! Was hätte sonst aus ihr werden sollen? Sie hätte sich nicht von ihm helfen lassen. Aber sie mußte es sich nun gefallen lassen, ohne daß sie eine Ahnung davon hatte. Das Herz wurde ihm warm und weit, wenn er daran dachte, daß er von nun an immer seine Hand schützend über sie halten würde, ohne daß sie es merkte.

Ja, und was sollte er jetzt tun? Ob er hinüberging in das Zimmer ihres Vaters und ihr mitteilte, daß ein Zimmer für sie bereit sei? Ganz behutsam mußte er aber mit ihr umgehen, denn sie war sicher noch nicht fertiggeworden mit all den Enttäuschungen, die sie erlebt hatte.

Er strich sich über das Haar, als sei ihm zu heiß. Und dann sah er noch einmal an sich hinab, ob keine Spur an seinem Anzug verriet, daß er Zimmermädchen gespielt hatte. Wie Franz geguckt und gestaunt hatte, als er ihn mit dem Besen hantieren sah! Er lachte in sich hinein. Lieber Gott, das hatte er doch alles lernen müssen drüben auf seiner Farm, ehe er die Porzellanerde gefunden hatte.

Und er reckte sich in den Schultern. Wenn man das nicht mal für eine Frau tun konnte, für eine so liebe, reizende und schöne Frau! Er mußte sie doch einmal mit dem Bild ihrer Mutter vergleichen, ob die Ähnlichkeit wirklich so groß war.

Und kurz entschlossen schritt er zu dem Arbeitszimmer des Herrn von Erlach hinüber und klopfte an die Tür. Herr von Erlach rief zum Eintritt, und als Henner die Schwelle überschritten hatte, sah er sich suchend um.

»Ihr Fräulein Tochter ist nicht mehr hier?«

Herr von Erlach zeigte nach der Tür seines Schlafzimmers.

»Sie wollte ein wenig ruhen und sich auffrischen. Da habe ich sie in mein Schlafzimmer geschickt. Es ist ja kein Zimmer für sie bereit.«

Und wie hilfeflehend sah der alte Herr zu ihm auf, denn er hatte sich schon daran gewöhnt, daß Henner für alles Rat wußte. Und er hatte sich auch diesmal nicht getäuscht.

Henner lachte.

»Alles schon in Ordnung. Bitte, kommen Sie und sehen Sie sich das Zimmer Ihrer Tochter an!«

Und er führte den alten Herrn zu dem Zimmer, das er für Senta eingerichtet hatte. Ihr Vater staunte.

»Mein Gott, wie ist denn das möglich?«

»Es ist keine Zauberei«, scherzte Henner, »ich habe mit Franz alles Nötige herbeigesucht, es war zum Glück noch alles vorhanden, was wir unbedingt haben mußten. Ein Prunkgemach ist es leider nicht geworden, alles ein wenig einfach und zusammengesucht, aber für einige Tage muß es gehen, bis drüben im

Verwalterhaus alles in Ordnung ist. Ich fahre nachher in die Stadt, um alles in Auftrag zu geben. Möbel für Ihre künftige Wohnung sind ja genug vorhanden, sie müssen nur aufgefrischt werden. Seien Sie versichert, in spätestens acht Tagen haben Sie ein ganz behagliches Heim.«

Der alte Herr sah ihn kopfschüttelnd an.

»Ich kann nur staunen und — danken.«

»Beides unnötig. Aber nun berichten Sie, wie hat Ihr Fräulein Tochter das alles überstanden?«

»Tapfer! Sie hat es mir sehr leichtgemacht, und wenn ich leidlich vor ihr bestehen konnte, verdanke ich es wieder nur Ihnen!«

»Sie war also nicht sehr unglücklich?« forschte Henner unruhig.

»Wenn sie es war, so hat sie es sich nicht anmerken lassen, sie hat sich tapfer beherrscht. Und ich glaube, sie verließ mich leidlich ruhig und gefaßt. Sie plant sogar, Geld zu verdienen, um unsere Lage noch zu verbessern.«

Henner starrte ihn verblüfft an.

»Geld verdienen?«

»Ja, sie hat ein sehr gutes Maltalent. Und damit hofft sie unser Einkommen etwas zu vergrößern.«

Es zuckte seltsam in Henners Gesicht. ›Tapfere kleine Senta!‹ mußte er denken.

»Also sie kann Bilder malen?« fragte er. »So richtige Bilder, die man an die Wand hängen kann?«

»Ölbilder, ja, ich glaube, sie malt sehr hübsche Landschaften und Genrebildchen.«

Es leuchtete in Henners Augen auf.

»Das ist ja großartig, ich brauche doch eine Menge Bilder, wenn Erlachhausen neu ausgestattet wird. Da kann ich Ihrem Fräulein Tochter gleich Aufträge geben.«

Unsicher sah ihn Herr von Erlach an.

»Wir dürfen aber jetzt wirklich nicht noch mehr Hilfe annehmen.«

Henner zuckte die Achseln.

»Ich bin so froh, einen Maler gefunden zu haben, der mir einige Bilder schaffen kann, oder vielmehr eine Malerin, und ich dachte mir, Sie beziehungsweise Ihr Fräulein Tochter würden mir nicht ungern behilflich sein, dies Haus wieder recht hübsch einzurichten. Aber wenn Sie nicht wollen, dann muß ich um Verzeihung bitten.«

»O nein, so dürfen Sie es nicht auffassen, Herr Stolberg. Wenn Sie wirklich Bilder benötigen, die Ihnen meine Tochter anfertigen kann, dann soll das natürlich sehr gern geschehen. Doch wollen wir erst abwarten, ob Ihnen ihre Malerei auch gefällt. Senta hat mir vorige Weihnachten ein Bild geschenkt, das sie gemalt hat. Wenn sie es sich ansehen wollen, es hängt drüben in meinem Arbeitszimmer.«

»Das kann ich gleich tun«, sagte Henner.

Herr von Erlach sah sich noch einmal staunend in dem für seine Tochter bestimmten Zimmer um, und er schüttelte wieder den Kopf und begriff nicht, wie das so schnell aus dem Nichts entstehen konnte. Wenn er es mit angesehen hätte, wie Henner sich eigenhändig dabei beteiligt hatte, würde er noch erstaunter gewesen sein.

Sie gingen wieder in das Arbeitszimmer zurück, und Henner sagte hastig: »Sie sagen aber bitte Ihrem Fräulein Tochter nichts davon, daß ich Franz geholfen habe, das Zimmer einzurichten!«

Der alte Herr nickte, und dann führte er Henner in seinem Arbeitszimmer vor ein hübsches Bildchen, das neben dem Kamin an der Wand hing. Es stellte eine Landschaft dar, die Senta am Rhôneufer gemalt hatte, mit einer Burgruine und einem Stück Wald. Das Bild war wirklich hübsch geworden. Henner verstand zwar nicht viel von Malerei, aber das Bildchen gefiel ihm außerordentlich. Vermutlich würde es ihm auch gefallen haben, wenn es nicht so hübsch gewesen wäre.

»Das ist ja reizend, ganz reizend! Solche Bilder möchte ich wirklich gern haben. Aber bitte, überlassen Sie es mir, Ihrem

Fräulein Tochter zu sagen, daß ich mich freuen würde, wenn sie mir ein paar Bilder malen würde.«

Herr von Erlach zuckte die Achseln.

»Wenn Ihnen das Bildchen wirklich gefällt, soll es mich freuen. Ich versteh' genug von Malerei, um zu sagen, daß meine Tochter ein ganz ordentliches Talent hat und daß Sie vielleicht anderswo schlechter fahren könnten als bei ihr.«

»Nicht wahr, das finde ich auch. Ich bin sehr froh, daß ich nicht erst nach einem Maler zu suchen brauche. Soviel ich von Malerei verstehe, hat Ihr Fräulein Tochter nicht nur ein ganz ordentliches Talent, sondern ein sehr großes.«

Und dabei machte Henner ein so sachverständiges Gesicht, daß Herr von Erlach überzeugt war, daß er wirklich froh war, einen Maler gefunden zu haben, der nach seinem Geschmack arbeitete.

Jetzt trat Senta wieder in das Zimmer. Henners Augen weiteten sich vor Entzücken an ihrer Erscheinung. Verstohlen blickte er zu dem Bild ihrer Mutter hinauf und mußte sich sagen, daß die Ähnlichkeit zwischen Mutter und Tochter wirklich eine auffallende war. Heiße Freude erfüllte sein Herz, daß es ihm vergönnt sein würde, dieses schöne Mädchen recht oft zu sehen. Er mußte aber eine kleine Verlegenheit bezwingen, ehe er sie anredete. Wenn er sich auch im Laufe der Jahre die Formen der guten Gesellschaft angeeignet hatte, so verließ ihn bei ihrem Anblick doch die Sicherheit, über die er in sonstigen Lebenslagen verfügte. Der kalte und stolze Blick, mit dem sie zu ihm aufsah, tat ihm weh und machte ihn unsicher. Aber schnell hatte er diese kleine Schwäche überwunden, und er sagte ruhig, fast geschäftsmäßig:

»Mein gnädiges Fräulein, Ihr Herr Vater hat mir soeben verraten, daß dies reizende Bild von Ihnen gemalt worden ist. Es gefällt mir sehr gut, und bei dieser Gelegenheit hörte ich, daß Sie die Absicht haben, Ihr anscheinend ziemlich gutes Maltalent zu verwerten. Ich bin auf der Suche nach einem

Maler, der mir verschiedene Bilder malen kann zur Ausschmückung der Zimmer in diesem Haus, wenn es erst instand gesetzt worden ist. Sie würden mir also einen großen Gefallen tun, wenn Sie so freundlich sein wollten, einige Landschaften und Genrebildchen für die Ausstattung dieses Hauses zu malen.«

Senta sah ihn mit großen Augen an und wurde sehr rot. Es war das erstemal, daß Henner diesen raschen, reizvollen Farbenwechsel in ihrem Gesicht sah. Er fühlte dabei, wie ihm das Blut zum Herzen schoß. Senta war es unangenehm gewesen, Herrn Stolberg bei ihrem Vater zu finden, aber nun sagte sie sich, daß ihr Widerwille gegen ihn sie nicht veranlassen dürfe, einen solchen Auftrag abzuweisen. Sie wollte arbeiten, Geld verdienen, und da mußte es ihr gleich sein, für wen sie Bilder malte, wenn sie ihr nur bezahlt wurden. Kleinliche Empfindlichkeit war in ihrer Lage nicht am Platz, die mußte sie sich abgewöhnen. Und so sagte sie tapfer:

»Das will ich gern tun, Herr Stolberg. Ich bin darauf angewiesen, Geld zu verdienen, und das kann ich nur durch mein kleines Maltalent, wenn ich meinen Vater nicht verlassen will, um eine Stellung anzunehmen. Wenn ich Sie mit meinen Leistungen zufriedenstellen kann — ich will mir viel Mühe geben —, dann soll es mich freuen, wenn meine Bilder in — in Erlachhausen einen Platz finden.«

Seine Augen strahlten sie so freudig an, daß sie überzeugt sein mußte, ihm wirklich einen Gefallen zu tun.

»Das freut mich sehr, Fräulein von Erlach, vielleicht finden Sie hier im Wald und im Park einige hübsche Motive. Und — dann — ich hätte noch einen besonderen Wunsch — am Dorfteich habe ich ein kleines Anwesen gesehen, mit einem großen Nußbaum davor, wenn Sie mir das malen wollten, würde ich mich besonders freuen.«

Herr von Erlach ahnte, daß Henner sein ehemaliges Vaterhaus meinte, aber er sprach nicht davon, weil er nicht wußte, ob es

Henner angenehm war, wenn seine Tochter erfuhr, woher er stammte.

Senta aber sagte ruhig:

»Es kann mir nur lieb sein, wenn Sie mir Motive bestimmen. Aber wenn es Ihnen recht ist, sehe ich mich in Wald und Park nach passenden und hübschen Motiven um und bespreche es dann mit Ihnen.«

Henner war begeistert von diesem Vorschlag, gab er ihm doch die Möglichkeit, immer wieder mit Senta von Erlach in Verbindung zu treten.

»Es ist mir sehr recht, mein gnädiges Fräulein«, sagte Henner.

Jetzt wandte sich Herr von Erlach an seine Tochter:

»Es ist inzwischen ein Zimmer für dich bereit gemacht worden, Senta.«

»Oh, das ist gut, lieber Vater. Ich danke dir. Aber ich werde wohl nicht lange Gebrauch davon machen. Wir siedeln wohl bald ins Verwalterhaus über?«

»Einige Tage werden Sie warten müssen, mein gnädiges Fräulein. Ich — Ihr Herr Vater will erst einige notwendige Instandsetzungen vornehmen lassen; die Zimmer müssen neu tapeziert, auch die Möbel hergerichtet werden. Ihr Herr Vater hat mir eben Auftrag gegeben, da ich ohnedies alle nötigen Arbeiten vergeben werde und mit den Handwerkern verhandeln muß.«

Senta fand nichts Auffallendes darin, nur war es ihr unangenehm, daß sie dem neuen Herrn von Erlachhausen so lange lästig fallen mußten. Das sprach sie auch aus und fügte hinzu:

»Sie werden möglichst bald hier mit der Arbeit beginnen wollen, und dann sind wir Ihnen vielleicht im Weg?«

Er verbeugte sich.

»Davon kann keine Rede sein. Auf dieser Seite des Hauses brauche ich ja nicht mit den Arbeiten beginnen zu lassen. Die Zimmer, die Sie mit Ihrem Herrn Vater bewohnen, können bis zuletzt bleiben. Auf keinen Fall können Sie jetzt in das Verwalterhaus übersiedeln, das muß erst in Ordnung gebracht werden.

Das habe ich schon mit Ihrem Herrn Vater besprochen, der sich übrigens hier in diesem Hause ein Wohnrecht vorbehalten hat, bis das Verwalterhaus instand gesetzt und eingerichtet worden ist.«

Von alledem wußte Herr von Erlach nichts, aber er widersprach nicht, fand es aber fabelhaft, wie großmütig und taktvoll Herr Stolberg seiner Tochter alles Demütigende ersparte. Er fragte nur:

»Wo werden Sie inzwischen wohnen, Herr Stolberg? Für Sie ist doch kein Zimmer bereit.«

»Oh, ich behalte im Hotel in der Stadt mein Zimmer, bis hier alles fertig ist. Pfingsten will ich hier einziehen.«

»So schnell wird das kaum zu schaffen sein.«

»Doch, es muß fertig sein! Und ich werde auch so schnell wie möglich mit der Bewirtschaftung des Gutes beginnen; die Feldarbeiten müssen sogleich in Angriff genommen werden; es ist höchste Zeit, Sommerweizen und Sommerroggen auszusäen und die Winterungen zu eggen und zu walzen. Auch die Wiesen und die Kleefelder müssen bearbeitet werden. Möglicherweise muß dem Boden noch allerlei Nahrung zugeführt werden, damit er wieder ertragfähiger wird. Gründlich muß das natürlich erst im nächsten Jahr nachgeholt werden, damit müssen wir eben schon im Januar beginnen. Was möglich ist, soll aber schon dieses Jahr geschehen, und ich werde mit dem Verwalter sprechen, daß er alles in die Wege leitet, bis ich selbst Zeit habe, mich diesen Dingen zu widmen. Dann beginnen wir auch mit dem Aufforsten des Waldes. Ich komme jeden Tag mit meinem Auto heraus, nehme meine Mahlzeiten im ›Schwarzen Lamm‹ im Dorf ein, damit mir nicht zuviel Zeit verlorengeht.«

Senta hatte ihn mit großen Augen angesehen und mußte denken, daß dieser Mann eine bewundernswerte Energie ausstrahlte. Auch ihr Vater fühlte, wie ganz anders Henner Stolberg als Herr von Erlachhausen am Platze sein würde als er. Aber er sagte nur:

»Wenn Sie die Strecke täglich im Auto zurücklegen, werden Sie nicht viel Zeit versäumen. Ich habe nicht gewußt, daß Sie ein Auto besitzen.«

Henner lachte.

»Das war das erste, was ich mir in Deutschland anschaffte, ich brauche es zu nötig. Es steht in der Stadt in der Hotelgarage, und Justizrat Sänger schickt mir meinen Chauffeur heraus, damit ich nachher in die Stadt fahren kann und alles Notwendige in die Wege leiten kann.«

Senta atmete auf, als beenge ihr Henners Tempo die Brust. Dieser Mann würde ganz Erlachhausen auf den Kopf stellen, aber es würde bald ein anderes Aussehen bekommen als jetzt. So dachte sie. Und als müsse sie sich dem seltsamen Einfluß entziehen, den er auf sie ausübte, seit sie ihn in der Halle hatte stehen sehen, sagte sie hastig zu ihrem Vater:

»Kann ich jetzt mein Zimmer sehen, lieber Vater? Und wie halten wir es mit meinem Gepäck, das auf der Station lagert?«

»Das Gepäck schicke ich Ihnen herüber, mein gnädiges Fräulein, ich fahre ja an der Station vorbei«, sagte Henner.

Senta wollte aber keine Gefälligkeiten von ihm annehmen.

»Sie brauchen sich nicht zu bemühen, Franz kann das Gepäck holen. So nötig brauche ich die Koffer nicht, es hat Zeit, da ich sie ohnedies kaum auspacken werde, bevor wir nicht im Verwalterhaus sind.«

»Franz hat so viel anderes zu tun, daß er kaum dazu kommen wird. Auch ist er hier viel zu nötig, da er der einzige Diener ist, der Ihnen zur Verfügung steht.«

»Wir werden eben lernen müssen, ohne Diener auszukommen, denn soviel ich von unseren Verhältnissen weiß, wird mein Vater in Zukunft keinen Diener bezahlen können. Ich werde mir ein junges Mädchen aus dem Dorf suchen, das mir die Arbeiten abnimmt, für die mir die Zeit fehlt«, sagte Senta, sich aufrichtend, mit dem Stolz der Armut.

Er sah sie mit strahlender Bewunderung an, daß ihr das Blut ins Gesicht schoß.

»Oh, wie tapfer Sie sind!« rief er begeistert.

Sie preßte die Lippen aufeinander.

»Ist es tapfer, wenn man tut, was die Notwendigkeit gebietet?« fragte sie leise.

»Es ist tapfer, wenn man der Notwendigkeit ruhig ins Auge sieht, zumal wenn das eine zarte Frau tut, die bisher von der Härte des Lebens noch nichts wußte«, sagte er warm.

Eine Weile blieb es still. Dann fuhr Henner ruhig fort, als sei es selbstverständlich:

»Ich werde also einen Bahnarbeiter mit den Koffern herüberschicken. Und dann möchte ich Ihnen zu bedenken geben, daß es doch vielleicht praktischer ist, wenn Sie Franz im Dienst behalten. Er scheint sehr anstellig zu sein und ist Ihrem Herrn Vater sehr ergeben. Auch wird er sicher mit einem sehr geringen Lohn zufrieden sein, wenn er bei seinem Herrn bleiben kann. Solche alten treuen Diener sollte man nicht entlassen.«

»Aber mein Vater ist ihm schon Lohn schuldig geblieben«, stieß Senta gequält hervor.

Ein warmes Mitleid mit ihr errfüllte ihn. Wie sehr sie litt unter den neuen Verhältnissen! Aber er sagte ruhig:

»Das war nur eine vorübergehende Verlegenheit Ihres Herrn Vaters, weil die Versteigerung Klarheit in seine Lage bringen mußte. Jetzt hat er sein festes, gesichertes Einkommen, wenn es auch nur bescheiden ist, und Franz wird kaum teurer sein als ein Mädchen aus dem Dorf. An ihm haben Sie aber sicher eine tüchtigere Hilfe.«

Unschlüssig sah sie den Vater an, der noch viel unschlüssiger war als sie.

»Das müssen wir mit Franz besprechen«, sagte sie.

Er verneigte sich, und sie gingen in das Zimmer hinüber, das für Senta bereit war. Sie sah sich erstaunt um, denn sie wußte ganz genau, daß sie vorhin durch dieses Zimmer gegangen war und daß es ganz anders ausgesehen hatte. Sie hatte sofort den ehemaligen Salon ihrer Mutter erkannt, und das Herz hatte ihr weh getan, ihn so verwahrlost zu finden.

Senta wandte sich ihrem Vater zu. Henner hatte sich taktvoll zurückgezogen und war in die Küche gegangen, um ein Wörtchen mit Franz zu reden.

»Franz«, sagte er, »es liegt Ihnen doch sicher daran, bei Ihrem Herrn zu bleiben?«

Franz wirtschaftete mit Töpfen und Schüsseln und nickte, ohne aufzusehen.

»Das können Sie sich denken, Herr Stolberg, aber es wird sich wohl zerschlagen. Mein gnädiger Herr hat mir schon vorhin, als ich allein mit ihm war, klargemacht, wie seine Verhältnisse liegen und daß er ins Verwalterhaus ziehen muß. Ist ja immerhin noch ein Glück für ihn, aber einen Diener wird er sich dort nicht halten können.«

»Es würde schon gehen, Franz, und Herr von Erlach und das gnädige Fräulein möchten Sie natürlich auch gern behalten, wenn Sie sich dazu entschließen könnten, alle Arbeit in dem kleinen Haushalt zu verrichten, die das gnädige Fräulein nicht tun kann.«

»Na, was das anbelangt, habe ich doch in der letzten Zeit genug gezeigt, daß ich mich vor keiner Arbeit fürchte. Und gern würde ich meinen gnädigen Herrn nicht verlassen.«

»Das dachte ich mir, Franz, und Herr von Erlach und seine Tochter wollen nachher mit Ihnen darüber sprechen. Und da wollte ich Ihnen nur sagen, Franz, daß Sie Ihre Gehaltsansprüche möglichst herunterschrauben. Sie könnten doch sagen, daß Sie mit einem Viertel Ihres bisherigen Lohnes gut auskommen könnten, wenn — nun ja — wenn ich Ihnen die anderen drei Viertel dazu zahlen würde. Das darf aber kein Mensch wissen, am wenigsten Ihre Herrschaft. Denn sehen Sie, Franz, ich habe Erlachhausen ziemlich billig gekauft, und wenn es auch verlottert ist, ich bringe es schon wieder hoch. Und deshalb möchte ich doch Herrn von Erlach hier und da ein bißchen unter die Arme greifen. Aber die Herrschaften sind zu stolz, irgendwelche Hilfe von mir anzunehmen. Wenn Sie mir da ein bißchen helfen wollten, ohne daß Ihre Herrschaft etwas ahnt?

Mir liegt deshalb so viel daran, daß Sie bleiben, Franz, weil Sie ein vernünftiger Mensch sind, mit dem man alles besprechen kann, und kein Klatschweib. Sie würden nicht darüber schwatzen, wenn ich zum Beispiel hier und da die Speisekammer ein bißchen auffüllen lassen würde. Sie müßten ja die Einkäufe besorgen, und weder das gnädige Fräulein noch Ihr gnädiger Herr wissen um solche Dinge so viel Bescheid, daß sie dahinterkommen würden. Und überhaupt, wir beide könnten doch gemeinsam dafür sorgen, daß Ihre Herrschaft die veränderten Verhältnisse nicht so bitter spürt. Was meinen Sie dazu, Franz?«

Dieser hatte die ganze Zeit emsig in einem Topf gerührt, der auf dem Feuer stand. Nun zog er ihn fort, ganz behutsam, und sah mit großen Augen zu Henner auf.

»Herr Stolberg, da mache ich mit! Weiß Gott, da mache ich gern mit! Und ich habe Sie heute früh für ein bißchen verrückt gehalten, weil Sie es so eilig hatten, das Erbbegräbnis der Herren von Erlach kennenzulernen, als müßten Sie schnell wissen, wo Sie mal beerdigt sein wollen. Aber sonst scheinen Sie ein sehr gescheiter Mann zu sein und — ein guter Mensch. Und nun gönne ich Ihnen Erlachhausen von ganzem Herzen. Seit achtundzwanzig Jahren bin ich hier und möchte nun auf meine alten Tage nicht fort. So sage ich also den Herrschaften, wenn sie mich fragen, daß ich nur ein Viertel meines bisherigen Lohnes haben will, dann wird schon alles in die Reihe kommen, und auf mich können Sie zählen. Zum Besten meiner Herrschaft schwindle ich das Blaue vom Himmel runter und halte es doch für ein frommes Gebet.«

Henner nickte ihm lachend zu. »Abgemacht! Und — reinen Mund halten, Franz!«

»Unbesorgt, Herr Stolberg! Recht schönen Dank! Und wenn Sie mal Hilfe brauchen — man weiß ja nicht, was kommen kann —, dann können Sie auf mich zählen.«

»Ich will es mir merken, Franz. Und wenn ich nachher vom Dorfgasthof allerlei herüberschicke mit dem Gepäck vom gnädigen Fräulein, dann passen Sie auf, daß die Herrschaften nichts davon merken! Sie müssen das mit dem Kochen ein wenig leichter haben.«

»Ist gut, Herr Stolberg, wird gemacht.«

Henner nickte ihm zu und ging davon. Franz sah ihm nach.

»Na, wenn das kein guter Mensch ist, dann weiß ich nicht, wie einer aussieht. Und klug und gescheit ist er auch, und befehlen kann er, daß man gar nicht erst mucksen kann«, sagte er vor sich hin.

Henner kehrte zu Vater und Tochter zurück und verabschiedete sich nach einer Weile, als Franz das schnell bereitete Mahl auftrug.

9

Neben dem Arbeitszimmer, dem Schlafzimmer des Herrn von Erlach gegenüber, lag das Speisezimmer, das von dem alten Herrn jetzt als Wohnzimmer benutzt wurde. Auch dieses Zimmer befand sich noch in leidlicher Ordnung, und die Möbel sahen ganz stattlich aus.

Franz hatte schnell den Tisch gedeckt und sogar ein zweites silbernes Besteck für Senta herbeigeschafft. Vater und Tochter speisten, was Franz gekocht hatte: eine Suppe, ein paar Koteletts und Büchsengemüse. Nachher kamen noch Butter und Käse auf den Tisch.

Es war alles mit gutem Willen bereitet, aber doch ziemlich ungeschickt. Senta legte nach einer Weile ihre Hand auf den Arm des Vaters und sagte lächelnd:

»Jetzt weiß ich, wie gut es war, daß ich im Pensionat kochen gelernt habe, lieber Vater. In Zukunft werde ich selber kochen.«

Er nickte ihr lächelnd zu.

»Das wird mir sehr angenehm sein. Franz leistet ja das Möglichste, aber man muß mit seinem guten Willen fürliebnehmen. Es ist allerhand, daß er überhaupt eine Mahlzeit zustande bringt.«

Jetzt trat Franz wieder ein und brachte Butter und Käse, sehr tadellos, das verstand er besser als Kochen.

Senta nickte dem alten Diener freundlich zu und sagte zu ihrem Vater:

»Wollen wir nicht gleich mit Franz sprechen, Vater, ob er für ein geringeres Gehalt als bisher bleiben will und kann?«

Franz sah seinen Herrn erwartungsvoll an.

»Ja, Franz, du weißt, daß wir in das Verwalterhaus hinüberziehen, und da müssen wir mit einer Bedienung für alles auskommen. Kochen wird in Zukunft meine Tochter, aber sonst — ja, sonst müßtest du alle Arbeit tun. Und wir würden uns sehr freuen, wenn du bei uns bleiben würdest, aber wir könnten dir nur ein geringes Gehalt zahlen und wissen nicht, ob du damit auskommen kannst.«

Franz zuckte nicht mit den Wimpern. Er sah seinen Herrn groß an und sagte:

»Wenn mich der gnädige Herr nicht fortjagen — und das habe ich doch nicht verdient —, dann bleibe ich gern. Und wenn das gnädige Fräulein kocht, was ich schlecht verstehe, dann wird alles andere geschafft werden. Ich kann auch Gemüse putzen und dergleichen, nur mit dem Kochen, da hapert es. Das muß gelernt sein. Was aber das Gehalt anbelangt, da weiß ich schon, daß gnädiger Herr mir nicht mehr soviel zahlen können wie früher, aber ich habe mir in den guten Tagen ein bißchen was gespart. Und je älter man wird, desto weniger braucht man. Ich könnte gut mit einem Viertel von dem Gehalt auskommen, das mir der gnädige Herr in guten Zeiten gezahlt hat.«

Vater und Tochter sahen sich gerührt an.

»Das ist aber zu wenig, Franz!«

Der lachte ein wenig.

»Wenn mein gnädiger Herr mit soviel weniger auskommen muß als früher, dann werde ich es auch schaffen. Ich nehme keinen Pfennig mehr als ein Viertel!«

Franz konnte gut großmütig sein, da Herr Stolberg für den Rest aufkam, aber er wäre im Notfall auch für ein Viertel seines Gehalts geblieben. Er war an seinen Herrn gewöhnt und von diesem immer gut behandelt worden.

Senta sah den alten Diener mit feuchten Augen an.

»Es ist sehr lieb von Ihnen, Franz, daß Sie uns nicht verlassen wollen, und leider müssen wir Ihr Angebot vorläufig annehmen.

Aber wenn es mir gelingt, gute Aufträge zu bekommen, und ich Geld verdiene, dann sollen Sie auch davon etwas haben.«

Franz sah sie erschrocken an.

»Geld verdienen? Unser gnädiges Fräulein? Wie könnte denn das sein?«

Senta mußte ein wenig lachen.

»Ich werde Bilder malen und, will's Gott, verkaufen, Franz. Herr Stolberg hat mir schon einige in Auftrag gegeben. Vielleicht bekomme ich mehr Aufträge, ich werde mich jedenfalls darum bemühen. Und dann denke ich zuerst an Sie. Es ist mir sehr lieb, daß Sie bei uns bleiben wollen. Und das Kochen nehme ich Ihnen ab, das verstehe ich vielleicht ein wenig besser als Sie.«

»Nicht wahr, es schmeckt schauderhaft, was ich koche?« fragte Franz bedrückt.

»Nun, es läßt sich schon essen, wenn man Hunger hat. Aber ich habe es im Pensionat zum Glück gelernt, und wenn Sie mir nur alles herbeiholen und vorbereiten helfen, dann koche ich sehr gern. Es wird mir Spaß machen. Wir werden uns alles so praktisch wie möglich einrichten, damit Sie noch Zeit für Vaters Bedienung haben. Ich helfe auch sonst im Haushalt, wo ich kann, damit Sie nicht überbürdet werden.«

Franz sah sie ganz verklärt an.

»Wird schon alles gutgehen, und, mit Verlaub, gnädiges Fräulein, für den gnädigen Herrn werden jetzt wieder bessere Zeiten kommen. Wenn er auch in einem bescheidenen Häuschen wohnen muß, so ist er doch all die schrecklichen Sorgen los, die ihn oft nicht haben schlafen lassen. Und er braucht sich nicht mehr von den Gläubigern quälen zu lassen, die ihm so schauderhaft zugesetzt haben.«

»Ja, Franz, ich denke auch, daß alles besser werden wird für Vater. Und wir können wenigstens in Erlachhausen bleiben, es wird hier alles wieder so schön werden wie früher, Herr Stolberg will alles in Ordnung bringen lassen. Da haben wir auch unsere Freude dran.«

Franz nickte strahlend und holte Äpfel herbei, die er noch in der Speisekammer entdeckt hatte.

»Ja, der Herr Stolberg! Wenn ich jemand Erlachhausen gönne, dann nur ihm«, sagte er.

Sentas Lippen zuckten. Sie wollte das nicht hören. Auch Herrn Stolberg gönnte sie ihr liebes Erlachhausen nicht, wenn es jetzt auch verwahrlost und verlottert war. Es war doch ihre Heimat, die ihr genommen wurde. Und schnell ablenkend sagte sie:

»Ich muß Ihnen auch noch danken, Franz, daß Sie mir ein so behagliches Zimmer in der kurzen Zeit eingerichtet haben. Als ich vorher durchging, sah es sehr schlimm aus, und nun ist alles gemütlich geordnet. Da haben Sie in kurzer Zeit ein Wunderwerk verrichtet.«

Franz beschäftigte sich gerade am Büfett, die Äpfel zierlich auf einen Teller zu ordnen, und wendete dabei seinem Herrn den Rücken zu, so daß dieser ihm kein Zeichen machen konnte. Darum sagte Franz ganz begeistert:

»Ach, gnädiges Fräulein, dies Wunder habe nicht ich vollbracht, sondern Herr Stolberg. Gnädiges Fräulein hätten nur sehen sollen, wie der die Möbel und Gerätschaften von allen Seiten herbeigeschleppt hat! Und sogar gefegt und abgestaubt hat er, weil ich ihm nicht schnell genug war. Eins, zwei, drei war alles fertig, und dann hat er lachend gesagt: ›Nicht wahr, Franz, hier kann es zur Not auch eine Prinzessin auf ein paar Tage aushalten, bis drüben im Verwalterhause alles gerichtet ist?‹ Und dann habe ich ihm die Spinnweben von seinem Anzug abbürsten müssen, weil er in allen Winkeln herumgekrochen war, um immer noch was Brauchbares zu finden.«

Senta war dunkelrot geworden. Ihre Augen sahen groß und erschrocken zu Franz hinüber, und sie sagte ganz verlegen:

»Mein Gott, er selbst hat das alles eingerichtet?«

Nun wandte sich Franz lachend um.

»Es ist ihm alles so flott von der Hand gegangen, daß es eine Freude war, ihm zuzusehen.«

Aber nun bemerkte er den beschwörenden Blick seines Herrn und wußte, daß er eine Dummheit gemacht hatte in seiner Begeisterung für Herrn Stolberg. Er suchte zu retten, was noch zu retten war.

»Es war ja alles nur, weil es so schnell gehen mußte, gnädiges Fräulein sollten doch nicht merken, daß kein Zimmer vorbereitet war. Und es hat ihm soviel Spaß gemacht, und er hat gesagt, das sei nicht das erstemal, daß er ein Zimmer einrichte und daß er mit Besen und Staubtuch hantiere.«

Herr von Erlach gab es auf, Franz noch weiter Zeichen zu machen, es war nun doch nichts mehr zu retten. Senta war ganz fassungslos und sah den Vater an.

»Was sagst du nur dazu, Vater, wie kommt Herr Stolberg dazu, sich für mich zu bemühen?«

»Aber, Kind, das ist so seine amerikanische Art, die Amerikaner greifen zu, wo es fehlt, und besinnen sich nicht erst lange. Da ist gar nichts dabei.«

Sie seufzte auf.

»Aber wir werden ihm immer mehr zu Dank verpflichtet, und das ist mir peinlich.«

»Er ist eben sehr hilfsbereit und meint es gut, Senta. Wir können uns ihm gern ein wenig dankbar zeigen, das kann dir doch nicht peinlich sein.«

»Doch, Vater, ich weiß nicht, wie ich dir das klarmachen soll, aber mir ist, als könne man diesem Herrn Stolberg gar nicht entrinnen.«

Franz ging hinaus mit dem Bewußtsein, einen Fehler gemacht zu haben. Aber wie hatte er ahnen können, daß das gnädige Fräulein es so ungut auffassen könnte, daß Herr Stolberg sich so sehr um sie gemüht hatte. Er wollte ihn doch nur vor ihren Augen herausstreichen, weil er so ein Prachtkerl war.

Als Senta mit ihrem Vater allein war, sagte sie mit nun doch erwachtem leisem Interesse:

»Du sagtest, Herr Stolberg sei Amerikaner?«

»Ja, Senta, Deutschamerikaner.«

»Ich habe ihn sofort dafür gehalten. In Montreux sahen wir so viele, und alle hatten dies gewisse Etwas, das mir auch bei Herrn Stolberg auffiel. Daß er deutscher Abstammung ist, konnte ich mir denken, das verraten sein Name und auch sein klares Deutsch.«

Herr von Erlach dachte wieder, es sei gut, wenn sie vorläufig nicht erfuhr, woher er stammte. Man konnte nicht wissen, wie sie das bei ihrer Abneigung gegen ihn aufnehmen würde.

»Ja, er ist ganz deutsch geblieben.«

»Wird er jetzt immer in Erlachhausen bleiben?«

»Soviel ich weiß, ja.«

»Es ist mir natürlich nicht sehr angenehm, Vater, daß er bei mir Bilder bestellt hat, aber ich will Geld verdienen und kann mir die Kundschaft nicht aussuchen. Du meinst doch auch, daß ich seine Aufträge ausführen soll?«

»Selbstverständlich, wenn du dein Talent auswerten willst.«

»Das will ich, es ist ja, wie gesagt, die einzige Möglichkeit für mich, Geld zu verdienen, denn wenn ich auch eine Menge bei Frau Doktor Stahl gelernt habe, so ist das nicht zu gebrauchen, wenn ich in Erlachhausen bleiben will, und ich möchte doch nicht wieder fort von dir.«

Er faßte ihre Hand.

»Du mußt bei mir bleiben, Senta, ich habe dich so lange entbehren müssen!«

»Hättest du mich nur schon früher heimgerufen!«

Er sah sie seltsam an.

»Kind, ich wollte dich so lange wie möglich all dem Elend fernhalten. Erst, als es mir noch leidlich gutging, warst du zu jung, und dann — dann war ich froh, dich in gesicherten Verhältnissen zu wissen. Also, Frau Doktor Stahl hatte dir nichts davon verraten, daß ich zu arm geworden war, um nicht einmal die Pension für dich weiter zahlen zu können?«

»Nicht ein Wort! Sie sagte nur, du wolltest, daß ich heimkomme. Nun begreife ich alles. Sie wollten mich ganz schnell loswerden und hatten Angst, ich könnte ihnen vielleicht ohne Geld zur Last fallen. Und ich war so glücklich, daß ich heimkehren durfte. So glücklich war ich überhaupt auf der ganzen Reise, so ahnungslos, was mir hier bevorstand. Und — in Basel fand ich einen so scharmanten und hilfsbereiten Reisebegleiter, der mich unter seinen Schutz nahm. Es war Herr von Dorneck, von dem ich dir herzliche Grüße bestellen soll.«

Mit mäßigem Interesse sah ihr Vater zu ihr hinüber.

»So so, Herr von Dorneck! Wie kam denn der nach Basel?«

»Das weiß ich nicht. Er war nur einige Tage unterwegs, ich glaube, bei Verwandten.«

Und Senta berichtete, wie sie Hans von Dornecks Bekanntschaft gemacht hatte, und sagte zum Schluß lächelnd:

»Ihm konnte ich mich ja ohne Sorge anvertrauen, da wir Nachbarskinder sind. Sein Vater war ein sehr guter Freund von dir?«

Herr von Erlach nickte.

»Ja, in vergangenen guten Zeiten. Seinen Sohn habe ich nach dem Tod seines Vaters kaum noch gesehen. Er muß jetzt so an die dreißig Jahre alt sein.«

»Das kann stimmen«, sagte Senta, sich zu einem ruhigen, unbefangenen Ton zwingend. Der Vater durfte nicht wissen, daß sie sich so schnell und so rettungslos in Hans von Dorneck verliebt hatte.

Nach einer Weile fragte sie zaghaft:

»Ob wir in unseren jetzigen Verhältnissen noch mit unseren Gutsnachbarn verkehren können?«

Ihr Vater zuckte die Achseln.

»Ich habe schon seit einigen Jahren allen Verkehr abgebrochen. Was so hier um uns herum sitzt, hat den Kopf mit eigenen Sorgen voll. Es sind keine guten Zeiten für den Landwirt. Die meisten Gutsbesitzer schleppen ihr Sorgenbündel mit sich herum. Ich glaube, meine liebe Senta, du wirst recht einsam hier leben müssen. Ganz abgesehen davon, daß ich in meiner jetzigen Lage keinen Verkehr mit den Nachbarn wieder anknüpfen möchte, weiß ich auch nicht, ob sie sich noch mit mir befassen möchten.«

Es zuckte schmerzhaft in ihrem Herzen. Aber sie sagte, mehr sich selber zum Trost:

»Herr von Dorneck will uns in den nächsten Tagen besuchen, er hat es mir gesagt. Und er wird wohl gewußt haben, wie unsere Verhältnisse liegen.«

»Das ist anzunehmen, so etwas pfeifen die Spatzen vom Dach. Und ich bezweifle, daß er wirklich kommen wird, das hat er wohl nur so gesagt.«

Diese Worte des Vaters legten sich beklemmend auf Sentas Herz, aber sie preßte verstohlen unter dem Tisch die Handflächen zusammen und dachte: er wird schon kommen, er gewiß!

Vater und Tochter hatten einander noch allerlei zu sagen, aber sie fühlten beide, daß sie erst wieder Fühlung miteinander bekommen mußten. Und jeder von ihnen hatte ein Geheimnis zu verbergen, Senta ihre junge Liebe und der Vater, daß er die Absicht gehabt hatte, sich aus dem Leben zu stehlen. Das ließ nicht die Vertraulichkeit zu, die zwischen Vater und Tochter sonst geherrscht haben würde.

Sie beschlossen dann beide, zum Verwalterhaus hinüberzugehen und es sich anzusehen. Henner Stolberg hatte schon bei der Versteigerung mit dem Verwalter gesprochen, daß er sofort das Verwalterhaus räumen solle, und der hatte ihm gesagt, das könne sogleich geschehen.

Als Vater und Tochter am Nachmittag zu dem Verwalterhaus kamen, war es schon geräumt. Der Verwalter hatte alles fortschaffen lassen. Er war ein unverheirateter Mann und hatte nur wenige Zimmer bewohnt. Die anderen hatten leer gestanden.

Das Verwalterhaus lag eine weite Strecke vom Herrenhaus entfernt in einem dem Erbbegräbnis entgegengesetzten Parkwinkel. Dahinter, außerhalb des Parks, lagen die Wirtschaftsgebäude, die auch sehr erneuerungsbedürftig waren. Das Verwalterhaus war ein schmuckloser Backsteinbau, aber es lag mitten im Grünen und sah von außen nicht sehr verwahrlost aus. Die Tür stand weit offen, und so traten Vater und Tochter ein, um es zu besichtigen.

»Es ist ja schon geräumt! Das hat sicher Herr Stolberg angeordnet«, sagte Herr von Erlach.

Sentas Lippen zuckten. Wieder Herr Stolberg! Sie traf überall auf seine Spuren, und das quälte sie.

Das Haus bestand aus Erdgeschoß und einem ersten Stock. Im zweiten Stock befand sich nur eine Giebelstube. Aber innen sah alles sehr verwahrlost aus. Die Tapeten hingen von den Wänden, und die Fußböden waren ausgetreten und zeigten kaum noch eine Spur von Farbe. Im Erdgeschoß befanden sich außer dem Flur zwei ziemlich große Zimmer und ein kleines. Hinter diesen Räumen folgten in einem Anbau die sehr geräumige Küche und die Speisekammer. Im ersten Stock lagen vier gleich große Zimmer, und dazu kam oben das sehr große Giebelzimmer. Einen einladenden Eindruck machte das alles nicht, und Senta wurde das Herz schwer. Aber sie ließ sich nicht anmerken, wie enttäuscht sie war.

»Wie wollen wir die Zimmer einteilen, Vater?« fragte sie.

Er war noch bedrückter als sie und sagte heiser:

»Das überlasse ich dir, Senta.«

Sie riß sich tapfer zusammen.

»Also will ich dir einen Vorschlag machen, du mußt mir aber offen sagen, ob es dir recht ist. Ich denke, das Dachzimmerchen richte ich mir als Arbeitszimmer ein, da habe ich gutes Licht für meine Malerei. Das kleine Zimmer im Parterre kann Franz bewohnen, die beiden großen Zimmer — es sind die größten im Haus — wollen wir als Wohnzimmer und Eßzimmer benutzen. Im ersten Stock richten wir die nach vorn hinaus liegenden Zimmer als Schlafzimmer ein, für dich und mich, und eins dieser Zimmer kann dann für dich Arbeits- und Rauchzimmer werden.

So bleibt das vierte Zimmer noch. Was fangen wir mit diesem an?«

»Das wird unbedingt ein Zimmer für dich, Senta, in das du dich zurückziehen kannst, wenn du lesen und Handarbeiten machen willst.«

»Gut, Vater, das wird sehr nett werden. Also haben wir alle Zimmer untergebracht. Ich wußte gar nicht, daß dieses Haus so geräumig ist. Denk nur, so haben wir sechs Zimmer außer meinem Giebelstübchen und dem Zimmer für Franz. Das ist doch sehr angenehm. Wirst du die Tapeten erneuern lassen können oder wird das zu teuer?«

Er nickte und sagte diplomatisch:

»Natürlich, das habe ich schon mit Herrn Stolberg besprochen, er ist dazu verpflichtet, hier alles in Ordnung zu bringen. Ich habe ihm meine Wünsche mitgeteilt. Da er das Herrenhaus von Grund aus instand setzen läßt, habe ich ihn gebeten, das alles gleich mit in Angriff zu nehmen. Du kannst ruhig sein, wir werden ein ganz behagliches Heim haben.«

Er baute auf Henner Stolbergs Wort und glaubte, Senta das versprechen zu können.

»Da wir nun die Räume kennen, Vater, wollen wir uns einen Plan machen, was für Möbel wir mit hinübernehmen und was aufgefrischt werden muß. Dein Arbeitszimmer kann so bleiben, wie es ist, auch das Speisezimmer. Für das Wohnzimmer müssen wir noch etwas zusammensuchen, und das Zimmer, das jetzt für mich eingerichtet ist, kann mein Schlafzimmer werden.«

Sie wollte sich noch weiter darüber äußern, aber Herr von Erlach war überzeugt, daß Herr Stolberg das alles in die Hand nehmen würde. Das durfte Senta aber nicht wissen, und so sagte er wieder sehr vorsichtig:

»Ich will dir etwas sagen, Senta, es ist das beste, du überläßt das alles mir und kümmerst dich um nichts. Ich weiß, wie du dir die Zimmereinteilung denkst, und alles übrige werde ich veranlassen. Wenn alles fertig ist, überrasche ich dich damit.«

Senta fiel dem Vater um den Hals. Sie zeigte sich viel zuversichtlicher, als ihr zumute war, aber ganz so verzagt wie bei ihrer Ankunft war sie nicht mehr. Es würde schon alles gutgehen, man mußte nur etwas Mut und Gottvertrauen haben. Wie viele Menschen würden sich glücklich preisen, wenn sie ein solches Häuschen mitten im Grünen bewohnen dürften. Es lag doch wenigstens im Erlachhausener Park, und wenn der erst wieder in Ordnung gebracht worden war, dann würde sie ihre Freude genauso daran haben können, als gehörte er noch dem Vater. Es war wirklich keine Veranlassung, sich unglücklich zu fühlen. So redete sie sich zu und kehrte etwas zuversichtlicher mit dem Vater wieder ins Herrenhaus zurück.

Hier brachte ihnen Franz einen ganz annehmbaren Tee, der ausgezeichnet war wie alles, was dazu gehörte. Sie ahnten nicht, daß inzwischen die Speisekammer durch eine sehr umfangreiche Sendung aus dem ›Schwarzen Lamm‹ aufgefüllt worden war; an alles hatte Henner gedacht: Fleisch, Würste, einen kleinen Rollschinken, Butter, Eier, Tee, Kaffee, Kakao, Büchsengemüse und Obstkonserven, einige Flaschen Wein, eine Flasche Rum und alles, was zu einem Haushalt gehört. Das würde länger als acht Tage reichen, meinte Franz, der immer wieder in sich hineingelacht hatte, als er all diese Schätze einräumte. Und immer wieder hatte er vor sich hingemurmelt: »So ein Prachtkerl, der Herr Stolberg! Dem gönne ich Erlachhausen!«

Mit derselben Sendung waren auch Sentas Koffer angekommen, und Franz hatte sie in ihr Zimmer stellen lassen. Sie beschloß jedoch, vorläufig nicht auszupacken, sondern nur das Nötigste herauszunehmen.

Da sie mittags nicht reichlich gegessen, weil Franz mehr als einfach gekocht hatte, nahm sie mit Behagen den guten Tee, zu dem Franz stolz Kekse, geröstete Weißbrotschnitten, Butter und Fruchtkonfitüren gebracht hatte. Weder ihr noch ihrem Vater fiel es ein, zu fragen, woher all die guten Sachen kamen; Senta ahnte nicht, wie leer die Speisekammer gewesen war, und ihr

Vater hatte in den letzten Tagen für nichts Interesse gehabt als für seine Not und wußte nicht, daß die Speisekammer nichts mehr herzugeben hatte. Nur als er das gefüllte Rumflakon auf dem Teetisch stehen sah, hob er es hoch und fragte Franz:

»Wie kommst du denn noch zu Rum, Franz?«

Der sah so bieder und ehrlich auf, daß kein Mensch ahnen konnte, daß er das Blaue vom Himmel herunterlog, als er sagte:

»Da habe ich vorhin im Keller alte Kisten beiseitegeräumt, und was glauben der gnädige Herr, was mir da vor die Füße rollte? Eine Flasche Rum und einige Flaschen Wein. Sie waren toll verstaubt, aber ich habe sie abgewaschen und nun in die Speisekammer gestellt. Wenn der gnädige Herr also ein Gläschen Wein bei Tisch trinken wollen, kann ich damit dienen.«

Herr von Erlach nickte Franz gerührt zu.

»Bist eine alte ehrliche Haut, Franz, ein anderer an deiner Stelle hätte diesen Fund für sich auf die Seite gebracht.«

»Aber das werden der gnädige Herr mir doch nicht zutrauen! Ich war ja so froh, daß ich die Flaschen hinter den alten Kisten fand.«

Und damit verschwand Franz und lachte sich draußen ins Fäustchen, daß er Rum und Wein so fein eingeschmuggelt hatte. Das mußte er Herrn Stolberg erzählen, wenn er ihn wiedersah.

Diese Teestunde hatte für Vater und Tochter nach aller Not und Sorge fast etwas Behagliches. Und als Senta an diesem ersten Abend in der Heimat zur Ruhe ging, war sie schon leidlich mit ihrem Schicksal ausgesöhnt. Sie dachte an Hans von Dorneck, und ihre Sehnsucht flog zu ihm. Sie wollte nicht daran zweifeln, daß er kommen würde, daß er sie liebte, wie sie ihn liebte, mit einer Liebe, die keine Hindernisse kennt und nicht wägt und rechnet, ob auch die Verhältnisse zusammenstimmen.

Und trotz aller bitteren Enttäuschungen, die sie heute erlitten hatte, schlief sie mit einem seligen Lächeln ein. Aber sie träumte nicht von Hans von Dorneck, sondern seltsamerweise von Henner Stolberg. Sie sah ihn im Traum mit langen Schritten über die verwahrlosten Blumenbeete vor dem Hause schreiten, kreuz und quer, dabei trug er auf dem Rücken irgendein großes Möbelstück, das er immer wieder schüttelte. Und bei jedem Schütteln fielen wunderbare blühende Blumen auf die Beete hinunter, faßten Wurzeln und standen in leuchtender Farbenpracht nebeneinander. Und der Rasen um die Beete herum war wieder so schön grün und glatt geschoren wie früher, und als die Beete fertig waren, nahm er das schwere Möbelstück auf die Hand wie einen leichten Pappkarton, lachte ihr zu, daß seine weißen Zähne blitzten, und sagte: ›Alles für das Prinzeßchen!‹

Und sie konnte nicht anders, als sich freuen, daß alles wieder so schön aussah, und nickte ihm zu.

Als sie sich am anderen Morgen dieses Traumes bewußt wurde, zog sie freilich die Stirn unmutig zusammen. Ausgerechnet von diesem Herrn Stolberg hatte sie träumen müssen! Wieviel lieber hätte sie von Hans von Dorneck geträumt!

Henner Stolberg hatte ein kleines Heer von Arbeitern angeworben, denn er wollte so schnell wie möglich alles in Ordnung haben. Auch mit einem Innenarchitekten war er in Verbindung getreten und hatte ihm klargemacht, wie er Erlachhausen eingerichtet haben wollte. Diesem schwirrte der Kopf von dem amerikanischen Tempo, das Henner einzuschlagen wünschte. Er behauptete, nicht zu der gewünschten Zeit fertig werden zu können. Da sah ihn Henner groß an.

»Ich will Pfingsten in Erlachhausen einziehen. Stellen Sie Leute ein, soviel Sie wollen, aber es muß alles zu diesem Zeitpunkt fix und fertig sein, wenn Sie nicht eine große Konventionalstrafe zahlen wollen. Glauben Sie es aber nicht schaffen zu können, dann sind Sie nicht mein Mann, und ich muß mir einen Architekten aus Berlin verschreiben.«

So hatte Henner gesagt. Und der Architekt wollte sich natürlich das gute Geschäft nicht entgegen lassen und hatte seine Bedingungen angenommen. Da der Punkt Geld nicht die wichtigste Rolle spielte, konnte der Architekt die besten Leute für alle Arbeiten einstellen, und die begannen schon am nächsten Tag.

Vor allem wurde zuerst das Verwalterhaus in Angriff genommen. Die Zimmerdecken wurden frisch gestrichen, neue Tapeten geklebt, Fenster und Türen weiß lackiert und zuletzt der Fußboden mit einem dunkelgrünen Linoleum belegt, das glänzend gebohnert wurde. Natürlich wurden auch die Kachelöfen in Ordnung gebracht, und kein Schaden durfte übersehen werden vom Dach bis in die Kellerräume. Henner selbst sah täglich nach dem Rechten und trieb die Arbeiter an mit seiner kräftigen Stimme. Und wenn einer der Arbeiter behauptete, dies oder das könne nicht so schnell bewältigt werden, dann griff Henner selbst lachend zu und erledigte es wie spielend.

Von alledem erfuhr Senta nichts. Auch Herr von Erlach wußte nichts von dem, was im Verwalterhaus vor sich ging. Henner hatte lachend zu ihm gesagt:

»Sie brauchen sich um nichts zu kümmern, Herr von Erlach, der Architekt hat alles angeordnet, er mag es nicht gern, wenn man ihm hineinredet. Sagen Sie ihrem Fräulein Tochter, daß Sie alles angegeben haben und daß ich verpflichtet bin, das Haus instand zu setzen. Wenn alles fertig ist, werde ich es Ihnen mitteilen.«

10

Herr von Erlach hatte sich schon an den Gedanken gewöhnt, daß Henner Stolberg wie eine Art Schutzgeist über seinem Leben wachte, und suchte sich einzureden, daß dieser nichts Besonderes tat, eben weil er Erlachhausen billig gekauft hatte. Er war eben ein anständiger Charakter, der keinen Nutzen ziehen wollte aus der Not seiner Mitmenschen, er wollte sich nicht bereichern auf Kosten des ruinierten früheren Besitzers. Damit suchte der alte Herr sich selbst zu beschwichtigen, wenn sein Stolz sich wieder einmal aufbäumen wollte gegen Henner Stolbergs weitgehende Hilfe.

Wie weit diese Hilfe ging, konnte er zu seinem Seelenfrieden nicht ermessen. Aber trotzdem erfüllte ihn eine tiefe Dankbarkeit für Henner, und es war ihm eine große Wohltat, sich gewissermaßen der Führung dieses starken Mannes anzuvertrauen, wie unselbständige Menschen sich gern starken unterordnen. Nur durfte Senta nichts ahnen. Ihm war, als müsse er sich sonst vor seiner Tochter noch mehr schämen, als er es ohnedies schon tat. Und es war seltsam: Henner erschien ihm kaum noch als ein Fremder. Es war, als verbinde ihn ein geheimnisvolles Band mit ihm. Und wenn er zuweilen zu dem Bild seiner Frau aufsah, dann sagte er im Geist zu ihr: ›Du hast ihn uns geschickt, Gerda, deine Güte und echte Menschenliebe, über die ich zuweilen ein wenig gespottet habe, hat uns diesen opferwilligen Freund zugeführt. Dir danken wir das alles!‹

Zugleich mit den Arbeiten im Verwalterhaus war auch die Arbeit im Herrenhaus begonnen worden, zuerst in dem Teil des

Hauses, in dem Vater und Tochter jetzt nicht wohnten. Und in einigen unbewohnten Räumen in demselben Flügel, der von diesen beiden Menschen bewohnt war, wurden Möbel, die ins Verwalterhaus geschafft werden sollten, vorgerichtet, poliert und mit neuen Bezügen versehen. Was fertig war, wurde beiseite gestellt, damit es, sobald das Verwalterhaus fertig war, hinübergeschafft werden konnte. Jetzt wurden bereits an allen Fenstern des Verwalterhauses neue Gardinen aufgesteckt, und so waren kaum acht Tage vergangen, als schon alles in Ordnung war.

Als Henner Herrn von Erlach begegnete, nahm er ihn unter den Arm und sagte lachend:

»Heute werden die Möbel hinübergeschafft, es ist alles fertig, und ich hoffe, Sie werden zufrieden sein. Morgen nachmittag werden Sie mit Ihrem Fräulein Tochter Ihren Einzug halten. Ich denke, es ist alles hübsch und geschmackvoll ausgefallen. Aber verraten Sie Ihrem Fräulein Tochter nicht, daß ich mich irgendwie daran beteiligt habe, schieben Sie alles auf den Architekten, was Sie nicht auf Ihre eigene Kappe nehmen wollen, der hier und da mit nach dem Rechten gesehen hat, damit sprechen Sie nicht einmal die Unwahrheit. Nur ich will ganz aus dem Spiel bleiben.«

Der alte Herr sah mit einem unbeschreiblichen Blick zu ihm auf.

»Ich habe nun schon alles Wehren aufgegeben, Herr Stolberg, und lasse mir all Ihre Wohltaten und Ihre Hilfe gefallen, als könnte es nicht anders sein. Wenn Ihnen nur nicht zu viele Kosten erwachsen sind!«

»Ach, Unsinn, durchaus nicht. Das Verwalterhaus mußte ohnedies in Ordnung gebracht werden. So hätte ich es nicht stehen lassen. Und die Ausstattung der Räume — nun, Sie wissen ja, das war alles da, und die Handwerker, die ohnedies in Erlachhausen sind, haben es ein bißchen aufgefrischt, das ist alles. Nun fallen Sie bloß morgen nicht aus einer Verwunderung in die andere, vergessen Sie nicht, daß Sie selbst alles angeordnet haben.«

»Nein, nein, ich vergesse es nicht, denn meiner Tochter würde alles viel schwerer fallen als mir, Ihnen so sehr zu Dank verpflichtet zu sein. Wenn ich Ihnen nur einmal meinen Dank abtragen könnte!«

»Kommen Sie doch nicht immer wieder mit solchen Danksagungen! Warten Sie ab, wie Erlachhausen in zwei Jahren aussieht, dann werden Sie erst merken, wie billig ich es gekauft habe. Ich müßte Ihr Schuldner bleiben, suchte ich das nicht auf andere Art ein wenig wettzumachen. Und erst, wenn ich Sie und Ihr Fräulein Tochter mit einigem Behagen in Ihrem neuen Heim untergebracht habe, werde ich mich an Erlachhausen freuen können.

Also, nichts verraten, sonst kommt sie mir auch noch mit Danksagungen, und das halte ich nicht aus. Warten Sie nur, wenn ich erst mein Gestüt einrichte, dann werde ich mir schon noch meinen Dank bei Ihnen einfordern, dann müssen Sie mir raten und helfen.« So suchte Henner es dem alten Herrn leichtzumachen.

»Es würde mir das Herz etwas erleichtern, wenn ich Ihnen wirklich behilflich sein könnte.«

»Das können Sie bestimmt, Herr von Erlach, und ich werde mich gar nicht schämen, Sie immer wieder heranzuziehen. Ich denke mir, es kann Ihnen nur wohl tun, wenn Sie wieder ein bißchen Arbeit haben.«

»Das können Sie glauben. Sie tun mir etwas Gutes, wenn Sie mich helfen lassen, Erlachhausen wieder aufzubauen.«

Henner nickte ihm lächelnd zu.

»Das wird geschehen. Und nicht vergessen, morgen kein Erstaunen zeigen beim Einzug, damit Sie mich nicht verraten! Ich will nicht noch einmal in Verlegenheit kommen wie neulich, als mir Ihr Fräulein Tochter dankte, daß ich geholfen hatte, ihr Zimmer einzurichten. Mußte das der dumme Kerl, der Franz, ausschwatzen? Dem habe ich ordentlich Bescheid gesagt, der schwatzt nicht wieder.«

»Ja, ich konnte ihm leider kein Zeichen geben, und er war einmal aufgezogen und mußte seiner Bewunderung für Sie Luft machen. Er hat es nur gut gemeint. Ich habe leider Ihr Verdienst noch abschwächen müssen, weil meine Tochter, so außer sich war, daß Sie sich gemüht hätten für sie. Ich habe ihr gesagt, es sei echt amerikanische Art, überall zuzugreifen, wo es nötig sei, da brauche sie sich nicht darüber aufzuregen.«

Henners Augen strahlten.

»Großartig, und dabei wollen wir bleiben, wenn ihr wieder einmal etwas an mir verwunderlich scheint. Ich möchte Sie bitten, ihr nichts davon zu sagen, daß ich hier aus dem Dorf stamme und nur ein dummer Bauernjunge gewesen bin. Das sage ich ihr mal selber, wenn es gerade paßt.«

»Das habe ich mir schon gedacht, Herr Stolberg.«

»Gut. Aber nun muß ich Sie verlassen, ich will nach dem Wirtschaftshof hinüber, da soll auch allerlei erneuert werden. Und dann muß ich in die Stadt zu meinem Bankier. Also morgen nachmittag lasse ich Sie wissen, wenn drüben alles fertig ist.«

»Ich muß Ihnen meine Bewunderung ausdrücken. Es ist fabelhaft, was Sie für eine Arbeitsleistung bewältigen. Ich sehe doch, wie alles vorangeht, wie Ihnen die Leute willig folgen und wie Sie mit Ihren Bestimmungen immer genau ins Schwarze treffen. Ich hätte nicht für möglich gehalten, daß Sie in acht Tagen soviel schaffen würden.«

»Es sind ja genug Leute da, ich tue fast nichts«, wehrte Henner verlegen ab.

»Oh, Sie organisieren alles, stellen jeden an seinen Platz. Und dabei sehen Sie auch noch auf den Feldern und im Wirtschaftshof nach den Arbeiten. Sie haben ein Tempo angeschlagen, daß einem die Augen übergehen.«

Lachend streckte Henner seine starken Arme aus.

»Vielleicht ist auch das amerikanisch. Aber was hier in meinen Armen steckt, das ist echt deutsch. Und diese Kraft habe ich aus der deutschen Muttererde gesogen. Das ist das Schöne an der Landwirtschaft, sie lohnt unsere Mühe dadurch, daß sie uns unsere Kraft immer von neuem ersetzt.«

Bewundernd sah ihn der alte Herr an.

»Wie beneidenswert Sie sind um dieses Kraftbewußtsein! Das habe ich Ihnen schon einmal gesagt.«

Henner nickte.

»Ja, das weiß ich. Aber nun auf Wiedersehen, ich muß fort!«

Sie drückten sich die Hände, und Henner sprang in seinen bereitstehenden Wagen.

Herr von Erlach ging ins Herrenhaus zurück und fand seine Tochter damit beschäftigt, den Teetisch zu decken. Solche kleinen Arbeiten nahm sie Franz schon jetzt ab. Erwartungsvoll sah sie dem Vater entgegen.

»Nun, Vater, wie steht es drüben?«

Sie glaubte, er sei im Verwalterhaus gewesen.

»Es ist fast nichts mehr zu tun, Senta, nur die Möbel müssen noch hinübergeschafft werden. Morgen nachmittag können wir unseren Einzug halten.«

»Morgen schon?«

»Ja, Kind.«

»Das ist sehr schnell gegangen.«

»Aber Senta, das klingt, als sei es dir unangenehm!«

Sie errötete jäh. In gewissem Sinn wäre es ihr freilich lieber gewesen, sie hätte noch etwas länger im Herrenhaus bleiben können. Voller Unruhe hatte sie von Tag zu Tag den Besuch Hans von Dornecks erwartet. Daß er immer noch nicht erfolgt war, machte ihr großen Kummer. Sie versuchte freilich den geliebten Mann vor sich selbst zu entschuldigen. Vielleicht wollte er nicht stören, wollte warten, bis sie die traurigen Enttäuschungen überwunden hatte. Aber ihr Herz rief so sehnsüchtig nach ihm! Endlich mußte er doch kommen. Wenn er aber hörte, daß sie und der Vater nicht mehr im Herrenhaus wohnten, ob er dann auch nach dem Verwalterhaus finden würde?

Von dieser Sorge und Unruhe durfte aber der Vater nichts wissen, und so sagte sie, sich zur Ruhe zwingend:

»Nein, nein, gewiß nicht, Vater. Wir müssen froh sein, daß wir Herrn Stolberg endlich aus dem Weg kommen. Er will gewiß sobald wie möglich in Erlachhausen seinen endgültigen Einzug halten.«

»Ja, Pfingsten!«

Sie schüttelte den Kopf.

»Das wird nicht möglich sein, es sind kaum noch vier Wochen bis dahin.«

Ein Lächeln huschte um Herrn von Erlachs Mund.

»Bei ihm ist alles möglich, und der Architekt ist verpflichtet, bis Pfingstsonnabend alles fertigzustellen. Dieser hat erst ach und weh geschrien, es sei nicht möglich, in dieser Zeit alles zu schaffen, aber Herr Stolberg hat ihm keine Wahl gelassen.«

Senta setzte die Tassen auf den Tisch.

»Ich finde, der Mann hat etwas Unentwegtes. Er scheint aus lauter Energien zusammengesetzt zu sein«, sagte sie mit leisem Groll, als müsse sie sich dagegen zur Wehr setzen.

»Ja, das ist es. Ich glaube, er wird Erlachhausen schnell wieder in Schwung bringen.«

»Es fehlen ihm weder Geld noch Tatkraft dazu«, sagte sie, den Spiritus unter dem Teekessel anzündend. »Aber nun komm zum Tee, lieber Vater!«

Mit Behagen setzte er sich an den hübsch gedeckten Tisch.

»Es ist wunderschön, daß du wieder bei mir bist, Senta! Wie schön du den Tisch gedeckt hast! Es ist so gemütlich.«

Sie strich ihm liebevoll über die Stirn.

»Armer Vater, hast es so lange unbequem gehabt. Aber warte, wenn wir erst in unserem kleinen Haus wohnen, dann wirst du es wieder behaglich haben. Du hast natürlich hübsche Tapeten ausgesucht, die gibt es für billiges Geld, das weiß ich von Frau Doktor. Und eine hübsche Tapete macht so viel aus!«

Seine Stirn rötete sich ein wenig, war er sich doch bewußt,

sehr wenig getan zu haben, um ihr ein freundliches Heim zu schaffen. Deshalb sagte er ablenkend:

»Morgen vormittag machen wir einen längeren Spaziergang, Senta, in dieser Zeit werden hier die letzten Möbel abgeholt. Wenn wir dann zurückkommen und Franz uns ein letztes Mittagessen vorgesetzt hat, wobei es vermutlich sehr einfach zugehen wird, dann warten wir nur, bis ich höre, daß drüben alles fertig ist.«

Sie nickte ihm zu.

»Es wäre doch besser gewesen, wenn ich mich dort schon ein wenig umgesehen hätte. Ich hätte dann schon Gardinen vorrichten und aufstecken können. Nun wird es noch einige Tage unbehaglich für dich sein. Ob denn der frisch gestrichene Fußboden auch schon gut trocken ist? Frau Doktor hatte einmal viel Ärger mit Fußböden, die noch nicht trocken waren.«

»Darum sorge dich nicht, das wird alles in die Reihe kommen«, sagte er, überzeugt, daß Henner Stolberg alles gut bedacht haben würde.

»Franz wird auch tüchtig mithelfen. Er ist wirklich sehr anstellig, und außer beim Kochen leistet er Vorzügliches. Die Teppiche, die wir mit hinübernehmen, habe ich in diesen Tagen sorgfältig ausgebessert, sie sind wirklich noch recht schön. Franz hat sie geklopft, mit Salmiakwasser gebürstet, und sie sind ganz frisch geworden. Zu meiner Freude habe ich auch genügend Wirtschaftswäsche vorgefunden, und Leibwäsche ist für dich auch noch reichlich vorhanden. Ich bin zum Glück auch gut ausgestattet mit Garderobe und Wäsche, denn du hast es mir in all den Jahren nicht an Geld fehlen lassen. So haben wir vorläufig keine großen Ausgaben. Sobald wir drüben in Ordnung sind, beginne ich dann mit den Bildern für Herrn Stolberg. Ich werde heute nachmittag einen Waldspaziergang machen und nach Motiven suchen. Erst gehe ich aber ins Dorf, an den Dorfteich, und sehe mir das Anwesen an, das er gemalt haben will. Es soll ein großer Nußbaum davorstehen, da werde ich es schon finden.«

Ihr Vater wußte, daß Henner Stolberg sein Vaterhaus als Bild an der Wand in Erlachhausen hängen sehen wollte.

»Das ist vielleicht ein ganz hübsches Motiv für ein Bildchen. Ich kenne das Haus, das er meint. Wenn du ein Stück von dem Dorfteich mit darauf anbringst, wird es ganz malerisch werden.«

»Ich nehme mir mein Skizzenbuch mit und will eine Skizze machen, damit ich sie ihm zeigen kann. Auch einige andere Motive hoffe ich festhalten zu können. Du ruhst inzwischen ein wenig, lieber Vater, du siehst noch immer so blaß und leidend aus. Das muß anders werden!«

Er nickte ihr zu.

»Unter deiner Pflege werde ich mich bald erholen, weil ich nun die drückenden Sorgen los bin.«

Als sie den Tee eingenommen hatten, trug Senta das Teegeschirr in die Küche und verabschiedete sich vom Vater, um sich auf den Weg zu machen.

Sie trug das lichtblaue Kleid mit den weißen Tressen, das sie damals im Pensionsgarten getragen hatte. Es war schon ein fast sommerlich warmer Tag, und sie bedurfte keiner Überkleider. Einen Hut setzte sie sich nicht auf, den trug sie an einem Band am Arm. Ihr Skizzenbuch hatte sie mitgenommen, und als sie nun durch den Park nach dem Dorf zu schritt, fiel ihr ein hübsches Motiv auf. Über einen Bach führte eine zierliche, geschwungene Brücke, zu der hüben und drüben einige Stufen hinaufführten. Neben der Brücke hängte eine breitästige Buche ihre Zweige bis in den Bach hinab, der plätschernd eilig dahinlief. Wenn sich die Sonne wie jetzt im Bach spiegelte und durch die Zweige schimmerte, konnte das ein sehr hübsches Bild werden.

Sie lehnte sich an einen Baum und machte eine flüchtige Skizze. Das dauerte nicht lange. Sie nahm sich vor, Herrn Stolberg an diese Brücke zu führen und ihn zu fragen, ob ihm dieses Motiv gefallen würde. Dann ging sie weiter, kam nach einer

Weile durch das Parktor, das noch immer schief in den Angeln hing, und schritt auf dem schattigen Waldweg dem Dorf zu. Aber sie war noch nicht weit gegangen, als plötzlich ein Reiter unter den Bäumen hervor auf ihren Weg ritt. Sie zuckte zusammen und glaubte, ihr Herzschlag setze aus. Es war Hans von Dorneck.

11

Er hatte seine Sehnsucht nach Senta bezwungen, solange es ging, aber nun streifte er schon seit einigen Tagen hier vor dem Park im Wald herum in der Hoffnung, ihr zu begegnen. Daß Erlachhausen versteigert worden war, wußte er, er hatte auch erfahren, daß Herr von Erlach mit seiner Tochter ein Unterkommen im Verwalterhaus finden würde. Einen offiziellen Besuch zu machen, konnte er sich nicht verstehen. Wie die Dinge lagen, würde das eine große Unklugheit sein. Aber die Sehnsucht nach Sentas Anblick war so stark geworden, daß er wenigstens versuchen wollte, ihr zu begegnen. Das verpflichtete zu nichts.

Er wollte, wenn er sie traf, versuchen, öfters Zusammenkünfte im Wald mit ihr zu vereinbaren, irgendeinen Vorwand würde er schon finden, um ihr begreiflich zu machen, daß er einen Besuch noch hinausschieben müsse. Verpflichtungen ihr gegenüber durfte er nicht übernehmen, aber — sehen mußte er sie. So stark war seine plötzlich aufgeflammte Leidenschaft für sie geworden, daß er sich nicht damit abfinden konnte, sie nicht wiederzusehen. Und seine begehrende Leidenschaft spielte schon mit dem Gedanken, Senta als Freiwild zu betrachten.

Trotz seiner sogenannten Liebe erschien sie in seinen Augen dadurch erniedrigt, daß ihr Vater ruiniert war und sie mit ihm im Verwalterhaus wohnen mußte. Das gestand er sich zwar nicht ein, aber er entschuldigte damit gewissermaßen sein wenig ehrenhaftes Vorgehen. Und er schob alle anderen Gedanken von sich und wußte nur, daß er sie wiedersehen mußte.

Hans von Dorneck malte sich dieses Wiedersehen in den verlockendsten Farben aus. Nur mußte es ein ganz heimliches sein, von dem kein Mensch erfuhr. Und als er sie nun plötzlich vor sich sah wie eine märchenhafte Lichtgestalt in dem frühlingsgrünen Wald, da hätte er fast laut aufgeschrien vor Wonne. Er hielt sein Pferd an und sprang aus dem Sattel.

Senta hatte den Schritt verhalten und war in jähem Wechsel blaß und rot geworden. Mit scheuen und doch glückstrahlenden Augen sah sie ihm entgegen.

»Senta! Fräulein Senta!« rief er mit fast versagender Stimme und faßte ihre Hände mit jähem Druck.

Sie überließ sie ihm willenlos, sah ihn nur an und hätte aufjauchzen mögen vor Glück.

»Herr von Dorneck, ach, Sie wollen uns gewiß besuchen! Ich — oh, ich habe Sie schon lange erwartet.«

Er zog ihre Hände an seine Brust, als müsse er seine Leidenschaft beschwichtigen, und preßte seine Lippen darauf. Seine Augen brannten in die ihren. Er trank sich satt an ihrer holdseligen Erscheinung.

»Ja, das heißt, nein, einen offiziellen Besuch wollte ich noch nicht machen. Aber ich hatte so große, heiße Sehnsucht, Sie wiederzusehen. Tagelang streife ich schon hier im Walde umher, fast krank vor Sehnsucht nach Ihnen. Einen Besuch kann ich nicht machen, ich weiß, daß Ihr Vater soviel Schweres und Trauriges hinter sich hat. Da — da wäre ein Besuch von mir taktlos. Aber Sie mußte ich wiedersehen, mußte wenigstens von Ihnen hören, wie Sie die traurige Enttäuschung ertragen haben, die Ihnen, wie ich wußte, bevorstand.«

Ihre Augen wurden feucht, obwohl sie so glücklich war über seinen Anblick. Gläubig nahm sie seine Entschuldigung hin.

»Ja, Herr von Dorneck, es war eine bittere Enttäuschung, die ich erlebte. Gerade, da ich das Haus betrat, wurde Erlachhausen in der Versteigerung einem Fremden zugesprochen.«

»Das hörte ich, so etwas spricht sich schnell herum. Und ich war mit meinem ganzen Mitleid, mit meinem ganzen sorgenden

Herzen bei Ihnen, das wissen Sie. Ahnen Sie nun, wie weh es mir tat, Sie so von Ihrer Heimat schwärmen zu hören? Ich wußte doch, wie grausam Sie enttäuscht werden würden.«

Sie zwang sich zur Ruhe und lächelte tapfer.

»Nun ist es schon überwunden. Ich kann wenigstens mit dem Vater in der Heimat bleiben, wenn auch unter den bescheidensten Verhältnissen. Morgen schon werden wir in das Verwalterhaus ziehen, und ich hatte solche Angst, daß Sie nicht kommen würden in eine so bescheidene Behausung.«

Er hielt ihre Hände noch immer an seinem Herzen fest.

»Ach, Fräulein Senta, eine Behausung, in der Sie sind, wird mir immer wie ein Königsschloß erscheinen. Aber glauben Sie mir, es ist besser, wenn ich vorläufig nicht zu Ihnen komme. Ihr Herr Vater muß erst verwinden, daß er in so eine schlimme Lage gekommen ist. Wie gesagt, ich würde es für taktlos halten, wollte ich ihn jetzt schon besuchen.«

»Sie sind sehr zartfühlend, Herr von Dorneck, und vielleicht würde es meinem Vater wirklich beschämend sein, Sie in einer so schlichten Behausung empfangen zu müssen. Aber nun bin ich doppelt froh, Sie getroffen zu haben, ich würde ja sonst glauben müssen, Sie wollten mich nicht wiedersehen.«

»Senta!«

Abwechselnd drückte er ihre beiden Hände an seine Lippen. Dann fuhr er fort:

»So etwas Törichtes dürfen Sie nicht glauben. Ich habe die Stunden gezählt, bis ich Sie wiedersehen würde. Und so glücklich bin ich nun, daß ich Ihnen endlich begegnet bin. Senta, ahnen Sie, mit welchen Gefühlen ich mich nach Ihrem Anblick gesehnt habe?«

Ach, das Herz der armen Senta klopfte ihm zärtlich entgegen! Für sie waren diese leidenschaftlichen Worte neu und bezaubernd. Ihre unschuldsvollen Augen strahlten ihn glückselig an, und sie nickte schüchtern, unfähig, sich zu verstellen.

»Es ist Ihnen wohl ergangen wie mir«, sagte sie leise.

Alles vergessend, wollte er sie in seine Arme ziehen, aber sie wich unwillkürlich zurück und sah ihn bittend an. Und dabei lag ein so großes Vertrauen in ihrem Blick, daß er wieder erkannte, wie rein und unschuldig sie war.

Gewaltsam zwang er sich zur Ruhe, obwohl gerade der Zauber ihrer Unschuld seine Leidenschaft noch höher aufflammen ließ. Er biß die Zähne aufeinander und wich ihrem Blick aus.

Dann sagte er hastig, flehend:

»Sie müssen mir versprechen, Senta, daß ich Sie oft, sehr oft wiedersehen darf. Wir können hier im Wald zusammentreffen.«

Sie war zu unschuldig und zu unerfahren, um etwas in seiner Bitte zu finden, was sie nicht gewähren durfte, da er ja noch keinen Besuch bei dem Vater machen konnte. Aber ihre mädchenhafte Schüchternheit gebot ihr, nicht so ohne weiteres darauf einzugehen.

»Ich werde mich immer freuen, wenn ich Ihnen begegne, Herr von Dorneck.«

Es zuckte ungeduldig in seinem Gesicht.

»Ach, Senta, wollen Sie es wirlich nur dem Zufall überlassen, ob wir uns begegnen werden?«

Sie sah ihn unruhig an.

»Wir müssen es schon dem Zufall überlassen.«

»So sagen Sie mir wenigstens, um welche Zeit Sie spazierenzugehen pflegen!«

Mit einem vertrauenden Blick sah sie zu ihm auf. Nichts warnte sie vor ihm. Sie wußte, er liebte sie, sie liebte ihn, und das konnte doch nur eine spätere Gemeinsamkeit im Gefolge haben. Etwas anderes zu denken wäre ihr unmöglich gewesen. Und so sagte sie leise:

»Ich gehe immer um diese Zeit spazieren.«

Er bedeckte ihre Hand mit Küssen.

»Dank, heißen Dank, daß Sie mir wenigstens das gesagt haben.«

»Ich wollte jetzt ins Dorf gehen«, sagte sie verwirrt.

»Aber erst darf ich ein Weilchen mit Ihnen plaudern? Ich würde Sie gern begleiten, aber Sie sollen nicht mir mir gesehen werden.«

Er hätte sagen müssen: ›Ich darf nicht mit Ihnen gesehen werden.‹ Denn das war ihm das wichtigste. Senta hatte aber bei seinen Worten plötzlich das Gefühl, daß es schon ungehörig sei, hier mit ihm allein zu sein. So glücklich sie diese Begegnung auch gemacht hatte, nun, so meinte sie, müsse sie diese abbrechen. Aber unter seinem flehenden Blick vermochte sie es nicht. Auf einige Minuten durfte es nicht ankommen, sie hatten sich ja zufällig getroffen, wenigstens von ihrer Seite aus.

»Haben Sie oft an unsere Reise gedacht, Senta?« fragte er zärtlich.

»O ja!«

»War sie nicht schön?«

Sie nickte nur und sah ihn mit einem Blick an, der ihm ihr ganzes Empfinden verriet.

Er seufzte auf.

»Ich habe immer daran denken müssen. Ach, Senta, weshalb dürfen wir nicht beieinander bleiben?«

Sie erzitterte leise, und dies Erzittern ließ seine Leidenschaft wieder aufflammen.

»Man darf nicht so vermessene Wünsche haben, Herr von Dorneck.«

Er preßte seine Lippen auf ihre Hand.

»Vermessene Wünsche? Ach, Senta, ich habe noch viel vermessenere Wünsche, wenn ich Sie ansehe oder an Sie denke! Aber leider werden meine Wünsche nicht so leicht in Erfüllung gehen, wie ich möchte.«

Sie wurde ängstlich und strebte von ihm fort. Da nahm er sich zusammen.

»Erzählen Sie mir, wie haben Sie sich Ihr Leben eingerichtet, Senta? Ich muß doch wenigstens wissen, wo und wie meine Gedanken, meine Sehnsucht zu Ihnen gelangen können.«

Sie erzählte von ihrem jetzigen Leben, sagte ihm auch, daß sie Geld verdienen wolle und auf welche Art. Dabei war sie ein wenig bange, daß er schelten würde, weil eine künftige Frau von Dorneck nicht für Geld arbeiten dürfe. Aber sie war zu ehrlich, um ein Geheimnis daraus machen zu wollen, sie meinte, er müsse alles von ihr wissen. Zu ihrer Erleichterung sagte er aber nun:

»Ah, Sie sind eine kleine Künstlerin, Senta?«

Sie lachte ein wenig.

»Ich möchte gern eine werden.«

Und sie berichtete von den Aufträgen des Herrn Stolberg. Hans von Dorneck glaubte, der neue Herr von Erlachhausen sei ein älterer Herr.

»Ich mag ihn gar nicht leiden«, sagte Senta, »ich glaube fast, daß ich ihn hasse, weil er Erlachhausen gekauft hat. Das ist unrecht, ich weiß es wohl, aber ich komme von dem Gefühl nicht los. Es quält und beunruhigt mich, daß er in Erlachhausen schalten und walten kann, wie er will.«

»Arme kleine Senta!« sagte er zärtlich.

Sie richtete sich auf.

»Aber trotzdem habe ich seine Aufträge angenommen, weil ich Vater helfen will. Es tröstet mich, daß meine Bilder in Erlachhausen hängen werden.«

Mitleidig sah er sie an.

»Wie tapfer Sie sind!«

Sie lauschte in sich hinein. Tapfer hatte sie Herr Stolberg auch genannt, und das hatte so warm geklungen, als streiche eine Mutterhand über sie hin. Sonderbarerweise klang es bei Hans von Dorneck etwas kühl, fast wie eine Phrase. Er war wohl mit seinen Gedanken nicht dabei. Sie sah ihn forschend an und begegnete wieder seinem flammenden Blick. Und dabei mußte sie auch an den Blick Henner Stolbergs denken, als er ihr das gesagt hatte. Und irgend etwas beunruhigte sie plötzlich in Hans von Dornecks Augen. Sie richteten sich auf.

»Es ist nicht schlimm, es hätte alles schlimmer kommen können. Ich habe noch so viel, was mir Freude macht und mich tröstet.«

Wieder faßte er ihre Hand.

»Was ist es, was Sie tröstet, Senta?«

Sie wurde sehr ernst.

»Sie wissen es, deshalb dürfen Sie mich nicht danach fragen, denn es gibt Dinge, die eine Frau nicht aussprechen darf.«

Das war wieder ein Beweis, der Hans von Dorneck die unbedingte Reinheit Sentas erkennen ließ. Und wieder überfiel ihn ein schmerzhaftes Gefühl, weil er sich sagen mußte, daß dies Mädchen unerreichbar für ihn sein würde. Er könnte sie nur besitzen, wenn sie seine Frau würde, und das durfte, konnte nicht sein.

Sie sah den Schmerz in seinen Augen und glaubte, ihm weh getan zu haben. Bittend sah sie ihn an, mit der ganzen Innigkeit ihres Empfindens. Da hatte er das Gefühl, daß er sie fliehen müsse. Etwas wie ein Selbstvorwurf regte sich in ihm, weil er wußte, daß er ein falsches Spiel mit ihr trieb. Er warf den Kopf zurück mit einem tiefen Atemzug.

»Ich muß jetzt fort!« stieß er hervor.

Erschrocken sah sie ihn an.

»Sind Sie mir böse?«

»Nein, nein, aber ich muß Sie verlassen, so gern ich noch bleiben möchte.«

»Wie schade!« sagte sie, im Bestreben gutzumachen, daß sie sich so abweisend gezeigt hatte.

Zärtlich sah er sie an.

»Tut es Ihnen leid?«

»Oh, sehr, ich habe mich sehr gefreut, Sie wiederzusehen.«

Er küßte ihre Hand.

»Wir werden uns hoffentlich wiedersehen, ganz zufällig! Das Schicksal wird weniger grausam sein als Sie.«

Erschrocken sah sie ihn an.

»Grausam? Ich?«

Nochmals küßte er ihre Hand, aber er fühlte, es war die höchste Zeit für ihn, ihre Nähe zu fliehen, sonst riß er sie doch noch an sich. Und er wußte, daß er das nicht durfte, noch nicht.

»Leben Sie wohl, Senta!«

Sie lächelte zärtlich und vertrauensvoll, wie nur sie lächeln konnte.

»Nein, das klingt so traurig. Sagen Sie: auf Wiedersehen!«

Mit heißen Augen sah er sie an.

»Auf Wiedersehen!«

Dann schwang er sich auf den Gaul und ritt schnell davon, wie auf der Flucht vor sich selbst. Noch einmal winkte er zurück.

Sie sah ihm nach, bis er verschwunden war, und dann strich sie sich über die Stirn.

»Mein Gott, wie ich ihn liebe! Und habe ihm doch weh getan«, sagte sie vor sich hin, ahnungslos, welcher Art seine Gefühle für sie waren.

Langsam, in holde Träume verloren, ging sie weiter nach dem Dorf. Und nichts warnte sie. Weit öffnete sie ihr Herz ihrer jungen Liebe und schalt sich noch, daß sie so zurückhaltend zu Hans von Dorneck gewesen war! Es kam ihr nicht in den Sinn, das leiseste Mißtrauen gegen ihn zu hegen, und es erschien ihr selbstverständlich, daß sie eines Tages seine Frau sein würde. Sie liebten sich beide. Und wenn er zu stürmisch gewesen war in seiner Liebe, durfte sie ihm das nicht verdenken. Mußte sie selbst doch an sich halten, um ruhig zu erscheinen. Und er war ein Mann, brauchte nicht so zaghaft zu sein wie ein Mädchen. So zartfühlend konnte er wieder sein! Ihr ganzes Herz flog ihm zu. Was wußte sie von Hindernissen des wirklichen Lebens, die sich zwischen zwei Menschen aufbauen konnten, auch wenn sie sich liebten!

Über Hans von Dornecks Vermögensverhältnisse machte sie sich keine Gedanken. Sie wußte, er war der Herr von Dorneck, er trug elegante Kleider, einen kostbaren Brillantring am Finger

— wenn sie gewußt hätte, von wem er diesen Ring geschenkt bekommen hatte! —, hatte ein schönes Auto und ritt ein edles Reitpferd. Alles das erschien ihr als Beweis, daß er sich mit Sorgen nicht zu plagen brauchte. Im übrigen war es ihr gleichgültig, ob er reich oder arm war. Sie liebte ihn und würde an seiner Seite sehr glücklich sein, in welche Verhältnisse er sie auch führen würde.

In solche Gedanken versunken kam sie am Dorfteich an und sah vor sich das Anwesen, das sie für Henner Stolberg malen sollte. Der große Nußbaum davor kennzeichnete es zur Genüge. Es war ein Bauernhaus wie alle anderen, nur der Nußbaum davor gab ihm ein anderes Gepräge. Aber sie war doch überrascht. Ein malerisches Motiv war es nicht. Wenn man freilich den Nußbaum mit der Rundbank darum in den Vordergrund nahm und noch ein Stückchen vom Teich dazu, dann mochte es gehen. Unter Umständen konnte man einige der farbigen Enten, die auf dem Teich schwammen, zur Belebung verwenden, dann konnte es ein leidliches Bild werden. Ein berühmter Maler hatte es fertiggebracht, einem Müllhaufen malerische Wirkung abzugewinnen, warum sollte es ihr nicht gelingen, aus dem nüchternen Anwesen ein hübsches Bild zu machen? Und wenn das Motiv Herrn Stolberg gefiel, dann malte sie es eben.

Sie zog ihr Skizzenbuch hervor und begann, das Anwesen flüchtig zu skizzieren. In diesem Augenblick kam ein etwa zehnjähriger Bauernjunge, barfüßig, mit kurzer Hose und Hemd bekleidet, auf der Dorfstraße herangeschlendert. Er pfiff einen Marsch vor sich hin, wobei er nicht mit falschen Tönen sparte, und schien sehr vergnügt zu sein. Als er Senta erblickte, verstummte er und starrte verblüfft zu ihr hinüber. Sie war eine Erscheinung, die ihm nicht bekannt war. Vor Verlegenheit kletterte er auf die Rundbank um den Nußbaum und versuchte, sich an dem dicken Stamm desselben emporzuziehen. Dabei ließ er keinen Blick von Senta. Diese mußte vor sich hinlachen, aber schnell hielt sie in ihrer Skizze den Bauernjungen fest, wie er sich mühte, an dem Nußbaum emporzuklettern. Sie fand, daß er dem Bild erst die richtige Wirkung gab, denn auf diese Weise wurde es ein hübsches Genrebild.

Senta war zufrieden mit diesem Motiv und fragte sich lächelnd, ob Herr Stolberg wohl den kletternden Jungen als Staffage bewilligen würde. In der Skizze hatte sie ihn sehr gut festgehalten. Sie klappte ihr Skizzenbuch zusammen und ging auf den Nußbaum zu, weil sie den Jungen veranlassen wollte, ihr, wenn nötig, Modell zu stehen, aber als dieser sah, daß Senta sich ihm näherte, sprang er mit einem Satz zur Erde und lief davon, als könnte ihn nur schnelle Flucht vor irgendeinem Verhängnis retten.

Senta mußte es aufgeben, ihn zu erreichen, aber sie lachte, als sie sah, daß er hinter einem Zaun haltmachte und um die Ecke schielte. Sie winkte ihm zu, aber da setzte er seine Flucht mit erhöhter Geschwindigkeit fort.

Lachend kehrte sie um. Es würde sich, wenn es so weit war, daß sie ein Modell brauchte, irgendein Bauernjunge finden, der sich ihr zur Verfügung stellte.

So, wie sie sich nun das Bildchen ausgedacht hatte, begann es ihr Vergnügen zu machen, und sie freute sich darauf, es zu malen. Sobald sie im Verwalterhaus eingerichtet war, wollte sie sich an diese Arbeit machen.

12

Als Henner Stolberg in der Stadt angelangt war, begab er sich zu seinem Bankier. Dessen Büro war schon geschlossen, aber er wurde von ihm nach Büroschluß erwartet. Bankier Niemann begrüßte seinen neuen und sehr guten Kunden mit einem Handschlag.

Die beiden Herren vertieften sich in geschäftliche Auseinandersetzungen, und als sie gegen sieben Uhr fertig waren, fragte der Bankier:

»Was haben Sie heute abend vor, Herr Stolberg?«

»Nichts, rein nichts«, erwiderte Henner lachend. »Ich werde mich wie alle Abende im Hotelspeisesaal herumdrücken bis gegen zehn Uhr, werde dann in der Bar einen Schlaftrunk nehmen und zu Bett gehen. Ich werde froh sein, wenn ich erst in Erlachhausen eingerichtet bin.«

»Dort wird es kaum kurzweiliger für Sie sein.«

»O doch, dann bin ich bei mir zu Hause, werde meine Arbeit haben, Lesestoff, soviel ich haben will, und überhaupt — man weiß dann doch, wo man hingehört. So aus dem Koffer zu leben, macht mir kein Vergnügen. Ich bin kein Mensch, der sich ohne ein festes Heim wohlfühlen kann, ganz gleich, ob es ein Bauernhaus, eine Farm oder ein Herrenhaus ist.«

Der Bankier lachte.

»Das kann ich verstehen. Aber wenn Sie wirklich behaglich leben wollen, müssen Sie heiraten.«

Henner sah ihn mit seltsam geweitetem Blick an. Und im Geist sah er Frau Gerda von Erlach durch die Räume des

Erlachhausener Herrenhauses gehen. Oder — war es Senta von Erlach? Er konnte diese beiden Bilder kaum noch voneinander trennen, eins erschien ihm so bezaubernd wie das andere. Nein, doch nicht ganz. Frau Gerda hatte frauliche Reize gehabt bei aller Vornehmheit. Senta aber umgab ein Hauch herber, jungfräulicher Unberührtheit. Und etwas wie ein atemloser Schreck durchzuckte ihn. Ein Zauber ging von diesem unberührten Mädchen aus, der sein Denken jetzt fast lähmte, weil er in Verbindung mit dem Gedanken an eine Heirat ihr Bild heraufbeschwor. Zum ersten Mal streifte er in seinen Gedanken die Frage: Könnte Senta von Erlach nicht seine Frau werden? Könnte sie nicht, wie ihre Mutter, Herrin von Erlachhausen werden, wenn sie auch nur einfach Frau Stolberg heißen würde?

Frau Senta Stolberg?

Noch nie war ihm eine Frau begegnet, der er diesen Namen hätte geben mögen. In all den Jahren drüben hatten ihn die Ereignisse so herumgewirbelt, daß er keine Zeit für die Frauen gehabt hatte, und die kühlen, selbstsicheren Amerikanerinnen gefielen ihm nicht, wenn auch die eine oder andere ein wenig seine Gedanken beschäftigt hatte. Und seine Sinne. Aber nie sein Herz.

Aber Senta von Erlach, die hatte an sein Herz gerührt im ersten Augenblick, als er sie sah. In seinen Gedanken hatte nie eine Frau den Vergleich mit Gerda von Erlach ausgehalten, der die jungenhafte Schwärmerei seines Herzens gehört hatte. Ihre Tochter Senta aber war noch schöner, holder und bezaubernder als ihre Mutter, wenn sie ihn auch nicht so gütig und freundlich ansah, wie diese es getan hatte.

Er riß sich zusammen, sah wie aus einem Traum erwachend vor sich hin und fragte:

»Heiraten?«

»Nun ja, Erlachhausen wird dann erst ein vollkommenes Heim für Sie sein, wenn eine Frau mit Ihnen dort lebt. Glauben Sie mir, solange man nicht verheiratet ist, hat man nicht den höchsten Lebenswert erreicht. Das habe ich wieder in den letzten Tagen empfunden. Ich bin zur Zeit Strohwitwer, meine Frau und meine Tochter sind nach Basel gereist zu Verwandten. Und nun fühle ich mich so einsam, als sei ich allein auf der Welt. Den ersten Tag und Abend geht es, da redet man sich ein, daß Freiheit etwas Wundervolles sei, was man mit vollen Zügen genießen muß.

Aber dann sieht man plötzlich ein, daß alles schal und öde ist, und man sehnt sich nach den Menschen, die zu einem gehören. Ich fürchte mich vor den einsamen Abenden zu Hause. Wissen Sie, mein lieber Herr Stolberg, speisen Sie heute abend mit mir in meinem Heim. Meine Villa ist wie ausgestorben, und ich habe meinen zukünftigen Schwiegersohn eingeladen, doch weiß ich noch nicht, ob er kommen wird. Er ist ein guter Gesellschafter, und wenn er kommt, werden Sie auch Ihre Freude daran haben. Die Verlobung zwischen ihm und meiner Tochter ist noch nicht öffentlich, ich habe die beiden jungen Leute noch ein Weilchen auf Wartezeit gesetzt, aber sonst ist alles schon beschlossen.

Ich möchte nur meine Tochter noch nicht so bald fortgeben, sie ist etwas zart, gewissermaßen noch nicht ehereif. Aber sie hängt mit ganzer Seele an dem Mann ihrer Wahl, und so habe ich ja sagen müssen, wenn mir auch mancherlei nicht gefällt. Na, man kann die Schwiegersöhne nicht nach seinem Herzen aussuchen, mir gilt es das Glück meiner Tochter. Also, ein gutes Abendbrot kann ich Ihnen versprechen; meine Frau hat vor ihrer Abreise Sorge getroffen, daß es mir an nichts fehlt. Wir sind dann ein nettes Trio, ein Junggeselle, ein Bräutigam und ein Ehemann. Da können wir darüber reden, welcher Stand der angenehmste ist.«

»Ich nehme Ihre Einladung sehr gern an, Herr Niemann.«

»Gut! Ich erwarte Sie um acht Uhr in meiner Villa. Aber bitte, die Verlobung meiner Tochter ist noch nicht öffentlich, ich erwarte Ihre Verschwiegenheit.«

»Sie können versichert sein, daß ich mit keinem Menschen darüber spreche.«

»Ich bitte darum.«

Die beiden Herren schüttelten sich die Hände und trennten sich. Henner fuhr in sein Hotel und kleidete sich um. Dann war es Zeit, aufzubrechen. Sein Chauffeur brachte ihn pünktlich vor die Niemannsche Villa.

»Fahren Sie zur Garage zurück, Treiber! Wenn ich Sie brauche, rufe ich an. Dann holen Sie mich ab.«

»Sehr wohl, Herr Stolberg.«

Henner nickte ihm grüßend zu und zog die Klingel. Ein Diener öffnete und führte ihn ins Haus. Die Villa des Bankiers Niemann war vornehm, elegant und sehr behaglich ausgestattet. Henner wurde in den neben der Diele liegenden Garderoberaum geführt und legte ab. Seine große, kraftvolle und doch schlanke Gestalt kam im Smoking sehr zur Geltung. Wenn er trotz des guten Sitzes seiner Kleidung nie übertrieben elegant aussah, so wirkte er doch sehr imponierend, männlich und gediegen.

Der Diener führte ihn durch einen langen, mit kostbaren Teppichen ausgelegten Gang in ein Empfangszimmer, das ganz in einem tiefen Scharlachrot ausgestattet war. Auch der Fußboden war mit einem scharlachroten Teppich ausgelegt, auf dem noch einige kostbare Perser lagen. Tiefe Sessel in Scharlachrot standen um einen runden Tisch mit schwarzer Marmorplatte und schweren, geschnitzten Füßen. Dieser schwarze Tisch war in diesem Zimmer das einzige Möbel, das nicht scharlachrot war. Auch die Wände waren in Damast von dieser Farbe bespannt, und der gleiche Seidendamast bildete die Fenster- und Türvorhänge. Bei aller Vornehmheit wirkte dieser Raum so behaglich wohnlich, wie man es bei Empfangszimmern selten findet. Einige wertvolle Gemälde hingen an den Wänden in breiten Goldrahmen. Man fühlte sich hier von einem heimischen Behagen umspannt.

In diesem Raum empfing Herr Niemann seinen Gast. Auch er

trug den Smoking, und sein weißhaariger, markanter Kopf wirkte sehr charakteristisch.

Herzlich begrüßte er Henner, und dieser sagte in seiner frischen, ungekünstelten Art:

»Ah, wie ist es hier behaglich! Da spürt man, daß eine Hausfrau am Werk ist. Ich hasse sonst die sogenannten Empfangszimmer, man friert da immer, als seien sie nie geheizt worden.«

Niemann lachte.

»Ja, ja, meine Frau nennt solche Empfangsräume immer die ›kalte Pracht‹. Sie kann sie auch nicht leiden, und deshalb hat sie ein behagliches Empfangszimmer eingerichtet. Und wenn es Ihnen gefällt, können wir hier auf meinen Schwiegersohn warten. Er hat sich angemeldet und wird gleich hier sein.«

Henner lachte, und er sagte in seiner freien, frischen Art, die nicht von kalten, steifen Formen beeinflußt wurde:

»Ich freue mich, einmal nicht im Hotel speisen zu müssen.«

»Ist die Küche im Hotel nicht gut?« fragte Niemann lächelnd.

»Ich glaube, sie ist so gut, wie eine Hotelküche nur sein kann, aber es bleibt doch Hotelküche. Neulich habe ich mir draußen im Dorf im Gasthaus zum ›Schwarzen Lamm‹ Pökelfleisch mit Backobst und Klößen bringen lassen, Erinnerungen aus meiner Jugendzeit. Prachtvoll hat das geschmeckt, so richtig hausbacken.«

Lachend und wohlgefällig sah ihn Niemann an.

»Damit kann ich wahrscheinlich nicht aufwarten. Wenn ich gewußt hätte, daß dies Ihre Leibspeise ist, hätte ich sie bei unserer Köchin bestellt. Sie ist schon fünfundzwanzig Jahre bei uns im Haus, und sie kocht sehr gut, auch Hausmannskost, wenn's verlangt wird. Ich habe auch zuweilen solche Gelüste. Immerhin hoffe ich, daß Sie heute abend zufriedengestellt sein werden.«

»Ich bin überzeugt davon und völlig bereit, es mir sehr gut schmecken zu lassen«, erwiderte Henner vergnügt.

In diesem Augenblick hörte man draußen ein Auto vorfahren,

und wenige Minuten später öffnete der Diener die Tür und ließ den Schwiegersohn des Hausherrn eintreten — Hans von Dorneck.

Dieser begrüßte den Bankier und sah fragend zu Henner hinüber.

»Mein lieber Hans, ich will dich Herrn Stolberg vorstellen; du weißt, dein Nachbar auf Erlachhausen. Gestatten Sie, Herr Stolberg — Herr von Dorneck auf Dorneck.«

Die beiden jungen Männer sahen sich forschend und prüfend an. Hans von Dorneck hatte schon genug von Henner Stolberg gehört, um sich für ihn zu interessieren. Vor allem wußte er, daß er ein schwerreicher Mann war, der es sich leisten konnte, ein Gut wie Erlachhausen bar zu kaufen. Außerdem hatte ihm sein künftiger Schwiegervater mancherlei Auskünfte über Stolbergs Vermögensverhältnisse gegeben. Das hatte ihm imponiert und ihn mit Neid erfüllt. Wenn er nur einen Teil dieses Reichtums besitzen würde, dann hätte er sich noch von den Fesseln gelöst, die er nur zu willig übergestreift hatte, und hätte Senta von Erlach heimführen können. Auch jetzt stand er ihm mit neidischen Gefühlen gegenüber. Er staunte, daß Henner Stolberg noch ein so junger Mann war; er hatte ihn für bedeutend älter gehalten.

Und er mußte zugeben, daß der neue Besitzer von Erlachhausen eine sehr imponierende und durchaus nicht unbedeutende Erscheinung war. Wenn er auch nicht ein so schöner Mensch war wie er selbst, und auch seine Züge mehr energisch, fast hart wirkten als schön, so konnte man ihn doch nicht übersehen. Jedenfalls sagte sich Hans von Dorneck, daß es klug sei, gute Nachbarschaft mit ihm zu halten. So streckte er ihm mit gewinnendem Lächeln seine Hand entgegen.

»Ich freue mich, Ihre Bekanntschaft zu machen, Herr Stolberg. Ich habe schon so viel Interessantes von Ihnen gehört, daß ich gewünscht habe, Sie kennenzulernen.«

Henner sah mit einem prüfenden Blick auf ihn hinab, er war

fast um einen Kopf größer als der andere, und er nahm seine Hand erst nach einem kurzen Zögern. Irgend etwas in Hans von Dornecks schönen Zügen mißfiel ihm. Er las um seinen Mund einen leisen Zug von Charakterlosigkeit, der freilich durch das gewinnende Lächeln verwischt wurde. Und Hans von Dornecks Äußeres verriet zu sehr eine Eitelkeit, die Henner Stolberg schon bei Frauen nicht leiden mochte, bei Männern aber widerlich fand. Ruhig sagte er in seiner bestimmten Art:

»Sie werden wenig auf Ihre Kosten kommen, Herr von Dorneck. Wenn Sie eine interessante Persönlichkeit in mir vermuten, werden Sie sehr enttäuscht sein.«

Henner hatte Herrn Niemann gegenüber kein Hehl daraus gemacht, daß er der Sohn eines deutschen Bauern war, der in Amerika durch einen Glücksfall zu Vermögen gekommen war. Auch welcher Art dieser Glücksfall war, wußte Niemann, aber daß Henner aus dieser Gegend stammte, hatte er ihm nicht verraten. Das erschien ihm unwichtig. Niemann hatte mit keinem Menschen darüber gesprochen, auch mit seinem Schwiegersohn nicht. Über die Privatverhältnisse seiner Kunden pflegte er nie zu sprechen.

»Ich werde nicht enttäuscht sein, Herr Stolberg«, erwiderte Hans von Dorneck in seiner glatten, liebenswürdigen Art.

Henner aber dachte in seiner viel derberen und geraderen Art: »Wenn der Mensch bloß nicht so schön und so glatt wäre. Diese Art mag ich nicht, es pflegt gewöhnlich nichts dahinter zu sein.«

Aber er begegnete ihm mit der Höflichkeit, die er seinem Gutsnachbarn, der noch dazu der Schwiegersohn seines Bankiers war, schuldig zu sein glaubte.

Die Herren plauderten eine Weile, und Herr Niemann sagte lächelnd zu Hans von Dorneck:

»Ich habe Herrn Stolberg mitgeteilt, daß du mit meiner Tochter verlobt bist.«

Hans von Dorneck stutzte unangenehm berührt. Er mußte

annehmen, daß Herr Stolberg in Erlachhausen mit dem früheren Besitzer und seiner Tochter in Berührung kam, und fürchtete, Senta könne auf diese Weise von seiner Verlobung erfahren. Daß er dann keine Aussicht mehr haben würde, sein Ziel bei Senta zu erreichen, schien ihm gewiß. Er wollte aber nicht darauf verzichten.

»Unsere Verlobung sollte doch noch nicht bekanntwerden«, sagte er beklommen.

Allerdings war es gegen seinen Wunsch gewesen, daß der Bankier die vorläufige Geheimhaltung der Verlobung angeordnet hatte, denn die Veröffentlichung hätte ihm größeren Kredit gegeben. Aber jetzt lag ihm sehr viel daran, daß seine Verlobung noch geheim blieb, Sentas wegen. Seine Leidenschaft für das schöne Mädchen war viel zu heftig geworden, als daß er hätte ertragen können, wenn sie sich von ihm abgewandt hätte. An Sentas Wohl und Wehe dachte er nicht. Er wollte sie nur um jeden Preis besitzen, ohne Karola Niemann aufgeben zu müssen. Welches Leid er Senta zufügen wollte, das bedachte er nicht. Seine Leidenschaft wollte alles beiseite räumen, was sich ihm in den Weg stellen sollte. Auf die reiche Partie wollte und konnte er nicht verzichten. Er dachte nur an sich selbst.

»Sie soll auch nicht bekanntwerden, Hans, du kennst meine Gründe. Aber Herr Stolberg wird diese Angelegenheit streng vertraulich behandeln. Ich weihte ihn ein, weil ich hoffe, Herrn Stolberg recht oft als Gast unseres Hauses begrüßen zu können, und weil er sich dann keine Gedanken über die intime Art unseres Verkehrs machen soll.«

Henner sah Hans von Dorneck ruhig an.

»Sie brauchen nicht in Sorge zu sein, bei mir ist Ihr Geheimnis gut aufgehoben, ich pflege nicht über mir anvertraute Dinge zu sprechen.«

Hans von Dorneck hatte schon sein Lächeln wiedergefunden, er war beruhigt. Durch Herrn Stolberg würde Senta nicht von seiner Verlobung erfahren.

»Oh, ich bin ganz unbesorgt und füge mich nur schwer in die lange Wartezeit, die mir auferlegt worden ist. Ich war nur erstaunt, daß mein Schwiegervater Ihnen gegenüber eine Ausnahme gemacht hat.«

»Ich kenne meine Leute, Hans, wenn ich des Schweigens des Herrn Stolberg nicht sicher gewesen wäre, hätte ich ihm nicht davon gesprochen.«

Jetzt öffnete der Diener die Flügeltüren und meldete, daß angerichtet sei.

Die Herren begaben sich in das Speisezimmer, das den Reichtum des Hauses verriet. Die kleine runde Tafel war sorgsam gedeckt und festlich mit Blumen geschmückt, obwohl nur drei Gedecke auflagen. Der gelblich getönte Damast des Tischtuchs bildete die Unterlage für kostbares Porzellan, wertvolles Kristall und Silbergerät. In wundervoll geschliffenen Römern von Kristall funkelte bereits der Wein, in dem sich das Licht der elektrischen Beleuchtung brach und flimmernde Ringel auf das Tischtuch warf.

Die drei Herren boten einen wirksamen Gegensatz in ihren schwarzen Abendanzügen, denn jeder von ihnen war in seiner Art eine besonders eigenartige Erscheinung; der weißhaarige Bankier mit seinem gut geschnittenen Kopf, Henner mit seinen energischen, harten Zügen, die von Kampf und Arbeit sprachen, und der blendend schöne, wenn auch eigentlich unbedeutende Hans von Dorneck.

Die Diener begannen aufzutragen, alles klappte tadellos. Man merkte auch in Abwesenheit der Hausfrau den sorgsam geführten Haushalt.

Mit Genuß labte sich Henner an den köstlich zubereiteten Speisen und dem edlen Tropfen, den der Hausherr auftragen ließ, aber er sprach sich jetzt nicht darüber aus. Dem Bankier gegenüber hatte er sich gehen lassen, hatte jeden Zwang beiseite gelassen, sich natürlich gegeben, wie es seine Art war. Aber Hans von Dornecks Anwesenheit legte ihm Zwang auf. Er wußte sofort, mit diesem Menschen würde er nie warm werden, trotz dessen glatter Liebenswürdigkeit — oder gerade deswegen nicht. Er überlegte sich, wes Geistes Kind wohl die Tochter des Hausherrn sein mochte, weil sie diesen Mann so sehr liebte. Aber freilich, unerfahrene Frauen nehmen oft für Gold, was nur Talmi ist.

Ob Hans von Dorneck die Liebe von Fräulein Niemann erwiderte — oder ob er sie nur aus materiellen Gründen begehrte? Er beurteilte Hans von Dorneck ziemlich richtig, schon beim ersten Sehen: ein egoistischer Genußmensch, glatt und liebenswürdig, aber nicht liebenswert, scharmanter Gesellschafter, soweit man nicht in die Tiefe schürfte, und sicher wohl imstande, Frauenherzen zu fesseln und — zu betrügen. Eitel auf Äußerlichkeiten, vielleicht leidenschaftlich, aber ohne Gemütstiefe.

Und damit traf Henner Stolberg ziemlich genau Hans von Dornecks Charakterbild.

Er begann dann ein Gespräch über Landwirtschaft, und Hans von Dorneck ging darauf ein. Er klagte über schlechte Zeiten und berichtete, daß alle Güter im weiten Umkreis stark verschuldet seien.

»Man kann als Landwirt nur noch durchkommen, wenn man in Ihrer angenehmen Lage ist, Herr Stolberg, keine Hypothekenzinsen zahlen zu müssen. Man rackert sich nur für die Zinsen ab, und eine Mißernte kann einen einfach erledigen«, sagte er, zum ersten Mal an diesem Abend mißmutig.

Sein Schwiegervater sah ihn mit leisem Spott an.

»Das kommt daher, mein lieber Hans, daß eure Vorfahren immer zuviel verbraucht haben, jedenfalls mehr, als sie gedurft hätten. So haben sie ihre Güter von Generation zu Generation selbst entwertet, und nun kann man sagen: weh dir, daß du ein Enkel bist! Im übrigen aber müßt ihr Landwirte immer jammern und klagen. Nie habt ihr das Wetter, das ihr braucht, und irgend etwas ist immer schuld, daß es schiefgeht.«

»Nun, du hast schon an Erlachhausen gesehen, wie schlecht es um die Landwirtschaft bestellt ist.«

Der Bankier zuckte die Achseln.

»Ein Beispiel, das meine Meinung bestätigt. Weder die Vorfahren des Herrn von Erlach noch er selbst sind schuldlos an seinem Untergang. Daß er gespielt und spekuliert hat, ohne etwas davon zu verstehen, hat seinen Untergang beschleunigt.«

»Er wollte eben die Verluste decken, die ihm die Inflation gebracht hat. Sie hat uns alle ruiniert.«

»Es ist nicht zu leugnen, daß die Inflation allen schwere Verluste brachte, auch Herrn von Erlach, aber statt daß er durch doppelte Sparsamkeit und energische Arbeit dem Untergang entgegenarbeitete, hat er die Ruhe verloren und begonnen zu spekulieren und zu spielen, um die Verluste wettzumachen. Dazu braucht man eiserne Nerven. Die hatte er nicht, und so ist es immer schneller bergab gegangen. Er tut mir leid, aber schuldlos ist er nicht an seinem Untergang. Noch viel mehr tut mir seine Tochter leid. An ihr ist er zum Verbrecher geworden.«

»Du bist sehr hart und streng«, sagte Hans von Dorneck unbehaglich.

»Ich nenne nur die Dinge beim rechten Namen, und ich kann dir versichern, ich habe mehr Hochachtung vor seiner jungen Tochter, die sich so tapfer mit dem ihr bisher verheimlichten Zusammenbruch ihres Vaters abfindet, als mit Herrn von Erlach. Leute seines Schlages pflegen gewöhnlich mit einer Kugel das verfehlte Leben abzuschließen, und ich hatte das, offen gesagt, auch von ihm erwartet. Es freut mich, daß ich mich getäuscht habe, das zeigt immerhin, daß etwas mehr Verantwortungsgefühl, wenigstens seiner Tochter gegenüber, in ihm steckt, als ich erwartet habe.«

Henner wußte nur zu gut, daß auch dies Verantwortungsgefühl Herrn von Erlach in einer Stunde völliger Verzweiflung abhanden gekommen war, aber er urteilte nicht so hart, und nicht um die Welt hätte er in Herrn Niemanns Herz den letzten

Rest von Achtung zerstört, den dieser noch für Herrn von Erlach hegte.

»Seine Tochter ist jedenfalls sehr zu bemitleiden«, sagte Hans von Dorneck heiser.

Henner dachte dasselbe, aber er sprach es nicht aus. Er wußte nur, daß er alles tun würde, Senta ihr schweres Los so gut wie möglich zu erleichtern. Nach einer Weile, während die drei Herren schweigend ihren Gedanken nachgehangen hatten, sagte Hans von Dorneck scheinbar gleichmütig: »Herrn von Erlach ist wohl gar nichts geblieben? Ich hörte, daß mit der Kaufsumme von fünfhunderttausend Mark gerade die Forderungen seiner Gläubiger gedeckt worden sind.«

»Absolut nichts, soviel ich weiß«, erwiderte Niemann, der keine Ahnung von Henners tatkräftigem Eingreifen in Herrn von Erlachs Verhältnisse hatte.

»Mein Gott, wovon leben Vater und Tochter jetzt?«

Henner sah Hans von Dorneck ruhig an.

»Fräulein von Erlach wird arbeiten. Sie malt sehr hübsche Bilder, ich halte sie für ein nicht unbedeutendes Talent. Und Herr von Erlach wird mir behilflich sein, ein Gestüt auf Erlachhausen anzulegen. Die Wohnung im Verwalterhaus hat er sich bei dem Verkauf von Erlachhausen vorbehalten«, erklärte er ruhig.

Niemann horchte auf.

»Na, alle Achtung, die junge Dame gefällt mir! Noch ehe ich sie gesehen habe, ist sie mir sympathisch, weil sie nicht verzagt und arbeiten will. Und als Pferdekenner ist Herr von Erlach weit und breit bekannt, Sie werden es nicht bereuen, ihn zu Rate zu ziehen«, sagte Niemann und sah Henner mit einem forschen Seitenblick an. Es stieg ihm eine Ahnung auf, daß dieser den früheren Besitzer von Erlachhausen weitgehender unterstützen würde, als er zugeben wollte. Henner sagte aber nur gleichmütig:

»Davon bin ich auch überzeugt.«

»Man müßte die junge Dame in ihrem Bestreben unterstützen. Ein paar Bilder kann man immer noch brauchen. Kann sie denn wirklich etwas?«

»Ich sah im Zimmer ihres Vaters eine Rhônelandschaft, die mir sehr gefiel, so sehr, daß ich ihr gleich einige Bilder in Auftrag gegeben habe. Ich kann noch viel Wandschmuck gebrauchen, und ihre Art zu malen gefällt mir sehr. Es ist nicht die moderne Kleckserei, wo man nicht weiß, was oben und unten ist. Die Rhônelandschaft ist eine gute Arbeit, sauber ausgeführt und ansprechend. Und man kommt hier zu guten Bildern, ohne daß man gar zu hohe Preise zahlen muß«, sagte Henner ganz sachlich und geschäftsmäßig. Um keinen Preis hätte er etwas von seinem Interesse für Senta durchblicken lassen.

Der Bankier ahnte aber, daß Henner hier den Großmütigen spielen würde, ganz im geheimen. Und er sagte mit einem warmen, herzlichen Blick auf den jungen Mann:

»Und außerdem beweisen Sie hier eine werktätige Nächstenliebe. Ich will mich nicht von Ihnen beschämen lassen und werde auch einige Bilder bei Fräulein von Erlach bestellen und versuchen, andere Leute dafür zu interessieren.«

Hans von Dorneck erschrak. Es konnte ihm nichts daran liegen, wenn sein Schwiegervater mit Senta in irgendwelche Verbindung trat. Aber ehe er noch einen Vorwand gefunden hatte, das zu verhindern, sprang Henner ein. »Sie müssen aber warten, Herr Niemann, bis Fräulein von Erlach meine Aufträge erledigt hat«, sagte er schnell.

Hans von Dorneck atmete auf. Bilder malt man nicht in wenigen Tagen, und so hatte er Zeit gewonnen. Henner aber war von dem Bestreben beseelt, daß Senta nicht genötigt sein sollte, auch für andere Leute zu arbeiten. Er wollte sie gern vor einem harten Lebenskampf behüten und wußte nur noch nicht, wie er das weiter fertigbringen würde. Aber es würde ihm schon noch etwas einfallen.

Herr Niemann nickte ihm zu.

»Gut, gut, ich werde warten!«

Hans von Dorneck hatte noch nie so sehr seine mißliche Vermögenslage, an der er nicht einmal selbst schuld war, da er Dorneck schon stark verschuldet von seinem Vater übernommen hatte, beklagt wie jetzt, seit er Senta kannte. Es muß zu seiner Ehre gesagt werden, daß er Senta gern zu seiner Frau gemacht hätte, wenn nur eine Möglichkeit bestanden hätte, es tun zu können. Aber es war eben unmöglich, nicht nur, weil Karola Niemann schon sein Wort hatte — darüber hätte er sich weggesetzt —, sondern weil er nicht in der Lage war, eine arme Frau zu heiraten. Sein Vergehen war nur, daß er sich nicht in ehrenhafter Weise von Senta zurückgezogen hatte, ehe es zu spät war. Daß er damit gewissenlos handelte, wollte er sich nicht eingestehen. Alle seine Sinne schrien begehrlich nach Sentas Besitz, und er hoffte noch immer, sie an sich zu reißen, wenn auch nur für kurze Zeit. Was dann mit Senta geschah, daran wollte er nicht denken. Er meinte nur, als armes Mädchen würde sie nie einen ernsthaften Freier finden. Und warum sollte sie unbegehrt verblühen?

Damit beschwichtigte er seine eigenen Bedenken. An seine Braut dachte er überhaupt nicht. Er liebte Karola Niemann nicht. Sie war immer ein wenig kränklich, und kränkliche Menschen waren ihm widerwärtig. Für ihn war sie nur das notwendige ›Tausendgüldenkraut‹, das ihn vor dem Ruin retten sollte. Karola Niemann liebte Hans von Dorneck nicht minder zärtlich und vertrauensselig wie Senta. Und wenn auch ihr Vater ziemlich klar sah, was den jungen Mann zu seiner Tochter zog, so hatte er nicht den Mut gehabt, Hans von Dornecks Bewerbung abzulehnen. Er ahnte, daß seine zärtlich geliebte Tochter dem anderen nur ein Spekulationsobjekt war, war auch zu klug, um sich nicht zu sagen, dieser schöne, glänzende Mensch könne ein so reizloses Mädchen, wie seine Tochter war, kaum leidenschaftlich lieben. Aber es gab hier nur zweierlei: entweder heiratete Karola diesen Mann und wurde vielleicht trotz allem glücklich, oder sie heiratete ihn nicht und wurde bestimmt unglücklich.

Deshalb hatte er eine lange und sehr ernsthafte Unterredung mit Hans von Dorneck gehabt und ihm offen die Gründe dargelegt, die ihn zur Einwilligung bestimmten, machte auch kein Hehl daraus, daß er nicht an seine Liebe zu Karola glaubte. Zum Schluß sagte er:

»Ich werde also in Ihre Verbindung mit meiner Tochter willigen, verlange aber eine Frist, bevor die Verlobung veröffentlicht wird, damit meine Tochter sich noch etwas kräftigt. Ich werde die Hypotheken, die auf Dorneck lasten, löschen, sobald meine Tochter Ihre Frau wird; aber diese Hypotheken werden dann auf Karolas Namen geschrieben. Ich werde Ihnen auch einen anständigen Zuschuß geben, mit dem Sie auskommen können. Aber ich verlange dafür, daß Sie meiner Tochter wenigstens die Illusion ihres Glücks erhalten. Das sage ich Ihnen: wenn ich merke, daß Sie meine Tochter vernachlässigen oder sie merken lassen, daß sie nicht von Ihnen geliebt wird, ziehe ich meine Hand von Ihnen ab und nehme meine Tochter wieder zu mir.«

Hans von Dorneck hatte in alles gewilligt. Im Grund war es ihm nur lieb, daß er wenigstens seinem Schwiegervater gegenüber nicht zu heucheln brauchte. Er erschien sich aller Verantwortung enthoben, solange er Karola den Glauben an seine Liebe erhalten konnte. Und das war ihm nicht schwer erschienen. Jetzt, da er Senta kannte, war das anders geworden, aber er glaubte auch nun einen Ausweg zu finden. Wenn er Senta so weit an sich gefesselt haben würde, daß sie sich nicht mehr von ihm lösen konnte, dann wollte er ihr alles beichten und sie bitten, ihm anzugehören. Alle seine Liebe sollte doch ihr gehören, nur seinen Namen konnte er ihr nicht geben. Wie die Dinge lagen, würde sie das einsehen müssen. Nur Zeit mußte er haben, sie erst ganz an sich zu fesseln. Noch war sie, obwohl sie ihn liebte, sehr scheu und zurückhaltend. Diese Scheu mußte er besiegen.

Herr Niemann wußte, daß er alles getan hatte, das Scheinglück seiner Tochter zu sichern, indem er Hans von Dornecks

Sorglosigkeit in sichere Aussicht stellte, solange er seine Tochter glücklich und zufrieden machte.

Hans von Dorneck hatte auch mit viel Geschick den glücklich liebenden Bräutigam gespielt und hatte seine Braut und deren Mutter nach Basel begleitet, wo sie an einer Familienfeier teilnehnem wollten.

Froh, einige Tage der Fesseln ledig zu sein, die schon zu drücken begannen, war er auf der Rückreise Senta begegnet und hatte ihr verschwiegen, daß er verlobt war, weil er sich leidenschaftlich in sie verliebt hatte. Er beschwichtigte sich auch damit, daß er seinem Schwiegervater versprochen hatte, noch mit niemand über seine Verlobung zu sprechen. Daß er einigen von seinen drängendsten Gläubigern gegenüber dies Versprechen übertreten hatte, das war notwendig gewesen, um seinen Kredit zu halten. Daß es aber noch viel notwendiger gewesen wäre, Senta von Erlach gegenüber dies Geheimnis zu lüften, um sie vor Herzeleid zu bewahren, das wollte er sich nicht eingestehen. Er wollte nicht auf diesen süßen Flirt verzichten.

Daß aus dem Flirt etwas Ernsteres entstehen könnte, wollte er nicht zugeben. Er wußte, daß sie ihm vom ersten Augenblick an ihr junges Herz geschenkt hatte, und tat nun alles, in ihr dies Gefühl zu verstärken, und dabei fing er selbst immer mehr Feuer, und ehe er es sich recht versah, hatte sie sich auch in seinem Innern so fest verankert, daß er nicht mehr von ihr loskam, so vernünftig er sich auch zuredete.

Was aus alledem werden sollte, darüber war er sich noch nicht ganz klar, nur eins wußte er, verzichten wollte er nicht auf ihren Besitz, wenn er sie auch nicht heiraten konnte. Er wußte nur, daß die Sehnsucht, sie zu besitzen, sich immer tiefer in seine Seele brannte und daß er sie wiedersehen mußte. Wenn Karola nichts davon erfuhr, dann tat er ja alles, was er seinem Schwiegervater versprochen hatte. Und Senta mußte so lange wie möglich verschwiegen werden, daß er verlobt war. Erst wenn es nicht länger zu verheimlichen war, sollte sie es erfahren, und deshalb war er froh, daß seine Verlobung noch geheim bleiben sollte. Weiter wagte er vorläufig nicht zu denken, wenn seine selbstsüchtigen Wünsche auch schon viel weiter flogen. Nur eins war ihm sicher: freiwillig würde er nie auf Senta verzichten.

Während Hans von Dorneck diesen Gedanken nachhing und seine Leidenschaft Senta begehrlich und sehnsüchtig umkreiste, hatte Henner die Gelegenheit ergriffen, ein anderes Thema anzuschlagen; und an diesem Abend wurde nicht mehr von Senta gesprochen. Gegen zwölf Uhr trennten sich die Herren. Henner hatte telephonisch seinen Wagen herbeirufen lassen, und Herr von Dornecks Wagen hatte draußen gewartet.

Als die beiden jungen Herren sich voneinander verabschiedeten, geschah es in bester Form, aber ohne das leiseste wärmere Empfinden. Herr Niemann hatte Henner an diesem Abend noch mehr als bisher in sein Herz geschlossen, und ganz still bei sich bedauerte er, daß ihm nicht ein solch vollwertiger Mann als Schwiegersohn beschert war. Gerade im Vergleich mit ihm hatte Hans von Dorneck nur als ein liebenswürdiger Blender ohne tiefen inneren Wert gewirkt.

Herzlich forderte Herr Niemann Henner auf, seinen Besuch in seinem Haus recht oft zu wiederholen, auch wenn seine Damen zurückgekommen sein würden, was in den nächsten Tagen der Fall war.

Henner nahm diese Einladung dankend an. Seufzend sah der alte Herr hinter den beiden her.

Daß doch die Frauen meist an glänzenden Äußerlichkeiten Gefallen fanden, selbst seine Tochter, die doch wirklich kein oberflächlicher Charakter, sondern im Gegenteil sehr tief veranlagt war. Aber man konnte nichts daran ändern.

13

Am anderen Vormittag hatte Senta mit ihrem Vater einen weiten Waldspaziergang angetreten. Während desselben sollten die letzten Möbel ins Verwalterhaus geschafft werden. Sie konnten sich also ruhig Zeit lassen.

Senta hatte ihr Skizzenbuch mitgenommen und hoffte noch einige Motive zu finden, die sie Herrn Stolberg vorschlagen konnte.

Als sie im Park an der Brücke vorbeikamen, machte Senta den Vater auf dieses Motiv aufmerksam und zeigte ihm ihre Skizze. Er nickte beifällig.

»Das wird sicher ein gutes Bild, Senta.«

Sie zeigte ihm auch die Skizze von Henners Vaterhaus mit dem am Nußbaum hochkletternden Jungen. Da lächelte der Vater.

»Ich glaube, das wird Herrn Stolberg besonders gefallen.«

»Du meinst also, daß ich den Bauernjungen nicht fortlassen soll?«

»Auf keinen Fall. Ich möchte wetten, daß ihm gerade der Bauernjunge sehr gefällt.«

Und im stillen dachte Herr von Erlach, daß Henner Stolberg wohl in seiner Kindheit manch liebes Mal selbst an dem Nußbaum hochgeklettert war.

Vater und Tochter gingen gemächlich weiter, durch den Park zum Wald und immer tiefer in den Wald hinein. Hier und da blieb Senta stehen und überblickte eine Szenerie, die ihr als Motiv zu einem Bild geeignet schien. Sie skizzierte auch einiges, aber das Passende fand sie erst, als sie mit ihrem Vater vor einem Waldquell stand, der aus felsigem, moosbewachsenem Gestein heraussprang und vergnügt in ein natürliches Becken plätscherte, das er im Laufe der Jahre selbst ausgehöhlt hatte. Aus diesem Becken lief dann das Wasser in einen Bach.

»Sieh, Vater, meinst du nicht, daß dieser Waldquell ein Bild abgeben würde? Sieht es nicht sehr hübsch aus, wie das Wasser über die moosbedeckten Steine rieselt und in das Becken plätschert? Wie viele Jahre wohl der Quell gearbeitet hat, um dieses Becken aus dem Stein zu höhlen? Und der Bach, in den das Wasser fließt, ist derselbe, der unseren — ach nein — den Erlachhausener Park durchfließt.«

»Ja, ja, den Park des Herrn Stolberg, Senta«, sagte der Vater mit leiser Bitterkeit.

Mitleidig sah sie in sein Gesicht.

»Ach, Vater, wir können uns noch daran freuen, genauso, als gehöre er noch uns. Denk doch, wieviel schlimmer es wäre, wenn wir hätten fortziehen müssen von Erlachhausen in eine enge, kleine Stadtwohnung, wo wir nichts Grünes um uns gehabt hätten.«

Er sah sie mit einem Blick an, daß sie erschrak.

»Dann lieber tot! Die Trennung von Erlachhausen hätte ich nicht überleben mögen«, stieß er hastig hervor.

Sie faßte seinen Arm und schmiegte sich an seine Seite.

»Armer, lieber Vater!«

Es zuckte in seinem Gesicht.

»Nein, Kind, bedaure mich nicht! Ich — ich bin nicht ohne Schuld, daß alles so kam.«

Sie umfaßte ihn und küßte ihn herzlich.

»Wir wollen nicht mehr von dem sprechen, was gewesen ist, sondern uns nur freuen, daß wir hierbleiben dürfen. Und nun setz dich ein Weilchen auf diesen Baumstumpf, bis ich das Bildchen skizziert habe. Es geht schnell. Hier die Bäume rechts und links nehme ich mit darauf, sie schließen das Bild schön ab.«

Während sich der Vater ausruhte, entwarf Senta mit flotten Strichen das Bild. Der Vater sah ihr zu und dachte dabei, wieviel stärker und mutiger seine Tochter war als er. Es überkam ihn wieder das ganze Elend seines Zusammenbruchs, an dem er nicht schuldlos war. Von einer törichten Handlung war er zur anderen getrieben worden, freilich immer nur im Bestreben, Verluste, die hinter ihm lagen, wettzumachen. Sehr glänzend waren seine Verhältnisse nie gewesen. Er hatte Erlachhausen schon stark belastet von seinem Vater übernommen. Das kleine Vermögen, das ihm seine Frau als Mitgift gebracht hatte, war in den Betrieb gesteckt worden, und dadurch war er wieder in leidlich geordnete Verhältnisse gekommen. Die ersten Jahre seiner Ehe waren in jeder Beziehung die glücklichsten für ihn gewesen, denn er hatte seine Frau sehr geliebt. Als der frühe Tod seiner Frau ihn fast vernichtete, hatte es ihn aus der Heimat getrieben, er vermochte nicht da zu bleiben, wo sie mit ihm gelebt hatte. So brachte er Senta in das Pensionat und trieb sich ziellos in der Welt umher, zu Hause alles dem Verwalter überlassend. Aber nur das Auge des Herrn macht die Kühe fett. Erlachhausen ging zurück, und dazu kam die Inflation. Und als er merkte, daß es so nicht weiterging, kehrte er nach Hause zurück, um sich gegen den Untergang zu stemmen. Da war es aber zu spät gewesen. Durch Spiel und Spekulation wollte er das Verlorene retten. Einigemal glückte ihm ein Coup. Da wurde er waghalsig. Und so war der Zusammenbruch unaufhaltsam gekommen. Er seufzte leise auf bei diesem Gedanken. Senta sah zu ihm hinüber.

»Gleich bin ich fertig, Vater!«

Er nickte ihr zu.

»Laß dir Zeit, wir haben nichts zu versäumen und kommen noch immer früh genug.«

Senta aber plauderte wieder mit dem Vater.

»Drei Motive habe ich nun für Herrn Stolberg. Hoffentlich darf ich sie alle drei ausführen. Meinst du, daß er sie bestellen wird?«

»Ich glaube wohl, vielleicht noch mehr, wenn sie ihm gefallen. Er kann viele Bilder brauchen.«

»Aber er wird sich natürlich die meisten von Malern mit einem Namen malen lassen.«

»Wohl möglich, aber deine Bilder können sich sehen lassen, und bei dir kauft er entschieden billiger.«

»Was werde ich wohl für so ein Bild bekommen?« fragte sie eifrig, nur aufs Geldverdienen bedacht.

»Das weiß ich nicht.«

»Wenn ich im Pensionat zuweilen so ein Bildchen verschenkte, dann sagte Frau Doktor immer, ich mache zu kostbare Geschenke, so ein Bild sei einige hundert Mark wert. Nun möchte ich wissen, ob sie das nur gesagt hat, um mir eine Freude zu machen, oder weil sie es wirklich glaubte.«

»Wie lange arbeitest du an einem Bild?«

»Nun, einige Wochen brauche ich schon dazu.«

»Dann ist so ein Bild auch mit einigen hundert Mark nicht zu teuer bezahlt, sollte ich meinen«, sagte der Vater, fest überzeugt, daß Henner Stolberg ihr lieber zuviel als zu wenig zahlen würde.

»Ich hoffe auch — vielleicht zweihundert Mark. Beim Kunsthändler wird man weniger bekommen, denn der will das meiste daran verdienen, sagte Frau Doktor.«

»Nun ja, hier schaltet der Kunsthändler aus, da du bestimmte Aufträge hast.«

»Ja, Vater, und das ist sehr viel wert. Und — wenn Herr Stolberg nicht Erlachhausen gekauft hätte, könnte ich ihm auch dankbar sein.«

»Das solltest du versuchen, Senta. Ich denke mir, daß alles viel schlimmer gekommen wäre, wenn nicht gerade er Erlachhausen gekauft hätte. Er ist ein sehr anständiger Mann, und mir ist er sehr angenehm.«

Sie sah sinnend vor sich hin. Seit sie von Franz gehört hatte, daß Henner Stolberg selbst die Möbel zusammengetragen hatte, um ihr ein behagliches Zimmer zu schaffen, war sie ihm gegenüber sehr unsicher geworden. Sie konnte seither nicht mehr in ihm den Eindringling sehen, der sie aus der Heimat vertrieb. Sie wußte nicht mehr klar zu sagen, was sie für ihn empfand, nur das fühlte sie, daß er sich auch mehr und mehr in ihre Gedankenwelt hineindrängte. Immer mehr hatte er etwas Unentwegtes, Unentrinnbares für sie, und wenn er zufällig vor ihren Blicken auftauchte, hatte sie das Gefühl, als müsse sie davonlaufen. Ihr war, als erlange er mit jeder Gefälligkeit, die er dem Vater oder ihr erwies, mehr Macht über sie. Seine Persönlichkeit hatte unbedingt etwas Beherrschendes, obwohl er sich ihr gegenüber immer sehr gütig und liebenswürdig zeigte. Und so sehr wie im Anfang konnte sie ihm nicht mehr grollen.

»Nun ja, Vater, ein anständiger Mensch mag er sein, und du hast recht, wenn Erlachhausen in andere Hände gekommen wäre, hätte es schlimmer werden können. Aber — er hat es gekauft, und deshalb muß ich ihn als meinen Feind betrachten«, sagte sie wie in ängstlicher Abwehr.

»Das ist Torheit.«

»Ja, Torheit und Ungerechtigkeit, ich weiß es und schäme mich dessen. Aber man kann zuweilen nicht gegen solche Anwandlungen angehen. Irgend etwas setzt sich in mir gegen ihn zur Wehr. Aber vielleicht verliert sich das auch einmal. Wenn er Erlachhausen wieder im alten Glanz erstehen läßt, so daß auch wir uns daran freuen können, dann will ich mich bemühen, ihm dankbar zu sein. Und was den Preis der Bilder anbelangt, so denke ich, daß ich es ihm überlassen kann, ihn zu bestimmen. Überteuern möchte ich ihn auf keinen Fall.

So, Vater, nun bin ich fertig, und wir können den Heimweg antreten, wir brauchen noch eine gute Stunde bis nach Hause. Und dann kommen wir gerade zurecht zu unserer Mittagsmahlzeit. Heute wird Franz zum letzten Mal kochen. Von morgen an übernehme ich dies Amt.«

Während sie den Heimweg antraten, plauderte Senta davon,

wie sie sich in Zukunft ihre Tätigkeit einrichten wollte. Vormittags, gleich nach dem Frühstück, wollte sie einige Stunden malen. Inzwischen würde Franz das Gemüse putzen, und dann würde sie kochen. Jede freie Minute wollte sie im Haushalt helfen, daß alles nett und behaglich wurde. Nachmittags wollte sie dann weitermalen, solange sie Licht dazu hatte. Am Abend würde ihr noch Zeit genug bleiben für kleine Nähereien und zum Lesen eines guten Buchs. Es würde schon alles gutgehen.

Ganz andächtig hörte der Vater zu, und er mußte denken, wie sehr Senta doch ihrer Mutter glich, nicht nur im Äußeren, sondern auch in ihrem ganzen Wesen. Das Geplauder seines Kindes machte ihm das vergrämte Herz warm, und es zog etwas wie Freude hinein, die Freude an dem neuen Heim, das er mit ihr teilen würde. Wenn dies Heim auch sehr bescheiden sein würde, so war es doch sorglos durch Henner Stolbergs Hilfe, von der Senta aber nie etwas ahnen durfte.

Und doch hätte er ihr so gern alles gesagt, um ihren Groll gegen ihn zu besiegen. Es tat ihm so leid, daß sie ihm ablehnend gegenüberstand; das hatte er nicht verdient.

Aber er durfte nichts ausplaudern — das hätte ihm Henner Stolberg nie verziehen —, und Senta würde unsagbar darunter leiden, ahnte sie, wie tief sie ihm verpflichtet war. Nein, sie durfte nichts erfahren.

Als sie nach einer guten Stunde nach Hause kamen, stand Henner Stolberg in der Halle und wies mit seiner kräftigen dunklen Stimme die Arbeiter an, die dabei waren, an verschiedenen Stellen den Fußboden aufzureißen, weil er schadhaft war. Als er Vater und Tochter erblickte, lachte er sie an wie ein fröhlicher Junge, der bei einem vergnügten Spiel ist. Und dieses Lachen hatte etwas Herzerwärmendes, auch für Senta, es war ihr immer, wenn sie ihn so lachen sah, zumute, als müsse ihr Sorgenpäckchen wieder ein wenig leichter werden. Schnell gab Henner noch einige Befehle, dann trat er auf Vater und Tochter zu.

»Herr von Erlach, soeben ist ein Bote aus dem Verwalterhaus

hier gewesen, um Ihnen zu sagen, daß drüben alles fertig ist.«

Daß er selbst dieser Bote war, verriet er natürlich nicht. Aber er zeigte ein frohes, zufriedenes Gesicht, als hätte er etwas Gutes zu berichten.

Herr von Erlach gab ihm die Hand und drückte die seine fest und warm. »Ich danke Ihnen, Herr Stolberg. Wir wollen unsere letzte Mahlzeit hier im Herrenhaus einnehmen und dann übersiedeln, damit wir Ihnen endlich aus dem Weg kommen.«

»Das eilt nicht, aber hier wird es jetzt reichlich ungemütlich, zumal für Ihr Fräulein Tochter. Wie Sie sehen, wird der Fußboden aufgerissen. Und da werden Sie sich doch drüben im Verwalterhaus behaglicher fühlen.«

»Wir hoffen das, Herr Stolberg, und hoffentlich kommen Sie bald hier zur Ordnung.«

Henner hatte seine Augen auf Senta ruhen lassen, und sein Herz klopfte wieder sehr rebellisch.

»Pfingsten ist alles fertig, am Pfingstsonnabend ziehe ich ein«, sagte er ruhig.

Senta sah sich in der Halle um, wo alles noch im argen lag.

»Ich kann mir nicht denken, daß Sie bis Pfingsten hier fertig sein werden. Es sieht gar nicht danach aus.«

Er lachte sie an und sagte fest und ruhig: »Doch, es wird alles fertig sein, darauf können Sie sich verlassen.«

»Wir wollen Sie nicht länger aufhalten«, sagte Herr von Erlach, während Senta wieder mit dem Gefühl kämpfen mußte, daß Henner Stolberg eine geheime Macht über sie besitze, der sie sich nicht entziehen konnte.

»Wenn Sie gestatten, komme ich am Nachmittag einmal hinüber in das Verwalterhaus, um mir anzusehen, wie Sie untergebracht sind.«

Er wollte natürlich nur kommen, um zu hören, ob alles, was er hatte schaffen lassen und selber geschaffen hatte, Sentas Beifall fand. Herr von Erlach ahnte es und nickte ihm zu.

»Wir werden uns freuen, Sie begrüßen zu können, und wenn wir erst ganz eingerichtet sind, werden wir uns noch mehr freuen, wenn Sie zuweilen den Tee bei uns trinken wollen. Bisher haben wir nur Ihre Gastfreundschaft in Anspruch genommen.«

Henners Augen hatten seltsam aufgeleuchtet, und er sah forschend zu Senta hinüber.

»Ich werde natürlich sehr gern zuweilen den Tee bei Ihnen nehmen, wenn wir als Nachbarn nebeneinander hausen, aber ich weiß nicht, ob ich Ihrem Fräulein Tochter nicht ungelegen kommen werde?«

Und er sah Senta mit einem so herzlich bittenden Blick an, daß sie sich gar nicht zu zwingen brauchte, als sie erwiderte:

»Selbstverständlich werde auch ich mich freuen, hauptsächlich für Vater. Wir werden wenig genug Gesellschaft haben.«

Da strahlten seine Blicke sie so glücklich an, daß sie sich zum ersten Mal eingestand, daß er sehr schöne, klare und gute Augen hatte. Sie strahlten so hell und warm aus seinem gebräunten Gesicht, und dieses Strahlen der Augen und sein frohes Lächeln veredelten und verschönten sein Gesicht ungemein. Sehr bedeutend und eindrucksvoll war ihr sein Gesicht schon immer erschienen, und seine hohe, kraftvolle Gestalt war ihr schon immer aufgefallen, aber jetzt fühlte sie sich ihm zum ersten Mal menschlich nähergerückt, und sie freute sich wirklich, daß er nicht zu stolz war, sie und den Vater in dem schlichten Verwalterhaus zu besuchen.

»Ich nehme Sie beim Wort, gnädiges Fräulein, und werde bestimmt viel öfter zum Tee bei Ihnen vorsprechen, als Ihnen lieb ist«, sagte Henner übermütig.

Und dieser Übermut stand ihm gut und ließ ihn viel jünger erscheinen. Vater und Tochter verabschiedeten sich und begaben sich in das Zimmer, in dem sie bisher ihre Mahlzeiten eingenommen hatten. Da waren nun inzwischen auch alle Möbel ausgeräumt und in das neue Heim hinübergeschafft worden. Aber in der Mitte des großen Raumes stand eine Holztafel, die Henner einfach den Handwerkern fortgenommen und mit Franz zusammen gedeckt hatte. Zwei Stühle waren herbeigeschafft worden. Diese sahen freilich etwas fragwürdig aus, aber sie waren doch fest, das hatte Henner erst probiert. Franz war schon dabei, die Suppe aufzutragen, denn er hatte seine Herrschaft kommen sehen. Senta lachte ihn an.

»Oh, Franz, Sie sind ein Genie, ich hatte heute nicht gehofft, an einer gedeckten Tafel speisen zu können, und Sie haben es doch möglich gemacht.«

Franz schmunzelte nur und machte eine kleine Verbeugung. Gar zu gern hätte er das ›Genie‹ auf Herrn Stolberg abgewälzt, aber dieser hatte ihm einfach angedroht, daß er ihm den Hals umdrehen werde, wenn er noch einmal etwas von seiner heimlichen Tätigkeit berichten würde. Vater und Tochter nahmen jetzt die letzte Mahlzeit im Herrenhaus ein, und jeder bemühte sich, die wehmütige Stimmung zu verbergen, die sie befiel. Gleich nachdem sie fertig waren, mahnte Senta den Vater zum Aufbruch.

»Wir wollen Herrn Stolberg nicht länger zur Last fallen, Vater — komm, laß uns gehen.«

Und Hand in Hand, die Augen fest geradeaus gerichtet, verließen sie das Haus, das bisher ihre Heimat gewesen war.

Franz hatte sich, gleich nachdem er den letzten Gang aufgetragen hatte, beurlaubt. Er sagte zu Senta:

»Ich will hinübergehen, gnädiges Fräulein brauchen mich jetzt hier nicht mehr.«

»Nein, Franz, aber dies Geschirr, das muß doch auch hinübergeschafft werden?«

Franz wollte nicht eingestehen, daß er zu neugierig war, zu sehen und zu hören, was Senta sagen würde, wenn sie ihr neues Heim zu sehen bekam. Er wußte, was für eine Überraschung ihr bevorstand. Und Herr Stolberg hatte ihn beauftragt, ihm alles zu sagen, was er erlauschen würde.

»Das hole ich nachher hinüber, ich möchte nur gleich zur Hand sein, wenn gnädiges Fräulein meiner drüben bedürfen.«

Und so war er vorausgeeilt.

Als Vater und Tochter eine Viertelstunde später als er am Verwalterhaus anlangten, stand Franz auf der Schwelle, die Hände auf dem Rücken, und erwartete sie. Senta war, ahnungslos, was sie hier finden würde, eben um eine Gebüschgruppe gebogen, an der Seite ihres Vaters, mit schwerem, bangem Herzen. Als nun das Verwalterhaus vor ihren Augen lag, blieb sie wie angewurzelt stehen und schaute mit großen Augen hin. Ganz blaß wurde sie vor Erregung, denn das schlichte Häuschen hatte ein ganz anderes Aussehen bekommen. Da blitzten und blinkten blankgeputzte Fensterscheiben, und hinter denselben hingen überall weiße oder bunte Gardinen, zierlich gerafft und mit Schleifen zusammengehalten. Und vor jedem Fenster war ein Kasten mit blühenden Blumen angebracht. Die Haustür aber war mit einer Girlande umgeben, die oben einen gemalten Spruch umgab: ›Gottes Segen zum Einzug!‹

Unter diesem Spruch stand Franz und starrte wie hypnotisiert auf sein Fräulein, um nicht zu verpassen, was sie sagte und tat.

Senta hatte fast erschrocken den Arm ihres Vater gefaßt.

»Vater! Lieber Vater! Mein Gott, da hängen ja schon überall Gardinen an den Fenstern! Und die vielen Blumen! Ach, Vater, wie lieb sieht das aus! Guter, lieber Vater, das war deine Überraschung. Deshalb sollte ich vorher nicht herüberkommen. Ich bin ganz fassungslos!«

Und sie warf sich aufweinend an die Brust des Vaters. Die Tränen stürzten ihr aus den Augen. So sehr hatte sich sie heimlich vor dieser Übersiedlung gefürchtet, hatte sich die künftige Häuslichkeit grau in grau ausgemalt, und nun sah das alles so freundlich und hübsch aus.

Herr von Erlach streichelte ihr Haar. Er war selbst nicht weniger überrascht als sie, durfte es sich aber nicht anmerken lassen.

»Nun komm ins Haus hinein«, sagte Herr von Erlach mit unsicherer Stimme. Senta zog ihn lachend und weinend mit sich fort auf das Haus zu, ahnungslos, daß hinter dichtem Gebüsch verborgen Henner Stolberg stand, um ihren Einzug in das von ihm so hübsch wie möglich eingerichtete Haus zu belauschen. Und er war sehr befriedigt und fühlte sich reich belohnt durch ihr Lachen und Weinen. Er bedauerte nur, daß er nicht auch hineingehen durfte, um sich weiter an ihrer Freude zu weiden.

Senta und ihr Vater hatten das Haus erreicht, und da zog Franz einen großen Strauß wundervoller Rosen hinter seinem Rücken hervor und reichte ihn Senta. Dazu sagte er, wie ihm Henner eingedrillt hatte:

»Diese Rosen läßt dem gnädigen Fräulein Herr Stolberg mit ehrerbietigstem Gruß und den ergebensten Wünschen überreichen, daß gnädiges Fräulein nur glückliche Stunden in diesem Hause verleben möge. Das Glück wohnt auch in der ärmsten Hütte, hat Herr Stolberg gesagt.« Die letzten Worte hatte Franz in der Aufregung etwas verstümmelt, doch der Sinn war derselbe.

Sentas Gesicht war sehr blaß geworden. Im ersten Augenblick hatte sie geglaubt, Hans von Dorneck habe ihr diesen Blumengruß gesandt, um ihr zu zeigen, daß er mit seiner Liebe und seinen Gedanken bei ihr war. Aber sie bezwang die Enttäuschung, und nun mußte sie sich eingestehen, daß es sehr aufmerksam von Herrn Stolberg war, ihr diese herrlichen Blumen zu senden. Es beschämte sie sehr, daß sie ihm so wenig Freundlichkeit entgegengebracht hatte, er war wirklich ein sehr liebenswerter und gütiger Mann. Sie nahm sich ernstlich vor, ihre Abneigung zu bekämpfen und sich anders gegen ihn einzustellen. Der Vater hatte sehr recht, ein anderer Käufer von Erlachhausen wäre nicht so liebenswürdig und aufmerksam gewesen. Und nun stammelte auch Franz seinen Glückwunsch, und Senta sagte, mit feuchten Augen auf die Girlande zeigend:

»Das haben sicher Sie angebracht, Franz?«

Er nickte ein wenig verlegen.

»Ich wollte auch etwas tun, um der gnädigen Herrschaft eine kleine Freude zu bereiten.«

Senta reichte ihm die Hand.

»Es ist eine sehr große Freude geworden, Franz, und nun will ich auch Ihnen wünschen, daß Sie in diesem kleinen Haus froh und glücklich leben werden.«

Auch Herr von Erlach drückte seinem treuen Diener die Hand.

»Daß du bei uns bleibst, Franz, auch in diesem bescheidenen Heim, das vergesse ich dir nie.«

Franz war sehr bewegt und trat zurück, um den Eingang freizugeben. Vater und Tochter gingen, von Franz gefolgt, im ganzen Haus umher, und Senta war außer sich vor Freude und Entzücken. Sie glaubte ihren Augen nicht zu trauen, so reizend war das Haus ausgestattet. Wohl hatte sich Henner streng daran gehalten, die alten Möbel zur Einrichtung zu benutzen, aber wie sorgsam waren diese Möbel wiederhergestellt worden! Die Polstermöbel waren aufgearbeitet und mit neuen Bezügen versehen worden, die Holzmöbel waren aufpoliert oder frisch gewachst oder gebeizt, und alles war für jedes Zimmer einheitlich instand gesetzt worden. Überall lagen hübsche Decken und Kissen, die Fenster waren schlicht, wie es zu dem Haus paßte, dekoriert und die Vorhänge sehr reizvoll geordnet. Und überall Blumen an den Fenstern. Das frischgebohnerte dunkelgrüne Linoleum verdeckte die schadhaften Fußböden und glänzte vor Sauberkeit, und die von Senta sorgfältig instand gesetzten Teppiche nahmen sich sehr hübsch darauf aus.

Ein Zimmer nach dem anderen wurde besichtigt, und immer wieder stieß Senta Freudenrufe aus. Franz mußte gut aufpassen, daß er sich alles merkte, was sie sagte und tat, damit er es Herrn Stolberg berichten konnte.

Die größte Überraschung bereitete Senta aber das für sie im ersten Stock bestimmte Zimmer. Hier waren die Polstermöbel mit englischer Kretonne bezogen, und auch an den Fenstern hingen vom selben Stoff zierlich geordnete Vorhänge. Vor den beiden Fenstern war ein breiter Tritt aufgestellt, und darauf stand an dem einen Fenster ein Nähtisch, vor dem ein Sessel stand, und vor dem anderen Fenster ein rundes Tischchen mit eingelegter Platte, auf dem einige Bücher lagen. Auch vor diesem Tisch stand ein bequemer Sessel.

Senta jubelte auf und umarmte und küßte ihren Vater in stürmischer Freude. Sie schalt, daß er soviel Geld ausgegeben hatte, und freute sich doch, daß alles so hübsch und behaglich eingerichtet war. Ihr Vater ließ alles verlegen und benommen über sich ergehen, staunte er doch selbst über das Kunststück, das Henner Stolberg mit der Einrichtung dieses Hauses vollbracht hatte. Er selbst hatte nichts dazu getan, als Henner aufzuzeichnen, welche Bestimmung die einzelnen Zimmer haben sollten. Aber er mußte sich natürlich Sentas Dank gefallen lassen, um Henner Stolberg nicht zu verraten.

Zuletzt stieg Senta mit dem Vater auch in das Giebelstübchen hinauf. Und da harrte ihrer eine neue Überraschung. Da stand eine Staffelei vor dem einen Fenster und vor dem anderen ein fester Zeichentisch. Hier waren nur weiße, dichte Zuggardinen an den Fenstern angebracht, damit das Licht freien Einlaß hatte. An der Wand, den Fenstern gegenüber, stand ein breiter Diwan, und darüber wölbte sich ein malerischer Baldachin, der aus einem wunderschönen alten Brokat und einigen Hellebarden aufgebaut war. Dieser Brokat hatte sich irgendwo im Herrenhaus vorgefunden, und seine Schönheit hatte Henner veranlaßt, ihn zur Verwendung zu bringen. An der Wand unter ihm hing das Wappen der Herren von Erlach, das Henner auf dem Speicher aufgestöbert hatte, und vor dem Diwan lag ein großes Bärenfell. Henner hatte es aufarbeiten lassen, und nun sah es großartig aus auf seinem Platz. Ein hübscher Teppich lag auch auf dem grünen Fußboden, und dieses Atelier brachte Senta erneut zum frohen Staunen.

Sie herzte und küßte den Vater in überschwenglicher Dankbarkeit und wußte vor Freude nicht aus und ein. Franz bedauerte immer wieder, daß Herr Stolberg das nicht alles mit anhören und sehen konnte.

Als alle Zimmer besichtigt waren, verlangte Franz, das gnädige Fräulein möge nun auch noch die Küche und die Speisekammer besichtigen. Er meinte, den gnädigen Herrn werde das nicht interessieren, und dieser sähe schon so angegriffen aus, er möge sich lieber in seinem Zimmer in den hohen Sorgenstuhl setzen und ein wenig ruhen. Damit war Herr von Erlach einverstanden. Er fühlte sich wirklich von all den Aufregungen sehr abgespannt. Franz aber konnte den gnädigen Herrn aus bestimmten Gründen nicht brauchen.

Als er mit Senta in die Küche hinunterging, sagte er:

»Gnädiges Fräulein werden staunen, auch in Küche und Speisekammer hat der gnädige Herr alles bis aufs letzte Tüpfelchen eingerichtet.«

Und Senta sah mit Staunen die hübsche saubere Küche und die wohlgefüllte Speisekammer, in der nichts fehlte, was in einem Haushalt gebraucht wird.

»Mein Gott, Franz, da sind wir auf lange Zeit mit Vorräten eingedeckt«, staunte Senta.

»Nun ja, ich habe dem gnädigen Herrn einfach alles aufgeschrieben, was man braucht, und da ist es bestellt worden.«

Daß er diesen Zettel aber für Henner Stolberg und nicht für seinen Herrn aufgeschrieben hatte, wußte nur Franz, und deshalb hatte er auch klugerweise seinen Herrn von der Besichtigung der Speisekammer ausgeschlossen. Der hätte sich sonst am Ende doch verraten und jedesmal sehr bedrückt gefühlt. Beides war unnötig, darin war Franz mit Henner Stolberg ganz einig.

Lachend sah Senta Franz an.

»Da soll es uns nicht schwer werden zu wirtschaften, nicht wahr, Franz?«

Der Diener nickte.

»Es ist alles da, was gebraucht wird, gnädiges Fräulein, und im Keller sind auch Holz und Kohlen für die Feuerung eingefahren worden, für den ganzen nächsten Winter schon.«

»Mein Gott! Wie vorsorglich Vater das alles bedacht hat! Das wird sehr, sehr viel Geld gekostet haben«, sagte sie ein wenig sorgenvoll.

»Nun, angeschafft mußte es werden, und was wir haben, das haben wir. Aber gnädiges Fräulein dürfen dem gnädigen Herrn nicht etwa darüber Vorwürfe machen, ihm auch nicht so mit allen Einzelheiten kommen. Er hat soviel bedenken müssen und ist nun etwas müde und abgespannt. Am besten, gnädiges Fäulein sprechen gar nicht mehr von alledem.«

Dann kehrten sie in das Arbeitszimmer des alten Herrn zurück, in dem er behaglich in seinem Sorgenstuhl saß. Senta fiel ihm um den Hals.

»Also du hast wirklich an alles gedacht, lieber guter Vater, nichts scheint im ganzen Haushalt zu fehlen«, sagte sie, tief gerührt von des Vaters Fürsorge, und ahnte nicht, daß ihr Dank einem anderen gebührte. Herr von Erlach wußte natürlich nichts von den Vorräten in der Speisekammer, aber er sagte diplomatisch:

»Du solltest dich behaglich fühlen und dich schnell eingewöhnen.«

»Aber das hat viel, sehr viel Geld gekostet, Vater?«

Franz paßte auf, um einzuspringen, wenn es nötig sein sollte. Aber der alte Herr sagte nur:

»Du brauchst dich nicht zu sorgen, es war gar nicht so teuer.«

Wenn er gewußt hätte, welche ansehnliche Summe Henner Stolberg trotz der Benutzung der alten Möbel für die Ausstattung dieses Häuschens ausgegeben hatte, wäre er sehr erschrocken gewesen. Aber er war sehr froh, daß seine Tochter nun ein behagliches Heim hatte, und gedachte voll Dankbarkeit des neuen Herrn von Erlachhausen.

14

Als Senta noch einmal durch das ganze Haus gelaufen war, sagte sie zu Franz:

»Jetzt werde ich den Tee richten, Franz, wir wollen ein geregeltes Leben beginnen. Du ruhst noch ein wenig, lieber Vater, und wenn der Tee fertig ist, lasse ich dich rufen. Dann kommst du hinunter in das Speisezimmer.«

Und sie ging mit Franz hinunter. Der zeigte ihr den Geschirr- und den Wäscheschrank, und Senta deckte den Teetisch, wozu ein kleiner, runder Tisch, der am Fenster stand, bestimmt wurde. Dann begab sie sich in die Küche und sah mit Entzücken, daß ein kleiner elektrischer Herd vorhanden war. Das Wasser kochte bereits, da es Franz aufgestellt hatte. Senta brühte den Tee auf und füllte den Teekessel mit kochendem Wasser. In der Speisekammer suchte sie das heraus, was zum Fünfuhrtee nötig war, und staunte immer wieder, daß der Vater nichts vergessen hatte.

Sie ordnete alles zierlich auf ein Tablett, das Franz hineintrug und auf den Teetisch stellte. Gerade als ihr Vater herunterkam, von Franz gerufen, stellte sich auch Henner Stolberg ein, der es nicht länger über sich gebracht hatte fernzubleiben.

Senta begrüßte ihn viel lebhafter und freundlicher als sonst.

»Sie wollen sich unser Heim ansehen, Herr Stolberg? Gerade wollten wir den Tee einnehmen, und Sie müssen uns nun Gesellschaft leisten. Erst nachher werde ich Sie im Hause herumführen. Vater ist schon zu müde. Sie werden staunen, wie reizend Vater das Häuschen eingerichtet hat. Wunderschön ist alles geworden, ich bin außer mir vor Freude. So behaglich und schön ist alles bei uns, daß — daß ich Ihnen das Herrenhaus ganz neidlos überlasse.«

Er hatte sie noch nie so lebhaft und zutraulich gesehen, ihm gegenüber gab sie sich immer sehr zurückhaltend und förmlich. Aber die Freude über ihr hübsches Heim hatte ihr die Zunge gelöst und sie zutraulich gemacht.

Henner konnte sich nicht satt sehen an ihrem strahlenden Gesicht. Und als sie alle drei an dem Teetisch Platz nahmen, sah er seinen Rosenstrauß darauf stehen.

»Für Ihre wundervollen Rosen muß ich Ihnen noch meinen herzlichen Dank sagen, Herr Stolberg. Sie haben mir damit eine große Freude bereitet, es war sehr aufmerksam von Ihnen. Und ich will es als eine gute Vorbedeutung ansehen, daß mir auf der Schwelle dieses Hauses gleich Rosen entgegenblühten. Ich stelle sie nachher auf mein Zimmer, jetzt habe ich sie hierher gestiftet, um den Teetisch zu schmücken. Es ist die erste Mahlzeit, die wir hier einnehmen. Und gleich einen Gast haben wir dabei. Mehr kann man wirklich nicht verlangen.«

So plauderte sie lebhaft und angeregt. Henner sah sie nur immer an.

»Es freut mich sehr, daß ich Ihnen eine kleine Freude machen konnte«, sagte er und nahm mit einem überaus glücklichen Gefühl die Teetasse, die sie ihm reichte, aus ihrer Hand.

Ganz verklärt sah er auf ihre schöne schlanke Hand hinab. Er erinnerte sich, was für einen großen Eindruck die feine weiße Hand ihrer Mutter damals auf ihn gemacht hatte, als diese sich mühte, ihm einen Verband anzulegen. An diese feine weiße Hand hatte er immer wieder denken müssen wie an ein herrliches Wunderwerk. Und Senta von Erlach hatte dieselben weißen schlanken Hände, mit den rosigen gewölbten Nägeln. Und er hätte so gern seine Lippen darauf gedrückt, wagte es aber doch nicht.

Sein Herz tat laute, starke Schläge. Er stellte behutsam seine

Tasse auf den Tisch, weil ihm war, als verlasse ihn plötzlich alle Kraft. Er hätte die Tasse nicht ruhig in seiner Hand halten können. Seine Augen ruhten auf Sentas reizendem Gesicht. Und da war ihm, als springe plötzlich ein Bann in seinem Innern. Eine helle Erkenntnis überflutete ihn mit intensiver Kraft.

»Ich liebe sie — Herrgott, wie ich sie liebe!« dachte er, bis ins Innerste erschüttert von der Stärke seines Empfindens.

Ganz überwältigt von dieser Erkenntnis, saß er stumm und lauschte in sich hinein. Das war wie Glockenläuten. Und er dachte daran, was ihm durch die Gedanken gegangen war, als der Bankier Niemann ihm gesagt hatte, er müsse heiraten. Ganz traumhaft hatte er Senta von Erlach durch die Räume des Herrenhauses von Erlachhausen schreiten sehen. Und nun war er sich klar bewußt geworden, daß er sie liebte. Jetzt wußte er auch, daß es nicht nur das Andenken an ihre schwärmerisch verehrte Mutter gewesen war, was ihn veranlaßt hatte, dieses Haus so liebevoll auszuschmücken. Nein, die Liebe war es gewesen, die Liebe zu diesem herrlichen Geschöpf, der Tochter jener Frau, für die sich schon sein Knabensinn begeistert hatte. Senta glich ihrer Mutter, ja, aber sie war doch für ihn etwas Neues, Herrliches, Anbetungswürdiges. Und so wie sie heute zu ihm war, freundlich und zutraulich, ohne jenes Fremdsein, das ihn quälte, hatte sie ihm die Erkenntnis gebracht, daß er sie liebte, liebte mit allen Fasern seines Seins.

Er erschrak vor dieser Erkenntnis, aber es war ein wonnevoller Schreck, der ihm das Blut rascher durch die Adern trieb. Er sah Senta an, als habe er sie nie zuvor gesehen. War doch ihr Gesicht zum erstenmal so freundlich und zutraulich auf ihn gerichtet. Bisher hatten ihn ihre Augen immer stolz und kalt angeblickt. Heute aber lag ihre reiche Seele in ihren Augen und ein Schein von jener echten Güte, die er bei ihrer Mutter so sehr verehrt hatte. Es war gut, daß Senta gerade damit beschäftigt war, ihre und des Vaters Tasse zu füllen, sonst hätte sie vielleicht in dieser Minute einen Blick in sein Inneres getan, das ihr alles verraten hätte.

Als sie lächelnd zu ihm hinübersah, hatte er sich schon wieder in der Gewalt.

Es wurde ein sehr behagliches, friedliches Teestündchen. Senta vergaß immer mehr ihre Abneigung gegen Henner Stolberg. Die Freude an ihrem hübschen Heim hatte die Trauer um den Verlust ihres Vaterhauses gemildert. Das kam Henner zugute.

Nachdem man den Tee eingenommen hatte, trug Senta selbst das Geschirr in die Küche, und als ihr Vater mit Henner allein war, faßte er mit krampfhaftem Druck seine Hand.

»Wie soll ich Ihnen danken? Sie haben ein Wunder getan, haben aus diesem nüchternen kleinen Haus ein wahres Schmuckkästchen gemacht. Und ich stehe so beschämt vor meiner Tochter, weil sie glaubt, alles sei mein Werk gewesen.«

Henner sah ihn strahlend an.

»Wenn es ihr nur gefällt und Sie beide sich hier behaglich fühlen! Verstehen Sie doch, dann erst kann auch ich mich wohlfühlen in Erlachhausen. Wir sprechen nun aber nicht mehr davon!«

»Immer wehren Sie ab, wenn ich von meiner Dankbarkeit spreche. Ich bitte Sie, geben Sie mir Arbeit, damit ich wenigstens etwas meine Dankbarkeit beweisen kann.«

»Gut, gut, Sie sollen Arbeit haben. Lassen Sie mich nur erst mit allem in Ordnung sein! Und wenn Sie mir Ihre Dankbarkeit beweisen wollen, so sprechen Sie nicht mehr davon. Was habe ich denn Großes getan? Ist alles nicht der Rede wert. Sie wissen, wieviel Dank ich Ihrer verstorbenen Frau Gemahlin schuldig bin. Und schließlich kommt doch alles auf Selbstsucht heraus, ich will mir mit alledem Ihre Freundschaft gewinnen und — das Zutrauen Ihrer Tochter. Schließlich sind wir jetzt so enge Nachbarn, daß es mir angenehm ist, wenn wir auf gutem Fuß miteinander stehen. Was meinen Sie, wieviel mehr zum Beispiel so ein behagliches Teestündchen wert ist, wie ich es heute in Ihrem Heim verleben durfte. Das ist mir Lohn und Dank genug.«

»Sie sind ein großherziger und großmütiger Mensch. Gott

möge geben, daß ich Ihnen eines Tages vergelten kann, was Sie für meine Tochter und mich getan haben. Und wenn Ihnen an so einem schlichten Teestündchen etwas gelegen ist, dann machen Sie uns recht oft die Freude, uns zu besuchen!«

Henner lachte froh.

»Darum lasse ich mich bestimmt nicht lange bitten.«

Jetzt kam Senta zurück. »Nun will ich Sie im Haus herumführen, Herr Stolberg. Du bleibst ruhig sitzen, Vater, für dich wird das zuviel. Ich zeige Herrn Stolberg alles, was du geschaffen hast, er soll dich bewundern.«

Der alte Herr nickte ihr zu, und Senta führte Henner durch alle Zimmer und wurde nicht müde, ›das Werk ihres Vaters‹ zu rühmen.

»Sagen Sie selbst, Herr Stolberg, ist das nicht wie ein Wunder? Was Vater aus diesem Haus gemacht hat, ist doch kaum zu glauben. Und er wehrt meine Dankbarkeit ab, als habe er nichts getan. Ich hatte eine so große Furcht, daß wir hier sehr unbehaglich wohnen würden, und nun bin ich ganz außer mir vor Entzücken. Sehen Sie die schönen Blumen an den Fenstern, das ist doch alles nur für mich! So etwas kann doch nur die zärtlichste Liebe aussinnen.«

Diese Worte berührten den wirklichen Schöpfer all dieser Herrlichkeiten seltsam tief.

»Ja«, sagte er leise, »das hat nur die zärtlichste Liebe geschaffen.«

»Und nun müssen Sie hinaufkommen in mein Atelier. Ich bin ganz stolz, ich habe wirklich ein Atelier.«

Sie stiegen hinauf, und Senta öffnete die Tür zu dem Giebelzimmer.

»Sehen Sie, wie fabelhaft dieser wunderschöne alte Brokat wirkt. Dieses prächtige Bärenfell! Dem sieht man nicht mehr an, daß es lange auf dem Speicher gelegen hat. Das ganze Herrenhaus muß Vater durchstöbert haben. Auch das alte Wappenschild wirkt besonders schön unter dem Baldachin.«

Er kannte das alles viel länger als sie, und er sah auch nicht auf die angepriesenen Herrlichkeiten, sah nur auf ihr goldbraunes Köpfchen hinab, auf ihre schlanke reizende Erscheinung. Und freute sich unsagbar, daß ihr alles so gut gefiel und daß sie fühlte, wie nur die zärtlichste Liebe dies alles ausgesonnen haben konnte. Wenn sie auch glaubte, es sei die Liebe ihres Vaters gewesen. Pflichtschuldigst bewunderte er alles und plauderte fast übermütig mit ihr. Sie mußte einige Male herzlich über ihn lachen, und er lachte mit. Und dies gemeinsame Lachen räumte zwischen ihnen fort, was Senta gegen ihn eingenommen hatte. Sie vergaß, daß sie den neuen Herrn von Erlachhausen fast gehaßt hatte. Seine natürliche, ungezwungene und dabei gütige Art gefiel ihr immer mehr.

Nachdem sie das Atelier besichtigt hatten, sagte Senta ein wenig unsicher:

»Da wir gerade in meinem Atelier sind, möchte ich von den Aufträgen sprechen, die Sie mir geben wollen. Es soll mir ein gutes Vorzeichen sein, wenn der erste Besucher dieses Ateliers mein erster Kunde ist. Ich möchte Ihnen gern einige flüchtige Skizzen zeigen, die ich gemacht habe, um Motive festzuhalten für die von Ihnen bestellten Bilder.«

Sie holte ihr Skizzenbuch und legte es auf den Tisch am Fenster.

»Da sehen Sie das Haus am Dorfteich, das ich malen soll; es erschien mir, offen gesagt, zuerst wenig malerisch. Aber nun habe ich die richtige Einstellung gefunden und möchte Sie bitten, meinen Vorschlag zu genehmigen. Also: im Hintergrund das Anwesen, davor der Nußbaum mit der Rundbank, und ganz im Vordergrund ein Stück des Dorfteiches mit einigen farbigen Enten darauf. Die Krone des Nußbaums muß sich im Wasser spiegeln. Bei alledem fehlte mir aber noch etwas an dem Bild, ich wußte nicht, was. Und da kam ein barfüßiger Bauernjunge, kletterte auf die Rundbank und wollte an dem Baum hochklettern. Dabei sah er mich an, als wolle er mir zureden, ihn mit auf das Bild zu nehmen, Und — das möchte ich auch. Sehen Sie hier, ich habe das leicht angedeutet. So wird es ein hübsches Genrebildchen. Ich finde, der Junge gehört dazu. Was denken Sie darüber?«

Er hatte mehr auf ihre Hand gesehen als auf die Skizze, aber als er sie von dem Bauernjungen sprechen hörte, wurde er aufmerksam. Es zuckte humoristisch um seinen Mund.

»Ja, natürlich, der Bauernjunge gehört dazu. Das haben Sie gut erfaßt, mein gnädiges Fräulein«, sagte er, eine aufsteigende Weichheit bezwingend.

Sie nickte froh.

»Also sind Sie mit diesem Vorwurf einverstanden?«

»Unbedingt.«

»Dann werde ich gleich morgen beginnen. Da zu meinem Erstaunen im Haus nichts mehr einzurichten ist und Vater sogar in Küche, Keller und Speisekammer herrlich für alles gesorgt hat, bleibt mir viel Zeit, und ich kann an die Arbeit gehen. Unter uns: ich glaube, Vater hat in seiner Liebe zu mir mehr Geld ausgegeben, als er verantworten kann, und ich möchte deshalb soviel wie möglich helfen, seine Sorgen zu tragen.«

Gerührt sah er in ihr ernst gewordenes Gesicht.

»Ich will Sie nicht von Ihrer Arbeit zurückhalten, denn ich weiß selbst, welcher Segen die Arbeit ist. Aber Sie brauchen sich nicht unnütz zu sorgen. Ich kenne die pekuniären Verhältnisse Ihres Herrn Vaters und kann Sie beruhigen. Für Ihr bescheidenes Leben reichen seine Einkünfte.«

Sie sah zu ihm auf.

»Meinen Sie? Ich möchte mit Vater nicht davon sprechen, er ist jetzt besonders empfindlich. Aber wenn Sie meinen, daß wir auskommen können, dann ist mir das eine große Beruhigung. Ich kann dann das, was ich verdiene, mit dazu verwenden, kleine Freuden in sein Leben zu tragen.«

Er war hochbeglückt, daß sie ihre Sorgen so vertraulich zu

ihm trug. Er wußte, gestern noch hätte sie es nicht getan. So war er doch einen kleinen Schritt weitergekommen.

»Das tun Sie nur, gnädiges Fräulein, es wird Ihnen selber Freude machen.«

Sie lächelte ihn an, wie sie es noch nie getan hatte.

»Ich glaube, Sie sind ein sehr guter Mensch, und ich schäme mich, daß ich Ihnen grollte, weil Sie Erlachhausen gekauft haben.«

»Das ist aber nun vorbei, ja?«

Sie nickte ihm mit einem schelmischen Lächeln zu.

»Einmal muß man doch wieder vernünftig werden. Es war wie eine Krankheit, es kam mir alles so überraschend. Und ich bin sonst nicht so ungerecht. Ihnen gegenüber war ich es und will es nun nicht mehr sein.«

»Das freut mich sehr — ja, es freut mich wirklich sehr«, stieß er hervor und mußte alle Selbstbeherrschung aufbieten, um ruhig zu scheinen.

Sie legte ihm nun die beiden anderen Skizzen vor.

»So flüchtig, wie diese Skizzen aufgenommen sind, können sie Ihnen keinen rechten Begriff geben. Wenn Sie Zeit haben, könnten wir in den Park gehen, damit ich es Ihnen zeigen kann.«

Henner war mit Feuereifer dabei, glücklich, daß sie mit ihm gehen wollte.

Und Senta sagte: »Gelegentlich zeige ich Ihnen auch das Motiv am Waldquell, aber dazu fehlt es heute an Zeit, es ist gut eine Stunde Weg bis dorthin.«

»Aber im Auto sind wir in wenigen Minuten da. Wollen Sie mir nicht gestatten, Sie dahin zu fahren?«

Sie lachte.

»Dann geht es freilich schneller, und ich kann Ihnen auch dies Motiv heute noch zeigen. Unter Umständen mache ich Ihnen auch noch andere Vorschläge, falls Ihnen diese Skizzen nicht gefallen.«

»Nein, nein, diese drei Skizzen führen Sie auf alle Fälle aus!

Vielleicht bitte ich Sie dann noch um weitere Bilder. Ich muß erst sehen, wie weit ich mit der Ausschmückung der Wände komme. Wir fahren also jetzt zum Waldquell, wenn wir das Motiv im Park besichtigt haben.«

Henner wollte sich Sentas gute Stimmung zunutze machen, und es hätte auf der ganzen Welt nichts gegeben, was ihn hätte abhalten können, jetzt in ihrer Gesellschaft zu bleiben.

Sie verabschiedeten sich von Herrn von Erlach, dem sie mitteilten, was sie vorhatten, und machten sich auf den Weg.

Zuerst gingen sie zum Herrenhaus hinüber, weil Henner seinem Chauffeur Bescheid sagen wollte. Plaudernd schritten sie nebeneinander her, und Henner berichtete in großen Zügen, wie er das Herrenhaus ausstatten lassen würde.

Senta hörte zu, und das Herz tat ihr nun doch ein wenig weh. Erlachhausen war ihr verlorenes Kinderland, und sie würde immer mit brennender Sehnsucht hinübersehen. Aber sie konnte Henner Stolberg nicht mehr grollen; immer klarer wurde es ihr, daß er das nicht verdiente. Und langsam erwachte auch in ihrem Herzen ein rein persönliches Interesse an ihm selbst.

»Waren Sie eigentlich schon seit Ihrer Kindheit in Amerika, Herr Stolberg?« fragte sie.

Er sah auf sie hinab. Was sie wohl sagen und denken würde, wenn er ihr eröffnete, daß er ein einfacher Bauernjunge gewesen war? Aber er vermochte es jetzt noch nicht, mit ihr darüber zu sprechen, denn er merkte es wohl, daß langsam ein leises Interesse an ihm in ihr aufstieg. Das wollte er nicht mit der Erklärung verlöschen, daß er ein Bauernjunge aus dem Dorf gewesen war.

»Nein, gnädiges Fräulein, ich bin erst hinübergegangen, als ich einundzwanzig Jahre alt war. Ich hatte meine Mutter sehr früh verloren und wollte mit meinem Vater nach Amerika auswandern, als auch dieser plötzlich starb. Ich reiste dann allein hinüber, wir hatten Verwandte drüben. Und ich wurde Farmer.«

Sie sah ihn interessiert an.

»Ah, und Sie besaßen eine große Farm, nicht wahr?«

Er lachte.

»Nicht eben groß, und es war ein schweres Stück Arbeit, sie urbar zu machen. Der größte Teil meines Bodens mußte erst ausgerodet werden.«

Und er erzählte ihr, wie er als Farmer gelebt hatte und wie schwer er hatte arbeiten müssen, um seinen Besitz hochzubringen.

Aufmerksam hörte sie zu und sah immer wieder zu ihm empor, in sein hartes, festgefügtes Gesicht, in dem nur die Augen zuweilen weich und gütig aufleuchteten. Jetzt flog ein Lächeln über ihre Züge.

»Davon also sind Sie so stark geworden, daß Sie schwere Möbel wie Kinderspielzeug herumtragen können!«

Er sah sie humorvoll an.

»Das können Sie wohl nicht vergessen, daß ich Franz ins Handwerk pfuschte?«

»Nein, ich muß immer wieder daran denken. Franz hat mir das so lebhaft geschildert, daß ich in der ersten Nacht meines Hierseins davon geträumt habe.«

Er beugte sich hinab, um ihr besser ins Gesicht sehen zu können.

»Sie haben von mir geträumt?« fragte er mit brennendem Interesse.

Lachend erzählte sie ihm ihren Traum, wie er mit den schweren Möbelstücken über die Blumenbeete geklettert war und blühende Blumen herausgeschüttelt hatte, bis die Beete voller Blumen standen.

Er hörte nur eins, daß sie von ihm geträumt hatte, und erst nach einer Weile sagte er scherzend:

»Nun, ganz wird Ihr Traum wohl nicht in Erfüllung gehen. Mit Möbeln werde ich nicht über die Beete springen, aber daß sie bald mit Blumen bedeckt sein werden, kann ich Ihnen versprechen.«

»Das wird mich sehr freuen. Es hat mich so schmerzlich enttäuscht, als ich ankam und statt der erwarteten blühenden Beete einen Unkrauthaufen fand. Aber davon wollen wir nicht sprechen. Ich möchte gern von Ihnen hören, wie es kam, daß Sie nach Deutschland zurückkehrten und — nun ja, ein so reicher Mann geworden sind, daß Sie Erlachhausen kaufen konnten.«

Er freute sich sehr über ihr Interesse und erzählte ihr von seinem Kaolinfund, als er versucht hatte, Geräte aus der fettigen Tonerde herzustellen. Und wie er dann seine Bodenschätze verwertet und Aktionär der Porzellanfabriken geworden war.

Mit atemlosem Interesse hörte sie ihm zu, und als er ihr dann sein Heimweh schilderte, seine Sehnsucht, heimzukehren, sah sie mit leisem Mitleid und Verständnis zu ihm auf.

»Das kann ich verstehen, ich habe auch furchtbar unter Heimweh gelitten all die Jahre, die ich der Heimat fernbleiben mußte.«

Teilnahmsvoll sah er auf sie hinab.

»Sie waren wirklich in all den Jahren nicht ein einziges Mal daheim?« fragte er.

»Nein. Obwohl ich Vater immer wieder dringend bat, mich heimkehren zu lassen, lehnte er es ab. Warum er das tat, weiß ich nun. Erst war ich zu jung, um ihm etwas sein zu können, dann wollte er mir seine Sorgen so lange wie möglich fernhalten. Ganz ahnungslos hat er mich gelassen, daß hier alles so ganz anders geworden war. Sie können sich nicht denken, wie erschüttert und entsetzt ich war, als ich heimkehrte und Erlachhausen so verwahrlost und verlottert wiederfand. Sie können sich schon deshalb meinen Schrecken nicht vorstellen, weil Sie Erlachhausen nicht gekannt haben, wie es früher war.«

Er atmete tief auf.

»Doch, Fräulein von Erlach, ich kannte es, wie es war, ich habe es kurz vor meiner Abreise nach Amerika gesehen und auch noch früher.«

Überrascht sah sie zu ihm auf.

»Wirklich? Wie wäre das möglich?«

»Das erzähle ich Ihnen später einmal, es ist eine lange Geschichte. Jetzt entschuldigen Sie mich einige Minuten, ich will nur dem Chauffeur Bescheid sagen.«

Senta sah sinnend seiner schlanken, kraftvollen Gestalt nach. Es fiel ihr auf, wie elastisch sein Gang war und wie er seinen Körper in der Gewalt hatte. So leicht und sicher schritt er dahin und doch so zielbewußt und bestimmt. Und sie mußte darüber nachdenken, wie es gekommen war, daß er vor Jahren schon einmal in Erlachhausen gewesen war.

Aber Henner kam schnell zurück, und nun gingen sie in den Park hinüber bis zur Brücke. Als sie dabei an den verwahrlosten Blumenbeeten vorbeikamen, sagte er lächelnd:

»Pfingsten sollen sie wieder in Blüte stehen. Und der Platz wird wieder wie früher mit geschorenem englischem Rasen bedeckt sein.«

Ihre Augen leuchteten auf.

»Das würde mich sehr freuen.«

»Obwohl Erlachhausen nun einem Fremden gehört, dem Sie so sehr gegrollt haben?«

»Trotzdem. Der Groll ist vorüber, das sagte ich Ihnen schon. Und wenn alles wieder wird wie früher, werde ich Ihnen sogar sehr dankbar sein.«

Sie schwiegen eine Weile, dann begann er wieder zu erzählen, kleine Erlebnisse aus Amerika, und brachte sie damit zum Lachen. Entzückt lauschte er diesem warmen, weichen Lachen, er suchte es immer wieder hervorzulocken, und er stimmte mit ein.

Im besten Einvernehmen kamen sie an der Brücke an, und Henner sagte dies Motiv sehr zu. Was hätte er nicht für gut gehalten, wenn sie es ihm vorschlug!

Sie gingen dann zum Parktor hinüber, das noch immer schief in den Angeln hing.

»Werden Sie auch dieses Tor in Ordnung bringen lassen? Das

war der erste Anblick bei meiner Heimkehr, der mir das Herz schwermachte und in mir eine Ahnung weckte, daß ich daheim nicht alles finden würde, wie ich es erträumt hatte.«

Henner sah das Tor an.

»Ich kann mir denken, wie Ihnen zumute war, als Sie es in diesem Zustand sahen. Leider läßt es sich nicht mehr wiederherstellen, der Rost hat schon zuviel zerstört, aber ich habe bei einem Kunstschlosser ein neues Tor bestellt, genau nach derselben Zeichnung. Und in den nächsten Tagen werden die Steinpfeiler rechts und links erneuert werden, damit das Tor, wenn es fertig ist, gleich wieder angebracht werden kann.«

Ein tiefer Atemzug hob ihre Brust.

»Wie mich das freuen wird! Aber Sie werden furchtbar viel Geld nötig haben, um das alles instand setzen oder erneuern zu lassen. Ich verstehe nicht viel davon, habe von Geldanlegenheiten keine Ahnung, aber das kann ich mir doch denken. Wird es Ihnen nicht leid werden, Erlachhausen gekauft zu haben, wenn es Ihnen soviel Kosten verursacht?«

Es berührte ihn seltsam, daß sie sich darum sorgte.

»Nein, es wird mir bestimmt niemals leid werden. Sie brauchen sich keine Gedanken darüber zu machen, es wird kein Opfer für mich sein, Erlachhausen im alten Glanz erstehen zu lassen. Und ich weiß auch, daß das Geld nicht schlecht angelegt sein wird. Ich will ein Mustergut aus Erlachhausen machen.«

Fast bewundernd sah sie ihn an.

»Ich glaube schon, daß Sie es schaffen, Sie sind so stark, so energisch, und Sie haben, so scheint es mir, arbeiten gelernt.«

»Ja, das habe ich, von Kind auf, und, was noch mehr ist, ich habe gelernt, die Arbeit zu lieben, ganz gleich, welcher Art sie ist, und nur Arbeit, die man liebt, macht frei und glücklich.«

Das klang lange in ihr nach.

Sie waren nun bis an das wartende Auto herangekommen. Es war ein wundervoller Mercedeswagen. Und der Chauffeur trug eine schlichte Livree in dunklem Braun.

Henner half Senta in den Wagen.

»Fahren Sie los, Treiber, das gnädige Fräulein wird die Richtung angeben.«

In zehn Minuten waren sie am Waldquell. Der Wagen sollte am Weg warten. Sie mußten aussteigen und etwas tiefer in den Wald hineingehen.

Von dem Motiv am Waldquell war Henner besonders entzückt und bestätigte Senta auch diesen Auftrag. Sie freute sich sehr, sagte aber ein wenig zaghaft, zu ihm aufsehend:

»Wenn ich Sie nur zufriedenstelle mit den bestellten Bildern und Sie nicht enttäusche!«

»Ausgeschlossen, ich habe das Bild im Zimmer Ihres Vaters gesehen, das Sie gemalt haben. Ich habe mich doch erst von Ihren Fähigkeiten überzeugt, ehe ich Ihnen diese Aufträge gab«, sagte er scheinbar sachlich und geschäftsmäßig.

Aber er wußte, daß er die Bilder auch bestellt haben würde, wenn sie noch so fürchterlich ausfallen würden.

»Ich fürchte nur, drei Bilder von einer so mittelmäßigen Malerin sind zuviel in Ihrem Haus.«

Er lachte.

»Erlachhausen hat, wie ich gezählt habe, siebenunddreißig Zimmer. Wie werden da diese drei Bilder verschwinden! Ich sagte Ihnen schon, wahrscheinlich werde ich noch mehr brauchen.«

Eine helle Röte stieg in ihr Gesicht.

»Das wage ich nicht zu hoffen, aber ich möchte Sie sehr bitten, mich weiterzuempfehlen, wenn ich meine Sache leidlich gut mache. Ich möchte noch weitere Aufträge bekommen, um Vater seine Sorgen etwas leichter zu machen und wenigstens das zu verdienen, was ich für meine persönlichen Bedürfnisse brauche.«

»Sie können ganz beruhigt sein, Sie werden mit der Zeit mehr Aufträge bekommen, als Sie ausführen können. Wer so gute Bilder malt wie Sie, der braucht nicht zu fürchten, keine Bestellungen zu bekommen.«

Und er dachte bei sich, daß er zur Not in jedes Zimmer mindestens ein Bild von ihr hängen könnte.

Sie fuhren nun nach Hause zurück. Henner setzte Senta am Verwalterhaus ab und verabschiedete sich, um im Haus erst noch einmal nach den Arbeiten zu sehen und dann in die Stadt zu fahren. Mit heißer Freude konnte er sich sagen, daß Senta ihm heute viel nähergekommen war. Er wollte alles daran setzen, ihr Vertrauen und ihre Liebe zu erringen. Nur wenn sie seine Frau werden würde, konnte sein Leben durch ein volles Glück gekrönt werden.

15

Einige Tage später traf Senta wieder mit Hans von Dorneck im Wald zusammen. Sie kam vom Dorfteich, wo sie gemalt hatte, und wollte nach Hause gehen. Ihr Malgerät stellte sie immer im ›Schwarzen Lamm‹ ein, damit sie es nicht hin- und hertragen mußte.

Hans von Dorneck war wieder zu Pferd und sprang schnell ab, als er Senta erblickte.

»Gottlob, endlich sehe ich Sie wieder!« rief er aufatmend. »Schon zweimal war ich um diese Zeit hier im Wald, ohne Ihnen zu begegnen. Ich war ganz verzweifelt.«

Und er küßte stürmisch ihre beiden Hände.

Sie sah errötend zu ihm auf.

»Es tut mir leid, daß wir uns verfehlt haben«, sagte sie, denn sie hatte jeden Tag sehnsüchtig darauf gewartet, ihm zu begegnen.

»Wie leid es mir getan hat, teure Senta, will ich Ihnen nicht zu schildern versuchen. Ich will es auch vergessen, weil es zu quälend war. Jetzt bin ich viel zu glücklich, daß ich Sie endlich wiedersehe.«

Und seine Augen brannten in einem so leidenschaftlichen Feuer in die ihren, daß sie verwirrt zu Boden sah.

»Wie ist es Ihnen seither ergangen?« fragte sie leise.

Er seufzte.

»Wie soll es einem Menschen gehen, der von Sehnsucht nach Ihrem Anblick verzehrt wird? Sagen Sie mir wenigstens, angebetete Senta, daß auch Sie sich ein wenig nach mir gesehnt haben!«

Sie errötete wieder. Dies schnelle Farbenspiel in ihrem Gesicht war eines ihrer höchsten Reize.

»Muß ich Ihnen das sagen, Herr von Dorneck?«

»Ich möchte es so gern hören.«

»Aber ich darf es nicht aussprechen; Sie müssen es fühlen.«

Er preßte seine Lippen auf ihr Handgelenk.

»Ach, Senta, wenn doch alle Schranken zwischen uns erst gefallen wären!« stieß er heiser hervor.

Sie ahnte nicht, was er damit meinte, sah ihn aber vertrauensvoll und gläubig an.

»Gibt es Schranken zwischen uns?« fragte sie etwas beklommen.

»Es gibt allerlei, was ich erst beiseite räumen muß. Aber davon wollen wir jetzt nicht sprechen. Wie geht es Ihnen, Senta? Sind Sie schon in das Verwalterhaus übergesiedelt?«

»Ja, seit einigen Tagen. Vater hat es so reizend ausstatten lassen, daß ich fast versöhnt bin mit unserem veränderten Leben. Wenn es Ihnen nicht zu gering ist, dann könnten Sie nun Ihren Besuch bei uns machen. Vater würde sich so sehr freuen, und ich könnte dann mit Vater auch ruhig davon reden, wenn ich Ihnen hier in der Nähe begegne. Jetzt kann ich es nicht, weil es ihm auffallen müßte, daß Sie nicht bei uns vorsprechen. Und mir ist es so bedrückend, daß ich vor Vater ein Geheimnis haben muß.«

Er sah unsicher zur Seite. Ihm lag nichts daran, Herrn von Erlach einen Besuch abzustatten, denn er hatte ihm gegeüber kein reines Gewissen. Auch wußte er, daß sich sein Besuch im Verwalterhaus herumsprechen würde. Da Herr von Erlach eine schöne Tochter hatte, konnte man seinem Besuch sehr leicht die richtige Deutung geben, und erfuhren sein Schwiegervater und seine Braut davon, gab es Unannehmlichkeiten für ihn, und vor allen Dingen würde man dann seine Beziehungen zu Senta von Erlach mißtrauisch beobachten.

›Tausendgüldenkraut ist anspruchsvoll!‹ dachte er bei sich.

»Lassen wir den Besuch vorläufig noch, Senta! Ich weiß, daß Ihr Vater noch viel zu verwinden haben wird. Man muß ihm Zeit lassen. Das kann ich besser beurteilen als Sie; Männer empfinden in solcher Lage anders. Wo kamen Sie jetzt her?«

Mit dieser Frage sprang er schnell auf ein anderes Thema über.

Sie berichtete von ihrem Bild am Dorfteich und sagte ihm auch, daß Herr Stolberg bei ihr zwei andere Bilder bestellt habe, und welche Motive sie dafür gewählt hatte. Er sann eine Weile nach, dann sagte er:

»Am Dorfteich kann ich mich natürlich nicht davon überzeugen, daß Sie eine kleine Künstlerin sind, aber wenn Sie am Waldquell malen, dann werde ich Ihnen oft Gesellschaft leisten. Sie müssen das Bild im Park noch verschieben und zuerst am Waldquell malen, wenn Sie mit dem am Dorfteich fertig sind, denn in den Park kann ich auch nicht kommen, um Sie zu sehen. Wir müssen auf Ihren Ruf bedacht sein.«

Sie sah ihn mehr erstaunt als erschrocken an.

»Es ist doch kein Unrecht, wenn wir zusammen sprechen?«

»Nein, aber die Leute würden es vielleicht für ein Unrecht ansehen.«

Senta sah plötzlich mit großen Augen vor sich hin. Sie mußte daran denken, was wohl Herr Stolberg denken würde, wenn er sie mit Hans von Dorneck zusammen sehen würde. Und das Herz klopfte ihr plötzlich seltsam bang und ängstlich, als begehe sie wirklich ein Unrecht, wenn sie mit Hans von Dorneck zusammentraf, auch wenn dies Zusammentreffen von ihrer Seite ganz zufällig war.

»Dann — dann müßte ich es überhaupt vermeiden, mit Ihnen zusammenzutreffen, im Wald noch mehr als im Park. Und ich glaube, ich muß Sie bitten, mir nicht eher wieder zu begegnen, als bis Sie bei meinem Vater einen Besuch gemacht haben. Jedenfalls werde ich meinem Vater immer sagen, wenn ich mit Ihnen zusammentreffe«, sagte sie erregt.

Er faßte ihre Hand und drückte sie an sein Herz. Ihre Worte erschreckten ihn sehr.

»Aber Senta, liebe, teure Senta, das werden Sie nicht tun, Sie begehen doch kein Unrecht. Ich kann noch keinen Besuch bei Ihrem Vater machen, und er darf nicht eher von unserer Beziehung wissen, bis ich zu Ihnen kommen kann. Und wiedersehen muß ich Sie zuweilen. Sie ahnen nicht, was ich leide, wenn ich Ihnen fernbleiben muß.«

Sie erbebte unter seinem Blick und schalt sich selbst, daß sie so ängstlich geworden war. Es war kein Unrecht, wenn sie zuweilen einige Worte mit ihm sprach. Und eines Tages würde er ja kommen und um ihre Hand anhalten, sie mußte nur noch ein Weilchen Geduld haben. Sehr gut konnte sie verstehen, daß er darunter litt, wenn er sie nicht sehen konnte, litt sie ja selbst auch dabei. Und doch wurde sie den Gedanken nicht los, daß sie etwas beging, zu dem sie sich nicht frei und offen vor aller Welt bekennen durfte, nicht vor dem Vater und, was ihr fast noch schlimmer erschien, ohne daß sie es sich hätte erklären können, auch nicht vor Herrn Stolberg. Was würde er denken, wenn er sie hier mit Hans von Dorneck zusammen sah?

Langsam gingen sie auf dem schattigen Waldweg auf und ab, und Hans von Dorneck merkte, daß Senta seltsam unruhig und nachdenklich geworden war. Er wandte wieder alle Künste an, um ihr unschuldiges Herz zu betören, aber er fühlte, daß er nicht weiterkam mit ihr auf dem Weg, auf den er sie führen wollte. Ihre stolze Reinheit stand wie ein Schutzwall vor ihrer Unerfahrenheit, den er nicht zu überschreiten wagte, so heiß seine Sinne auch nach ihr verlangten. Aber er war so sehr von seiner Leidenschaft beherrscht, daß er sich nicht entschließen konnte, das ehrlose Spiel mit ihr aufzugeben. Er meinte es nicht ertragen zu können, wenn sie sich von ihm abwenden würde. Und daß das geschah, wenn sie erfuhr, daß er mit einer anderen verlobt war, das wußte er. Senta von Erlach war kein Mädchen, das einer anderen den Mann wegnahm, auf den diese ein Recht hatte.

Mehr denn je stöhnte er innerlich über den Zwang, den seine Verlobung mit Karola Niemann auf ihn ausübte, und je heißer seine Leidenschaft für Senta brannte, desto widerwärtiger erschien ihm seine Braut. Er wandte alle Verführungskünste an, um über Senta mehr Gewalt zu bekommen, aber so harmlos sie das alles auch jetzt noch ansah, fühlte sie doch, daß sie das Zusammensein mit ihm nicht länger ausdehnen durfte. Und so süß ihr auch seine heißen, werbenden Worte in den Ohren klangen, riß sie sich doch von diesem Zauber los und sagte aufatmend:

»Ich muß nach Hause, Herr von Dorneck.«

Er sah sie vorwurfsvoll an.

»Herr von Dorneck? Immer noch so förmlich, Herr von Dorneck, Senta, nach allem, was ich Ihnen über mein Empfinden gesagt habe?«

Das Blut schoß ihr ins Gsicht.

»Ich darf Ihnen keinen anderen Namen geben, noch nicht, das wissen Sie.«

»O Senta, seien Sie nicht so grausam! Ich nenne Sie auch bei dem Namen, unter dem Sie mir lieb sind.«

»Das wollte ich auch nicht gestatten, es ist nur gekommen, weil Sie immer davon sprachen, daß wir Nachbarskinder sind. Es hätte aber nicht sein dürfen.«

Es zuckte ungeduldig in seinem Gesicht. Sollte er einen Schritt zurückgehen statt vorwärts?

»Davon mag ich nichts hören, Senta! Seinen Sie lieb, nennen Sie mich ein einziges Mal so, wie Sie mich in Ihrem Herzen nennen!«

Und er sah sie mit so heißem Flehen an, daß sie ihren Widerstand schmelzen fühlte.

»Auf Wiedersehen, Hans von Dorneck!« sagte sie leise, seinem Drängen nachgebend.

Er schüttelte hastig den Kopf.

»Lassen Sie den garstigen Dorneck fort! Bitte, bitte, nur ein einziges Mal nennen Sie mich so, wie es Ihnen Ihr Herz eingibt.«

Sie wurde dunkelrot.

»Also, ein einziges Mal: Auf Wiedersehen, Hans!«

Er preßte seine Lippen mit so leidenschaftlicher Glut auf ihre Hände, ihre Unterarme, daß sie sich erschrocken losriß und davoneilte.

»Senta!« rief er flehend.

Sie wandte sich noch einmal in einiger Entfernung nach ihm um. Sie war sehr blaß geworden.

»Wir dürfen uns nicht wiedersehen, bevor Sie nicht bei meinem Vater waren, darum bitte ich Sie!« sagte sie heiser und eilte wie auf der Flucht weiter.

Er sah ihr nach mit glühenden Augen und zusammengepreßten Lippen. Und dann stampfte er mit dem Fuß auf und lief zu seinem Pferd hinüber, auf dessen Rücken er sich schwang.

Senta eilte weiter in einer unbeschreiblichen Stimmung. Zum erstenmal überkam sie das Gefühl, ein Unrecht begangen zu haben. Irgend etwas in Hans von Dornecks leidenschaftlicher Art machte sie beklommen. Eines wußte sie sicher: auf diese Weise durfte sie ihn nicht wiedersehen. Warum kam er nicht zu ihrem Vater? Seine Gründe erschienen ihr jetzt, da sie dem Zauber seiner Persönlichkeit entrückt war, nicht stichhaltig.

Aber als sie in Sicherheit vor ihm war, nahm sie ihn vor sich selbst in Schutz. Er liebte sie eben zu sehr, und Männer sind nicht gewöhnt, sich so streng im Zaum zu halten wie Frauen. Vielleicht hatte er doch irgendwelche stichhaltigen Gründe, noch nicht zu ihrem Vater zu kommen, er hatte von Schranken gesprochen, die zwischen ihnen bestanden. Was das für Schranken waren, wußte sie nicht. Sie glaubte, es handle sich um irgendwelche äußeren Dinge, die mit ihrer Liebe nichts zu tun hatten. Und er liebte sie, ja, er liebte sie sehr zärtlich und innig, so, wie sie ihn liebte, und das war die Hauptsache. Was ihn auch fernhalten mochte, er würde schon alles in Ordnung bringen.

Sie mußte ihm nur vertrauen. Und das wollte sie, es würde ein Unrecht an ihm sein, wenn sie ihm nicht vertraute. Aber einem Zusammentreffen im Wald mit ihm mußte sie unbedingt ausweichen, solange er nicht beim Vater gewesen war und sie nicht mit Vater davon reden konnten.

Und wieder dachte sie daran, was wohl Herr Stolberg dazu sagen würde, wenn er wüßte, daß sie sich ohne Wissen ihres Vaters mit Hans von Dorneck getroffen hätte. Dieser Gedanke quälte sie, und sie wußte nicht, warum. Es erschien ihr unerträglich, daß Herr Stolberg eine schlechte Meinung von ihr bekommen könne. Und nochmals nahm sie sich fest vor, jedem Zusammentreffen mit Hans von Dorneck auszuweichen, bis er zum Vater kam.

Als sie zu Hause anlangte, hatte sie ihre Ruhe wiedergefunden. Sie kam gerade recht, um den Tee bereiten zu können. Franz hatte schon für kochendes Wasser gesorgt und ging ihr zur Hand. Er schwärmte ihr von dem elektrischen Kocher vor, und sie sagte ebenfalls viel Lobendes darüber. Aber dann sah sie ihn mit sorgenvollem Gesicht an. »Franz, werden wir nicht eine sehr hohe Rechnung für elektrischen Strom bekommen? Frau Doktor Stahl sagte immer, elektrisch zu kochen sei sehr teuer.«

Er machte ein unbekümmertes Gesicht, wußte er doch, daß Herr Stolberg das sehr weise eingerichtet hatte. Er hatte den elektrischen Herd an den Zähler anschließen lassen, der den Strom für den Wirtschaftshof anzeigte. Und Franz log wieder einmal das Blaue vom Himmel herunter:

»Bei uns ist der elektrische Strom sehr billig, man kocht hier elektrisch am billigsten. Gnädiges Fräulein werden sehen, wenn die Rechnung kommt. Was wir zu kochen haben, macht nur eine Kleinigkeit aus. Und wenn wir viel kochen, mache ich im Herd Feuer.«

Damit beruhigte sich Senta. Sie versuchte mit aller Gewalt, eine sparsame Hausfrau zu werden. Es durfte nichts verschwendet werden. Im Grunde hatte sie von Geld und Geldeswert keine

Ahnung, sie war ja nie aus dem Pensionat ins Leben hinausgekommen, und wenn sie Einkäufe für sich zu machen gehabt hatte, dann war immer Frau Doktor mitgegangen, um sie zu bevormunden. Sie wollte aber gern eine tüchtige Hausfrau werden und holte sich in vielen praktischen Dingen Rat bei Franz, der alle Einkäufe besorgen mußte.

Franz war mit dem jetzigen Stand der Dinge sehr zufrieden. Er wußte seine Herrschaft wohlgeborgen, bekam sein volles Gehalt — unter Henner Stolbergs Mitwirkung —, wurde gut mit seiner Arbeit fertig und brauchte nicht mehr zu kochen. Die Mahlzeiten, die das gnädige Fäulein bereitete, mundeten nicht nur seinem Herrn viel besser, sondern auch ihm selber. Und Senta nahm ihm viele der leichten Arbeiten ab.

Während Senta mit ihrem Vater am Teetisch Platz nahm, stellte sich Henner Stolberg mit einem halb lachenden, aber auch halb verlegenen Gesicht ein.

»Ist es sehr unbescheiden, wenn ich wieder um eine Tasse Tee bitte? Ich bin sehr durstig, und drüben bei mir ist die Küche doch noch nicht in Betrieb.«

Herr von Erlach begrüßte ihn sehr erfreut, und auch Senta sah ihm lächelnd entgegen. »Sie sind doch ein für allemal herzlich eingeladen«, sagte der alte Herr.

Henner sah Senta an.

»Und was sagt das gnädige Fräulein dazu?«

Sie stellte ihm eine Tasse Tee zurecht.

»Sie sagt gar nichts und kredenzt Ihnen mit Vergnügen den gewünschten Tee. Bitte, nehmen Sie Platz! Also den Tee ziemlich stark, nur ein kleines Stück Zucker und eine Scheibe Zitrone, nicht wahr?«

»Es ist fabelhaft, daß Sie sich das gemerkt haben«, sagte er mit einer Verbeugung und sah sie strahlend an.

Senta lachte schelmisch.

»Ich lerne doch jetzt Hausfrau spielen, und den Gast aufmerksam zu bewirten, gehört zu den Pflichten der Hausfrau.«

Als Senta das sagte, dachte sie mit leisem Schmerz daran, wie glücklich sie sein würde, wenn Hans von Dorneck hier am Tisch ihres Vaters sitzen würde, wie Herr Stolberg. Er und Herr Stolberg müßten gute Freunde werden, das wünschte sich Senta, denn sie begann, Henner Stolberg mehr und mehr zu schätzen.

Warum kam Hans von Dorneck nicht? Warum zwang er sie durch sein Verhalten, dem Vater ihr Zusammentreffen mit ihm zu verheimlichen? Denn hätte sie dem Vater davon gesprochen, daß sie ihn so dicht beim Erlachhausener Park getroffen hatte, so würde der Vater sicher fragen: »Warum kam er nicht, mich zu begrüßen? Ist ihm unsere bescheidene Häuslichkeit zu gering?«

Es war eigentlich ein sehr sympathischer Zug von Herrn Stolberg, daß er trotz seines großen Reichtums mit der bescheidenen Teestunde hier im Verwalterhäuschen vorliebnahm.

Wenn Sie geahnt hätte, wie glücklich Henner war, daß er hier sein durfte, und wie schwer es ihm gefallen war, sich anstandshalber einige Tage fernzuhalten!

Aber sonderbarerweise kam Senta ein anderer Gedanke. Sie fragte sich, ob Herr Stolberg, wenn er ein Mädchen liebte, es zu so peinlichen Situationen zwingen würde, wie Hans von Dorneck es tat. Und sie beantwortete sich diese Frage mit einem entschiedenen Nein.

Aber sogleich schämte sie sich, weil es wie Mißtrauen gegen Hans von Dorneck aussah. Er hatte ganz gewiß seine guten Gründe für das alles, und sie mußte ihm vertrauen, denn ohne Vertrauen war ihre Liebe eben keine rechte Liebe. Und sie liebte ihn, ja, ja, sie liebte ihn!

Daß sie sich das aber immer wiederholt versichern mußte, barg das nicht schon einen leisen Zweifel?

Diese Frage legte sie sich aber nicht vor. So weit war sie noch nicht. Ihr junges, unbehütetes Herz war beim ersten Ausflug in die Welt Hans von Dorneck zugeflogen, weil er sie auf den ersten Blick bezaubert hatte. Sie hatte nicht prüfen und wägen können, dazu hatte er ihr keine Zeit gelassen. Er war Sturm gelaufen auf ihr Herz, und sie hatte sich im süßen Erschrecken, daß es zauberhafte Empfindungen gab, ergeben. War das echte Liebe? Wußte sie überhaupt, was echte Liebe war?

Ach nein! Senta von Erlach liebte das Ideal, das sie sich von einem Mann gemacht hatte, und sie glaubte, der schöne, glänzende Hans von Dorneck sei dieses Ideal. Sie ahnte nicht, wie weit er von diesem Ideal entfernt war.

Als Senta am nächsten Morgen wieder am Dorfteich saß, dachte sie, daß sie in Zukunft ihren Heimweg etwas früher antreten wollte, also vor der Zeit, die sie Hans von Dorneck als ihre Ausgehzeit angegeben hatte. Sie war fest entschlossen, ihn nicht wiederzutreffen, bevor er ihren Vater besucht hatte.

Trotzdem malte sie sehr fleißig und bemerkte nicht, daß vom ›Schwarzen Lamm‹ her Henner Stolberg auf sie zukam. Erst als er dicht neben ihr stand, blickte sie auf und sah ihn überrascht an.

»Sie wollen sich überzeugen, ob ich fleißig bei der Arbeit bin, Herr Stolberg?« fragte sie lächelnd.

Er war sehr glücklich, daß sie ihn nicht einfach fortwies.

»Nein, das nicht. Ich kam ganz zufällig hier vorbei, habe im ›Schwarzen Lamm‹ gefrühstückt und wollte wieder ins Herrenhaus zurückgehen.«

»Dort schreitet die Arbeit aber rüstig fort, ich staune darüber. Soviel ich von außen sehen kann, sind Sie ja bald fertig.«

Er nickte lächelnd.

»Ich will doch Pfingstsonnabend einziehen«, sagte er, »will endlich ein Heim haben. Das Leben im Hotel wird mir rechtschaffen verhaßt.«

»Glauben Sie wirklich, daß Sie bis Pfingsten fertig sind?«

»Ich will es, und dann muß es auch sein«, sagte er ruhig und bestimmt.

Etwas wie Bewunderung lag in ihrem Blick.

»Sie führen wohl immer aus, was Sie sich vorgenommen haben?«

»Soweit es im Bereich der Möglichkeit liegt, ja.«

»Und diesen Bereich stecken Sie wohl ziemlich weit?« fragte sie schelmisch.

Diese leichte Schelmerei entzückte und beglückte ihn.

»So weit, als es irgend angeht«, sagte er lachend, wie ein glücklicher Junge, und dachte, daß das höchste Ziel, das er sich gesteckt und das er erreichen wollte, ihr Herz und ihre Hand war. Hier kam es nicht nur auf Kraft und Energie an, sondern auf viel, viel mehr. Er biß die Zähne zusammen, aber seine Augen leuchteten entschlossen.

»Darf ich mir ansehen, wie weit Sie mit dem Bild sind?« fragte er nach einer Weile.

»Bitte! Aber viel ist noch nicht zu sehen.«

Er trat hinter die Staffelei.

»Ah, Sie waren sehr fleißig! Das Haus steht schon und auch der Zaun. Und hier vorn, seitwärts, ahne ich den Nußbaum.«

»Ja, der kommt morgen dran. Aber für den Bauernjungen, der in schwarzer Hose und weißem Hemd an dem Stamm hochklettern muß, brauche ich ein Modell.«

»Das Modell kann ich Ihnen beschaffen, ich greife mir eins von den Bürschchen da drüben, die haben alle schwarze Hosen und weiße Hemden an.«

»Das wäre mir sehr lieb, aber denken Sie sich das nicht so leicht. Die Wichte reißen aus, sobald ich mich ihnen nähern will. Sehen sie, da drüben steht ein halbes Dutzend, jeder gerade brauchbar für mich, und sie gucken immer neugierig herüber. Aber näher als jetzt lassen sie mich nicht an sich heran.«

Henner sah lachend hinüber zu den Jungen, die ihn und Senta gespannt beobachteten. Dann sah er aber wie gleichgültig wieder von ihnen fort und sagte ruhig:

»In zehn Minuten haben sie die Bürschchen alle am Nußbaum, einen nach dem anderen, zur Auswahl.«

Er hatte seine Freunde von damals erkannt, mit denen er um die Wette Steine über den Dorfteich geworfen hatte.

»Ich fürchte, Sie versprechen zuviel«, sagte Senta.

»Bitte, malen Sie ruhig weiter und kümmern Sie sich nicht um die Jungen«, sagte er.

Und während sie weitermalte, suchte er einige flache Kiesel auf und trat an den Dorfteich heran.

»Was tun Sie?« fragte sie erstaunt.

»Ich muß die Bürschchen erst kirre machen.«

Und er ließ nun wie damals einen Stein nach dem anderen über das Wasser flitzen. Unwillkürlich sah ihm Senta zu und mußte staunen über seine Geschicklichkeit. Aber sie malte dann weiter, denn sie merkte, daß die Jungen langsam zu Henner herankamen, und sie lachte in sich hinein und ahnte, daß er auch diesmal schaffen würde, was er sich vorgenommen hatte.

Die Jungen kamen immer näher heran, sahen Henner eine Weile interessiert zu und ließen dann selber Steine über das Wasser gleiten. Sie hatten noch gut in Erinnerung, daß der fremde Herr ihnen Groschen geschenkt hatte.

Henner gab sich erst den Anschein, sie gar nicht zu bemerken, bis sie ganz nahe bei ihm waren. Dann sah er auf der Seite auf sie hinab.

»Nun, ihr Hosenmätze, habt ihr fleißig geübt?« fragte er.

»Ja, aber es geht all noch lang nicht so gut wie bei Ihnen«, sagte der größte, sein Schuldeutsch zusammensuchend.

»Hm, da möchte ich nun wohl mal sehen, ob ihr auf den Nußbaum da klettern könnt!«

»Ha, und wie! Aber die Nüsse sind noch lange nicht reif, es lohnt nicht«, sagte ein anderer.

»Aha, wenn die Nüsse reif sind, dann hängt ihr immer da oben. Aber ich möchte doch sehen, ob ihr wirklich hinaufkommt. Jeder, der den ersten Ast erreicht, bekommt einen Groschen.«

Bei diesen Worten blickte Henner lachend zu Senta hinüber. Sie begriff und nickte ihm verstohlen zu.

Die Jungen wollten alle auf einmal davonstürmen, aber Henner rief sie zurück.

»Halt! Einer nach dem anderen. Ihr bleibt hier stehen, die größten fangen an.«

Eifrig maßen sich die Jungen aneinander, und dann lief der größte auf den Nußbaum zu und kletterte hinauf. Senta konnte bequem ihre Studien machen. Dann kam der zweite dran, der dritte und so weiter. Als alle Jungen ihr Kunststück vollbracht und ihren Groschen eingesteckt hatten, sagte Henner lachend: »So, morgen um diese Zeit kommt ihr wieder hierher, dann probieren wir das noch einmal, damit ihr es richtig könnt, wenn die Nüsse reif sind. Jetzt könnt ihr euch trollen.«

Die Jungen stoben davon mit ihren Groschen, und Henner wandte sich Senta zu.

»War es gut so?«

Sie sah lachend zu ihm auf.

»Herrlich! Sie haben mir willige Modelle geschaffen. Ich staune, wie Sie es fertiggebracht haben, die Jungen so zutraulich zu machen.«

Er trat dicht zu ihr heran und sah auf sie herab.

»Das macht, weil sie in mir ihresgleichen spüren«, sagte er.

Sie schüttelte verständnislos den Kopf.

»Sie und die Bauernjungen, das ist doch ein großer Unterschied.«

Seine Augen hingen gespannt an ihrem Gesicht, als er leise sagte:

»Ich war einst auch solch ein Bauernjunge.«

Ungläubig sah sie ihn an.

»Ausgeschlossen!«

»Sie können es mir glauben, ich habe als Junge hier an diesem Teich gespielt, bin manch liebes Mal auf diesen Nußbaum geklettert. Und — wissen Sie, Fräulein von Erlach, daß Sie mir vor vielen Jahren schon einmal Ihr Händchen gegeben haben, obwohl ich nur ein Bauernjunge war? Sie zählten damals vier Jahre, ich siebzehn oder achtzehn.«

Sie ließ Pinsel und Palette sinken und schaute erstaunt zu ihm auf.

»Wie konnte das sein?«

Er zeigte zu dem Bauernhaus hinüber, das sie gemalt hatte.

»Das war mein Vaterhaus, aus diesem schlichten Bauernhaus stamme ich, und von hier bin ich ausgewandert, als ich einundzwanzig Jahre alt war, kurz nach dem Tod meines Vaters.«

Ihre Augen sahen ihn mit brennendem Interesse an.

»Ist das wirklich wahr?«

»Ja.«

»Ah, und daher wußten Sie, wie Erlachhausen früher ausgesehen hatte. Ich hab mir schon den Kopf darüber zerbrochen.«

»Ja, daher wußte ich es. Und ich bin hier im Wald zwischen dem Dorf und dem Park mit Ihnen zusammengetroffen.«

»Da war ich aber nicht allein!«

»Nein, Sie gingen mit Ihrer Frau Mutter spazieren, und diese begrüßte mich und sprach mich an. Und dann forderte Ihre Frau Mutter Sie auf, mir ein Händchen zu geben.«

Da schoß plötzlich eine Erinnerung durch Sentas Kopf.

»Ah, waren Sie vielleicht der Junge, den unser Hektor im Wald mit all seinen Blaubeeren umgeworfen hatte?«

In seinen Augen blitzte es auf.

»Das wissen Sie?«

Sie lachte.

»Oh, Mutter erzählte mir so oft von dem braven, tapferen Jungen, der nicht geweint hatte, obwohl sein Krug zerbrochen, seine Blaubeeren verstreut waren, und der sich so sehr weh getan hatte. Mutter erzählte es mir immer wieder, wenn ich mir einmal weh getan hatte und weinte.«

Mit leuchtenden Augen sah er sie an.

»Ihre Mutter war eine so gütige Frau, Fräulein von Erlach, und Sie sind ihr so ähnlich!«

Ein tiefer Seufzer hob ihre Brust.

»Ich verlor sie so früh, viel zu früh.«

»Darum sind Sie zu bemitleiden. Kinder, die ihre Mutter so früh verlieren, sind immer zu bedauern.«

»Sie haben ja, wie Sie mir sagten, Ihre Mutter auch so früh verloren, deshalb können Sie mir das nachfühlen.«

»Ja, mit meiner Mutter ging das einzig Liebe und Warme aus meinem Leben. Und ich wäre ein harter, verknöcherter Mann geworden wie mein Vater, wenn mich nicht etwas davor bewahrt hätte, nämlich die Begegnung mit Ihrer Mutter!«

»Mit meiner Mutter?«

»Ja, ich habe sie verehrt wie eine Heilige, und sie hat mit ein wenig Güte und Menschlichkeit dafür gesorgt, daß mein Leben nicht ohne Sonne blieb. Sie war mein Ideal, das ich anschwärmen konnte.«

Und er berichtete ihr, wie er zuerst mit ihrer Mutter zusammengetroffen war, wie er auf Hektors Rücken Einzug im Herrenhaus gehalten, wie sie sich freundlich um ihn bemüht und in sein vereinsamtes Herz Licht und Wärme gezaubert hatte. Auch daß er dann froh an ihrer Seite im Wagen nach Hause zurückgekehrt war.

»Noch manches Mal bin ich ihr danach begegnet, und ich war stolz, wenn sie mich ›mein junger Freund‹ nannte. Ich gestehe ganz offen, daß ich mich sehr bemühte, immer wieder solche Begegnungen herbeizuführen. Oft lag ich am Parktor auf der Lauer und hatte Zeit, die Ornamente und Arabesken zu studieren. Und glücklich war ich für lange Zeit, wenn ich sie endlich wiedersah, wenn sie freundlich mit mir sprach. Immer erschien sie mir als der Inbegriff des Guten, Schönen und Reinen. Ich sann mir aus, daß ich Heldentaten verrichten würde, um ihr ein Lächeln abzulocken. Und nur, um ihrer Güte etwas würdiger zu werden, ging ich zu unserem alten Kantor und bat ihn, mich alles zu lehren, was er wußte.«

Er erzählte ihr, wie der alte Kantor und seine Frau diesen Wunsch erfüllt hatten. Und dann fuhr er fort:

»Später sah ich Ihre Mutter zuweilen mit ihrer kleinen Tochter, aber da traute ich mich nicht, zu ihr zu gehen, ich wagte mich immer nur dann in ihre Nähe, wenn sie allein war. Aber eines Tages, als sie wieder mit Ihnen im Wald spazierenging und ich unerwartet Sie beide vor mir sah, da rief sie mich an. Ich war damals schon siebzehn oder achtzehn Jahre. Und sie plauderte wieder in ihrer gütigen Art mit mir, und ich berichtete ihr, was ich inzwischen gelernt hatte. Eine richtige kleine Prüfung stellte sie dann mit mir an, und ich war stolz, daß ich sie bestand. Auch englisch plauderte sie mit mir. Aber damals sah ich zu meinem Schmerz, daß sie sehr bleich und leidend aussah. Sie forderte Sie auf, mir ein Händchen zu geben, und Sie sagten zu mir: ›Du bist der brave Junge, der nie weint, wenn er sich weh tut?‹ Ich bestätigte das, und Sie sagten mit drolliger Unzufriedenheit mit sich selbst: ›Ich muß immer weinen, wenn ich mir weh tue, und deshalb bin ich kein Tapferes.‹ Das war alles, was ich mit Ihnen gesprochen habe. Und an diesem Tag habe ich Ihre Mutter zum letztenmal gesehen. Bald darauf hörte ich, sie sei schwer krank und dürfe nie mehr in den Wald. Sie werde immer nur an sonnigen Tagen auf die Terrasse getragen.

Einige Jahre später ging ich nach Amerika. Ihre Mutter ist bald darauf gestorben, aber das wußte ich nicht. Mir lebte sie weiter in der Erinnerung, und sie hat immer einen großen, guten Einfluß auf mich ausgeübt, auch als ich sie nicht mehr sah. Ihre Mutter und Erlachhausen verkörperten mir die Heimat. Als ich zurückkam und hörte, daß Erlachhausen zur Versteigerung käme, war ich sofort entschlossen, es zu kaufen. Ich hätte es keinem anderen lassen mögen.«

Und er berichtete weiter, wie er am Morgen der Versteigerung nach Erlachhausen gekommen war, um es zu besichtigen, und wie er ergriffen vor dem Bild ihrer Mutter gestanden hatte. Was aber dann weiter geschehen war, verschwieg er ihr. Er sprach nur von der Versteigerung selbst und wie er erschrocken war, als sie plötzlich unter dem Portal gestanden hatte und er gemeint hatte, ihre Mutter stehe vor ihm.

Mit tiefer Ergriffenheit hatte Senta alles angehört. Daß er so verehrungsvoll von ihrer Mutter sprach, brachte ihn ihr noch viel näher. Unwillkürlich reichte sie ihm die Hand.

»Ich danke Ihnen, daß Sie mir das erzählt haben, es hat mir die Erinnerung an meine Mutter aufgefrischt. Warum haben Sie mir nicht früher davon gesprochen?«

Behutsam hatte er ihre Hand in die seine genommen.

»Weil ich fürchtete, Sie würden mir noch kälter begegnen, wenn Sie erfahren hätten, daß ich aus einem schlichten Bauernhaus stamme.«

Sie schüttelte den Kopf.

»Nein, für so töricht sollten Sie mich nicht halten. Sie dürfen doch stolz sein, daß Sie es durch eigene Kraft so weit gebracht haben.«

»Nun, es war auch viel Glück dabei«, sagte er ehrlich.

»Ohne Glück kommt kein Mensch vorwärts! Nun tut es mir doppelt leid, daß ich Ihnen grollte, weil Sie Erlachhausen gekauft haben. Wenn ich gewußt hätte, mit welchen Gefühlen Sie in mein Vaterhaus einziehen würden, ich hätte es nur Ihnen gegönnt. Es war sehr häßlich von mir, daß ich Ihnen grollte, es war so ungerecht, da Sie doch immer gütig und freundlich zu uns waren. Aber Sie müssen mir verzeihen! Ich liebte meine Heimat so sehr, obwohl ich sie so verlottert und verwahrlost wiederfand, und konnte sie keinem Fremden gönnen. Es war unrecht von mir, denn wir durften doch nun einmal nicht in meinem Vaterhaus bleiben. Und — nun ich weiß, wie Sie über meine Mutter denken, freut es mich sehr, daß gerade Sie Erlachhausen gekauft haben. Und Sie werden mir mein törichtes Benehmen verzeihen, wenn ich Sie darum bitte, ja?«

Er sah sie so strahlend an, daß sie ein wenig erschrak.

»Ich habe Ihnen nichts zu verzeihen, habe Sie verstehen können. Und es freut mich, daß Sie mir nun nicht mehr grollen.«

Er sah schon wieder ganz ruhig aus, als er das sagte, und sie vergaß das leuchtende Aufstrahlen seiner Augen oder deutete es sich ganz harmlos. Und lächelnd sagte sie:

»Das tue ich gewiß nicht mehr.«

Er zeigte auf das Anwesen.

»Nun begreifen Sie auch, daß ich dies gar nicht malerische Bauernhaus gemalt haben wollte?«

Sie nickte.

»Das ist mir jetzt alles klar, auch daß Sie sagten, daß der Bauernjunge dazu gehört. Ich will mir viel Mühe geben, daß es ein hübsches Bildchen wird.«

Henner mußte sich nun zu seinem Leidwesen verabschieden, er mußte wieder ins Herrenhaus zurück, denn wenn er nicht zugegen war und überall nach dem Rechten sah, wurde nicht so flott gearbeitet.

Er verabschiedete sich aber mit einem frohen, glücklichen Gefühl von Senta, denn er wußte, daß sie ihn nicht geringer einschätzte, weil er ein Bauer gewesen war. Und da er keine Ahnung hatte, daß sie ihr Herz bereits verschenkt hatte, war er voll froher Hoffnung, sie für sich zu gewinnen.

»Ich komme morgen vormittag zur selben Zeit hierher, um ein Modell für Sie einzufangen und festzuhalten«, sagte er, ehe er ging.

Sie nickte ihm zu. »Das ist mir sehr lieb, Ihnen wird das viel leichter als mir«, sagte sie lächelnd.

Und als er dann schnell davonging, sah sie ihm mit sinnenden Augen nach. Er war doch ein sehr wertvoller Mensch. Wie lieb er von ihrer Mutter gesprochen hatte! Er war ein Mann von Herz, wenn er das auch nur selten zeigte. Keineswegs war er so blendend schön wie Hans von Dorneck, aber ob er nicht vielleicht noch ritterlicher war als dieser? Sie konnte sich nicht denken, daß Henner Stolberg seine zukünftige Frau in so eine schwierige Lage bringen könnte, wie Hans von Dorneck ihr das zumutete.

Und während sie fleißig weitermalte, fragte sie sich immer wieder, warum Hans von Dorneck nicht offen und ehrlich zu ihrem Vater kam. Selbst wenn es Hindernisse zwischen ihnen gab, konnte er das mit dem Vater besprechen oder ihn wenigstens besuchen, damit sie vor dem Vater keine Heimlichkeiten zu haben brauchte. Und da fiel ihr ein, daß sie ihm noch nicht einmal gesagt hatte, daß der Vater darum wußte, daß er ihr Reisebegleiter gewesen war.

16

Wieder waren Tage vergangen. Senta war mit ihrem ersten Bild fast fertig, denn sie hatte dauernd gutes Licht gehabt, und die Farben waren schnell getrocknet. Sie hoffte, daß ihr Werk gelungen war, und hatte selber ihre Freude daran.

Henner war noch zweimal am Dorfteich gewesen, um ihr das widerspenstige Modell gefügig zu machen, aber als sie dann das Bürschchen auf die Leinwand gebannt hatte, kam er nicht wieder. Er wollte ihr nicht lästig fallen und fürchtete, sie nur bei der Arbeit zu stören. Doch zum Tee fand er sich einige Male wieder ein und wurde immer sehr freundlich aufgenommen.

Die Arbeit im Herrenhaus war nach Wunsch vorangekommen. Es wurde schon tapeziert und dekoriert. Aller Bauschutt war bereits fortgeräumt.

Henner hatte von früh bis spät zu arbeiten, denn auch die Felder mußten bestellt werden, und nach Pfingsten sollte die Heuernte beginnen.

Senta hatte ihren Vater gefragt, ob er wisse, daß Henner Stolberg aus dem Dorf stamme und daß er ihre Mutter gekannt hatte.

»Ja, Senta, das hat er mir am ersten Tag erzählt.«

»Und warum hast du mir das nicht mitgeteilt?«

»Weil ich wußte, daß er es nicht wollte. Ich wußte, daß er es dir selber berichten würde. Und nun ist es also geschehen?«

»Ja, Vater, er hat es mir erzählt und hat so lieb und gut von meiner Mutter gesprochen, daß mir jedes harte Wort leid tut, das ich über ihn gesprochen habe. Ich weiß jetzt, daß er ein sehr guter, edler und wertvoller Mensch ist.«

»Ja, Senta, das ist er gewiß, und ich freue mich, daß du es endlich eingesehen hast.«

Und Herr von Erlach dachte, was Senta wohl sagen würde, wenn sie alles wüßte, was Henner für sie beide getan hatte, daß er ihm das Leben neu geschenkt und ihnen beiden ihre Existenz ermöglicht hatte.

Soviel Henner Stolberg auch zu tun hatte, eine behagliche Teestunde in Sentas Gesellschaft sparte er sich doch einige Male ab.

Eines Abends, als er wieder zur Stadt ins Hotel gefahren war, fand er eine Einladung zu einer Abendgesellschaft im Haus des Bankiers Niemann vor. Henner fiel es nun schwer aufs Herz, daß er den Damen Niemann noch keinen Besuch gemacht hatte. Er beschloß, das gleich am nächsten Vormittag zu tun.

Frau Niemann und ihre Tochter Karola waren aus Basel zurückgekehrt und hatten von dem Gatten und Vater gehört, was für ein angenehmer Gesellschafter und wertvoller Mensch Henner Stolberg sei.

»Ihr müßt ihn bald kennenlernen, und man muß ihm Gelegenheit geben, Damenbekanntschaften zu machen. Denn ein Mann wie er und Besitzer eines Gutes wie Erlachhausen muß unbedingt heiraten«, hatte Herr Niemann gesagt.

Seine Damen griffen das begeistert auf. Ein heiratsfähiger und begüteter Mann war gut in Gesellschaft einzuführen, und ihm zu einer Frau zu verhelfen, war sozusagen Ehrensache. Frau Niemann gab also baldigst eine kleine Abendgesellschaft, um Henner mit ihren intimsten Bekannten zuammenzuführen. Im ganzen waren nur achtzehn Personen geladen, darunter natürlich die jungen Damen, deren Mütter Frau Bankier Niemann am liebsten einen angenehmen Schwiegersohn gönnte. Und so hatte auch Henner diese Einladung erhalten, ahnungslos, daß man einen Anschlag auf seine Freiheit vorhatte.

Als er seinen Besuch machte, empfingen ihn Mutter und Tochter sehr liebenswürdig, und er fand in der Mutter eine heitere und scharmante Frau im Beginn der Fünfzig, und in der Tochter eine überzarte, äußerlich nicht sehr reizvolle, aber entschieden sehr sympathische junge Dame, mit der er sich sehr nett unterhielt.

Karola Niemann war unbedingt ein wertvoller Mensch, und aus ihren dunklen Augen leuchtete ein reiches, tiefes Gemüt. Henner konnte sich eines leichten Mitleids nicht erwehren. Er kannte den zukünftigen Gatten dieser jungen Dame, und er sagte sich, dieser schöne, aber unbedingt oberflächliche und, wie er wußte, stark verschuldete Mensch würde sie sich nicht um ihrer hervorragenden Charaktereigenschaften halber zur Frau begehren. Ihr Äußeres konnte einen Mann wie Dorneck kaum verlocken, er würde sie nur ihres Geldes wegen heiraten wollen. Und das tat ihm leid, schon in der ersten Stunde, da er Karola kennenlernte. Und je näher er sie später kannte, desto mehr bedauerte er sie. Sie war ein feinfühliges, kluges und gütiges Geschöpf, und Henner hoffte, daß später Senta an ihr eine Freundin fand.

Deshalb sprach er zu Mutter und Tochter von Senta von Erlach. Er schilderte ihre Tapferkeit, ihre liebenswerten Eigenschaften und sprach es offen aus, daß Karola in ihr eine sehr wertvolle Bekanntschaft machen würde.

Karola hörte voll Mitleid zu, als er schilderte, welcher Art die Heimkehr Sentas gewesen und wie sie schmerzlich enttäuscht gewesen war, statt der schönen, geliebten Heimat, die sie in Erinnerung hatte, ein verwahrlostes Gut zu finden, das gerade versteigert wurde.

»Mein Gott, die Ärmste, wie mag ihr zumute gewesen sein«, sagte Karola mitleidig.

»Das arme Kind, man muß sich ihrer ein wenig annehmen«, pflichtete Frau Niemann bei.

»Ob wir ihr nicht einen Besuch machen sollen, liebe Mutter?«

Henner glaubte aber, man müsse Senta noch ein wenig Zeit lassen, sich an die neuen Verhältnisse zu gewöhnen, und so sagte er:

»Es freut mich sehr, meine verehrten Damen, daß Sie sich Fräulein von Erlachs ein wenig annehmen wollen. Ganz offen gesagt, ich erwartete es nicht anders von Ihnen, denn Herr Niemann hat mir seine Damen so geschildert, daß ich ihnen ein warmes Herz und menschliche Güte zutraute. Aber vielleicht warten Sie noch mit Ihrem Besuch. Fräulein von Erlach muß erst festen Fuß in der neuen Umgebung fassen. Ich mache Ihnen eine anderen Vorschlag: wenn ich in Erlachhausen ganz in Ordnung bin und mich auf meine Dienerschaft verlassen kann, dann werde ich mir erlauben, Sie alle zu mir zu bitten. Und dann werde ich Herrn von Erlach und seine Tochter ebenfalls einladen. Sie werden einander auf ganz unverfängliche Art kennenlernen.«

Frau Niemann nickte ihm zu.

»Das ist ein sehr guter Gedanke, den wollen wir festhalten! Und wir werden uns sehr freuen, bei dieser Gelegenheit endlich Erlachhausen kennenzulernen, denn wir sind noch nie dort gewesen. Zuerst war Frau von Erlach lange krank, und es kam kein Verkehr mit ihr zustande, und dann stand Herrn von Erlach auch nicht der Sinn nach Geselligkeit.«

»Ich hoffe, daß Erlachhausen Ihnen gefallen wird und daß ich Sie öfter bei mir sehen werde, damit ich mich für Ihre und Ihres Herrn Gemahls liebenswürdige Gastfreundschaft erkenntlich zeigen kann.«

»Sie sind wohl auch der nächste Gutsnachbar von Herrn von Dorneck, nicht wahr?« fragte Frau Niemann.

Henner merkte, wie Karola tief errötete und ihn gespannt ansah. »So ist es, gnädige Frau, und wenn wir auch als Gutsnachbarn noch keine Fühlung miteinander genommen haben, so hatte ich schon das Vergnügen, Herrn von Dorneck in Ihrem Hause kennenzulernen.«

»Mein Mann hat es mir gesagt, und ich weiß auch, daß er Sie eingeweiht hat, daß Herr von Dorneck in näherer Verbindung zu uns steht.«

»Ja, Herr Niemann hat mir diese Auszeichnung zuteil werden lassen, mich einzuweihen, und ich werde selbstverständlich die strengste Verschwiegenheit wahren. Mein gnädiges Fräulein, verfrühte Glückwünsche sind natürlich nicht angebracht, und ich werde sie mir vorbehalten.«

Karola lächelte ihn an mit ihrem weichem, etwas müden Lächeln.

»Sie werden nicht lange mehr darüber schweigen müssen. Vater hat endlich auf meine Bitte eingewilligt, daß unsere Verlobung nach Pfingsten bekanntgegeben wird. Mein Verlobter weiß es noch nicht;ich möchte ihn erst einen Tag vorher damit überraschen.«

»Dann hoffe ich bald meine Glückwünsche darbringen zu können. Aber jetzt will ich die Damen nicht länger aufhalten.«

Und Henner verabschiedete sich in seiner natürlichen artigen Weise. Sein angeborener Herzenstakt ließ ihn immer die richtige Form finden. Mutter und Tochter waren sehr angenehm berührt von Henner Stolbergs Art und sprachen sich darüber aus. Und Karola sagte lächelnd mit dem Feingefühl eines liebenden Herzens, das auch in anderen Menschen wärmere Gefühle ahnt:

»Ich glaube, liebe Mutter, wir brauchen uns nicht die Köpfe zu zerbrechen, wer die künftige Herrin von Erlachhausen wird.«

Ihre Mutter sah sie fragend an.

»Was meinst du, Karola?«

»Ich meine, daß Fräulein von Erlach eines Tages wieder in Erlachhausen einziehen wird als Frau Stolberg.«

»Unsinn, Karola!« rief die Mutter etwas ungehalten. Sie hatte im Geist bereits die Tochter ihrer besten Freundin an dieser Stelle gesehen.

»Das ist kein Unsinn, Mutter! Erwecke in Lilly Sanders Herzen keine Hoffnungen, die sich nicht erfüllen werden! Herr Stolberg hat zum mindesten ein sehr warmes Interesse an Fräulein von Erlach.«

»Aber keine Ahnung! Er sprach so ruhig und sachlich von ihr, wenn auch anerkennend und mitleidig. Das will nichts sagen.«

»Das will im Gegenteil sehr viel sagen bei einem Mann wie Herrn Stolberg, der sein Herz nicht auf der Zunge trägt. Seine Ruhe und Sachlichkeit wirkten auf mich sehr künstlich.«

»Ach, das würde mir sehr leid tun. Lilly Sanders wäre doch die passende Frau für ihn. Sie ist hübsch, fast schön, gut erzogen und sehr vermögend.«

»Ich würde Lilly diesen prächtigen Mann gönnen, wenn sie auch ein wenig flatterhaft ist, aber es sollte uns auch nicht leid tun, wenn das arme Fräulein von Erlach in gesicherte Verhältnisse käme.«

Frau Niemann rang noch immer mit ihrer Enttäuschung.

»Herr Stolberg scheint mir ein sehr vernünftiger Mann zu sein, der eine kluge Wahl treffen wird, wenn er sich eine Frau sucht. Lilly wäre eine ganz andere Partie als das verarmte Fräulein von Erlach.«

»Aber mir scheint, als wenn Herr Stolberg der Mann wäre, der bei der Wahl seiner Gattin den Geldpunkt nicht ins Auge faßt. Und Lilly wird als gute Partie sicher einen Mann finden. Sie ist nicht auf Herrn Stolberg angewiesen. Fräulein von Erlach aber hat vielleicht nur diese einzige Möglichkeit, weil sie arm ist.«

Frau Niemann küßte ihre Tochter, sie hatte sich wiedergefunden.

»Hast recht, Karola! Wir wollen nichts tun, um eine Annäherung zwischen Lilly und Herrn Stolberg zu begünstigen.«

Und so verzichtete Frau Niemann darauf, bei der Abendgesellschaft Henner Fräulein Lilly Sanders als Tischdame zu bestimmen, und setzte ihn neben eine weniger reizvolle junge Dame. Aber vielleicht gerade deshalb unterhielt sich Henner sehr gut, und er gab sich an diesem Festabend so liebenswürdig und ungezwungen, daß er die beste Aufnahme im Freundeskreis der Familie Niemann fand.

Natürlich war auch Hans von Dorneck geladen, der inzwischen zu seinem Leidwesen Senta noch nicht wiedergetroffen hatte, so oft er es auch versuchte. Er glaubte aber nicht, daß Senta ihm absichtlich auswich, das ließ seine Eitelkeit nicht zu. Einmal hatte er sie nur von weitem gesehen, und da war sie in Gesellschaft ihres Vaters gewesen, so daß er sich nicht in ihre Nähe wagte.

Er ahnte nicht, daß Senta jetzt fast immer ihren Vater bat, sie vom Dorfteich abzuholen, denn sie fürchtete, daß Hans von Dorneck ihr wieder begegnen könnte, auch wenn sie zu einer anderen Zeit durch den Wald ging. Heute mußte er sich nun soviel wie möglich seiner Braut widmen, und Henner beobachtete ihn mit besonderem Interesse. Karola wurde ihm immer sympathischer, und er wollte ergründen, ob Herr von Dorneck seiner Braut ein wärmeres Gefühl entgegenbrachte.

Dieser wußte aber so geschickt den Verliebten zu spielen, der seine Liebe noch nicht zeigen durfte, daß sich Henner sagte: »Vielleicht liebt er sie doch, denn wenn Karola auch kein schönes Mädchen ist, so hat sie doch viele liebenswürdige Eigenschaften.«

Karola strahlte vor Glückseligkeit. Sie gab sich keine Mühe, ihre Gefühle zu verbergen, denn sie glaubte an Hans von Dornecks Liebe, wie sie an das Leben glaubte. Seine Liebe war ihr Leben, sie hatte ihr Herz mit aller Innigkeit in dieser Liebe verankert und ahnte nicht, daß er sie nur ihres Reichtums halber zur Frau begehrte. Um seinetwillen war sie froh, eine reiche Erbin zu sein. Wohl wußte sie, daß sie keine Schönheit war, aber sie glaubte fest daran, daß die Größe und Stärke ihrer Liebe seine Gegenliebe geweckt hatte.

Henner machte an diesem Abend noch andere interessante Beobachtungen. Er fühlte sehr wohl, daß Lilly Sanders, die ihm gegenübersaß, sich besonders interessiert mit ihm beschäftigte. Nach Tisch suchte sie ihn durch eine Unterhaltung über amerikanische Verhältnisse zu fesseln. Fräulein Lilly war eine der jungen Damen, die über alles genau Bescheid wissen. Man mußte glauben, daß sie Amerika ganz genau kannte, und ebenso hätte sie auch von Australien und Afrika gesprochen.

Sie hatte sich ein oberflächliches Wissen über viele Dinge angeeignet und verblüffte damit harmlose Gemüter. In die Tiefe durfte man aber nicht gehen, dann sprang sie gewandt von dem Thema ab und begann ein neues, worüber sie besser orientiert war. So verblüffte sie Henner zuerst ein wenig, aber dann merkte er, wes Geistes Kind sie war, und es machte ihm Freude, sie immer wieder auf andere Gebiete zu locken.

Als er aber merkte, daß sie ihn dahin bringen wollte, mit ihr allein in einem Nebenzimmer zu bleiben, da entwischte er ihr mit so großer Gewandtheit, daß sie ihm ziemlich perplex nachsah.

Er hatte zuerst den Eindruck gemacht, als sei er leicht einzufangen, und darin sah sie sich nun getäuscht.

Henner war schon in Amerika mancher geschickt gestellten Schlinge entkommen, die man ihm hatte legen wollen, und wenn er sich auch sehr gut mit Fräulein Lilly Sanders unterhalten hatte, so war sie doch nicht der Typ, der ihm hätte gefährlich werden können, auch wenn sein Herz nicht bereits vergeben gewesen wäre.

Im Lauf des Abends kam es auch zwischen Henner und Hans von Dorneck zu einer längeren Unterhaltung, als sie im Rauchzimmer eine Zigarette rauchten und allein waren. Und dabei fiel dem klugen Henner auf, daß Herr von Dorneck das Gespräch auf Herrn von Erlach und seine Tochter brachte. Er fragte Henner scheinbar leichthin, ob Fräulein von Erlach schon eines seiner bestellten Bilder abgeliefert habe.

»Nein«, sagte Henner, »noch ist keins der Bilder fertig, doch hat das gnädige Fräulein zugesagt, daß sie das erste Bild auf Ende dieser Woche liefern wird.«

Hans von Dorneck sah dem Rauch seiner Zigarette nach.

»Ich muß Ihnen ganz offen sagen, Herr Stolberg, daß ich

Herrn von Erlach und seiner Tochter längst einen Besuch hätte abstatten müssen. Aber ich habe ein so flaues Gefühl. Es ist doch verdammt peinlich, sie im Haus ihres früheren Verwalters aufsuchen zu müssen.«

Henner sah ihn groß an.

»Ich denke, Herr von Erlach hat sich damit abgefunden.«

Hans von Dorneck lachte ein wenig.

»Nun ja, er vielleicht. Es bleibt ihm nichts anderes übrig. Aber mir wäre es peinlich. Herr von Erlach war der Freund meines verstorbenen Vaters, und ihn nun als verkrachte Existenz wiederzusehen, das geht mir gegen den Strich. Schließlich — er ist doch jetzt nicht mehr gesellschaftsfähig.«

Henner stieg das Blut in die Stirn. Er wußte ja, daß es um Dorneck nicht viel besser stand, als es um Erlachhausen gestanden hatte. Und wenn Herr von Dorneck nicht der Schwiegersohn des Bankiers Niemann wurde, dann würde er in Bälde eine ebenso ›verkrachte Existenz‹ sein wie Herr von Erlach. Mit erzwungener Ruhe sagte er:

»Für mich ist Herr von Erlach nicht weniger gesellschaftsfähig, als er es vorher war. Aber ich habe wahrscheinlich andere Ansichten als Sie.«

»Ja, weil Sie amerikanische Verhältnisse gewöhnt sind.«

Groß und ruhig sah ihn Henner an.

»Nein, weil ich nicht so hochwohlgeboren bin wie Sie, Herr von Dorneck, mir sind so feine Unterschiede nicht geläufig. Ich stamme aus einem kleinen, einfachen Bauernhaus aus dem Dorf bei Erlachhausen, und Sie sind vielleicht früher hoch zu Roß an mir vorübergeritten, während ich Ihnen barfüßig über den Weg lief. Vielleicht bin ich deshalb auch nicht gesellschaftsfähig für Sie. Ich halte es für richtig, Ihnen das zu sagen, falls Sie in Zukunft meine Gesellschaft zu meiden wünschen.«

Verlegen sah ihn Hans von Dorneck an. Sein Gesicht machte durchaus keinen Anspruch darauf, geistreich auszusehen.

»Aber um Himmels willen, Herr Stolberg, wie können Sie so

etwas denken! Der reiche Besitzer von Erlachhausen wird immer und überall gesellschaftsfähig sein.«

Es blitzte humorvoll in Henners Augen auf. Er war schon über den Ärger hinweg, der ihn befallen hatte, weil Hans von Dorneck mit ihrem Vater auch Senta diese Gesellschaftsfähigkeit abgesprochen hatte. Herrn von Dornecks Meinung war aber schließlich nicht maßgebend.

»Ah, so!« erwiderte er launig. »Auf den Reichtum käme es an? Ich muß gestehen, daß ich nicht so genau bewandert bin in solchen Dingen.«

Hans von Dorneck lachte verlegen.

»Auf den Reichtum kommt es natürlich nicht allein an, aber er zählt mit, und Sie können versichert sein, daß es mir eine Ehre und ein Vergnügen sein wird, mit Ihnen gute Nachbarschaft zu halten.«

»Während Sie mit Herrn von Erlach, obwohl er Ihr Standesgenosse ist, weil er verarmt ist und in einem schlichten Verwalterhaus wohnt, keine nachbarlichen Beziehungen zu pflegen wünschen? Nun weiß ich Bescheid. Auf die Aufmachung kommt es an, nicht auf den Menschen! Ich danke Ihnen für diese Belehrung, Herr von Dorneck, über die Feinheiten des geselligen Verkehrs. In dieser Beziehung muß ich anscheinend noch viel lernen. Ein Bauer bleibt ein Bauer, auch wenn er in einem Herrenhaus wohnt.«

Das alles sagte Henner mit leisem Spott. Hans von Dorneck gab sich aber klugerweise den Anschein, als habe Henner nur gescherzt. Er lachte wie über einen guten Spaß. Dabei dachte er aber bei sich, daß dieser neue Herr von Erlachhausen ein verdammt ungemütlicher Mensch sei. Wirklich der reine Bauer, wenn er auch etwas von der Kultur beleckt war. Und er nahm sich vor, in Zukunft im Verkehr mit ihm vorsichtiger zu sein, wenn er es auch nicht mit ihm verderben durfte.

Henner war es eine Genugtuung, daß er Herrn von Dorneck gegenüber energisch für Herrn von Erlach eingetreten war, denn neben diesem stand seine Tochter. Er wollte nicht, daß man in der Gesellschaft auch nur den leisesten Zweifel daran hatte, daß diese beiden Menschen trotz ihrer Armut gesellschaftsfähig geblieben waren, wie es ein so armseliger Wicht wie dieser Herr von Dorneck in Zweifel zu ziehen gewagt hatte. Er hatte seine Abfuhr erhalten und sie mit verlegenem Grinsen eingesteckt. Das war für Henner erledigt.

Im Grunde war diese Abwehr eines Verkehrs mit Herrn von Erlach von Hans von Dorneck nichts als feige Furcht gewesen. Er wollte verhindern, daß Senta und ihr Vater durch Henner in gesellige Beziehung zu Niemanns kommen sollten. Und er glaubte, dies Ziel erreicht zu haben, weil er Henners Art nicht verstand.

Daß Henner bereits bei seinem Besuch der Damen Niemann eine gesellschaftliche Beziehung zwischen diesen und Senta von Erlach angebahnt hatte, ahnte Hans von Dorneck nicht. Er glaubte, Henner einen genügenden Wink gegeben zu haben, daß Herr von Erlach und seine Tochter nicht mehr in die Gesellschaft gehörten. Obwohl er Senta liebte oder wenigstens zu lieben glaubte, wollte er sie außerhalb der Gesellschaft wissen, weil es ihm so leichter erschien, sie seinen Wünschen gefügig zu machen.

Als sich Henner an diesem Abend von Niemanns verabschiedete, wurde er herzlich aufgefordert, recht oft wiederzukommen, und er versprach es gern.

Lilly Sanders aber flüsterte Karola beim Abschied zu.

»Dieser Herr Stolberg ist ein Stockfisch, Karola, er ist sehr langweilig.«

Karola hatte ihre Beobachtungen gemacht und antwortete lächelnd:

»Ich glaube, du irrst, Lilly, er ist weder ein Stockfisch noch langweilig, aber er gehört zu den Menschen, denen man nicht auf den Grund sieht, und Perlen findet man nur in der Tiefe.«

Lilly lachte etwas gereizt.

»Gott, wie poetisch! Aber wenn du bei ihm nach Perlen suchst, kannst du mir leid tun.«

Mit einem feinen Lächeln, das Karola seltsam verschönte, sagte sie:

»Es ist ganz gut, Lilly, daß er dir nicht gefällt.«

Lilly machte große Augen.

»Hallo, Karola! Hast du vielleicht Absichten auf ihn?«

»Nein, nein, aber ich glaube, er ist bereits in festen Händen.«

Schmollend sah Lilly sie an.

»Das hättest du mir vorher sagen können!«

»Es ist nur eine Vermutung.«

»Na, meinetwegen. Für mich ist er erledigt. Gute Nacht, Karola!«

»Gute Nacht, Lilly!«

Hans von Dorneck hatte es so eingerichtet, daß er noch einige Minuten blieben konnte, als die anderen Gäste sich entfernt hatten. Er fing Karola auf, als diese sich von Lilly verabschiedet hatte.

»Endlich habe ich dich ein paar Minuten für mich allein, Karola!« sagte er, den sehnsüchtig Verliebten spielend.

Sie sah mit ihren schönen, gütigen Augen zu ihm auf.

»War es dir so leid, mein Hans, daß wir so wenig voneinander hatten?«

»Wie du nur fragen kannst!« sagte er vorwurfsvoll und zog sie an sich. Und als er sie küßte, schloß er die Augen und wünschte sich Senta von Erlach an ihre Stelle. So fiel sein Kuß etwas feuriger und zärtlicher aus als sonst.

Sie erbebte in seinen Armen. »Mein Hans, habe noch ein Weilchen Geduld, bald wird alles besser werden.«

Er dachte bei sich, daß er sehr viel Geduld haben würde, wenn es sich darum handelte, sie zu besitzen. Aber er sagte seufzend:

»Es wird mir schwer, Karola, dir so fremd in Gegenwart anderer Menschen begegnen zu müssen.«

Sie sah ihn zärtlich tröstend an.

»Um so schöner wird es nachher, wenn wir uns vor aller Welt zueinander bekennen dürfen. Warte noch ein Weilchen; ehe du es gedacht, wird unsere Prüfungszeit zu Ende sein!«

Ein leises Schelmenlächeln flog dabei um ihren Mund.

Wenn er gewußt hätte, wie kurz die Zeit war, die ihm noch bleiben sollte, um seine Verlobung geheimhalten zu können, wäre er erschrocken.

Ahnungslos verabschiedete er sich, froh, seiner Pflicht genügt zu haben.

17

Senta hatte ihr erstes kleines Werk in Öl an Henner abgeliefert. Es war ein reizendes Genrebild geworden, und sie konnte zufrieden sein mit Henner Stolbergs Entzücken über diese fertige Arbeit. Es beschämte sie ein wenig, daß er ihre Arbeit so begeistert lobte.

Er war wieder einmal zum Tee gekommen, als sie ihm das Bild brachte. Vorher hatte sie es dem Vater gezeigt und ihn um sein ehrliches Urteil gebeten. Er konnte ihr nur sagen, daß es ein kleines Kunstwerk und eine saubere, gute Arbeit sei.

Aber Henner lieferte eine viel günstigere Kritik, und seine Begeisterung trieb ihr das Blut ins Gesicht. Er verlangte, das Bild selbst mit hinüberzunehmen, denn die meisten Zimmer waren schon fertig, vor allem sein Arbeitszimmer. Und dort sollte das Bild über dem Schreibtisch hängen.

»Es soll mir immer vor Augen führen, woher ich stamme, damit ich stets mit den Füßen auf der Erde bleibe«, sagte er lachend.

Senta freute sich sehr an seiner Freude und sagte ihm, daß sie nun das zweite Bild beginnen wollte. Aber er meinte, sie möge jetzt zuerst das Bild am Waldquell malen, weil so viele Arbeiter im Park herumwimmelten. Die würden sie stören, und gerade die kleine Brücke sollte erst ausgebessert werden. Senta willigte ein, aber da fiel ihr ein, daß Hans von Dorneck sie darum gebeten hatte, zunächst das Bild am Waldquell zu malen, weil er sie dort ungestört treffen konnte. Sie hatte zwar selbst Sehnsucht, ihn wiederzusehen, fürchtete aber eine Begegnung mit ihm.

Aber wenigstens konnte sie sich jetzt selbst das Zeugnis ausstellen, daß sie nichts dazu getan hatte, da Herr Stolberg eben dieses Bild zuerst gemalt haben wollte. Bei diesen Gedanken war sie etwas unsicher geworden, und das Blut war ihr ins Gesicht gestiegen. Das sah Henner, und er fragte sich, warum sie errötete. Da fiel ihm ein, daß sie vielleicht die Bezahlung des Bildes erwartete. Es war ihm peinlich, diese Frage anzuschneiden, aber er zwang dieses Gefühl in sich nieder. Es war ihr doch eine Lebensfrage, Geld zu verdienen, und von seinen Gefühlen ahnte sie nichts. Also mußte er alles ganz geschäftsmäßig erledigen. Und so sagte er möglichst unbefangen:

»Haben Sie mir schon eine Rechnung ausgestellt, Fräulein von Erlach? Ich möchte das Bild gleich bezahlen.«

Sie wurde sehr rot und sah ihn zaghaft an.

»Einer Rechnung bedarf es nicht, Herr Stolberg.«

»Dann müssen Sie mir sagen, was es kostet. Ich werde Ihnen sofort einen Scheck ausstellen.«

Sie strich sich über die Stirn und sah hilflos zum Vater hinüber, der aber ebenso hilflos aussah.

»Ich weiß nicht, wie ich Ihnen das Bild berechnen soll.«

Er hätte sie am liebsten in seine Arme genommen und ihr gesagt: »Alles, was mein ist, soll auch dein sein.« Aber er zwang sich zu einem ruhigen, geschäftsmäßigen Gesicht.

»Ja, den Preis müssen Sie mir nennen!«

Sie schlang die Hände ineinander und sah ihn verzagt an.

»Ich habe doch noch nie ein Bild verkauft und weiß nicht, was ich verlangen soll.«

»Aber ich habe jetzt verschiedene Bilder gekauft zur Ausschmückung meines Hause und weiß ungefähr, wie man ein Bild bezahlt. Und so werde ich Ihnen einen Vorschlag machen, und Sie müssen mir sagen, ob Sie ihn annehmen.«

Er hätte ihr am liebsten Tausende für das Bild bezahlt, aber er wußte, daß er vorsichtig sein mußte. Er durfte nur vorschlagen, was er auch anderweitig für ein Bild zu bezahlen pflegte.

»Ach ja, bitte, tun Sie das!«

»Der ideelle Wert dieses Bildes läßt sich für mich nicht in Zahlen fassen. Sie müssen mir fest versprechen, es mir offen sagen, wenn es Ihnen zu wenig erscheint, was ich vorschlage.«

»Ja, ich werde es Ihnen sagen.«

Er sah das Bildchen nochmals prüfend an, blickte dann zu ihr hinüber und sagte ganz sachlich:

»Ich bin Geschäftsmann genug, um gern möglichst billig zu kaufen. Also sind Ihnen fünfhundert Mark genug?«

Ach, da schoß Senta das Blut wieder rebellisch ins Gesicht.

»Um Gottes willen, nein!« rief sie erschrocken.

»Ah, also ist es zu wenig?«

»Nein, o nein, viel zuviel!«

»Oh, da hätte ich also noch billiger kaufen können! Aber ernsthaft, das wäre unfein gewesen, soviel ist das Bild unter Brüdern wert.«

Sie drückte die Hand aufs Herz und sah den Vater strahlend an.

»Höre nur, Vater, fünfhundert Mark! Ich glaube, das ist sehr viel Geld. Und —«, sie sah Henner verlegen lächelnd an, »ich hätte höchstens auf zweihundert Mark gerechnet.«

Sie war rührend in ihrer Freude, und Henner freute sich mit ihr.

»Das wäre natürlich viel zu wenig gewesen. Nein, nein, wie ich gesagt habe, bleibt es. Für fünfhundert Mark kaufe ich das Bild billig. Und diesen Preis wollen wir auch gleich für die beiden anderen festsetzen, vorausgesetzt, daß diese nicht größer werden und Ihnen nicht mehr Arbeit machen. Sonst müssen wir den Preis erhöhen.«

Und er zog sein Scheckbuch hervor und schrieb einen Scheck über fünfhundert Mark aus. Den reichte er ihr. Sie sah ein wenig betreten darauf nieder.

»Wie ist das mit diesem Scheck? Kann man den wechseln beim Einkaufen?«

»Ach, richtig, da müßten Sie ja erst zur Stadt und den Scheck an der Bank einlösen! Wie ungeschickt von mir! Aber nun müssen Sie warten bis morgen. Ich werde Ihnen das bare Geld mitbringen. Ist es recht so?«

»Wenn Sie das tun wollen!«

»Selbstverständlich. Geben Sie mir so lange Kredit?«

Nun mußte sie lachen.

»Ich denke doch, daß Sie gut dafür sind«, sagte sie schelmisch. Und dann warf sie sich ihrem Vater an den Hals.

»Guter, lieber Vater, kannst du dir das denken? Etwa über drei Wochen habe ich an dem Bild gearbeitet, und nun soll ich soviel Geld dafür bekommen? Ist das nicht märchenhaft? Da kann ich dir deine Sorgen etwas leichter machen.«

Und plötzlich brach sie in Tränen aus, in Tränen der Freude.

Wie gern hätte Henner diese Tränen fortgeküßt! Auch ihr Vater war gerührt.

»Mein liebes Kind, wir stehen jetzt leider im umgekehrten Verhältnis zueinander. Es wäre in Ordnung, wenn ich dir deine Sorgen leichter machen würde. Jedenfalls sind wir Herrn Stolberg zu Dank verpflichtet, daß er dir so lohnende Aufträge gab, wir sind ihm schon soviel Dank schuldig.«

Henner machte ihm erschrocken ein verstohlenes Zeichen, in Sorge, er könnte mehr ausschwatzen. Aber er nickte ihm beruhigend zu.

Bald darauf entfernte sich Henner mit seinem Bild. Er trug es sorgsam ins Herrenhaus hinüber und hängte es selbst über seinem Schreibtisch auf. Lange sah er auf den kleinen roten Namenszug unter dem Bild: Senta Erlach. So hatte sie schlicht unter das erste Bild geschrieben, das sie für Geld gemalt hatte.

»Senta! Senta Erlach! Herrliche, wundervolle Senta Erlach!« sagte er leise vor sich hin und setzte sich vor den Schreibtisch, um andächtig zu dem Bild emporzusehen. Wenn sie ahnte, wie kostbar ihm dies Bild war, weil ihre Hände es gemalt hatten!

Er betrachtete den Dorfjungen, der an dem Nußbaum emporkletterte.

Senta von Erlach und der ehemalige Bauernjunge? Der Sproß eines alten Adelsgeschlechtes und der Sohn eines Bauern? Würde das zusammenstimmen?

Ein tiefer Atemzug hob seine Brust.

»Wenn sie mich lieben lernt, wird alles stimmen. Und dazu werde ich sie zwingen kraft meiner Liebe«, sagte er fest und klar.

Und eine frohe Zuversicht erfüllte ihn. War er doch fest überzeugt, daß Sentas Herz noch frei war. Deshalb hoffte er, ihre Liebe gewinnen zu können. War sie nicht schon viel zutraulicher zu ihm geworden? Sah sie ihn nicht jetzt immer lieb und freundlich an? Hatte sie nicht längst die deutliche Abwehrstellung aufgegeben, die sie ihm am Anfang gezeigt hatte?

Aber langes Träumen lag nicht in seiner tatkräftigen Natur. Er sprang auf und sah nach seinen Arbeitern. Nur noch einige Tage, dann würde hier alles fertig sein. Morgen kam die gesamte Dienerschaft, und am Pfingstsonnabend würde er seinen offiziellen Einzug halten.

Das lief alles programmäßig ab. Freitag mittag verließen die letzten Arbeiter das Haus, und nun hatte die Dienerschaft nur noch die letzte Hand anzulegen, Kleinigkeiten in Ordnung zu bringen und das letzte Staubkörnchen zu entfernen. In der Küche wurde schon eifrig hantiert, und in Henners Ankleidezimmer war ein Diener beschäftigt, seine Koffer auszupacken, die er vom Hotel herausgeschickt hatte, und alles in Schränken und Schubfächern zu ordnen.

Am Sonnabendvormittag nach elf Uhr kam Henner in seinem Mercedes angefahren, um endgültig seinen Aufenthalt im Herrenhaus zu nehmen.

Kurz vorher war Franz vom Verwalterhaus herübergekommen mit einem großen, reizend gebundenen Feldblumenstrauß, den Senta selbst gepflückt hatte. Sie und auch ihr Vater hatten jeder auf ein Kärtchen einige Worte zu Henners Begrüßung geschrieben und die Kärtchen in einem Umschlag zwischen die Blumen gesteckt. Ein Diener wollte Franz den Strauß abnehmen, aber dieser wehrte heftig ab.

»Was denken Sie, mein Lieber, dieser Strauß wird nicht mitten zwischen die anderen Blumen gestellt, die schon abgegeben worden sind. O nein, die stelle ich selber auf, und zwar auf den Schreibtisch des Herrn Stolberg. Geben Sie mir schnell eine große Vase mit frischem Wasser!«

Und er spielte sich auf, als stehe er auf du und du mit dem neuen Herrn von Erlachhausen. Er verblüffte auch damit den Diener und begab sich mit Strauß und Vase in Henners Arbeitszimmer, wo ihn dieser schon einigemal in geheimer Besprechung empfangen hatte. Mitten auf den Schreibtisch stellte er die Vase und steckte die Blumen hinein. Und dann steckte er den Umschlag mit den beiden Karten recht auffallend zwischen die Blumen.

Befriedigt überblickte er sein Werk und ging wieder hinaus. Und als er die breite Treppe hinabschritt, an der rechts und links zwei neue Hellebardiere, die genau den alten nachgebildet waren, Wache hielten, hörte er das Auto kommen. Franz versteckte sich in den Sträuchern unterhalb der Terrasse und beobachtete verstohlen Henners Einzug. Die Dienerschaft hatte sich am Portal aufgestellt, um den Herrn zu begrüßen, und Franz schickte ihm ganz still einen Segenswunsch nach, als er über die Schwelle seines Hauses schritt. Denn Franz war ein begeisterter Anhänger von Henner geworden.

Als dieser im Hause verschwunden war, betrachtete Franz kritisch, aber wohlgefällig die ganze Umgebung. Die großen Blumenbeete prangten wieder in üppigem Flor zwischen dem kurzgeschorenen Rasen, der wie grüner Samt wirkte. Die Fassade des Hauses sah wieder sehr vornehm und ordentlich aus. Die Rolläden waren erneuert, die Fenster schmuck und sauber und mit kostbaren Spitzenstores verhängt oder mit zierlich gefalteten Gardinen versehen.

Auch die Terrassenbrüstung war mit Blumen geschmückt, und der Fußboden der Terrasse und die breite Steintreppe, die hinaufführte, waren von den wuchernden Grasbüscheln gesäubert und frisch zementiert, so daß keine Fugen mehr zwischen den Steinquadern zu sehen waren.

Befriedigt hatte sich Franz das alles angesehen, und er sagte so vor sich hin: »Es ist alles schöner als je!«

Schnell lief er noch zum Parktor hinüber und sah es sich an. Ein neues schmiedeeisernes Tor, genau dem alten nachgebildet, hing wieder stolz und gerade zwischen den mächtigen Sandsteinpfeilern, die erneuert worden waren.

Franz nickte befriedigt.

»Ein Satanskerl! Er hat es geschafft!« sagte er vor sich hin.

Sogar der Park war schon leidlich in Ordnung gebracht, die Wege waren mit frischem grauem Kies belegt und von Unkraut gesäubert. Allerdings war noch mancherlei im Park zu tun, aber da dazu eine Menge Arbeiter angestellt war, würde auch das bald erledigt werden.

Mit großen Schritten eilte Franz zum Verwalterhaus zurück und berichtete Senta und ihrem Vater alles, was er gesehen hatte. Sie hörten ihm still zu und faßten sich krampfhaft bei den Händen, als müsse sich einer am anderen halten.

Henner Stolberg stand in seinem Arbeitszimmer vor dem Schreibtisch und hielt Sentas Willkommensgruß in den Händen.

»Mögen Ihnen nur frohe und gute Stunden in Ihrem neuen Heim beschieden sein! Das wünscht von Herzen

Senta Erlach.«

So hatte sie geschrieben. Er drückte die Karte an sein Herz, an seine Lippen und legte sie dann sorglich in seine Brieftasche, um sich nicht von ihr trennen zu müssen. Die Karte ihres Vaters warf er zu den anderen Glückwunschschreiben, die ihm zugegangen waren und die in einer großen Schale aufbewahrt wurden.

Dann ging er langsam durch das ganze Haus, jetzt gewissermaßen erst Besitz davon nehmend. Alles sah er sich noch einmal an. ›Ein stolzes Heim für einen Bauernjungen‹, dachte er humorvoll.

Als er mit der Besichtigung aller Räume fertig war, setzte er sich zu einer für ihn bereiteten Mahlzeit nieder in dem schönen, großen Speisezimmer, das, wie alle anderen Räume, schlicht und zweckmäßig, aber vornehm und gediegen eingerichtet war. Sein Architekt hatte ihn gut bedient. Nirgends war ein Zuwenig oder Zuviel. Er konnte zufrieden sein; was Geld und guter Geschmack zu schaffen imstande waren, das war angeordnet worden.

Nachdem er gespeist hatte, ließ er sein Pferd satteln und ritt auf die Felder hinaus, wo noch alles bei der Arbeit war.

»Macht Pfingsten, Leute! Geht nach Hause! Nach dem Fest geht die Arbeit weiter«, sagte er zu ihnen.

Und er fühlte mit einem großen Frohgefühl auch heute, wie schon so oft, seit er Erlachhausen bewirtschaftete, daß er seine Leute gut in der Hand hatte. Sie sahen in ihm den Herrn und fühlten doch, daß er das richtige Verständnis für sie hatte.

Als er nach Hause ritt, nahm er den Weg über den Wirtschaftshof, wo er noch nach dem Rechten sah. Und dann kam er natürlich am Verwalterhaus vorüber. Da hielt er sein Pferd an und sprang ab. Franz kam aus dem Haus und führte das Pferd an einen Baum, um den er den Zügel schlang.

»Ist Ihre Herrschaft zu Haus, Franz?«

»Jawohl, Herr Stolberg, die Herrschaften sitzen im Zimmer des gnädigen Herrn; man hat Sie bereits kommen sehen.«

Henner betrat das Haus und sprang die Treppe mit einigen großen Sätzen hinauf. An Herrn von Erlachs Arbeitszimmer klopfte er an, und dieser rief zum Eintritt.

Henner wurde wie immer herzlich begrüßt.

»Ich wollte nur melden, daß ich regelrecht in Erlachhausen untergebracht bin, und mich für den schönen Feldblumenstrauß bedanken. Ich habe mich so sehr darüber gefreut.«

Damit führte er Sentas Hand dankend an seine Lippen und reichte Herrn von Erlach die Hand.

»Sie müssen entschuldigen, daß wir Sie nur mit schlichten Feldblumen begrüßten, Herr Stolberg, aber ein Schelm gibt mehr, als er hat«, sagte Senta lachend.

»Sie hätten mir keine kostbarere Gabe machen können, mein gnädiges Fräulein. Ich weiß, Sie haben die Blumen selbst gepflückt und zum Strauß gebunden. So viele Mühe haben Sie sich gemacht!«

»Es war mir eine Freude. Wenn Sie wüßten, mit welchen Gefühlen ich durch die Wiesen und Felder meiner Heimat streifte! Es sind ja schließlich Ihre Blumen, die ich gepflückt habe, aber sie wachsen doch auf dem Heimatboden.«

Er sah sie mit einem warmen Blick an.

»Es war mir jedenfalls ein sehr lieber Willkommensgruß, auch Ihre und Ihres Herrn Vaters Worte.«

Er wurde aufgefordert, Platz zu nehmen, und im Lauf des Gesprächs sagte dann Herr von Erlach:

»Werden Sie Besuche machen in der Nachbarschaft? Auf Dorneck sitzt der junge Hans von Dorneck, mit dem Sie sich vielleicht befreunden werden. Sonst gibt es nur ältere Herrschaften.«

»Vorläufig habe ich noch nicht die Absicht. Erst muß mein Betrieb gründlich in Ordnung sein. Alles andere muß Zeit haben.«

»Aber Herr von Dorneck wird sich sicher freuen, Sie kennenzulernen«, sagte Senta, ihre Verlegenheit bezwingend.

»Oh, ich kenne ihn bereits.«

Sie errötete jäh, und das fiel ihm auf.

»Sie kennen ihn?« fragte sie hastig.

»Ja, ich traf ihn wiederholt in der Stadt, vornehmlich im Haus des Bankiers Niemann. Aber — ist Herr von Dorneck auch Ihnen bekannt?«

Wieder sah er dunkles Rot in ihr Gesicht steigen.

»Ja, nur flüchtig«, sagte Senta, und es war ihr unsagbar peinlich, nicht klar und offen über ihre Begegnungen mit Hans von Dorneck sprechen zu dürfen.

»Meine Tochter hat Herrn von Dorneck auf ihrer Reise aus dem Pensionat getroffen, er stieg in Basel in ihr Abteil und war so freundlich, sich ihrer anzunehmen«, sagte Herr von Erlach unbefangen.

Aber Senta war alles andere als unbefangen. Es erfüllte ihn mit einer heißen Unruhe, und er fragte sich, weshalb Herr von Dorneck neulich bei seinem Gepräch mit ihm über Herrn von Erlach und seine Tochter dieser gemeinsamen Reise nicht Erwähnung getan hatte. Auch fiel ihm wieder ein, daß dieser etwas unmotiviert das Gespräch auf Senta und ihren Vater gebracht hatte. Er sah Senta forschend an und sagte etwas zerstreut und nachdenklich: »Ah, das wußte ich nicht. Aber Sie haben von Dorneck wohl seither nicht wiedergesehen, ich meine, er hat wohl noch keinen Besuch bei Ihnen gemacht?«

Senta vermochte darauf nicht zu antworten, und es quälte sie sehr, daß sie von Hans von Dornecks Verhalten in eine so peinliche Lage geraten war. Sie konnte, durfte sich doch nicht zu ihren Begegnungen mit ihm bekennen. Und sie war sehr froh, daß der Vater statt ihrer antwortete:

»Nein, er hat noch keinen Besuch bei uns gemacht. Und wir erwarten das auch nicht.«

Es war, als wollte Senta etwas sagen, aber sie preßte die Lippen zusammen, als müsse sie ein schnelles Wort zurückhalten. Das alles entging Henner nicht.

»Warum nicht?« fragte er.

»Weil wir durch unsere Verarmung gewissermaßen heruntergekommen sind, Herr Stolberg«, sagte der alte Herr bitter.

Henner sah, daß Senta bleich wurde. Er zog die Stirn zusammen.

»Sie sind noch immer der Freiherr von Erlach, und Herr von Dorneck ist Ihr Standesgenosse!«

Ein bitteres Lächeln umspielte den Mund des alten Herrn.

»Aber wir wohnen im Verwalterhaus und haben alles verloren, was uns zu seinesgleichen macht.«

Henner wußte sehr wohl, daß Herr von Dorneck derselben Ansicht war, aber er erwähnte kein Wort davon. Sentas blasses Gesicht zwang ihn zu widersprechen.

»Da sind Sie sehr im Irrtum, Herr von Erlach. Gerade Herr von Dorneck wird Ihre Lage sehr gut verstehen können und muß sich ganz als Ihresgleichen fühlen, denn ich weiß, daß es um Dorneck nicht viel besser steht, als es um Erlachhausen gestanden hat.«

Henner ließ dabei seine unruhig forschenden Augen nicht von Senta, und er sah, daß sie leicht zusammenzuckte. Mit großen, bangen Augen sah sie zu ihm herüber.

»Sie glauben, daß auch Herr von Dorneck in einer schwierigen Lage ist?« fragte sie mit bebender Stimme.

»Ja, mein gnädiges Fräulein, das kann man wohl sagen.«

Das fiel Senta schwer aufs Herz. Nun glaubte sie mit einemmal zu wissen, was Hans von Dorneck mit den Hindernissen zwischen ihnen gemeint hatte. Und ihr Herz zuckte mitleidig. Armer Hans von Dorneck!

Herr von Erlach aber sagte: »Daß es nicht glänzend um Dorneck steht, weiß ich seit langem, haben doch fast alle Nachbarn schwer zu kämpfen. Aber ich hoffe doch, daß er sich wird halten können.«

»Darum brauchen Sie sich nicht zu sorgen, er wird sehr bald einen Ausweg aus allen Schwierigkeiten gefunden haben.«

Senta atmete heimlich auf, und die Farbe kam wieder in ihr erblaßtes Gesicht.

»Meinen Sie?« fragte ihr Vater.

»Ich weiß es sogar, wie er sich helfen wird, aber ich darf nicht darüber sprechen.«

Herr von Erlach glaubte, daß Hans von Dorneck vielleicht ein Darlehen von Henner erhalten würde.

»Nun, ich will wünschen, daß er nicht das durchzumachen hat, was mir beschieden war«, sagte der alte Herr und kam dann auf etwas anderes. Henner ging darauf ein, warf aber immer wieder einen unruhigen Blick zu Senta hinüber, die mit verträumten Augen dasaß.

Weshalb war sie rot geworden, als von Dorneck die Rede war, und warum hatte Herr von Dorneck kein Wort darüber verloren, daß er mit Senta zusammen die Reise von Basel aus gemacht hatte? Sie mußten doch die ganze lange Fahrt zusammengewesen sein. Und er hatte sich doch den Anschein gegeben, daß er Senta überhaupt nicht kannte, schon an dem ersten Abend, da er mit ihm im Niemannschen Hause zusammengetroffen war.

Ein heißes Bangen überfiel ihn. War Senta von Erlach vielleicht auch dem Zauber verfallen, dem Karola Niemann verfallen war? Hatte dieser blendend schöne, wenn auch wertlose Mensch etwa auch ihr junges Herz betört? Sie wußte sicher nicht, daß er mit Fräulein Niemann verlobt war.

Und über seiner Angst, daß sie ihm verlorengehen könnte, stand die Angst um sie selbst. Hatte sie wirklich ihr Herz an Dorneck verloren, dann stand ihr noch eine bittere Enttäuschung bevor. Wie konnte er sie davor bewahren?

Seine einzige Sorge war ja nur, sie vor allem Leid und Ungemach zu behüten. Aber er raffte sich auf und wehrte diese quälenden Gedanken von sich ab. Er sah vielleicht in seiner Angst, sie zu verlieren, zu schwarz. Sie konnte doch nur während der Reise mit ihm zusammengewesen sein. Oder war sie später noch mit ihm zusammengetroffen? Aber nein, Herr von Dorneck hatte so entschieden abgelehnt, einen Besuch im Verwalterhaus zu machen, er würde also auch einer weiteren Begegnung mit Senta ausgewichen sein. Was konnte sie für ihn bedeuten? Sie war ja nur ein armes Mädchen.

Und er zwang sich zur Ruhe. Ja, er sah zu schwarz. Sein Blick fiel auf das Bild ihrer Mutter, das auch hier über dem Schreibtisch des Herrn von Erlach hing. Groß und ernst sah er in das schöne, gütige Gesicht der einst so sehr von ihm verehrten Frau.

›Sei nur ruhig, ich lasse es nicht zu, daß deinem Kind ein Leid geschieht, wenn ich es ändern kann, liebe, gütige Frau von Erlach!‹ dachte er. Und dann flogen seine Blicke wieder vergleichend zu Senta hinüber.

»Es ist fabelhaft, wie sehr Sie Ihrer verstorbenen Mutter ähnlich sind, mein gnädiges Fräulein«, sagte er.

Sie riß sich aus ihren Gedanken heraus und lächelte ihm zu.

»Vater sagt es auch, aber ich kann die Ähnlichkeit nicht so groß finden. Meine Mutter war viel schöner als ich«, sagte sie ohne jede Koketterie.

Henner sah sie bewundernd an.

»Ich wage nicht zu entscheiden, ob Sie schöner sind, als Ihre Mutter gewesen ist. Als ich Ihre Mutter kennenlernte, erschien sie mir wie ein Wunder an Schönheit und Güte. Damals war ich ein dummer Bauernjunge und hatte nie zuvor eine schöne, elegante Frau gesehen. Später bin ich mancher schönen Frau begegnet, aber keine hielt den Vergleich mit Ihrer Mutter aus. Sie aber halten diesen Vergleich aus, mehr kann ich nicht sagen.«

»Machen Sie mich nicht eitel, Herr Stolberg.«

»O nein, das möchte ich nicht. Das würde einen Ihrer schönsten Reize zerstören. Gerade daß Sie so wenig eingebildet sind auf ihre Schönheit, macht sie so bezaubernd.«

Senta hatte Ähnliches schon von Hans von Dorneck gehört, und da hatte es natürlich noch viel stärker auf sie gewirkt. Aber sie freute sich doch, daß Herr Stolberg sie auch schön fand und daß er das so klar und ruhig in Gegenwart ihres Vaters sagte. Hans von Dorneck würde das nicht in Gegenwart ihres Vaters sagen, mußte sie denken. Und wieder überfiel sie der Schmerz, daß Hans von Dorneck nicht zu ihrem Vater kam. Sie glaubte nun zu wissen, was noch zwischen ihm und ihr stand, er mußte erst seine Vermögensverhältnisse ordnen. Aber das hätte er doch ruhig mit Vater besprechen können.

Und ihr war, als liege ein schweres Unglück auf ihrer Seele, weil sie Hans von Dornecks Schmeicheleien und Zärtlichkeiten immer nur heimlich hatte anhören dürfen. Vorhin, als Henner Stolberg sie so forschend angesehen hatte, als er fragte, ob sie Hans von Dorneck seit der Reise wiedergesehen habe, da hatte sie eine tiefe Scham befallen, daß sie nicht offen und ehrlich darauf antworten konnte. Und ihr war, als müsse es unerträglich für sie sein, wenn Henner Stolberg je erführe, daß sie heimlich mit Hans von Dorneck zusammengetroffen sei, wenn auch ohne ihr Dazutun.

Hoffentlich konnte sie sich nun bald zu ihrer Liebe bekennen. Sie litt zu sehr unter diesen Heimlichkeiten.

Trotzdem überkam sie nun wieder eine heiße Sehnsucht nach dem Geliebten. Sie hätte ihn so gern getröstet, beruhigt, ihm gesagt, daß sie gern seine Sorgen mit ihm teile und daß er sich ruhig dem Vater offenbaren könne. Es war zartfühlend von ihm gewesen, ihr seine Sorgen zu verheimlichen, aber sie hätte sie viel lieber mit ihm getragen als diese Heimlichkeiten. Er hatte es aber gut gemeint, und darauf allein kam es an. Und sie war nun froh, daß sie jetzt an dem Bild am Waldquell arbeitete, da war zu hoffen, daß sie ihn wiedersah. Sie wollte ihm diesmal nicht ausweichen, wollte mit ihm sprechen und ihm sagen, wie sie über alles dachte. Dann würde er einsehen müssen, daß es zwecklos war, sie mit solchen Heimlichkeiten zu quälen.

Während der Pfingstfeiertage würde sie freilich nicht an dem Bild malen, aber sobald diese vorüber waren, ging sie wieder an ihre Arbeit, und dann würde sie ihn sicher treffen. Wie sehnsüchtig er wohl in all den Tagen nach ihr Ausschau gehalten haben mochte!

Henner verabschiedete sich bald, und Vater und Tochter sagten ihm nochmals ihre Glückwünsche. Ehe er ging, erzählte er noch, daß er demnächst eine Festlichkeit geben werde.

»Ich hoffe sehr, dann auch Sie beide bei mir zu sehen. Sie, mein gnädiges Fräulein, werden eine junge Dame kennenlernen, die sich sehr für Sie interessiert und mit Ihnen freundschaftlich verkehren möchte. Fräulein Karola Niemann, die Tochter meines Bankiers. Auch Herr von Dorneck wird zugegen sein und noch einige andere Herrschaften, die ich inzwischen kennenlernte. Ich rechne bestimmt auf Sie beide!«

Sentas Blick leuchtete auf, aber erst, als er sagte, daß Hans von Dorneck anwesend sein werde. Das merkte Henner wohl, und es fiel ihm schwer aufs Herz. Er war nun fest überzeugt, daß es zwischen Senta und Dorneck irgendwelche Beziehungen gab, und ein heißes Mitleid mit ihr stieg in ihm auf. Denn wenn sie wärmer für Dorneck empfand, dann stand ihr Schlimmes bevor. Sicher hatte sie keine Ahnung, daß er verlobt war. Und er traute sehr wohl Herrn von Dorneck zu, daß er ein falsches Spiel mit einem vertrauenden Mädchenherzen trieb.

Herr von Erlach hätte am liebsten abgesagt. Er war durch sein Unglück menschenscheu geworden. Aber ein Blick in die leuchtenden Augen seiner Tochter hielt seine ablehnenden Worte zurück. Nein, er durfte ihr nicht verwehren, mit anderen Menschen zu verkehren, ein wenig Jugendlust und Jugendfreude zu genießen. Und so sagte er, sich selbst bezwingend:

»Wenn Sie uns haben wollen, werden wir gern kommen.«

Henner dachte, daß er das Fest hauptsächlich Sentas wegen veranstaltete, aber das sprach er natürlich nicht aus. Er sah nur Senta an und fragte:

»Und Sie, mein gnädiges Fräulein? Werden Sie auch gern kommen?«

Sie nickte ihm strahlend zu.

»Oh, ganz gewiß!«

Er fühlte, daß sie sich nur Dornecks wegen auf das Fest freute, und das schmerzte ihn sehr, aber er sagte ruhig:

»Und wird es Ihnen nicht weh tun, nur als Gast in dem Haus zu weilen, in dem Sie als Herrin hätten schalten und walten sollen?«

Sie sah zu dem Bild ihrer Mutter auf und reichte ihm die Hand.

»Das ist überwunden, seit ich Sie so lieb und gut von meiner Mutter sprechen hörte. Ich werde bestimmt gern kommen. Und nochmals wünsche ich Ihnen von Herzen alles Gute für Ihren Einzug!«

Mit einem seltsam schmerzlichen Blick sah er sie an, und dieser Blick beunruhigte sie, ohne daß sie wußte, warum.

Henners frohe Zuversicht, daß er Sentas Herz und Hand kraft seiner Liebe erringen werde, war bedenklich ins Wanken gekommen, seit sie so seltsam die Farbe gewechselt hatte, als Dornecks Name genannt wurde, und seit er wußte, daß sie ihn kennengelernt hatte. Aber er sorgte sich viel mehr um ihr Glück als um das seine. Ahnte er doch, daß sie eine bittere Enttäuschung erleben würde, wenn sie erfuhr, daß er mit einer anderen verlobt war. Mit sorgenvollem Herzen ging er davon.

18

Am zweiten Pfingsttag kam Henner wieder zum Tee in das Verwalterhaus. Er hatte es nicht länger ertragen können, Senta fernzubleiben. Und in selbstquälerischer Pein brachte er wieder die Rede auf Dorneck. Und wieder merkte er, daß dieser Name verräterische Röte in ihr Gesicht trieb.

Aber ganz so trostlos wie neulich war er nicht mehr. Er sagte sich, daß Senta, wenn sie wirklich eine Neigung zu Dorneck gefaßt hatte, doch nicht so stark mit ihrem Herzen beteiligt sein konnte, um nicht darüber hinwegzukommen, wenn sie erfuhr, daß er schon verlobt war. Und er brachte es fertig, heiter und vergnügt zu sein und Senta immer wieder zum Lachen zu bringen. Er hörte ihr Lachen so gern, es wärmte ihm das Herz. Und daß sie immer zutraulicher zu ihm wurde, beglückte ihn sehr.

Er sollte ihr berichten, wie er die einzelnen Zimmer seines Hauses eingerichtet hatte. Die Blumenbeete, den englischen Rasen und auch das neue Parktor hatte sie schon besichtigt. Er sah sie lachend an.

»Wenn ich Ihnen die Zimmer beschreiben würde, könnten Sie sich kein richtiges Bild machen. Würde es nicht besser sein, wenn Sie nachher mit mir hinüberkämen in das Herrenhaus und sich alles selbst ansehen würden? Heute ist noch Feiertag, da hätte ich so schön Zeit, Sie herumzuführen.«

Vater und Tochter sahen sich eine Weile zögernd an, dann sagte Senta ein wenig zaghaft, weil sie nicht wußte, ob es dem Vater angenehm sein würde:

»Ich möchte mir gern alles ansehen. Würde es dir weh tun, lieber Vater?«

»Nein, nein, ich komme mit, es interessiert mich doch auch, was Herr Stolberg aus Erlachhausen gemacht hat.«

Und nachdem sie den Tee eingenommen hatten, begleiteten sie Henner hinüber.

Er führte sie langsam durch alle Räume des Hauses, und Sentas Augen strahlten und wurden zwischendurch ein wenig feucht. Eifrig fragte Henner, ob sie etwas auszusetzen habe an der Ausstattung der Räume.

Sie schüttelte den Kopf.

»Nein, o nein, wenn ich selbst durch ein Wunder zu Geld gekommen wäre und Erlachhausen noch uns gehören würde, hätte ich es nicht anders ausstatten lassen. Es ist so schön, daß Sie den alten klassischen Stil bevorzugt haben; moderne Linien passen nicht in dieses Haus. Und doch ist alles so zweckmäßig gelöst, bei aller Schönheit und Vornehmheit. Sie haben einen sehr guten Geschmack, Herr Stolberg! Ich freue mich, wenn meiner Freude auch ein wenig Wehmut beigemischt ist. Das werden Sie verstehen können, und es darf Sie nicht kränken.«

»Ganz gewiß nicht. Ich verstehe Sie so gut!« sagte er warm und herzlich.

Sie kamen nun auch in die Zimmer, die früher Sentas Mutter bewohnt hatte, und da blieb Senta mit großen Augen auf der Schwelle zum ehemaligen Salon ihrer Mutter stehen. Dieser Raum war genauso ausgestattet, wie er zu Lebzeiten ihrer Mutter gewesen war. Ein leises Zittern überlief sie, und ihre Augen umflorten sich. Sie sah ihn fassungslos an.

»Mein Gott, das ist doch genau wie damals, als Mutter noch lebte!«

Henner spürte ihre Ergriffenheit und sah sie ernst an.

»Ja, hier in dieses Zimmer hat mich Hektor getragen. Ich habe dieses Zimmer zum Gedächtnis Ihrer Frau Mutter genauso ausstatten lassen, wie ich es damals sah. Als Ihre Mutter mir den Fuß bandagierte, sah ich mich genau in diesem Zimmer um. Es wirkte unbeschreiblich auf mich, daß das Holz an den Möbeln vergoldet war. Ich hielt es für reines Gold. In meiner Erinnerung habe ich dieses Zimmer getreulich bewahrt. Und ich habe dem Architekten weidlich zugesetzt, bis er alles genau nachgebildet hatte. Also ist es mir gelungen?«

Sie nickte tiefgewegt.

»Sogar der Bezug der Polstermöbel ist genau der gleiche!« sagte sie freudig erregt.

Er lächelte.

»Wir fanden die Möbel noch vor, und ich konnte mir von dem zerschlissenen Stoff eine Probe abnehmen. Wir haben lange suchen müssen, bis wir ein Muster in der gleichen Grundfarbe fanden. In Berlin haben wir diesen Stoff in einem Spezialgeschäft für Möbelstoffe aufgetrieben. Es ist genau das gleiche Resedagrün, und das Muster, das nur ein klein wenig verschieden ist, hat die gleichen Farbtöne. Und nun sehen Sie sich, bitte, die anderen Zimmer ihrer Mutter an, da habe ich Franz als Berater herangezogen, und er hatte diese Zimmer noch sehr gut in der Erinnerung und konnte sie uns ziemlich genau beschreiben. Bitte urteilen Sie selbst!«

Er führte sie in die anderen Zimmer, die Frau Gerda von Erlach einst bewohnt hatte, und Vater und Tochter wurden die Augen feucht.

»Es ist fabelhaft, wie getreulich Sie das alles haben wiederherstellen lassen! Mir ist, als müßte meine Frau im weißen Kleid dort durch die Tür treten«, sagter Herr von Erlach heiser.

Henner sah Senta an.

»Auch ihre Tochter trägt ein weißes Kleid, Herr von Erlach, und sie gleicht ihrer Mutter so wunderbar, wenn auch das Kleid aus einer anderen Modezeit stammt.«

Herr von Erlach nickte tiefbewegt, und Senta sah verträumt vor sich hin.

Und da hörte sie ihren Vater sagen:

»In diesem Zimmer wird wohl die neue Herrin von Erlachhausen wohnen, wenn Sie sich eines Tages verheiraten, Herr Stolberg?«

Es war seltsam: Durch Sentas Herz zuckte plötzlich ein so heißer brennender Schmerz, daß sie ganz blaß wurde. Sie wußte nicht, weshalb sie der Gedanke so unsagbar quälte, daß Henner Stolberg eines Tages eine junge Frau hier einführen würde. War es nur die Trauer, daß die Zimmer ihrer Mutter eine fremde Frau bewohnen würde? Ja, sicher, was sollte es sonst sein, was sollte sie sonst bei diesem Gedanken quälen? Und es quälte sie doch. Ja, es quälte sie ganz seltsam.

Henner aber sah Senta mit einem unbeschreiblichen Blick an und sagte mit fester Stimme:

»Ja, wenn ich mich verheiraten werde, soll meine Frau hier wohnen. An sie habe ich gedacht, als ich diese Zimmer genauso einrichten ließ, wie sie die einst von mir so hochverehrte Frau von Erlach bewohnte. Ich habe mir gedacht, dann müßten sie ihr gefallen, und es ist mein heißer Wunsch, daß sie nach ihrem Geschmack sein mögen.«

Senta beschlich bei diesen Worten ein Gefühl, als gehe ihr plötzlich etwas Wunderschönes, Herrliches verloren. Sie konnte noch immer nicht das seltsam quälende Gefühl loswerden. Warum nur peinigte sie der Gedanke, daß Henner Stolberg eine junge Frau in diese Räume führen würde? Nur, weil es die Zimmer ihrer Mutter gewesen waren? Oder was sonst, was sonst?

Sie zwang sich, dieses Gefühl loszuwerden, und sagte scheinbar ruhig:

»Sicher werden diese Zimmer jedem gefallen, der sie betritt, sie sind so schön und stimmungsvoll eingerichtet. Ich danke Ihnen, daß Sie uns hierhergebracht haben und daß Sie an meine Mutter dachten, als Sie diese Zimmer einrichten ließen.«

Und dabei rollten ihr plötzlich große Tränen über die Wangen, und Henner glaubte, diese Tränen gälten der Erinnerung an ihre Mutter. Aber diese Tränen wurden durch ein anderes Gefühl verursacht, durch ein Gefühl, das Senta nicht verstand und nicht hätte verstehen wollen. Es war eigentlich erst in dieser Stunde in ihr erwacht, in dem Augenblick, als der Vater von Henner Stolbergs zukünftiger Frau sprach. Vielleicht war es aber schon eher in ihr emporgekeimt, vielleicht hatte sie sich schon vom ersten Sehen an gegen dieses Gefühl gewehrt, als sie mit ihm zusammentraf. Wer will die Rätsel eines Frauenherzens ergründen?

Henner merkte sehr wohl, daß Senta tief bewegt war, aber auch er ahnte nicht, welchen Grund dieses Gefühl hatte. Sonst hätte er wohl andächtig dem Himmel gedankt für das, was in Sentas Herzen vorging. Vielleicht auch ging der abgeschiedene Geist von Sentas Mutter in dieser Minute durch das Zimmer und lenkte das Herz ihrer Tochter, damit es den richtigen Weg zum Glück fand.

Henner erwiderte auf Sentas Worte:

»Wie hätte es anders sein können, da es mir gelang, Erlachhausen zu erwerben. Der Geist der gütigen, verehrungswürdigen Frau, die meinem Kindersinn wie eine gute Fee erschien, soll nicht aus diesem Haus vertrieben werden.«

Senta lauschte seinen Worten und sah seltsam beunruhigt in sein interessantes, energisches Gesicht, aus dem ihr die Augen mit soviel Wärme und Güte entgegensahen.

Sie gingen nun weiter und beendeten die Besichtigung des Hauses. Aber Sentas Gedanken kamen nicht los von der Vorstellung, daß Henner Stolberg eines Tages eine junge Frau hier einführen würde, und der Schmerz, der bei diesem Gedanken in ihr erwacht war, wollte nicht weichen.

Nach der Besichtigung des Hauses, die sich bis in die Küche und die Wirtschaftsräume erstreckte, ließ Henner seinen beiden Gästen eine Erfrischung bringen. Taktvoll hatte er es vermieden, protzige Delikatessen zu bieten. Es wurden nur kleine Kuchen, belegte Brötchen und Obst gereicht, dazu ein Glas Wein.

»Ich muß anfangen«, sagte Henner lachend, »mich für Ihre oft geübte Gastfreundschaft zu revanchieren.«

Senta fand es fabelhaft, wie sich der einstige Bauernjunge so sicher und ungezwungen als Herr des Hauses benahm. Immer wertvoller erschien er ihr, je näher sie ihn kennenlernte, und seine schlichte Natürlichkeit erwärmte ihr das Herz.

Als sie sich mit dem Vater von ihm verabschiedet hatte und an dessen Seite heimging, mußte sie denken, wie beneidenswert doch die Frau sein würde, die er eines Tages heimführte. In der sicheren Hut dieses Mannes mußte eine Frau vor allem Leid und aller Sorge geborgen sein.

Und noch immer bedrückte ein unverstandenes, rätselhaftes Gefühl ihr Herz.

Kein Wort sprachen Vater und Tochter auf dem Heimweg. Auch Herr von Erlach hatte mancherlei zu verwinden nach dieser Besichtung des Hauses, in dem er geboren worden war, in dem er glücklich mit seiner Frau gelebt hatte.

Am nächsten Morgen malte Senta am Waldquell, und auch am Nachmittag ging sie wieder dorthin und setzte ihre Arbeit fort. Der lange Weg war freilich beschwerlich, weil sie ihn vormittags und nachmittags zurücklegen mußte. Aber sie wollte gern so schnell wie möglich mit dem Bild fertig werden.

Und am Nachmittag hatte sie kaum vor ihrer Staffelei Platz genommen, als plötzlich Hans von Dorneck vor ihr auftauchte. Er hatte sein Pferd unweit des Quells angebunden, und sie hatte ihn nicht kommen hören. Deshalb erschrak sie bei seinem Anblick, und es erging ihr sonderbar: sie fühlte sich mehr bedrückt als erfreut bei seinem Anblick.

Er sah sie mit so heißen, leidenschaftlichen Augen an, daß sie am liebsten vor ihm geflohen wäre.

»Ach, Senta, Senta! Endlich sehe ich Sie wieder! Ich war verzweifelt, daß ich Sie nirgends treffen konnte. Tag für Tag bin ich Ihren Spuren gefolgt. Es hat mich furchtbar gequält.«

Sie war von ihrem Feldstuhl emporgefahren und sah ihn mit ernsten Augen an.

»Ich hatte Ihnen gesagt, Herr von Dorneck, daß ich Sie nicht wiedersehen wollte, wenn es nicht in Gegenwart meines Vaters und mit seinem Wissen und Willen geschehen könne. Sie wußten, wo ich zu finden war. Und wenn ich heute noch einmal mit Ihnen spreche, so tue ich es nur, um Ihnen zu sagen, daß Sie mich nicht mehr im geheimen treffen dürfen. Sie sprachen von Hindernissen zwischen uns. Diese können nur pekuniärer Natur sein, und alles das können Sie offen mit meinem Vater besprechen. Nachdem ich Ihnen das gesagt habe, werden Sie mich verlassen. Ich bitte Sie darum, Herr von Dorneck!«

Er faßte ihre beiden Hände und hielt sie fest, obwohl sie sie zurückziehen wollte.

»Herr von Dorneck? Immer noch Herr von Dorneck, Senta, süße, angebetete Senta? Wie lange soll ich diese Anrede noch ertragen? Wenn Sie wüßten, was ich gelitten habe, weil ich Sie nicht sehen konnte, Sie würden Erbarmen mit mir haben und liebevoller zu mir sein. Ich vermisse heute den innigen, zärtlichen Ausdruck in Ihren Augen.«

»Und ich vermisse, Herr von Dorneck, daß Sie auf meine Bitten und Wünsche achten. Ich kann und darf nicht mehr in diese Heimlichkeit willigen, die mich quält und peinigt! Bitte, verlassen Sie mich jetzt! Wenn Sie mich wiedersehen wollen, kann und darf es nur im Haus meines Vaters ein.«

Ihre Abwehr brachte ihn um den letzten Rest von Ruhe und Vernunft. So bezaubernd erschien sie ihm trotz ihrer Abwehr oder vielleicht gerade deswegen. Er konnte es micht mehr erwarten, ihre Lippen mit seinen Küssen zu bedecken. In seinen Armen, unter seinen heißen, leidenschaftlichen Küssen würde sie alle Vernunft vergessen wie er selbst.

Und er sah sie mit einem Blick an, vor dem sie bis ins Herz erschrak. In diesem Blick lag keine reine Liebe, sondern nur eine wilde, begehrende Leidenschaft, die vor nichts haltmacht.

Sie wollte sich losreißen, aber er zog sie plötzlich bei den Händen ganz dicht an sich heran und riß sie mit wildem Begehren in seine Arme. Ehe sie es fassen und begreifen konnte, preßte er seine Lippen mit so wahnsinniger Glut auf die ihren, daß sie fast erstickte. Sie wehrte sich aus Leibeskräften, vermochte aber nichts gegen seine brutale Kraft. Sie stöhnte nur entsetzt auf und warf den Kopf zurück, so weit es ihr möglich war. Aber seine Lippen ließen nicht von den ihren.

Senta fühlte in diesem Augenblick, daß sie Hans von Dorneck nicht mehr liebte, wenn sie ihn überhaupt je geliebt hatte. Vor seiner brutalen Sinnlichkeit graute ihr. Sie spannte alle ihre Kräfte an, um sich von ihm loszureißen, aber er war wie von Sinnen und zog sie nur immer fester an sich. Aber in diesem Augenblick kam Senta eine unerwartete Hilfe.

Mit einem Satz sprang ein Mann aus dem Gebüsch, faßte Hans von Dorneck mit eiserner Faust hinten am Genick und riß ihn von Senta los. Es war Henner Stolberg. Er schüttelte Hans von Dorneck im wilden Zorn und stieß ihn dann beiseite. Mit drohenden Augen sah er ihn an.

»Wie können Sie es wagen, Fräulein von Erlach zu beleidigen? Was würde Ihre Braut dazu sagen, erführe sie, daß Sie wehrlose Frauen mit Ihren unerwünschten Zudringlichkeiten überfallen? Sie sind ein Schurke, Herr von Dorneck! Ihre Braut ist sehr zu bedauern, daß sie an so einen zweifelhaften Menschen geraten ist. Und daß Sie es wissen, von heute an steht Fräulein von Erlach unter meinem Schutz. Jede Beleidigung, die ihr zugefügt wird, gilt zugleich mir. Merken Sie sich das!«

Senta war zurückgetaumelt, als sie sich plötzlich befreit fühlte. Wie geistesabwesend starrte sie auf die beiden Männer. Sie hatte nur eins gehört und begriffen, daß Henner Stolberg zu Hans von Dorneck von seiner Braut sprach und daß er ihn einen Schurken nannte. Und sie sah, wie klein und erbärmlich der Mann, den sie zu lieben geglaubt hatte, vor Henner Stolbergs stolzer, gebietender Erscheinung stand.

Hans von Dorneck war vor Schrecken fassungslos. Seine begehrliche Leidenschaft zeigte sich nur noch in seinen geröteten Augen und seinem verzerrten Gesicht, das jetzt gar nicht schön ausah. Endlich suchte er sich zu fassen.

»Was erlauben Sie sich!« schrie er Henner an, indem er gegen ihn anspringen wollte.

Henner schob ihn mit einer einzigen ruhigen Handbewegung wieder zur Seite.

»Wenn Sie mich anrühren, schlage ich Sie zu Boden wie einen tollen Hund. Mehr sind Sie augenblicklich nicht. Ich erlaube mir nur, Fräulein von Erlach in meinen Schutz zu nehmen und Sie an Ihre Braut zu erinnern, die Sie anscheinend ganz vergessen haben.«

Dorneck suchte sich zu fassen.

»Das ist nicht nötig.«

»Es schien mir doch so. Und wie gesagt, Fräulein von Erlach steht unter meinem Schutz.«

»Mit welchem Recht?« höhnte Dorneck.

»Mit dem Recht, das sich jeder anständige Mann nimmt, wenn er eine hilflose Frau von einem Frechling bedroht sieht.«

»Das geht Sie nichts an. Fräulein von Erlach hat Sie nicht zu ihrem Schutz herbeigerufen. Wir wollen nicht durch Sie gestört werden.«

Henner trat so dicht und mit einem so drohenden Ausdruck an ihn heran, daß er zurückwich.

»Ich rate Ihnen, Ihre Zunge zu wahren und hier nicht den Anschein zu erwecken, als sei Fräulein von Erlach im Einverständnis mit Ihnen. Machen Sie sich schleunigst aus dem Staub, sonst ist meine Langmut zu Ende.«

Dorneck sah ein, daß er hier den kürzeren ziehen mußte.

»Wir sprechen uns noch!« rief er Senta zu. Es konnte aber auch Henner gelten. Dann eilte er zu seinem Pferd und ritt davon.

Henner sah ihm verächtlich nach.

Und Senta? Sie stand wie gelähmt, war totenblaß und starrte mit toten, leeren Augen vor sich hin. Ein Zittern flog über ihren Körper. Ein tiefes Mitleid mit ihr erfaßte Henner, obwohl ein rasender Schmerz in seinem Herzen tobte. Er hatte Senta am Quell aufsuchen wollen, um ihr zu sagen, daß er sie im Auto mit ihrem Gerät hin und her befördern lassen wollte, wenn sie am Waldquell malte. Der Weg war viel zu weit. Als er sein Pferd ebenfalls an einen Baum gebunden hatte, sah er plötzlich Dornecks Pferd stehen, und er wurde, näherkommend, Zeuge der ganzen Szene zwischen Senta und Hans von Dorneck. Er hatte still wieder davongehen wollen, denn dieses anscheinend intime Zusammensein der beiden jungen Menschen ließ ihn nicht daran zweifeln, daß Senta Dorneck liebte, wenn sie ihn auch ermahnte, sie nicht mehr im geheimen zu treffen. Aber dann sah er, daß Dorneck die Widerstrebende an sich riß, sah, daß Senta sich sträubte gegen seine Umarmung, und da vergaß er alles. Er fühlte nur eins, daß sie dem anderen noch nicht ganz verfallen war, daß er sie retten mußte. Jetzt ging es ihm nicht mehr um sich und seine bittere Enttäuschung, sondern um Sentas Rettung aus einer unwürdigen Lage. Sicher wußte sie nicht, daß Dorneck verlobt war. Und so war er herbeigesprungen und hatte sie befreit.

Jetzt reichte er ihr mit einer Verbeugung seinen Arm.

»Kommen Sie, mein gnädiges Fräulein, ich begleite Sie nach Hause. Hier sind Sie nicht vor Belästigungen sicher. Ihr Malgerät lasse ich holen.«

Sie sah ihn mit erloschenen Augen an.

»Das ist doch nicht wahr! Das kann doch nicht wahr sein! Herr von Dorneck hat keine Braut, er ist nicht verlobt!« stieß sie heiser hervor.

»Doch, mein gnädiges Fräulein, er ist schon seit Monaten verlobt, und in kurzer Zeit wird seine Verlobung veröffentlicht werden. Ich habe mein Wort gegeben, nicht darüber zu sprechen, und deshalb kann ich Ihnen den Namen der Braut nicht nennen. Aber ich mußte Ihnen die Augen öffnen, mußte Ihnen zeigen, daß er ein ehrloses Spiel mit Ihnen trieb. Herr von Dorneck denkt nicht daran, seine Verlobung zu lösen, denn seine Braut ist sehr reich, und er rechnet mit ihrem Vermögen. Vielleicht hat er Ihnen eine gewisse Leidenschaft entgegengebracht, sein Verhalten zeigt mir, daß er völlig den Kopf verloren hat. Aber ich meine doch, dafür sind Sie zu gut. Vergessen Sie ihn! Er ist einer reinen Liebe nicht fähig und nicht wert.«

Sie warf plötzlich verzweifelt die Arme gegen einen Baumstamm und vergrub ihr Gesicht darein.

»Wie ich mich schäme, mein Gott, wie ich mich schäme! Was müssen Sie von mir denken?«

Das erschien ihr jetzt, nun sie wieder klar denken konnte, das Bedrückendste bei dieser ganzen Angelegenheit, daß er gering von ihr denken könne.

Er strich sich über die Augen und sah mitleidig zu ihr hinüber.

»Sie brauchen sich nicht zu schämen, weil Sie einem Unwürdigen vertrauten. Das kann jedem, auch dem besten Menschen geschehen. Bitte, beruhigen Sie sich, ich kann immer nur Gutes und Liebes von Ihnen denken«, sagte er leise.

Sie erbarmte ihn, wie sie so zitternd und zagend an dem Baumstamm lehnte, ihn nicht anzusehen wagte.

Aber da richtete sie sich auf und wandte ihm ihr blasses, verstörtes Gesicht zu. Es wäre ihr unerträglich gewesen, wenn er schlecht von ihr gedacht hätte, viel unerträglicher, als daß Hans von Dorneck ein falsches Spiel mit ihr getrieben hatte. Mit einem jammervollen Blick sah sie ihn an.

»Ich muß Ihnen sagen, wie das alles kam. Wollen Sie mich hören?«

»Wenn es Sie erleichtert, sprechen Sie. Aber das eine sage ich Ihnen schon jetzt, zu verteidigen brauchen Sie sich nicht. Ich weiß, daß Sie nichts Unrechtes getan haben.«

Sie strich sich mit zitternden Händen das Haar aus der Stirn.

»Ich lernte ihn kennen, als er in Basel in meinen Zug stieg.«

»Ja, er hatte seine Braut und deren Mutter nach Basel begleitet. Doch bitte, fahren Sie fort!«

Ein trockenes Schluchzen erschütterte sie.

»Ich — ich war wie verzaubert, hatte noch nie einen Mann kennengelernt, der mir so schöne, schmeichelhafte Worte sagte, sich so ritterlich um mich mühte. Und ich war so bereit, das schöne Leben in mich aufzunehmen, nachdem ich meine ganze Jugend im Pensionat wie hinter Klostermauern verbracht hatte. Er hatte es leicht, mich zu betören. Ich hatte meinen Paß herunterfallen lassen, und er las meinen Namen, stellte sich mir vor als der Sohn eines Freundes meines Vaters und sagte lachend, wir seien Nachbarskinder. Da wehrte ich mich nicht gegen eine gewisse Vertraulichkeit. Ich wäre mir töricht und prüde erschienen, da wir doch Nachbarskinder waren. Er nahm sich meiner so reizend an, und ich war so glücklich darüber. Er war der erste Mann, der in mein Leben trat. Es war kein Wunder, daß ihm mein Herz zuflog. Er verriet mir nicht, wie es in Erlachhausen aussah, und mein Herz war so froh und glücksbereit. Dann brachte er mich in seinem Auto bis an das Parktor. Danach haben ich ihn einigemal im Wald getroffen, und wie er sich mir zeigte, konnte ich nicht an seiner Liebe zweifeln und nahm als selbstverständlich an, daß ich seine Frau werden sollte. Wie hätte ich sein Verhalten anders deuten können! Er sprach von Schranken, die fortgeräumt werden müßten, aber — o mein Gott, wie konnte ich ahnen, was das für Schranken waren!

Es peinigte mich nur, daß er bei meinem Vater keinen Besuch machen wollte und mich zwang, unsere Begegnungen zu verheimlichen. Ich gebe Ihnen mein Wort, von meiner Seite aus waren diese Begegnungen nicht beabsichtigt, wenn ich mich auch freute, ihn zu sehen. Als ich Sie davon sprechen hörte, daß auch Dorneck stark belastet sei, glaubte ich, daß nur pekuniäre Hindernisse zwischen uns bestanden. Da er aber schon das letztemal, als ich ihm begegnete, sehr stürmisch und zudringlich wurde, sagte ich ihm, daß ich ihn nicht wiedersehen wollte, außer in meines Vaters Gegenwart. Es kränkte mich sehr, daß er nicht Besuch bei uns machen wollte, aber ich suchte allerlei Entschuldigungen in meinem Herzen für ihn.

Und ich beschloß, ihn nur noch einmal zu treffen und ihm zu sagen, daß ich um seine Geldsorgen wisse und daß er ruhig zu meinem Vater kommen solle, um das alles mit ihm zu besprechen. Aber statt mich zu hören, sah er mich mit Blicken an, die mich erschreckten und beleidigten, und ehe ich wußte, was er vorhatte, riß er mich in seine Arme, und — ach Gott, es waren furchtbare Augenblicke für mich. Mir war, als zerbreche alles um mich her. Ich fühlte mit einemmal, das war keine reine Liebe, sondern ein Gefühl, das mich entwürdigte. Ich wehrte mich gegen seine Umarmung, fühlte, daß es ein Unrecht von ihm war, mir so zu begegnen, und dann standen Sie plötzlich vor mir, Sie haben mich befreit. Oh, wie danke ich Ihnen! Aber mein Gott, mein Gott, was mußten Sie von mir denken!«

Er faßte gerührt ihre Hände und sah sie voller Güte und Erbarmen an. Und die schwere Last hob sich von seinem Herzen; er erkannte, daß Sentas Gefühl für Dorneck nur eine törichte Mädchenschwärmerei war, auch von ihrer Seite keine wahre, echte Liebe, was sie für Dorneck fühlte. Das gab ihm Mut und Hoffnung.

»Ich sah, daß Sie sich gegen seine Umarmung wehrten, und habe den größten Teil Ihrer Unterhaltung angehört, sonst wäre ich still davongegangen. Aber es hat mir sehr weh getan, daß ich Sie so vertraulich mit Dorneck zusammensah.«

Sie sah erschreckt zu ihm auf.

»Weh getan? Das hat Ihnen weh getan?«

»Ja, Fräulein von Erlach, weil ich Sie liebe«, sagte er schlicht, »weil ich hoffte, daß ich eines Tages Ihr Herz und Ihre Hand erringen könnte. Die Zimmer, die denen Ihrer Mutter nachgebildet sind, sollten die Ihren werden, ganz Erlachhausen habe ich eingerichtet, immer nur mit dem Bestreben, daß es Ihnen gefallen möge. Ich hoffte, mir eines Tages durch meine Liebe Ihre Gegenliebe zu erringen, obwohl ich ein schlichter Bauernbursche war«, sagte er heiser vor unterdrückter Erregung.

Sie schlug die Hände vor das Gesicht, als blende sie ein Licht. Was in diesem Augenblick in ihr vorging, läßt sich nicht beschreiben. Sie erkannte plötzlich mit einer jähen Verzweiflung, daß sie ein echtes, großes Glück verloren hatte eines Talmiglückes halber. Am liebsten hätte sie sich an sein großes, gutes Herz geflüchtet. Aber wie konnte sie das? Wie konnte sie ihm begreiflich machen, daß sie gerade, als Hans von Dorneck sie in seine Arme riß und sie fast mit seinen wilden Küssen erstickte, erkannt hatte, daß es nicht Liebe war, was sie für ihn gefühlt, daß sie in ihm nur ein Ideal gesehen hatte, dem allein ihre Liebe gegolten, und daß ihr Herz sich inzwischen einem anderen in tiefer, heiliger Liebe zugeneigt hatte, ihm, Henner Stolberg, dessen Wert sie erkannt hatte. ›Ja, ja, Gott im Himmel, ich liebe Henner Stolberg und weiß nun, weshalb ich so traurig und bedrückt war, als er davon sprach, daß er eines Tages eine Frau heimführen würde!‹ dachte sie.

Es wurde hell und licht in ihrer Seele, sie erkannte nun auch, weshalb sie sich so gefürchtet hatte vor dem seltsamen Einfluß, den er auf sie ausübte und gegen den sie sich hatte zur Wehr setzen wollen. Ach, welch ein Glück war ihr beschieden gewesen, und sie hatte es selbst zerstört. Denn nun durfte er nicht wissen, wie es um sie stand, er hätte sie dann erst recht verachten müssen, wenn sie ihm gestehen würde, daß sie nicht Hans von Dorneck liebte, sondern ihn.

So sagte sie nur, bis ins Innerste getroffen:

»Wie leid es mir tut, Ihnen Schmerzen bereitet zu haben! Das ahnte ich nicht.«

»An mich wollen wir jetzt nicht denken, nur an Sie, nur daran, wie Sie am besten über diese Enttäuschung hinwegkommen.«

Mit blassem, verstörtem Gesicht sah sie zu ihm auf.

»Ich weiß nicht, wie ich es ertragen soll. Mein Gott, wie bin ich gedemütigt worden! Wie soll ich über diese Schmach hinwegkommen? Wie soll ich meinem Vater in die Augen sehen nach alledem? Was soll aus mir werden?« klagte sie verzweifelt.

Er sah sie eine Weile an und richtete sich dann wie in einem festen Entschluß auf.

»Wollen Sie mir gestatten, Ihnen zu helfen?«

Sie schüttelte den Kopf, viel verzweifelter darum, daß er nie erfahren durfte, wie es in Wirklichkeit in ihrem Herzen aussah, als daß sie sich über Hans von Dornecks Schlechtigkeit gegrämt hätte.

»Mir kann kein Mensch helfen.«

»So sehr lieben Sie ihn?« fragte er bitter.

Sie schüttelte heftig den Kopf.

»Nein, o nein, wie könnte ich den Mann noch lieben, der mir solche Schmach angetan hat! Ich kann jetzt nur an diese Schmach denken und was aus mir werden soll. Ich schäme mich so sehr. O mein Gott, ich möchte am liebsten sterben!«

Und wieder warf sie sich gegen den Baum und verbarg ihr Gesicht.

Er ließ sie eine Weile gewähren. Dann löste er ihre Arme von dem Baum und drehte sie gegen sich herum. Dann sagte er scheinbar ruhig und fest:

»Wollen Sie meine Frau werden?«

Sie schrak zusammen und starrte ihn fassungslos an.

»Ihre Frau?« kam es lautlos über ihre blassen lippen.

»Ja. Wollen Sie mir gestatten, Ihr Leben leicht und schön zu machen, soweit es in meiner Macht steht?«

Sie sah erschüttert zu ihm auf.

»Sie wollen mich zu Ihrer Frau machen, jetzt, da Sie mich in seinen Armen gefunden, jetzt, da ich so erniedrigt und gedemütigt vor Ihnen stehe?«

»Weder erniedrigt noch gedemütigt. Sie stehen so hoch in meinen Augen wie immer. Ich weiß, daß es mir nicht gelingen wird, Ihre Liebe zu erringen, aber ich will Ihnen helfen, so gut ich kann. Ihr Friede, Ihre Ruhe stehen mir höher als meine eigenen Wünsche. Ich will nichts, als daß Sie mir gestatten, Sie froh und glücklich zu machen, Sie beschützen zu dürfen vor allem Ungemach. Das wird mich trotz allem reich machen.«

Sie erzitterte unter seinen Worten, eine starke Macht wollte sie in seine Arme treiben, aber sie durfte diesem Gefühl nicht nachgeben. Das hatte sie sich verscherzt. Sie schüttelte trostlos den Kopf.

»Nein, nein, das hieße Ihre Güte mißbrauchen, das darf ich nicht.«

»Sie meinen, weil Sie den anderen lieben?«

»O nein, ich weiß, daß ich ihn nicht mehr liebe, daß ich ihn so, wie er in Wirklichkeit ist, nie geliebt habe. Das habe ich gefühlt, als er mich so wild und unbeherrscht in seine Arme riß. Ich — ich hätte ihn geschlagen, wenn ich meine Arme frei gehabt hätte. Und da wußte ich noch nicht einmal, daß er das Eigentum einer anderen war. Jetzt fühle ich nur noch Abscheu und Entsetzen, wenn ich an ihn denke. Und Scham, bittere Scham über das, was er mir zugefügt hat. Mir scheint jetzt, ich war ein törichtes, dummes Ding, das einem Phantom anhing. Nein, ich liebe ihn nicht mehr, wenn ich ihn je geliebt habe. Aber trotzdem, trotzdem kann ich nicht Ihre Frau werden. Sie sind ein so wertvoller Mensch und verdienen eine andere Frau.«

In Henners Herzen wachte plötzlich ein helles, strahlendes Licht auf. Er fühlte wieder die Kraft, die Möglichkeit, dennoch ihr Herz zu gewinnen. Er erkannte: das Gefühl, das sie zu Dorneck gezogen hatte, war nichts als eine törichte Mädchenschwärmerei für ein Ideal, das in Wirklichkeit gar nicht vorhanden war. Er faßte ihre Hand mit warmem, festem Druck.

»Senta, ich wage es, Sie noch einmal zu bitten, meine Frau zu werden. Ich werde nicht in Sie dringen und Sie mit meiner Liebe belästigen. Sie sollen sich nur unter meinen Schutz flüchten, sollen mir gestatten, für Sie zu sorgen, Ihnen alles Schwere fernzuhalten und Sie vor allen Dingen vor dem Mann zu beschützen, der Ihrer nicht wert ist. Er rief Ihnen zu: ›Wir sprechen uns noch!‹ Das darf nicht mehr geschehen, Senta!«

Sie schüttelte den Kopf.

»Um keinen Preis! Zwischen ihm und mir kann es nie mehr eine Gemeinschaft geben. Er ist der Verlobte einer anderen — ach, die Ärmste, wieviel mehr noch ist sie zu beklagen als ich!«

Er nickte. »Ja, Senta, sie ist wirklich viel mehr zu bedauern als Sie, denn sie ist nicht schön und bezaubernd wie Sie, aber Sie ist ein wertvoller Mensch und liebt ihn mit schrankenlosem Vertrauen, obwohl er nur ihr Geld begehrt. Auch sie sieht nur ein Ideal in ihm, und die Erkenntnis, daß sie betrogen wird, wäre ihr Tod, denn sie ist schwach und zart.«

»Um Gottes willen, sie darf es nie erfahren!«

»So denke ich auch. Sie wird zwar nur ein Scheinglück an Dornecks Seite finden, das weiß ihr Vater auch, aber Glück ist Illusion, und man trägt es nur im eigenen Herzen. Also noch einmal, Senta: wollen Sie meine Frau werden?«

Mit rührender Hilflosigkeit sah sie ihn an.

»Sie sind so gut, so hilfreich und großherzig, ich — ich möchte so gern ja sagen, wenn ich wüßte, ob ich nicht ein Unrecht an Ihnen begehe«, sagte sie mit bebender Stimme.

Er zog sie bei den Händen zu sich heran und sah ihr tief in die Augen.

»Diese Sorge lassen Sie fahren, Senta, Sie tun kein Unrecht an mir, machen mich trotz allem glücklich, wenn Sie meine Frau werden wollen und mir nur ein wenig Sympathie entgegenbringen.«

Sie wurde glühend rot. Ach, wenn er ahnte, welcher Art ihre Gefühle für ihn waren! Könnte sie es ihm doch sagen, ohne Angst und Scheu! Aber es durfte nicht sein, nicht jetzt. Später vielleicht; ja, später würde sie es ihm sagen können, wenn sie seine Frau war, nicht eher. Und sie hob zaghaft den Blick zu ihm auf.

»Ja, Henner Stolberg, in meinem Herzen ist soviel Zuneigung für Sie, lange schon! Ich weiß, Sie sind ein guter, großherziger Mensch und ein rechter, echter Mann, dem eine Frau ihr Schicksal anvertrauen kann. Und so gern flüchte ich in Ihren Schutz, ich weiß, dort bin ich wohlgeborgen. Wenn Sie es nur nie bereuen! Ich will mir Mühe geben, Ihnen eine gute, treue Frau zu werden.«

Er zog ihre Hände abwechselnd an seine Lippen.

»Dank, heißen Dank für dein Vertrauen, Senta, ich werde es nie bereuen, dich an mich gefesselt zu haben, und ich hoffe, daß auch du es nie tun wirst.«

Sie schüttelte errötend den Kopf.

»Nie — niemals!« sagte sie leise.

Und es klang ihm in die Ohren wie ein Schwur.

Er bot ihr den Arm.

»Und nun laß uns zu deinem Vater gehen, Senta!«

Wie im Traum schritt sie neben ihm her und suchte Klarheit in ihr Empfinden zu bringen. Ihr war zumute, als müsse es wundervoll sein, so mit ihm zu schreiten, Seite an Seite, bis ans Ende der Welt.

Eine heiße Bewunderung gesellte sich zu dem neu aufgekeimten Gefühl für diesen Mann, der ihr so großmütig seine Hand geboten hatte und ihr emporhalf aus Scham und Erniedrigung. Und ihr war auch, als müsse sie trostlos weinen, weil sie ihm nicht zeigen durfte, was er ihr geworden war. Sie verlangte danach, ihn zu beglücken durch das Geständnis, daß sie ihn liebte und Hans von Dorneck nie geliebt hatte, und wußte doch, daß sie ihm das noch nicht sagen durfte.

Er hatte die Zügel seines Pferdes um seinen anderen Arm geschlungen und führte es neben sich her. Es war ein seltsames Wandern zu zweien, und sie wußten beide, daß sie dieses Wandern durch den schattigen Wald nie vergessen würden. Es war mit tausend Schmerzen und tausend Sorgen und auch mit tausend süßen Freuden und froher Hoffnung gefüllt.

Henner Stolberg fühlte ein heißes Glücksgefühl, als Senta so vertrauensvoll an seiner Seite ging, und weil er wußte, daß sie Dorneck nicht mehr liebte, wenn sie ihn je geliebt hatte. Jetzt war wieder das sieghafte Kraftgefühl in ihm, das ihm sagte, er werde sich ihre Liebe erringen können, wenn er nur Geduld hatte. Daß ihm diese Liebe schon gehörte, und nicht erst seit heute, daß sie Senta nur nicht erkannt hatte, weil sie sich noch immer eingeredet hatte, Dorneck zu lieben, ahnte er nicht.

19

Henner und Senta traten in das Verwalterhaus, und Franz sagte ihnen, der gnädige Herr befinde sich in seinem Zimmer. Sie gingen beide hinauf zu ihm, und Henner hielt in aller Form um Sentas Hand an.

»Senta will meine Frau werden, Herr von Erlach, und wir bitten um Ihren Segen«, sagte er.

Herr von Erlach war völlig fassungslos. Aber nur zu gern gab er seine Einwilligung und seinen Segen. Er wußte das Schicksal seiner Tochter in Henners Händen gut aufgehoben.

Nachdem Henner noch allerlei mit dem alten Herrn besprochen hatte, verabschiedete er sich; denn er fühlte, daß Senta jetzt Ruhe brauche, um die Erschütterung zu verwinden, der sie ausgesetzt gewesen war. Er verabschiedete sich mit einem Handkuß von ihr und sagte ihr, daß er ihr Malgerät holen lassen werde.

»Es ist wohl besser, Senta, wenn du dich jetzt erst einige Zeit erholst, und dann malst du erst das Bild im Park. Ich möchte dich jetzt nicht im Wald allein wissen«, sagte er bedeutungsvoll.

Sie nickte ihm zu mit einem scheuen, befangenen Lächeln.

»Ja, Henner, ich werde deinen Wunsch erfüllen«, sagte sie leise.

Es war das erstemal, daß sie ihn Henner nannte, und er biß die Zähne zusammen, um seine Fassung nicht zu verlieren. Schnell ging er davon.

Herr von Erlach umfaßte seine Tochter.

»Ich bin so glücklich, Senta, daß du diesem wertvollen Mann deine Liebe geschenkt hast.«

Sie sah ihn aus umschatteten Augen an.

»Ja, Vater, er ist wirklich ein wertvoller Mensch, das weiß ich nur zu gut. Aber wie es kam, daß er mir seine Hand bot, das muß ich dir sagen. Dann wirst du ihn noch höher einschätzen. Ich bin etwas aus den Fugen, Vater, aber ich muß dir alles sagen, ich mag kein Geheimnis mehr vor dir haben. Ich — hatte mein Herz an Hans von Dorneck verloren, glaubte ich wenigstens.«

Er sah sie erschrocken an.

»Senta! Um Gottes willen!«

»Ja, Vater, und noch gestern wäre es mir unmöglich erschienen, daß ich je einem anderen Mann angehören könne als ihm.«

Er war in einen Sessel gesunken und sah sie mit großen Augen an.

»Du mußt mir jetzt alles sagen, Senta!«

Sie nickte und beichtete ihm alles, nichts verschwieg sie ihm, nur von dem Gefühl sprach sie nicht, das ihr Henner eingeflößt hatte und das nur wie eine Ahnung in ihr geschlummert hatte, seit Henner gesagt hatte, daß er eine Frau heimführen würde, für die er die ehemaligen Zimmer ihrer Mutter bestimmt hatte. Das wollte auch dem Vater gegenüber nicht über die Lippen, dies Geheimnis war ihr selbst noch zu neu und unfaßbar, als daß sie darüber hätte sprechen können.

Als sie von der seltsamen Verlobung mit Henner berichtet hatte, schwieg sie still und sah den Vater mit bangen Augen an.

Dieser hatte die Hände geballt, als er hörte, wie schmachvoll sich Dorneck benommen hatte. Und jetzt brach es aus ihm heraus:

»Dieser erbärmliche Wicht! Ich werde sofort nach Dorneck gehen und ihn zur Rede stellen. Er muß mir und dir Genugtuung geben.«

Sie faßte seinen Arm.

»Überlaß es Henner, mit ihm abzurechnen, Vater, er ist besonnen und ruhig und wird den rechten Ton finden. Zwischen dir und Dorneck könnte es zu einem Duell kommen. Ich weiß gottlob, daß Henner nie in ein Duell willigen würde, das macht mich ruhig. Mit einem Duell ist auch nichts aus der Welt geschafft. Ich war töricht und vertrauensvoll, eine größere Schuld habe ich nicht auf mich geladen. Bitte, laß die Dinge laufen, wie sie wollen, Vater, Henner wird alles viel besser in Ordnung bringen.«

Ihr Vater atmete schwer.

»Du magst recht haben, aber ich möchte doch Herrn von Dorneck für seine unverschämte Dreistigkeit ins Gesicht schlagen. Henner wird ihm aber nichts schenken, davon bin ich überzeugt, und damit muß ich mich abfinden. Ach, Kind, er ist ein so herrlicher Mensch, wenn du das nur recht begreifen könntest.«

»Ich kann es schon begreifen, Vater.«

»Er wäre es wert, geliebt zu werden, so recht von Herzen.«

»Ja, ja, tausendmal ja! Und — ich werde es gewiß lernen, ihn zu lieben, sei nur ganz ruhig«, sagte sie aufatmend, mit seltsam leuchtenden Augen.

Der alte Herr sah sie unsicher an und überlegte, dann richtete er sich plötzlich entschlossen auf.

»Ich will dir helfen, ihn lieben zu lernen, mein Kind. Du hast mir eine Beichte abgelegt, die dir schwergefallen ist. Ich will mich von dir nicht beschämen lassen und dir auch eine Beichte ablegen. Diese Beichte wird dir Henner in einem noch helleren Licht erscheinen lassen, auch du mußt jetzt alles wissen, damit du ihn recht kennenlernst. Er wird mir zwar zürnen, daß ich dir von allem, was er für uns getan hat, sprechen werde, aber ich fühle, jetzt muß es sein, jetzt darf ich weder mich noch deinen Stolz schonen.«

Unruhig sah sie ihn an.

»Was werde ich hören müssen, Vater? Mir scheint, dieser Tag ist da, mir allerlei unliebsame Überraschungen zu bereiten.«

Er fuhr sich über die Stirn.

»Eine frohe Überraschung wird es wirklich nicht sein, aber du wirst die ganze Größe und Güte Henners erst erkennen, wenn ich dir alles gesagt habe. Höre zu, mein Kind, wenn du dein Vaterhaus nach langer Abwesenheit nicht als arme, hilflose Waise betreten hast, dann hast du das nur Henner zu danken.«

Sie wurde sehr blaß und sah ihn erschrocken an.

Er nahm ihre Hand und beichtete ihr alles, was geschehen war am Tage der Versteigerung von Erlachhausen, wie Henner ihn vor dem Selbstmord bewahrt hatte und ihm eine neue Lebensmöglichkeit geschaffen hatte. Auch das sagte er ihr, daß Henner das alles nur getan hatte aus Dankbarkeit gegen ihre Mutter, weil sie ihm ein wenig Güte und Freundlichkeit geschenkt hatte.

»Damals kannte und liebte er dich noch nicht, mein Kind, es war wirklich nur eine großherzige Dankbarkeit gegen deine Mutter. Und ein Mensch, der so empfindet, muß ein großherziger, edler Mensch sein. Vielleicht trägt das dazu bei, daß du lernst, ihn zu lieben. Und nun will ich dir auch erzählen, wie dies Haus hier eingerichtet wurde. Alles hat Henner getan, ich durfte nichts anrühren, nichts bestimmen und durfte dir nichts davon sagen. Er wollte dich mit allem überraschen und hatte eine große Freude, daß wir ein behagliches Heim bekamen. Und er beschwor mich, dir nichts davon zu sagen, du solltest um alles in der Welt nicht beschämt werden. Und das, mein liebes Kind, hat er wohl aus Liebe zu dir getan, das weiß ich jetzt. Zart und taktvoll hat er es dir erspart, irgendwie beschämt zu werden. Franz hat er auch befohlen, dir nichts zu verraten. Und mir wird er sicher zürnen, daß ich dir jetzt alles gesagt habe. Aber du mußt ihn ganz kennen, Senta, mußt fühlen, wie dieser Mann dich mit seiner Liebe und Sorge umgibt. Das ist ein großes Glück für eine Frau, mein Kind, das schätze nicht zu niedrig ein!«

Wie gelähmt hatte Senta zugehört, es wühlte sie bis ins Innerste auf, und als der Vater nun zu Ende war, warf sie die Arme auf den Tisch und barg ihr Gesicht darin. Wie eine heiße Welle überflutete sie das Glücksgefühl, daß sie so geliebt wurde von diesem Mann, der ihr nicht nur Liebe, sondern auch Bewunderung abnötigte. Der Vater streichelte bewegt ihr Haar, er ahnte nicht, was in Senta vorging, glaubte sie nur von alledem erschüttert und sagte sich, er habe recht getan, ihr das alles zu enthüllen. Senta warf sich dann in seine Arme.

»Armer Vater! Armer, lieber Vater, das ist alles so schwer und doch so wunderbar. Mein Gott, wie muß er mich lieben, und wie dankbar muß ich dafür sein! Bitte, laß mich jetzt auf mein Zimmer gehen, ich muß allein sein, muß alles erst zu fassen suchen. Ich — ach Vater, ich könnte so glücklich sein und wage doch nicht, daran zu glauben. Bitte, laß mich allein sein!«

Sie küßte den Vater auf die Stirn und verließ schnell das Zimmer. Tief erschüttert sank sie in ihrem Zimmer auf den Diwan und überließ sich den widerstreitendsten Empfindungen, die ihr Herz bestürmten.

Jetzt erst kam sie dazu, sich über alles, was sie heute erlebt hatte, klarzuwerden. Da war der große Schreck, der sie überfiel, als Hans von Dorneck sie in zügelloser Leidenschaft an sich gerissen und mit seinen Küssen fast erstickt hatte. Sie hatte Henner die Wahrheit gesagt, daß sie Dorneck am liebsten ins Gesicht geschlagen hätte, wenn sie nur die Arme frei gehabt hätte. In dem Augenblick, wo seine Lippen die ihren berührten, hatte sie empfunden, daß sie ihn nicht liebte. Das begehrliche Flimmern in seinen Augen hatte sie beleidigt, entwürdigt. Entsetzen hatte sie gepackt unter seinen Küssen, nichts hatte sie empfunden von dem reinen süßen Glück, das sie sich erträumt hatte, wenn sie sich zuweilen ausgemalt hatte, daß er sie küssen würde. Ihr war zumute gewesen, als müsse sie vor Furcht und Angst laut aufschreien. Und dann, als sie sich mit aller Kraft vergebens zur Wehr setzte, ohne sich befreien zu können, hatte plötzlich Henner Stolberg vor ihr gestanden, sie war frei gewesen und sah in sein zorniges Gesicht, das er Dorneck zuwandte. Wie furchtbar war das alles gewesen! Sie hörte wohl, daß Henner von Dornecks Braut sprach, aber das berührte sie nicht so schwer wie der Gedanke, was Henner von ihr denken müsse. Das erschien ihr am quälendsten, daß er eine schlechte Meinung von ihr haben mußte. Und da wußte sie, daß sie nicht Hans von Dorneck liebte, sondern Henner Stolberg.

Ihre Liebe hatte Dorneck nie gehört, sondern nur der Idealgestalt, die sie sich von ihm gemacht hatte. Und nun gehörte sie Henner, ihm allein. Das erhellte ihre Seele wie ein leuchtender Schein. Um so gedemütigter war sie sich vor ihm erschienen.

Und dann überlegte sie jedes Wort, das Henner zu ihr gesprochen hatte, ließ jedes Wort in sich nachklingen in einer heiligen, süßen Freude. Ach, daß dieser Mann in ihr Leben getreten war, daß er ihr sein großes gütiges Herz geschenkt hatte! Wie dankbar mußte sie dem Himmel sein, und wie schmerzlich war es, daß sie ihm ihre Liebe nicht bekennen durfte, weil er sie dann für ein wankelmütiges Geschöpf halten mußte.

Henner! Henner Stolberg! Der ehemalige Bauernjunge! Wie hoch stand er über dem Freiherrn von Dorneck, der eine so niedrige Gesinnung an den Tag gelegt hatte.

Wieviel ehrerbietiger und taktvoller hatte sich Henner gegen sie benommen! Und nun war sie seine Braut! »Vater im Himmel, laß mich dieses Glück verdienen und erhalte es mir!« flehte sie inbrünstig. Sie liebte ihn, gottlob, sie liebte ihn und hielt ihn hoch in ihrem Herzen, schon ehe sie sich dieser Liebe bewußt geworden war, schon als er ihr von ihrer Mutter gesprochen hatte. Und ihre Furcht, daß er etwas Unentwegtes, Unentrinnbares für sie gehabt hatte, war nur die Furcht vor der Liebe gewesen, vor der echten, wahren Liebe, die sie noch nicht gekannt hatte.

Und aus der unruhevollen Zerrissenheit ihres Gemüts löste sich befreiend die Gewißheit, daß sie an Henner Stolbergs Seite ihr Glück finden würde. Und sie hoffte, daß alles gutwerden und sie bei ihm gut aufgehoben sein würde für alle Zeit.

Henner war mit unruhigen Gefühlen nach Hause geritten. Es wollte ihn wieder ein großes Zagen überkommen, ob er recht getan hatte, Senta an sich zu fesseln. Hatte er ihr das zumuten dürfen, da sie ihn doch nicht liebte?

Aber eine tröstende Stimme in seinem Innern beruhigte ihn. Was sie für Hans Dorneck empfunden hatte, war keine echte Liebe gewesen und hatte nicht diesem gegolten, sondern dem Ideal, das sie aus ihm gemacht hatte.

Das Blut stieg ihm wieder zu Kopf, als er daran dachte, daß dieser gewissenlose Frauenverführer sich Senta in seiner unreinen Leidenschaft genaht und sie so begehrlich geküßt hatte. Er hätte ihn am liebsten zu Boden geschlagen, als er ihn von ihr zurückgerissen hatte, und er hatte seine ganze Selbstbeherrschung aufbieten müssen, um es nicht zu tun. Dorneck war in seinen Augen ein erbärmlicher Schurke, der den stillen Frieden dieses unerfahrenen Mädchens mit seinen Verführungskünsten hatte trüben wollen. Und er fragte sich, was er tun sollte, um Dorneck für diesen Frevel zu strafen. Man durfte ihm das nicht so hingehen lassen. Er hatte ihn einen Schurken genannt und ihn wie einen Hund hin und her geschüttelt, aber das war viel zu wenig. Aber vielleicht, nein, wahrscheinlich würde Dorneck das nicht auf sich sitzen lassen wollen, er würde ihm vielleicht eine Forderung schicken. Darüber würde er nur lachen. Auf solchen Firlefanz ließ er sich nicht ein.

Vielleicht hielt ihn der hochgeborene Freiherr nicht einmal für würdig, sich mit ihm im Zweikampf zu messen, er erschien ihm wahrscheinlich nicht satisfaktionsfähig, weil er nur der Sohn eines Bauern war. Nun, mochte er sich dazu stellen, wie er wollte, der Schurke blieb gerechterweise auf Hans von Dorneck sitzen. Er würde ihn nicht zurücknehmen.

Aber wie sollte Henner sich Herrn Niemann und seinen Damen gegenüber in dieser Angelegenheit benehmen? Karola Niemann durfte nichts davon erfahren, das stand fest. Ihrer schwachen Gesundheit konnte eine so schwere Enttäuschung gefährlich werden. Ihrem Vater mußte man vielleicht alles sagen? Was würde dieser aber beschließen? Seine Tochter vor diesem Menschen bewahren? Dann war wieder Karola Niemann in Gefahr.

Er kam nicht zur Klarheit in dieser Sache. Schließlich beschloß er, abzuwarten, was Dorneck in dieser Angelegenheit unternehmen würde.

Und das sollte Henner früher erfahren, als er geglaubt hatte. Als er später in seinem Arbeitszimmer über seinen Wirtschaftsbüchern saß, fuhr ein Auto vor, und gleich darauf meldete ihm ein Diener, Herr von Dorneck wünsche ihn zu sprechen.

Henner stutzte. Was sollte das bedeuten? Sein erster Gedanke war, Dorneck abweisen zu lassen, denn er fühlte sich noch nicht ruhig genug, um sich auf seine Selbstbeherrschung verlassen zu können. Wieder stieg der heiße Zorn in ihm auf gegen den Mann, der es gewagt hatte, Senta zu beleidigen, ihre Unschuld und ihren Frieden zu bedrohen.

Aber schließlich entschloß er sich doch, zu hören, was den anderen herführte.

»Ins Empfangszimmer!« rief er seinem Diener zu.

Als dieser verschwunden war, ging Henner einigemal im Zimmer auf und ab, um sich zu beruhigen. Dann suchte er das Empfangszimmer auf und stand Herrn von Dorneck in stolzer, ruhiger Haltung gegenüber.

»Sie wünschen?« fragte er eisig.

Hans von Dorneck erhob sich verlegen aus dem Sessel, in dem er Platz genommen hatte. Sein schönes Gesicht war etwas blaß, und die Augen blickten unruhig und unsicher. Aber er zwang sich zu einem fahlen Lächeln.

»Herr Stolberg, ich bin gekommen, um eine sehr fatale und unliebsame Angelegenheit aus der Welt zu schaffen. Wir wollen es auf Kavalierart zwischen uns regeln«, sagte er, sich zu einer leichten Überlegenheit zwingend.

Henner sah ihn kalt und ruhig an.

»Was Sie Kavalierart nennen, weiß ich nicht, da dürften unsere Ansichten weit auseinandergehen. Sie wissen, ich bin als Bauer geboren und habe nicht in Ihren Kreisen verkehrt. Aber was ich Kavalierart nenne, verlangt vor allen Dingen, reinen Frauen mit der nötigen Hochachtung und Artigkeit zu begegnen.«

Dorneck hielt krampfhaft das Lächeln fest.

»Aber lieber Herr Stolberg, unter Kavalieren nimmt man doch Weibersachen nicht so tragisch.«

Henner richtete sich mit einem Ruck hoch, und seine Augen flammten gefährlich auf. »Ich bin nicht Ihr ›lieber Herr Stolberg‹, und ich verbiete Ihnen, in Verbindung mit Fräulein von Erlach so verächtlich von ›Weibersachen‹ zu reden. Sie wissen, daß sie unter meinem Schutz steht.«

»Mein Gott, so schlimm ist es ja nicht gemeint. Fräulein von Erlach trifft natürlich in dieser ganzen Angelegenheit nicht die mindeste Schuld. Sie hat einen harmlosen Scherz etwas zu tragisch genommen. Ich bitte Sie, Herr Stolberg, Sie kennen meine Braut. Sie ist ein liebes, gutes Wesen, aber mein Gott — sie hat in ihrem Äußeren einem Mann sehr wenig zu bieten, wenn er, wie ich, der Schönheit der Frauen huldigt. Was mich mit Fräulein von Erlach verband, war nichts als ein leichter Flirt. Sie war so reizend, so hilflos, das bestrickt einen Mann, der für alles Schöne schwärmt und in einer legitimen Verbindung nicht das findet, was ihn fesseln kann.«

Henner sah ihn finster an.

»Bitte, verschonen Sie mich mit diesen Erklärungen. Ich verehre und schätze Fräulein Niemann sehr und kann nicht dulden, daß Sie in meiner Gegenwart in diesem Ton vor ihr sprechen. Sie hat weiß Gott mehr positive Werte zu geben als Sie.«

»Nun ja, ihr Reichtum! Der allein hat mich gebunden.«

»Ich spreche nicht davon, sondern von ihren wertvollen Charaktereigenschaften, die Sie anscheinend noch gar nicht entdeckt haben. Und nun sagen Sie endlich, was Sie von mir wollen.«

Dorneck strich sich mit unsicherer Hand über die Stirn. »Ich wollte Sie bitten, über diese ganze Angelegenheit Stillschweigen zu beobachten, wie es in solchen Fällen zwischen Kavalieren üblich ist.«

Henner lachte hart auf.

»Ich weiß nicht, ob ich diese Gepflogenheit zu der meinen machen werde, denn ich bin mir noch nicht klargeworden, wozu ich als ehrlicher Mann verpflichtet bin.«

»Sie werden mein Unglück nicht wollen, Herr Stolberg? Ich bin zugrunde gerichtet, wenn meine Braut von der Verbindung zurücktreten würde.«

»Ihr Unglück interessiert mich nicht! Wenn ich noch nicht entschlossen bin, was ich tun soll, ist es nur der Gedanke an Fräulein Niemanns Unglück. Wenn ich mein Schweigen breche, weiß ich nicht, ob sie dies Unglück wird ertragen können, da sie sehr zart ist. Schweige ich aber, dann mache ich mich mitschuldig, denn mit einem Mann wie Sie verheiratet zu sein, halte ich für ein Unglück für eine Frau.«

»Sie gehen hart mit mir um wegen so eines kleinen Seitensprungs. Das zählt doch bei Männern nicht. Sie können versichert sein, ich habe eine bittere Lehre aus dieser Sache gezogen. Ganz gewiß werde ich mein Herz nie wieder andere als erlaubte Wege gehen lassen. Ich gebe Ihnen mein Wort, meine Braut soll sich nicht über mich zu beklagen haben, ich — ich will gutmachen an ihr. Ich bitte Sie nochmals, bedenken Sie, daß ich erledigt bin, wenn meine Braut sich von mir zurückzieht. Dorneck ist schwer belastet, ich kann meine Gläubiger nur noch mit dem Hinweis auf meine Verlobung zurückhalten, mich in dieselbe Lage zu bringen wie die, in der Herr von Erlach ist.«

»Mit dem Sie meinten, nicht mehr verkehren zu dürfen. Meinten es, obwohl Sie hinter seinem Rücken sich mit unreinen Absichten seiner Tochter näherten. Sie wollten wohl sich und den anderen Menschen einreden, daß Herr von Erlach entrechtet sei, damit er keine Rechenschaft von Ihnen fordern konnte?«

»Mein Gott, ich wollte nur nicht, daß Fräulein von Erlach mit meiner Braut zusammenkommen sollte. Ich gebe zu, daß ich unrecht getan habe.«

»Und damit halten Sie die Sache für erledigt? Daß Sie einem unschuldigen, vertrauenden Mädchen mit Ihrem falschen Spiel vielleicht das Herz brechen konnten, das zählte nicht mit? Darüber machen sich wohl Kavaliere Ihrer Art keine Kopfschmerzen?«

»Ach, glauben Sie nur nicht, daß Fräulein von Erlach das Herz brechen wird. Für sie war es nichts als eine törichte Mädchenschwärmerei. Ich war der erste, der ihr über den Weg lief, und so wurde ich ihr Ideal. Sie weiß überhaupt noch nicht, was Liebe ist, sonst wäre Sie nicht so entsetzt gewesen — über den Kuß, den ich ihr geraubt habe. Wenn ein Mädchen wirklich liebt, läßt sie sich das ruhig und gern gefallen. Ich gebe Ihnen mein Wort, es war heute das erstemal, daß es zu einem Kuß gekommen ist, und ich weiß, daß es auch das letztemal gewesen wäre ohne Ihr Dazwischentreten. Das habe ich gespürt. Sie war in ihrer Unerfahrenheit wie aus allen Himmeln gerissen, daß ich es wagte, sie ohne väterliche Erlaubnis in meine Arme zu nehmen und zu küssen.«

Hans von Dorneck glaubte zwar in seiner Eitelkeit nicht daran, daß er es nicht fertiggebracht hätte, Senta seinen Wünschen noch gefügig zu machen, und so ruhig, wie er sich zeigte, so fertig mit seiner Leidenschaft für sie war er durchaus nicht, aber er wußte, er mußte Henner Stolberg dazu bringen zu schweigen, sonst war er verloren.

Und er ahnte nicht, wie sehr seine Worte Henner beruhigten. Dieser fühlte, Dorneck hatte recht, Senta wußte noch gar nicht, was Liebe war. Das machte Henner das Herz wieder leicht und frei, und etwas milder sagte er: »Ich weiß, daß Fräulein von Erlach von dieser törichten Schwärmerei gründlich geheilt ist und daß es wirklich nichts anderes war. Denn — sie hat sich mit mir verlobt.«

Hans von Dorneck zuckte wie unter einem Schlag zusammen, und ihm war, als müsse er Henner Stolberg an die Kehle springen. Seine begehrende Leidenschaft für Senta war noch nicht erloschen, und eine glühende Eifersucht auf Henner nahm ihm fast den Atem. Aber dann sagte er sich, Senta habe die Gelegenheit ergriffen, eine gute Partie zu machen. Was blieb ihr als armem Mädchen übrig? Deshalb brauchte Sie Stolberg nicht zu lieben — sie liebte ihn auch nicht, ihre Liebe gehörte trotz allem nur ihm, und er hatte sie nur erschreckt mit seiner stürmischen Zärtlichkeit. Und er konnte sie nicht aufgeben, konnte nicht ohne die Hoffnung sein, daß sie ihm doch eines Tages angehören würde, wenn sie auch den Namen eines anderen tragen würde. Mühsam zwang er sich zur Ruhe, und mit einem bitteren Lächeln sagte er:

»Nun also, Sie sehen, daß ich ihr nicht das Herz gebrochen habe. Ich — ich gestatte mir, Ihnen zu gratulieren. Aber nun seien Sie großmütig und zerstören Sie mir nicht meine Hoffnung auf den Besitz Karola Niemanns. Ich gebe Ihnen mein Wort, sie wird es nicht zu bereuen haben, ich werde ihr zum mindesten die Illusion ihres Glückes wahren, ganz gleich, was ich dabei empfinde.«

Die letzten Worte kamen etwas gequält über seine Lippen.

Henner sah ihn ernst und forschend an.

»Ist das Ihr Ernst? Werden Sie alles tun, was in Ihrer Macht steht, ihr den Glauben an ihr Glück zu erhalten?«

Hans von Dorneck sah mit starren Augen vor sich hin. Er sah im Geist Sentas verlockende Gestalt vor sich und sagte sich, sie würde in seiner Nähe leben als Frau Stolberg. Und daran knüpften sich wieder tausend heimliche Hoffnungen. Er war überzeugt, daß Senta Henner Stolberg keinesfalls lieben konnte und daß ihre Liebe nur ihm gehörte. Seine Eitelkeit ließ keinen anderen Glauben zu. Deshalb konnte er doch Karola die Illusion ihres Glückes erhalten. Sie war ja nicht anspruchsvoll.

»Ja, es ist mir ernst«, sagte er fest.

Henner sah ihn eine Weile prüfend an, dann sagte er, sich aufrichtend:

»Nun gut, unter dieser Bedingung werde ich schweigen.«

Hans von Dorneck atmete auf.

»Ich danke Ihnen, und nun nehmen Sie bitte auch die Beleidigung wieder zurück, die Sie mir zugefügt habe. Ich — ich bin kein Schurke, sondern nur ein unglückliches Opfer der Verhältnisse. Müßte ich nicht eine reiche Frau heiraten, um Dorneck zu halten, dann — bei Gott —, dann hätte mich nichts abgehalten, Senta von Erlach zu meiner Frau zu machen.«

Es zuckte in Henners Gesicht. Jetzt lag etwas Echtes in Dornecks Worten. Und großmütig dem besiegten Feind gegenüber, sagte er ernst:

»Ich nehme den Schurken zurück.«

Dorneck verneigte sich.

»Darf ich Sie bitten, Ihrem Fräulein Braut meine demütige Bitte um Verzeihung zu überbringen, und werden Sie meine Bitte unterstützen, daß auch sie Schweigen über das Geschehene beobachtet?«

»Das will ich tun.«

»Und werden Sie beide in Zukunft, in Gegenwart meiner Braut und deren Eltern, wenigstens mit mir verkehren, als sei nichts geschehen, damit diese nichts von einer Unstimmigkeit merken?«

»Auch das verspreche ich Ihnen, schon Ihrer Braut zuliebe. Es wird sich nicht ändern lassen, daß ich Sie zuweilen mit Niemanns in mein Haus einlade, weil es auffallen würde, wenn ich Sie ausschließen würde. Ich bitte Sie, solche Einladungen nur als Form zu betrachten, der wir uns beide fügen müssen, ganz abgesehen von unseren beiderseitigen Gefühlen füreinander.«

Dorneck verneigte sich wieder.

»Sie können versichert sein, daß ich die Form streng wahren werde, und bitte Sie, keine falschen Schlüsse zu ziehen, wenn ich Ihre Einladung annehme, die ich auch gelegentlich werde erwidern müssen, wenn ich Gäste in Dorneck sehe.«

»Gut, wir verstehen uns.«

»Ich empfehle mich Ihnen!«

Damit machte Dorneck Henner eine Verbeugung, die dieser erwiderte. Dann entfernte sich Dorneck.

Henner sah ihm eine Weile mit brennenden Augen nach. Hatte er recht? Waren Sentas Gefühle für ihn nichts gewesen als eine Mädchenschwärmerei für ein unwirkliches Ideal?

Er stand lange in Gedanken versunken. Dann richtete er sich auf, und seine Augen leuchteten hoffnungsfroh.

Schnell verließ er das Zimmer und suchte den Salon auf, den einst Frau Gerda von Erlach bewohnt hatte. Hier blieb er mitten im Zimmer stehen. »Du wirst helfen, schöne, gütige Frau Gerda! Du weißt, wie sehr ich dein Kind liebe«, sagte er leise vor sich hin, als spräche er mit dem Geist der Verstorbenen.

20

Am anderen Morgen schickte Henner seiner Braut einen Strauß wundervoller roter Rosen mit einem Kärtchen folgenden Inhalts:

»Liebe Senta! Diese Rosen sollen Dir meine Grüße bringen. Bitte, sage dem Boten, wann ich zu Dir kommen darf, um mancherlei mit Dir zu besprechen. Ich hoffe sehr, daß du inzwischen einigermaßen ruhig geworden bist. Mit ergebenem Gruß und Handkuß

Dein Henner.«

Senta hatte in der Nacht wenig geschlafen, war aber wie gewöhnlich aufgestanden und hatte mit dem Vater gefrühstückt. Sie hatten beide nicht von Henner gesprochen und nicht von dem, was gestern geschehen war. Das war für Senta eine Wohltat. Sie hatte sich zur Ruhe und Klarheit durchgerungen, fürchtete aber die Berührung einer Wunde, die sich noch nicht geschlossen hatte.

Als Henners Kärtchen und seine Rosen kamen, barg sie ihr Gesicht in den taufrischen Blumen, und als sie das Kärtchen gelesen hatte, anwortete sie sogleich:

»Lieber Henner! Du kannst jederzeit kommen, ich erwarte Dich bald. Dank für Deine wunderschönen Rosen und für alles, was du für mich getan hast.

Deine Senta.«

Das waren nichtssagende Worte. Aber wieviel lag zwischen den Zeilen!

Henner ließ eine Stunde verstreichen, ehe er hinüberging,

aber dann hielt er es nicht länger aus. Und als er Senta gegenüberstand und den raschen Farbenwechsel in ihrem Antlitz sah, da war ihm, als setze sein Herzschlag aus. Er begrüßte sie aber anscheinend ganz ruhig und reichte auch ihrem Vater die Hand. Sie setzten sich alle drei nieder und besprachen mancherlei, was nötig war bezüglich der Veröffentlichung der Verlobung und allem, was damit zusammenhing. Henner wünschte nicht, daß die Hochzeit lange hinausgezögert würde.

»Du sollst als meine Braut nicht zu lange im Verwalterhaus wohnen, Senta, sollst sobald als möglich in dein Vaterhaus zurückkehren, und ich hoffe dich mit einer kurzen Frist einverstanden.«

Sie krampfte die Hände im Schoß zusammen; das sah er wohl und deutete es falsch. Beruhigend und voller Güte sah er sie an.

Und von diesem Blick bezwungen und bis ins tiefste Herz getroffen, legte sie ihre Hand auf seinen Arm.

»Bestimme du, Henner; wie du es willst, so ist es gut«, sagte sie leise.

Herr von Erlach verschwand nach diesen Worten für eine Weile. Er fühlte, es war besser, wenn die beiden jungen Menschen jetzt ohne Zeugen miteinander sprechen könnten. Und Henner sagte rasch, als sie allein waren:

»Ich will nicht, Senta, daß du unserem Hochzeitstag mit Angst und Bangen entgegensehen sollst. Du kannst ruhig sein und mir vertrauen. Ich werde dir Zeit lassen, mit dir fertigzuwerden, auch wenn du meine Frau bist. Ich dringe nur auf einen so frühen Hochzeitstermin, weil ich dich bei mir haben will. Nur dann kann ich ruhig sein.«

Da sah sie ihn mit einem Blick an, der ihn tief bewegte und ihn sehr unruhig machte. Es lag etwas in diesem Blick — wie eine süße Verheißung. Er hatte alle Selbstbeherrschung nötig, um ruhig zu bleiben.

»Ich vertraue dir schrankenlos, Henner, und weiß, daß du alles zu meinem Besten führen wirst. Du bist so großherzig und opferfreudig. Und Vater hat mir gestern alles gesagt, alles, was geschah an unserer Begräbnisstelle — und alles, was sich nachher ereignete. Ich bin so ganz durchdrungen von inniger Dankbarkeit gegen dich. Was wäre aus mir, aus uns geworden ohne deine Hilfe? Und daß ich alles so hinnehme, ohne jede Spur von Stolz, das mag dir beweisen, wie völlig ich mich dir zu eigen gegeben habe. Aus deiner Hand nehme ich alles an, ohne mich bedrückt zu fühlen, weil du eine so wundervolle Art hat, großmütig zu sein. Wenn ich dir auch mein ganzes Leben weihe, nie kann ich dir genug danken«, sagte sie mit einer solchen Innigkeit, daß ihm das Herz wie ein Hammer in der Brust schlug. Jähe Röte war ihm in die Stirn getreten.

»Wie konnte dein Vater darüber sprechen, Senta, ich wollte doch, daß dir alles verschwiegen bleiben sollte!«

»Es ist sehr gut, daß Vater mir das alles sagte, Henner. Ich weiß nun, was für ein herrlicher Mensch du bist.«

Er faßte nach ihrer Hand und legte seine Stirn darauf.

»Mache kein Aufhebens von Selbstverständlichem. Und — um Gottes willen — schaffe dir nicht auch von mir ein Ideal, Senta, ich bin nur ein Mensch mit vielen Fehlern und Schwächen. Sieh mich, wie ich bin, umkleide mich nicht mit einer Gloriole, die eines Tages von mir abfallen würde. Lerne mich so zu lieben, wie ich in Wahrheit bin, nur dann wird deine Liebe mich beglücken können.«

Wieder sah sie ihn mit einem Blick an, dessen Innigkeit ihn beunruhigte.

»Wie du bist, so bist du recht, nichts dürfte an dir anders sein«, sagte sie leise.

Und sie sehnte sich danach, ihm zärtlich über die Stirn zu streichen, sich an ihn zu schmiegen und ihm zu zeigen, wie lieb sie ihn hatte.

Er preßte seine Lippen auf ihre Hand und sah sie an, daß sie erzitterte vor Mitleid, wie er sich so um sie quälte.

›Du! Du! Ich will alles gutmachen an dir, will dich so glücklich machen, wie du es um mich verdienst‹, dachte sie sehnsüchtig.

Eine Weile sahen sie einander schweigend an, aber dies Schweigen war sehr beredt, und er dachte, wie sie wohl einen Mann ansehen würde, den sie wirklich liebte, da schon soviel Innigkeit ihm gegenüber in ihrem Blick lag.

Endlich sagte er, sich aufraffend:

»Es soll in Zukunft kein Geheimnis zwischen uns geben, Senta, so wie du mir alles anvertrauen sollst, werde auch ich dir alles anvertrauen. Deshalb sollst du es wissen, daß gestern noch Hans von Dorneck bei mir war. Aber jetzt kann ich dir nicht davon sprechen, Vater wird zurückkommen. Du begleitest mich bitte nachher ein Stück.«

Sie war blaß geworden, sah ihn aber groß und offen an.

»Es ist gut, Henner, ich werde mit dir gehen, aber wegen Vater brauchst du um das, was noch gestern war, kein Geheimnis mehr zu hüten. Ich — ich habe ihm alles gesagt, es hat mich befreit. Und das lasse dir jetzt noch einmal sagen, mit Hans von Dorneck bin ich fertig, ganz fertig geworden. Diese Nacht habe ich Zeit gehabt, über alles ins klare zu kommen, und ich weiß jetzt, einen Mann, wie er in Wirklichkeit ist, hätte ich nie lieben können. Hätte ich ihn wirklich geliebt, dann hätte ich wohl auch verzeihen können, was er mir angetan hat. Wahre Liebe muß alles verzeihen können. Aber ich kann ihm nicht verzeihen! Ich war ein verblendetes, törichtes Ding und habe nur das geliebt, was ich in meiner idealen Schwärmerei in ihm gesehen habe. Es ist nach gestern nichts übriggeblieben, was ich an ihm liebenswert finden könnte. Das wollte ich dir sagen, damit du ganz ruhig bist.«

Er barg sein Gesicht in ihren Händen.

»Sagst du das nicht nur, um mich zu beruhigen?«

Groß und ernst sah sie ihn an.

»Nein, Henner, es ist Wahrheit. Du sollst nie etwas anderes als die reine Wahrheit von mir hören.«

»Ich danke dir für dies Versprechen, ich weiß, daß du es halten wirst!«

Ehe sie antworten konnte, kam ihr Vater zurück. Er bekam nun von Henner einige Vorwürfe, daß er über alles geplaudert hatte, aber er nahm es ruhig hin, und Senta faßte Henners Hand und schmiegte ihre Wange daran. In der Gegenwart des Vaters wagte sie das. Henner hielt den Atem an, um sie in dieser ersten scheuen Zärtlichkeit nicht zu stören und zu irritieren.

Ganz blaß wurde er vor verhaltener Erregung. Und als sie seine Hand dann langsam zurückgab, streiften ihre Lippen ganz leise und verstohlen seinen Handrücken. Da stieg ihm jäh das Blut in den Kopf, und er zuckte erschreckt zusammen. Sie sah mit einem lieben Lächeln zu ihm auf.

»Das sollte ein kleines Zeichen meines Dankes sein, Henner, dafür, daß du dies Haus so schön für mich ausgestattet hast.«

Vorwurfsvoll sah er ihren Vater an.

»Auch das hast du verraten, Vater?«

»Oh, ich wäre ihm sehr böse gewesen, hätte er es mir verschwiegen, sehe ich doch nun, wie lieb du mich hast.«

Er beugte sich zu ihr hinab. »Freut es dich ein wenig — trotz allem?« fragte er mit rauher Stimme.

»Es macht mich froh und glücklich«, erwiderte sie leise und wagte nicht, ihn anzusehen.

Jetzt kam Franz herein, der auf Geheiß seines Herrn eine Flasche Wein und einige Gläser auf einem Tablett hereinbrachte. Er füllte die Gläser und reichte sie herum, und als Henner sein Glas nahm, sagte er lächelnd:

»Sie sollen der erste sein, Franz, der erfährt, daß Fräulein Senta bald wieder in das Herrenhaus hinüberziehen wird als meine liebe Frau.«

Franz war durchaus nicht überrascht.

»Mit Verlaub, Herr Stolberg, das habe ich mir schon lange gedacht.«

Da mußten die drei lachen, und Herr von Erlach sagte:

»Ich habe gewußt, Franz, daß du das Gras wachsen hörst.«

»Darf ich mir erlauben, den gnädigen Herrschaften meinen

herzlichsten Glückwunsch auszusprechen?« fragte Franz mit vergnügtem Schmunzeln.

»Das dürfen Sie, Franz, und Sie dürfen auch ein Glas Wein auf das Wohl meiner Braut trinken.«

»Das will ich gern tun. Ich wünsche Ihnen alles Glück, gnädiges Fräulein, und wenn es mir zu sagen gestattet ist, Herr Stolberg wird eine gute, liebe Frau bekommen, aber mein gnädiges Fräulein kann auch lange suchen, bis es einen gleichen Mann findet wie Herrn Stolberg.«

Senta nickte ihm zu.

»Das weiß ich, Franz.«

»Also Sie haben sich das schon lange gedacht, Franz?« fragte Henner lächelnd.

»Na, mit Verlaub, von Herrn Stolberg hab' ich's schon geahnt, als er damals für das gnädige Fräulein die schweren Möbelstücke zusammenschleppte. So etwas tut man nur aus Liebe. Beim gnädigen Fräulein hab ich's erst viel später gemerkt, vorige Woche. Da hat es Herrn Stolberg so sonderbar angesehen, als er davonging. Aber da hat es auch bei mir gedämmert.«

Senta wurde bei diesen Worten dunkelrot, und Henner sah sie mit einem so forschenden Blick an, daß sie sich abwenden mußte.

»Vater hat recht, Franz, Sie hören das Gras wachsen«, sagte sie verwirrt.

Henner aber sagte schnell:

»Nun werden Sie auch bald wieder mit Ihrem Herrn drüben im Herrenhaus wohnen, Franz.«

Franz und sein Herr sahen sich an.

»Wir können doch hier im Verwalterhaus wohnen bleiben, Franz und ich«, sagte Herr von Erlach.

Henner schüttelte den Kopf.

»Ausgeschlossen, Vater! Du wirst mit Franz im linken Seitenflügel wohnen, dort sind schon Zimmer vorbereitet. Wir haben alle Platz im Herrenhaus. Franz wird wieder nur dein persönlicher Diener, wie früher. Du traust mir doch nicht im Ernst zu, daß ich dich hier im Verwalterhaus wohnen lasse, während ich mit Senta im Herrenhaus wohne.«

Der alte Herr sah sich im Zimmer um.

»Fast ist mir dieses schlichte Heim schon so lieb geworden, daß ich mich schwer davon trennen kann.«

»Du wirst dich auch drüben wieder eingewöhnen.«

»Schade um dieses hübsche Häuschen. Soll es leer stehen?« fragte Franz bedauernd.

Henner lachte.

»Das findet wieder Verwendung. Ich werde später einen Verwalter einstellen. Wenn ich erst verheiratet bin, will ich Zeit für meine junge Frau behalten. Da darf ich nicht den ganzen Tag auf den Feldern und in den Ställen herumlaufen. Ich behalte mir nur die Oberleitung vor, die gebe ich nicht aus den Händen.«

»Du mußt mir dann gestatten, Henner, daß ich dich zuweilen auf die Felder begleite, ich — ich hoffe, daß sich in deinem Stall ein Pferd für mich finden wird«, sagte Senta bittend.

Seine Augen strahlten auf.

»Willst du das wirklich tun?«

»Sehr, sehr gern!«

»Kannst du reiten?«

»Ja, ich habe es in Montreux gelernt, ich dachte doch — aber nein, davon will ich nicht reden. Genug, ich kann reiten.«

Er küßte ihre Hand.

»Dann wird ein gutes Damenpferd für dich besorgt, das muß Vater aussuchen, davon versteht er mehr als ich. In meinem Stall stehen zur Zeit außer meinem Reitpferd nur Ackergäule. Aber das soll anders werden. Also, lieber Vater, du hast die Güte, ein Pferd für Senta auszusuchen.«

»Wie ich mich darauf freue, Henner. Ich danke dir.«

»Ich werde mir gleich meine Belohnung ausbitten«, scherzte er, nachdem Franz das Zimmer verlassen hatte.

Sie sah fragend zu ihm auf.

»Werde ich wirklich einmal etwas tun dürfen, um dich belohnen zu können?«

»Ja, du sollst darein willigen, daß unsere Hochzeit auf den zwanzigsten Juli festgesetzt wird.«

Sie errötete leicht, sagte aber ruhig und fest:

»Es ist mir recht, Henner. Aber hat dieser Tag eine besondere Bedeutung für dich?«

»Ja, es war an einen zwanzigsten Juli, als euer Hektor mich auf seinem Rücken ins Herrenhaus von Erlachhausen trug.«

Ihre Augen feuchteten sich.

»Das hat du dir so gut gemerkt?«

»Ja, weil am Tag darauf mein Geburtstag ist. Ich sagte es deiner Mutter, und sie schenkte mir einen Karton mit Pralinen und wunderbaren Süßigkeiten, wie ich sie noch nie gekannt hatte, darum habe ich mir das so gut gemerkt«, sagte er lächelnd.

Sie lachte.

»Oh, so prosaisch!«

Er nickte ernst.

»Du sollst mich kennenlernen, wie ich bin, ohne alle idealen Eigenschaften.«

Mit einem Schelmenlächeln sah sie ihn an.

»Ich finde es aber gerade sehr liebenswert, daß du gern Süßigkeiten gegessen hast.«

Er seufzte scherzhaft, war aber von ihrer Schelmerei entzückt.

»Du wirst aus allen Himmeln stürzen, Senta, wenn du erst meine Fehler entdeckst.«

Mutwillig schüttelte sie den Kopf.

»Nein, ich denke, daß ich auch deine Fehler liebenswert finden werde.«

»Das würde mich sehr glücklich machen. Also bleibt es beim zwanzigsten Juli?«

»Mir ist alles recht, was du bestimmst. Also am einundzwanzigsten Juli ist dein Geburtstag?«

»Ja.«

»Wie alt wirst du dann?«

»Vierunddreißig.«

Sie sah ihn prüfend an.

»Als ich dich das erstemal in der Halle stehen sah, da erschienst du mir älter. Du sahst so ernst, fast hart aus. Und das machte dich älter.«

»Ehe ich dich kannte, hat mich das Leben immer nur hart angefaßt. Du wirst mir helfen, wieder jung zu sein.«

»Gern, oh, wie gern, Henner! Hoffentlich gelingt es mir«, sagte sie so innig, daß er die Zähne zusammenbeißen mußte, um seine Fassung zu behalten.

Sie besprachen noch allerlei. Dann erhob sich Henner und bat seinen Schwiegervater, er möge gestatten, daß Senta ihn ein Stück begleite. Und unterwegs erzählte er ihr dann von Hans von Dornecks Besuch.

Ziemlich wortgetreu schilderte er ihr die Unterredung, die er mit ihm gehabt hatte, er beschönigte nichts, ließ auch nichts aus, was Dorneck entlasten konnte. Auch Dornecks Bitte um Verzeihung übermittelte er ihr. Nur den Namen seiner Verlobten verschwieg er ihr. Sie hatte zugehört mit zusammengepreßten Lippen, und als er zu Ende war, sagte sie leise:

»Ich will mich bemühen, ganz zu vergessen, daß er einmal in mein Leben getreten ist, und hoffe, daß es mir gelingen wird.«

Er sah sie forschend an.

»Wirst du es über dich gewinnen, ihm in Gesellschaft ruhig gegenüberzustehen? Es wird sich nicht vermeiden lassen.«

Mit ruhigem Blick sah sie zu ihm auf und legte die Hand auf seinen Arm.

»Du wirst bei mir sein, und ich werde ihm begegnen wie einem fremden Menschen.«

Er drückte ihre Hand an sich.

»Das macht mich froh. Nun weiß ich, daß du wirklich mit ihm fertig bist.«

»Ich bin mit ihm fertig«, sagte sie.

»So schnell?«

»Ja, weil er im Grunde ein mir fremder Mensch ist. Er hat sich mir so ganz anders gezeigt, als ich ihn gesehen habe. Du kannst ganz ruhig sein.«

»Ich bin ruhig, Senta, ich weiß, daß ich dir vertrauen kann.«

Ganz fest legte sie ihre Hand auf seinen Arm.

»Tu das, o bitte, tu das! Dein Vertrauen macht mich so stolz und froh. Ich danke dir dafür.«

21

Es war eine seltsame Brautzeit für Henner und Senta. Von seiner Seite war es ein unablässiges Werben um ihre Liebe, und von ihrer Seite ein Kampf, ihm ihre Liebe nicht zu verraten. Was er ihr an den Augen ablesen konnte, tat er, die verschwiegensten Wünsche lauschte er ihr ab und erfüllte sie mit einer Selbstverständlichkeit, die sie immer wieder rührte und beschämte. Und wenn sie ihn dann mit ihren schönen Augen ansah und sich einmal nicht in der Gewalt hatte, so daß ihm ihre Augen mehr verrieten, als sie wollte, da schlug ihm das Herz so laut und stark, als wollte es die Brust zersprengen, und er fragte sich dann mit heißer Freude: »Warum sieht sie mich so an? So sieht die Frau doch nur den Mann ihrer Liebe an.«

Und so gerne hätte er sie dann in seine Arme genommen und ihre Lippen geküßt, aber er fürchtete immer wieder, sie zu erschrecken. Daß ihr Gefühl für ihn täglich wärmer wurde, fühlte er, aber er sagte sich immer wieder: »Es kann keine Liebe sein, noch nicht, es ist nur Dankbarkeit. Sie ist mir gut, ja, sie ist mir sicher gut, aber Liebe ist es nicht — noch lange nicht. Darauf werde ich noch warten müssen, wenn ich dieses Glück überhaupt je erringen werde.«

Aber schon dieses heimliche Suchen und Finden zwischen den beiden Menschen war so zauberhaft schön, daß beide glücklich waren. Senta blühte auf, und es schien ihm, als würde sie täglich schöner. Und wenn er sie mit hundert Aufmerksamkeiten überschüttete, so suchte auch sie immer wieder, ihm eine kleine Freude zu machen, ohne ihr Geheimnis preisgeben zu müssen. Das wagte sie nicht. Aber gerade, weil sie beide ihre Gefühle im Zaume halten mußten, wurden diese vertieft und verstärkt. Und ihre Liebe wuchs in dieser Zeit zu einem heißen, starken Gefühl von tiefer Innigkeit.

Auf ihre Verlobungsanzeigen waren viele Glückwünsche eingelaufen, und man erinnerte sich nun wieder, daß man Herrn von Erlach sehr gut gekannt hatte. Man scheute sich nicht mehr, Vater und Tochter in dem kleinen Verwalterhaus zu besuchen, denn man wußte, daß dies nur ein Zwischenspiel war und daß Vater und Tochter bald wieder im Herrenhaus wohnen würden. Und Henners Reichtum warf seinen Glanz auf die beiden bisher Vergessenen.

Henner entschloß sich nun auch, Sentas wegen mit ihr und ihrem Vater Besuche in der Nachbarschaft und in der Stadt zu machen. Denn er wollte nicht, daß Senta zurückgezogen und einsam in Erlachhausen lebte; ihre Jugend sollte zu ihrem Recht kommen.

Auch in dem Niemannschen Hause hatten sie Besuch gemacht und waren sehr herzlich aufgenommen worden. Senta fühlte sich sehr sympathisch berührt durch Karolas feinsinnige, gütige Art. Sie kam ihr herzlich entgegen, und Karola fragte Henner lächelnd: »Darf ich Ihnen etwas verraten?«

»Ich bitte darum«, sagte er lächelnd.

»Schon bei Ihrem ersten Besuch habe ich gewußt, daß Fräulein von Erlach Ihre Frau werden würde.«

»Wirklich?«

»Ja, fragen Sie Mutter. Sie wollte Sie gern verheiraten, sie kann heiratsfähige Männer, die nicht heiraten, nicht leiden. Und da suchte sie nach einer passenden Partie für Sie, weil Sie ihr so gut zu einem Ehemann zu passen schienen. Aber als ich Sie dann von Fräulein von Erlach hatte sprechen hören, sagte ich Mutter, sie möge sich nicht mehr um Sie bemühen; soviel ich wüßte, müsse Ihr Herz schon an Fräulein von Erlach vergeben sein.«

Senta sah Henner errötend an, und er nickte ihr zu.

»Siehst du, Senta, ich habe dir gesagt, daß Fräulein Niemann sehr klug und sehr feinfühlig ist. Aber, mein gnädiges Fräulein, ich möchte gern wisen, wie ich mich Ihnen verraten habe?«

Karola sah lächelnd zu Senta hinüber.

»Es ist der Ton, der die Musik macht. Als Sie von Fräulein von Erlach sprachen, war soviel Wärme in Ihrer Stimme, und in Ihren Augen lag ein eigenes Licht. Da wußte ich gleich Bescheid.«

›Wie nötig dieser scharfe Blick Karola Niemann bei ihrem Verlobten gewesen wäre‹, dachte Henner.

Aber da, wo Frauen lieben, versagt eben der Scharfblick.

Nach einer Weile sagte Karola lächelnd:

»Fräulein von Erlach kann nun auch wissen, daß ich verlobt bin. Morgen sollen die Verlobungsanzeigen versandt werden. Mein armer Bräutigam ist auf eine lange und harte Probezeit gesetzt worden, aber endlich hat Vater ein Ende gemacht.«

Henner war besorgt um Senta und griff nach ihrer Hand, sie auf diese Art zwingend, ihn anzusehen. Und in seinen Augen las sie einen Warnungsruf. Ihre Hand mit festem Druck in der seinen haltend, sagte er: »So kann ich dir nun sagen, Senta, Fräulein Niemann wird in Zukunft unsere Gutsnachbarin werden. Sie ist mit Herrn von Dorneck verlobt.«

Senta zuckte nicht mit der Wimper, Henners Vorbereitung hatte sie ahnen lassen, was sie hören würde. Sie warf nur einen Blick zu Karola hinüber, und ihr Herz war voll Mitleid.

»Ja, Fräulein von Erlach, ich freue mich, durch meine Heirat in Ihre Nähe zu kommen.«

Ruhig wünschte ihr Senta Glück und sagte ihr, daß sie sich auch sehr freuen werde, so angenehme Nachbarschaft zu erhalten.

Henner war sehr zufrieden mit ihr. Und Karola sagte herzlich:

»Wir werden hoffentlich recht gute Freundinnen mit der Zeit werden, mein gnädiges Fräulein!«

Senta lächelte ihr zu, das Herz voller Erbarmen,

»Ich werde mich bemühen, recht gut Freund mit Ihnen zu zu sein.«

Karola wehrte hastig ab.

»O nein, nicht bemühen, so etwas muß von selbst kommen.«

»Sie haben recht, ich glaube schon jetzt, daß es von selber kommen wird.«

»Das ist sehr reizend von Ihnen. Ich weiß schon heute, daß ich Ihnen sehr gut sein werde.«

Als Henner und Senta von diesem Besuch nach Hause fuhren, faßte sie seine Hand mit warmem Druck und sah ihn mit ihren samtbraunen Augen wieder einmal an, daß er nur mit Mühe seine Ruhe behalten konnte.

»Ich danke dir, Henner, daß du mich durch deinen Händedruck warntest, sonst hätte ich mich doch vielleicht verraten, als ich erfuhr, daß Fräulein Niemann mit Herrn von Dorneck verlobt ist. Ich ahnte es, als sie von ihrer Verlobung sprach. Die Ärmste! Wieviel beneidenswerter bin ich doch als sie, obwohl sie reich ist und ich ein armes Mädchen bin. Sie wird nur ihres Reichtums wegen begehrt, und ich —«

Sie konnte nicht weitersprechen, die tiefe Bewegung, die sie befiel, ließ es nicht zu.

»Und du?« fragte er, ihre Hand mit festem Druck umschließend.

»Und ich werde so sehr geliebt, so viel mehr, als ich es verdiene.«

Seine Augen strahlten auf wie immer, wenn sie verriet, daß sie mit ihrem Los zufrieden war.

»Liebe geht nicht nach Verdienst, Senta, aber du verdienst meine Liebe ganz gewiß.«

Sie machte ein trauriges Gesicht.

»Lange nicht genug, Henner.«

»Darüber streiten wir nicht, da mußt du mir das Urteil überlassen«, sagte er lächelnd.

Hans von Dorneck war Senta noch nicht wieder begegnet, und doch fürchtete sie jedesmal, wenn sie den Park von Erlachhausen verließ, eine Begegnung mit ihm. Sie wußte, daß sie ihm nicht ruhig gegenübertreten könnte, nicht, weil er ihr noch etwas gegolten hätte, sondern weil noch immer die Scham in ihr brannte, daß er gewagt hatte, sie zu küssen, so zu küssen. Aber nun hatte Henner Einladungen verschickt zur Einweihungsfeier seines Heims. Auch Herrn von Dorneck hatte er eingeladen, und dieser hatte die Einladung angenommen, wie es besprochen worden war zwischen Henner und ihm.

Henner zeigte Senta die Zusage.

»Wirst du tapfer sein können, Senta, traust du dir zu, ihm zu begegnen?« fragte er besorgt.

Sie sah ihn ruhig an.

»Du brauchst nicht in Sorge zu sein. Ich sagte dir, er ist ein fremder Mensch für mich.«

Er nickte ihr vertrauensvoll zu.

Und der Abend kam heran, an dem Henner zum erstenmal Gäste in seinem Heim empfing. Er hatte Herrn von Erlach gebeten, mit Senta etwas früher herüberzukommen, damit sie am Empfang der Gäste teilnehmen konnten. Und so erschienen Vater und Tochter etwas zeitiger. Henner kam ihnen in der großen Halle entgegen.

Zum erstenmal sah Senta Henner im Frack, und sie war erstaunt, wie vorteilhaft er in diesem sehr kleidsamen Anzug aussah. Seine hohe, kraftvolle und doch schlanke Erscheinung war ihr noch sie so bedeutend erschienen. Niemand würde ihn für den Sohn eines Bauern halten. Als sie ihren Mantel abgelegt hatte, sah sie erwartungsvoll zu ihm auf, ob auch er mit ihrem Aussehen zufrieden war. Und sie erschrak fast ein wenig vor dem jähen Aufleuchten seiner grauen Augen. Henner hatte Senta bisher immer nur in schlichten Kleidern gesehen. An diesem Abend aber hatte sie sich ein sehr elegantes Abendkleid aus Berlin kommen lassen. das hatte sie von ihrem selbstverdienten

Geld bezahlt, wollte sie sich doch den Gästen ihres Verlobten in einer seiner würdigen Aufmachung zeigen.

Sie stand vor Henner in einem Kleid von zartblauer Pastellfarbe. Es umgab ihre schlanke Gestalt in leichten, anmutigen Falten. Arme und Nacken waren frei, und Henner ließ seine Augen bewundernd auf diesen klassisch schönen Linien ruhen. Ihr leichtgelocktes goldbraunes Haar wirkte in der reichen Lichterfülle besonders hell und glänzend. Sie trug die Perlenschnur, die ihr Henner als Verlobungsgeschenk gebracht hatte, um den schlanken Hals. Sonst trug sie keinen Schmuck, nur noch den schlichten Verlobungsring. Aber sie sah in diesem vornehmen, eleganten Anzug so sinnverwirrend schön aus, daß Henner mehr Kraft brauchte als sie, um seine äußerliche Ruhe zu bewahren. Als sie das jähe Aufleuchten seiner Augen sah, war sie zufrieden. Welche Frau möchte nicht dem geliebten Mann gefallen. Sie wich freilich schnell seinem Blick aus und beschäftigte sich mit der kleinen, mit Straßsteinen besetzten Handtasche. Aber ihr Vater fragte, stolz auf seine schöne Tochter:

»Nun, Henner, wie gefällt dir Senta in ihrer neuen Toilette?«

Henner zwang sich zur Ruhe, aber seine Stimme bebte leise, als er sagte:

»Ich bin ein ungelenker Bär und nicht imstande, meiner Bewunderung den richtigen Ausdruck zu geben. Aber ich finde, daß Senta wie eine Märchenfee aussieht, die sich unter arme Sterbliche verirrt hat.«

Senta erglühte unter diesen Worten, und das machte Henner nicht ruhiger. Sie lächelte schelmisch und sagte:

»Für einen ungelenken Bären hast du dich eben recht poetisch ausgedrückt.«

Er zog ihre Hand an seine Lippen.

»Selbst einen Bären machst du poetisch, Senta«, sagte er mit etwas rauher Stimme, und er sah auf ihren blaßroten, schön geschweiften Mund und fragte sich, wie lange er wohl noch warten müsse, bis er ihn küssen durfte. Noch hatten seine Lippen die ihren nicht berührt. Ihm war, als müsse er ihr Zeit lassen, Hans von Dornecks unreine Küsse zu vergessen. Er wollte sie nicht bestürmen mit seiner Liebe, wie er es ihr versprochen hatte. So sehr er sich nach einem Kuß von ihr sehnte, fürchtete er doch, daß sie erschrocken zurückbeben könne. Auch wenn sie sich seinen Kuß würde gefallen lassen, er würde das leiseste Zucken der Abwehr spüren, und es würde ihn viel unglücklicher machen als seine ungestillte Sehnsucht. Lieber verzichtete er auf ihre Küsse, bis sie ihn selber fühlen ließ, daß er sie küssen durfte.

Wenn er geahnt hätte, wie es in Sentas Herzen aussah, wie glücklich hätte ihn das gemacht! Aber sie wagte noch nicht, ihm ihre Liebe unverhüllt zu zeigen, wenn sie sich auch zuweilen durch einen raschen Blick verriet. Er glaubte dann immer, sich getäuscht zu haben, so schnell zeigte sie ihm dann immer wieder eine ruhige Freundlichkeit.

Herr von Erlach sah in seinem Frack sehr vornehm aus. Er war ganz der Kavalier der alten Schule. Aber Henner konnte sich sehr wohl neben dieser eleganten, vornehmen Gestalt des alten Freiherrn behaupten. Seine stattliche Erscheinung hielt jeden Vergleich aus. Und als Senta ihn verstohlen betrachtete, jubelte ihr Herz:

Er ist ein Mann, nehmt alles nur in allem,
Ich werde nimmer seinesgleichen sehen.

Und ein leichtes Erbeben ging über sie dahin.

Henner hatte ihr den Arm gereicht und führte sie in das große Empfangszimmer, wo die Gäste erwartet wurden.

Diese fanden sich nun auch ein. Es wurde eine sehr zahlreiche Gesellschaft. Henner hatte lachend zu Senta gesagt:

»Ich stürze mich kopfüber in diese erste Gesellschaft in meinem Hause, mögen alle kommen, die Lust haben. Wenn ich lange zögere, kommt der Bauer zum Vorschein, und ich bekomme Angst. Je schneller ich es überstanden habe, desto leichter wird mir zumute sein.«

Aber sie fand, daß er sich tadellos mit seiner Rolle als neuer Herr von Erlachhausen abfand und daß ihm niemand anmerken konnte, daß er nicht in diesem Haus geboren war.

Oh, wie stolz war Senta von Erlach auf ihren Verlobten!

Schnell füllten sich die Räume. Und da fühlte Senta, wie Henners Arm leicht zusammenzuckte. Das war ein Alarmzeichen für sie, er war größer als sie und konnte über die vor ihm Stehenden hinwegblicken. Sicher hatte er Dorneck gesichtet.

Sie wurde ein wenig blaß, blieb aber ruhig. Henner sah zu ihr hinab und drückte ihren Arm an sich.

»Familie Niemann und Herr von Dorneck«, sagte er leise.

Sie nickte ihm lächelnd zu. Und gleich darauf standen die vier Personen vor ihnen. Henner begrüßte Frau Niemann mit einem Handkuß, und zur gleichen Zeit begrüßte Senta Karola sehr herzlich. Dann begrüßte sie auch Frau Niemann und ihren Gatten. Und nun stand Hans von Dorneck vor ihr. Karola sagte lächelnd:

»Jetzt will ich Ihnen meinen Verlobten als Ihren Gutsnachbarn vorstellen, Fräulein von Erlach. Sie kennen ihn wohl noch nicht?« Und der Stolz auf Dornecks glänzende Erscheinung leuchtete aus Karolas Augen.

Senta vermied es, diese Frage zu beantworten. Stolz und fremd sah sie in Dornecks ein wenig blasses, zuckendes Gesicht. Er verneigte sich vor ihr und sprach einige gleichgültige Begrüßungsworte. Wenn sie wirklich noch eine leichte Unruhe verspürte, so hätte sie ihr niemand anmerken können, selbst ihr Verlobter nicht, der sie mit sorgender Unruhe beobachtete.

In Hans von Dorneck aber stürmte es unruhig, und er hatte alle Selbstbeherrschung nötig, um seine Haltung bewahren zu können. Auch er sah Senta heute das erstemal in großer Toilette, und ein brennender Schmerz durchzuckte sein Herz. Wenn er auch nur eine unreine Leidenschaft für Senta empfunden hatte, so brannte diese doch noch immer heiß in seinem Innern. Es überkam ihn ein Gefühl, als müsse er sie von Henners Seite reißen, als müsse er die reizlose Braut von sich stoßen und Senta vor aller Augen in seine Arme ziehen mit dem Ruf: »Sie ist mein!«

Er wollte es nicht glauben, daß sie ihn nicht liebte, und als er nun vor ihr stand, brannten seine Augen einen Augenblick mit dem alten betörenden Feuer in die ihren. Es beirrte ihn auch nicht in seinem Glauben, daß ihn nur ein großer, fremder Blick aus ihren Augen traf. Sie durfte als Braut Henner Stolbergs nicht verraten, daß sie ihn noch immer liebte. Ach, daß er nur fünf Minuten hätte mir ihr allein sein können, er hätte sie gezwungen, ihm zu gestehen, daß ihre Liebe ihm, nur ihm gehöre.

Aber nun wurde er von ihr fortgedrängt, andere Gäste trafen ein und mußten begrüßt werden.

Henner drückte Sentas Arm an sich und flüsterte ihr zu: »War es schlimm?«

Sie sah in sein besorgtes Gesicht, und ein warmer, vertrauender Blick traf seine Augen. Sie vermochte zu lächeln.

»Nein, es war nicht schlimm, du warst ja bei mir«, sagte sie innig.

Das berührte ihn wunderbar, er hätte laut aufjubeln mögen, weil ein so schrankenloses Vertrauen in ihren Worten und ihrem Blick lag.

Im Lauf des Abends versuchte Hans von Dorneck immer wieder, Senta für einige Minuten von der Gesellschaft zu isolieren. Er merkte nicht, daß sie ihm auswich, wenn er sich in ihre Nähe drängte. Konnte und wollte er doch nicht glauben, daß er völlig aus ihrem Herzen verdrängt worden war. Er kannte seine Macht über Frauenherzen und vermochte nicht zu fassen, daß diese Macht auf Senta keinen Einfluß mehr ausüben konnte. Nie war ihm Karola so reizlos erschienen wie heute, obwohl sie in einer eleganten Toilette aus weißer, perlenbestickter Seide sehr vorteilhaft aussah. Immer wieder suchten seine brennenden Augen Sentas bezaubernde Erschienung, die auch die bewundernden Blicke der anderen Herren auf sich zog.

Nur mit Aufbietung aller Selbstbeherrschung war es ihm möglich, den zärtlichen Bräutigam zu spielen, und er betrachtete dies als eine harte Fron.

Senta wurde immer ruhiger, je weiter der Abend vorschritt. Nachdem sie dieses erste Wiedersehen mit Dorneck überwunden hatte, fühlte sie sich von einem Alp befreit. Sie zog im stillen Vergleiche zwischen Henner und Dorneck, und sie fielen alle zu Henners Gunsten aus. Unstreitig war Hans von Dorneck die blendendste Erscheinung unter den Herren, aber wieviel wertvoller war Henner, wieviel imponierender und interessanter! Sie konnte nicht verstehen, daß sie Dornecks zwar schönes, aber nichtssagendes Gesicht so bezaubernd gefunden hatte. Und wenn sie dann Henners Augen begegnete, die mit so sorgender Liebe an ihr hingen, dann ging ein leises Zittern über sie hin, und das reizende Farbenspiel in ihrem Gesicht hätte ihm verraten müssen, daß sie ihm längst nicht ruhig und gleichmütig gegenüberstehen konnte.

Und einmal, als er sie wieder so zärtlich besorgt ansah, fragte sie sich ganz erschüttert: »Womit habe ich es verdient, daß dieser wertvolle Mann mich so sehr liebt? Wie kann ich ihm je diese Liebe danken?«

Sie wußte nicht, daß ihn ihr zages, scheues Lächeln schon reich belohnte.

Seit diesem Abend fürchtete Henner nicht mehr, daß Sentas Gefühle für Hans von Dorneck wieder aufwachen könnten. Er spürte mit Gewißheit, daß sie wirklich für alle Zeit mit ihm fertig war. Aber er spürte auch, daß Dorneck durchaus noch nicht mit seiner Leidenschaft für Senta abgeschlossen hatte, und deshalb würde er Senta gut vor ihm beschützen müssen.

22

Senta war noch mehrere Male mit Hans von Dorneck in Gesellschaft zusammengetroffen, denn sie wurde mit Henner und ihrem Vater in dieser Zeit viel eingeladen. Auch bei Niemanns trafen sie bei einer Festlichkeit zusammen. Und Senta stand Dorneck immer kühl und fremd gegenüber und beschränkte sich darauf, einige förmliche Worte mit ihm zu sprechen, wenn sie es nicht überhaupt vermeiden konnte.

Immer wieder hatte Dorneck vergeblich versucht, ein Alleinsein mit ihr herbeizuführen. Er hatte noch immer nicht die Hoffnung aufgegeben, daß sie ihn liebte und ihm nur wegen seiner leidenschaftlichen Heftigkeit zürnte. Natürlich mußte sie ebenso vorsichtig sein wie er, da auch sie verlobt war. Aber nur einige Minuten mit ihr allein, dann wollte er ihre Verzeihung erringen, und sie würde ihm wieder zeigen, wie lieb sie ihn hatte, trotz allem. An diese Hoffnung klammerte er sich, weil er sonst diesen Zustand nicht ertragen hätte. Denn immer heißer brannte die Leidenschaft für Senta in seinem Herzen, und immer qualvoller war ihm der Gedanke an seine bevorstehende Vereinigung mit Karola, die ihm mit ihrer Zärtlichkeit lästig war.

Aber nie gelang es ihm, ein unbelauschtes Wort mit Senta zu sprechen. Sie wich ihm aus, oder Henner oder Karola waren an ihrer Seite. Daß sie ihm auswich, merkte er nun wohl, aber das entmutigte ihn nicht, im Gegenteil, es bestärkte ihn in der Hoffnung, daß er ihr nicht gleichgültig war. Wenn sie wirklich mit ihm fertiggewesen wäre, dann hätte sie ihm doch nicht auszuweichen brauchen.

Er ahnte nicht, daß in Sentas Herzen mehr und mehr ein verächtlicher Abscheu für ihn emporwuchs. Denn sie fühlte, daß er sie noch immer mit seiner begehrlichen Leidenschaft verfolgte, und das Mitleid mit Karola wurde stärker. Schon Karolas wegen wich sie ihm aus, wo sie konnte; wie gräßlich mußte es auf die Ärmste wirken, merkte sie, was in ihm vorging.

Sie sprach nie mit Henner darüber; denn sie schämte sich, daß Dorneck sie noch immer mit seinen unreinen Wünschen umkreiste. Sie wäre aber vor Entsetzen wie gelähmt gewesen, hätte Dorneck nur noch einmal gewagt, seiner Leidenschaft für sie Worte zu geben.

Und als fühle er ihre Angst, war Henner immer da, wenn sie ihn zu ihrem Schutz brauchte, nie mußte sie vergeblich nach ihm Ausschau halten, wie er auch immer für sie Zeit hatte, obwohl er mit Arbeit überhäuft war. Aber Herr von Erlach war sehr glücklich, ihm so mancherlei Arbeit abnehmen zu dürfen, und Henner ließ ihn ruhig gewähren, wußte er doch, welch wunderbare Trösterin die Arbeit war. Der alte Herr lebte sichtlich wieder auf, und es machte ihm Freude, am Aufbau von Erlachhausen mithelfen zu dürfen.

So kam der Hochzeitstag für Senta und Henner immer näher.

Senta hatte immer alle Hände voll zu tun, um ihre Aussteuer zu beschaffen. Sie hatte das Bild an der Parkbrücke fertig, und Henner zahlte ihr lächelnd wieder fünfhundert Mark, weil sie so herzlich große Freude am selbstverdienten Geld zeigte.

Und Senta hatte wichtig gesagt:

»Ich muß das Bild wirklich von dir bezahlt nehmen, Henner, denn wenn ich mir eine noch so bescheidene Aussteuer anschaffen will, muß ich doch Geld haben. Du bekommst ohnedies eine sehr ärmlich ausgestattete Braut, das kannst du mir glauben.«

Er küßte ihre Hände.

»Ich finde, daß meine Braut sehr reich ausgestattet ist von der Natur, und sie wird immer königlich wirken, auch im schlichtesten Gewand. Und was fehlt, liebe, teure Senta, das wirst du hoffentlich von deinem Gatten annehmen, wenn wir erst verheiratet sind.«

Sie hatte ihn groß und ernst angesehen.

»Ja, Henner, wenn ich deine Frau bin, darfst du alles für mich bezahlen, aber bis dahin reicht, was ich verdient habe, und das ist mir lieb. Wenn ich auch allen Stolz dir gegenüber begraben habe und schon zuviel von dir annehmen mußte, so will ich doch das Gefühl haben, daß ich mir das Nötigste selbst verdient habe.«

Er konnte sie so gut verstehen und drängte sie nicht. Aber den Brautstaat durfte er ihr bestellen, das konnte sie nicht hindern.

Und daß Henner diesen Brautstaat nicht schön und kostbar genug haben konnte, war selbstverständlich.

Die Hochzeit sollte im Herrenhaus gefeiert werden, denn das Verwalterhaus war zu klein; waren doch alle Nachbarn geladen und aus der Stadt die Menschen, die Henner und Senta in der letzten Zeit nähergetreten waren. Natürlich durfte man auch die Familie Niemann nicht ausschließen, was wiederum zur Folge hatte, daß auch Dorneck geladen werden mußte.

Karola Niemanns Hochzeit sollte erst im Herbst stattfinden, so wollte es ihr Vater. Und Karola sagte zu Senta:

»Bis dahin sind Sie längst wieder von der Hochzeitsreise zurück. Sie müssen auch an unserer Hochzeitsfeier teilnehmen.«

Senta versprach es, so unangenehm es ihr war, immer wieder mit Hans von Dorneck zusammenkommen zu müssen.

Das Verhältnis der beiden Verlobten zueinander wurde immer inniger und wärmer, Sentas Liebe zu Henner immer tiefer und stärker, und ihre Sehnsucht, ihm das sagen und zeigen zu dürfen, quälte sie oft. Wenn sie daran dachte, daß sie nun bald seine Frau sein würde, erbebte sie. Aber dieses Erbeben hatte nichts mit Furcht gemein. Oft, wenn sie mit ihm zusammen war, überkam sie eine heiße Sehnsucht, sich in seine Arme zu werfen und ihn zu bitten: »Halte mich fest an diesem treuen, redlichen Herzen, denn dort allein ist der Platz, an dem ich glücklich sein kann.«

Was sie für ihn empfand, war ein ganz anderes Gefühl, als sie für Hans von Dorneck empfunden hatte, es war stärker und tiefer und mit einem grenzenlosen Vertrauen gemischt. Es zuckte ihr oft in den Händen, zärtlich über sein Haar zu streichen oder ihre Wange an die seine zu schmiegen, aber sie wagte beides nicht. Enthielt er sich doch jeder Zärtlichkeit und Liebkosung. Und das fing an, sie zu beunruhigen und zu quälen.

Henner hatte scharfe Augen, denn er fühlte, daß Senta ihm innerlich immer näher kam, daß ihre Augen ihn immer zärtlicher anstrahlten, und das beseligte ihn. Aber er mahnte sich immer wieder zur Geduld. Nur nichts verderben durch das Hervorbrechen seiner Sehnsucht, solange es noch zu früh war. Er wußte, daß ihr Mund ihm entgegenblühte wie eine Knospe, die sich dem belebenden Sonnenstrahl öffnen will, aber er fürchtete, alles zu verderben, wenn er ihn zu früh küßte.

Und er ahnte nicht, wie sehnsuchtsvoll Senta seinen Kuß erwartete. Es wurde ihm immer schwerer, in ihrer Gegenwart ruhig zu bleiben, und deshalb zwang er sich zu einer gewissen Förmlichkeit, die ihn wie ein Schutzwall umgab. Und er ahnte nicht, daß sie unglücklich darüber war.

Eines Abends, als er wieder zurückhaltend gewesen war, weil er seiner nicht sicher war, und eben das Verwalterhaus verlassen hatte, saß Senta in ihrem Zimmer allein und sah mit großen, starren Augen vor sich hin. Und eine angstvolle Frage stieg in ihr auf: »Warum küßt er mich nie? Kann er nicht vergessen, daß die unreinen Lippen eines anderen Mannes die meinen berührt haben?«

Sie erschauerte und lauschte in sich hinein. Erschrocken preßte sie die Hände aufs Herz.

»Mein Gott, mein Gott, wie ich ihn liebe! Ich sehne mich nach seinen Küssen, ja, ich sehne mich danach. Warum ist er so kühl und förmlich zu mir in letzter Zeit, warum sehen seine Augen von mir fort?«

Sie sank kraftlos in sich zusammen und barg ihr Gesicht in den Händen. Eine heiße Angst war in ihr, daß sie seine Liebe verlieren könnte. So tief und stark war ihre Liebe, daß sie ein großes Leid überfiel, weil er so förmlich zu ihr war, zumal, wenn sie allein waren. Sie fand lange keinen Schlaf in dieser Nacht.

Und als sie am nächsten Tag wieder mit ihm zusammentraf, fing sie, als echte Evastochter, an, ihn in Versuchung zu führen, daß er ihre Lippen küssen sollte. Aber er tat es auch jetzt nicht, obwohl er fühlte, daß sie es wollte. Ganz sicher wollte er sein, daß sie vor seinen Zärtlichkeiten nicht zurückbeben würde, daß sie mit ihm über alle Glücksmöglichkeiten hinwegfliegen würde, ohne zu zögern, ohne sich zu wehren. Sie mußte ihm mit jeder Faser ihres Seins gehören, und weil er dessen noch nicht ganz sicher war, brachte er es über sich, die stumme Verheißung ihrer Lippen zu übersehen. Aber was kostete ihn diese Zurückhaltung! Er konnte sich nur immer mehr hinter einer ruhigen Förmlichkeit verschanzen und ahnte nicht, wie sehr er sie damit betrübte.

So kam der Hochzeitstag heran. Und die beiden Menschen begannen einander auszuweichen. Senta tat es, weil sie nicht verstehen konnte, daß er sie nicht küßte, obwohl sie es so sehnlichst wünschte und ihre Augen es ihm doch verraten mußten, und Henner, weil er fest bleiben wollte. Bald war sie seine Frau, und dann — großer Gott, dann sollte sie sich voll Wonne von ihm küssen lassen — oder es war alles verloren.

Senta fühlte mit einer unbestimmten heimlichen Angst, daß Henner sich immer mehr von ihr zurückzog, daß er ihren Blicken auswich und jedes Alleinsein mit ihr vermied. Warum geschah es? Sie fand keine andere Erklärung dafür, als daß seine Liebe für sie erkaltet sei.

Das überfiel sie wie ein heißer, brennender Schmerz. Konnte das sein? Konnte eine so starke, opferfreudige Liebe aufhören?

Sie wehrte sich, daran zu glauben, aber immer wieder stieg

diese Angst in ihr auf. Sie sagte sich, daß auch sie Dorneck zu lieben geglaubt hatte, und nun stand sie ihm kalt gegenüber. Konnte denn Henners Liebe für sie auch erloschen sein? Ach, dann war es so wenig eine echte Liebe gewesen wie die ihre für Dorneck. Jetzt, da sie die echte und wahre Liebe kennengelernt hatte, wußte sie, daß eine solche Liebe nie erlöschen konnte. Sie wußte, daß sie ihr ganzes Leben todunglücklich sein müßte, wenn sie Henners Liebe verlieren würde.

Aber was sollte sie tun, um seine Liebe zu erhalten? Sie wußte es nicht. Und wenn sie es auch gewußt hätte, sie hätte kein Mittel anwenden können, denn er wich ihr aus. Nicht eine Minute war er mit ihr allein.

Sie sah nur, daß er zuweilen blaß wurde, wenn er mit ihr und dem Vater zusammensaß, und daß seine Zähne sich dann zusammenbissen, so daß die Muskeln in seinem Gesicht spielten, wenn sie ihn bang und fragend ansah. Sie ahnte nicht, daß er dann alle Selbstbeherrschung aufbieten mußte, um sie nicht in seine Arme zu reißen und sich endlich, endlich an ihren blaßroten Lippen satt zu küssen.

Waren sie freilich in diesen Tagen in Gesellschaft zusammen, dann war er unverändert gütig, artig und ritterlich gegen sie, und ließ sie kaum aus den Augen, denn in Gegenwart von fremden Menschen brauchte er nicht Furcht zu haben, seine Selbstbeherrschung zu verlieren. Dann begann sie wieder zu hoffen, sah immer wieder voll Liebe und Innigkeit in seine Augen und sagte sich, eine Liebe wie die seine könne nie vergehen.

Wenn bei solchen Gelegenheiten Hans von Dorneck nur in ihre Nähe kam, brauchten ihre Augen Henner gar nicht lange zu suchen, dann stand er schon bereit zu ihrem Schutz. Immer war er an ihrer Seite, wenn sie seiner bedurfte. Eifersüchtig wachte er darüber, daß ihr nur kein anderer Mensch einen Dienst oder einen Gefallen erweisen konnte.

Und endlich war der Hochzeitstag angebrochen, und als Henner kam, um seine Braut im Verwalterhaus abzuholen, trat sie ihm im Brautstaat so unbeschreiblich süß und bezaubernd entgegen, daß er einen tiefen, gepreßten Atemzug ausstieß und seine Augen unbeherrscht in die ihren flammten mit einer Zärtlichkeit, die sie erbeben machte.

Dieser Blick erfüllte sie mit unsagbarer Seligkeit, er verriet ihr, daß er sie noch immer liebte wie zuvor. Sie begriff mit einemmal, daß er sich all die Zeit nur einen unerhörten Zwang auferlegt hatte. Mit einem scheuen, hingebungsvollen Lächeln sah sie ihn an, und er faßte ihre Hand, preßte sie an seine Augen, an sein Herz und an seine Lippen mit einer Inbrunst, die sie erschütterte. Und nun war sie ganz ruhig, nun wußte sie, daß er sie nur mit seiner Liebe nicht hatte beunruhigen wollen. Er hatte ihr nicht zeigen wollen, wie sehnsuchtsvoll er nach ihr verlangte.

Und sie legte ihre zitternde Hand auf seinen Arm. An der Tür, ehe er sie hinausführte, verhielt er den Schritt und sah ihr mit unruhigem Forschen in die Augen.

»Senta, gehst du diesen Weg gern mit mir? Noch ist es Zeit, wenn du dich fürchtest, ihn zu gehen.«

Sie wurde dunkelrot, stützte sich fester auf seinen Arm und sagte mit unbeschreiblicher Innigkeit:

»Mit dir bis in den Tod, Henner!«

Sie fühlte, wie sein Arm zusammenzuckte, und sah ein helles Leuchten aus seinen Augen brechen. Aber sie konnte jetzt kein Wort mehr sprechen, denn er mußte sie zu dem bereitstehenden Wagen führen. Und eine Stunde später war sie seine Frau.

Sie empfingen die Glückwünsche der Hochzeitsgäste, zuerst die des Predigers, der sie vor dem Hausaltar in dem großen Festsaal getraut hatte. Dann in langer Reihe die aller Anwesenden. Darunter auch Hans von Dorneck. Als er an sie herantrat, war er sehr blaß, und in seinen Augen brannte etwas wie Verzweiflung, als er seinen Glückwunsch undeutlich hervorstammelte. Sie achtete kaum auf ihn. Was war ihr Hans von Dorneck? Ihre Seele gehörte ihrem Gatten, ihm strömten alle Gedanken, alle Empfindungen entgegen in hingebender Sehnsucht. »Ich bin seine Frau! Ich liebe ihn!« So jauchzte es in ihrem Herzen.

Sie wußte nicht, wie sinnverwirrend schön sie aussah, merkte nicht, daß aller Augen bewundernd auf ihr ruhten, sah und fühlte nur die Augen ihres Mannes, und das barg alle Seligkeit für sie.

Die Festtafel war wundervoll gedeckt, die Hochzeitsgäste kamen auf ihre Kosten und gaben sich den Tafelfreuden mit großer Begeisterung hin.

Karola Niemann sah mit aufrichtiger Bewunderung zu Senta hinüber. Sie sagte sich, daß sie nicht eine so schöne Braut werden würde.

Aber Karola Niemann glaubte bestimmt an Hans von Dornecks Liebe. Verstohlen drückte sie den Arm ihres Verlobten und sah ihn zärtlich an, ahnungslos, daß er Höllenqualen an ihrer Seite litt. Mit einer rasenden, brennenden Eifersucht sah er auf Henner Stolbergs hohe, imponierende Gestalt, er sah das Glücksleuchten in dessen Augen, und das marterte ihn. Wie konnte dieser Mensch so unverschämt glücklich aussehen? Bildete er sich ein, daß Senta ihn liebte? Dann befand er sich im Irrtum, ihre Liebe gehörte ihm, ihm allein, wenn sie sich auch zwang, kalt und fremd an ihm vorbeizusehen.

Und er hatte das Gefühl, daß er jetzt irgend etwas ganz Unsinniges tun müsse, um diese brennende Eifersucht zu ersticken. Wenn er jetzt eine Waffe bei sich gehabt hätte, niederschießen würde er den Mann, der sich erdreistete, so glücklich an Sentas Seite zu sitzen. Er sollte, durfte nicht glücklich werden mit ihr, durfte sie nicht besitzen. Eine Wonne müßte es sein, ihn zu töten, ehe er Senta als sein Weib in die Arme nehmen durfte.

Der Gedanke, daß Henner Stolberg jetzt das Recht hatte, Senta zu besitzen, ließ ihn in dumpfer Qual aufstöhnen.

Karola hörte es und sah ihn erschrocken an.

»Hans! Liebster, was ist dir?«

Er zwang ein verzerrtes Lächeln in sein Gesicht.

»Nichts, nichts, achte nicht auf mich, ein wahnsinniges Kopfweh hat mich plötzlich befallen.«

»Oh, mein Liebster, warte, ich gebe dir meinen Migränestift, er wird dir vielleicht helfen.«

Sie kramte in ihrer Handtasche, und er starrte auf sie hinab, sah ihre überschlanken, eckigen Linien, ihr reizloses Gesicht, in dem nur die Augen schön waren, die sie jetzt auf ihre Handtasche gesenkt hatte. Und plötzlich lachte er laut und heiser auf. Es gellte über die Tafel, daß alle aufhorchten und nach ihm hinübersahen, auch Senta und Henner.

Selbstverständlich blickte auch Karola erschrocken zu ihm auf.

Er merkte, daß alle ihn ansahen, und wurde sich jetzt erst bewußt, daß er so laut aufgelacht hatte in seiner Pein, und da flüsterte er Karola zu:

»Ich lache nur, damit niemand merkt, daß ich so wahnsinnige Kopfschmerzen habe, ich bitte dich, lächle auch du, damit es nicht auffällt.«

Da versuchte Karola gehorsam zu lachen, während sie ihm den Migränestift reichte, den er auch gedankenlos gebrauchte.

Henner und Senta sahen sich an.

»Die arme Karola!« sagte Senta leise.

Er drückte ihren Arm an sich.

»So möchtest du nicht an ihrer Stelle sein?«

»Um Gottes willen, nein! Ach, Henner!«

Es lag eine verstohlene Zärtlichkeit in dem Ton ihrer Stimme. Wieder flammte sein Blick in den ihren, und wieder flog ein Erbeben über sie.

Man ließ ihnen keine Zeit zu ihrer Glückseligkeit. Das Brautpaar mußte alles über sich ergehen lassen, was eine Hochzeitsfeier mit sich bringt. Auch sie empfanden, wie manches andere Brautpaar vor ihnen schon empfunden hatte, daß die Hochzeitsgebräuche etwas Barbarisches haben.

Aber standhaft hielten sie aus und ließen alles über sich ergehen, bis es Zeit war, daß Senta sich für die Reise umkleidete.

Henner flüsterte ihr zu, es sei Zeit für sie, sich zurückzuziehen. Da gerade die Tafel aufgehoben wurde, gelang es ihr, unbemerkt zu entkommen; Henner blieb noch und deckte ihren Rückzug. Nur ihrem Vater hatte Senta stumm die Hand zum Abschied gedrückt, als sie an ihm vorüberging, und er flüsterte ihr einen Segenswunsch zu.

Aber einer von den Gästen hatte bemerkt, daß Senta sich entfernte: Hans von Dorneck. Und als er sie verschwinden sah, wußte er, daß er sie um jeden Preis noch einmal sprechen müsse, ehe sie mit ihrem Gatten abreiste. Ihm war, als könne er ihre Liebe festhalten, wenn er sie noch einmal anflehen konnte, ihn nicht zu vergessen, ihm zu verzeihen. Sagen wollte er ihr, was er heute für Qualen erduldet hatte, das würde sie weich machen, und ihre Härte und Kälte würden schmelzen. Es mußte ihre Liebe wieder erwecken, die sie ja nur niedergezwungen hatte, weil sie Henners Eigentum geworden war. Aber ihr Herz gehörte ihm, mußte ihm gehören für alle Zeit. Die Zukunft mußte ihn entschädigen für die Qualen, die er erduldet hatte.

Er flüsterte Karola zu:

»Ich möchte mich auf ein Viertelstündchen zurückziehen, Karola, und will sehen, ob mir ein Diener eine Aspirintablette oder dergleichen verschaffen kann. Entschuldige mich eine Weile.«

Sie sah ihn besorgt an.

»Soll ich mit dir gehen, Hans?«

»Nein, nein, bleibe nur, ich möchte unbemerkt verschwinden. In einer Viertelstunde bin ich, hoffentlich ohne Kopfweh, wieder bei dir.«

Sie drückte ihm die Hand.

»Mein armer Liebster!«

Er spürte ihre Zärtlichkeit kaum und verschwand.

Auch Henner hatte den Saal verlassen, um sich für die Reise

umzukleiden. Dorneck sagte sich, daß Senta früher fertig werden würde, da sie sich doch viel früher zurückgezogen hatte.

Und er hatte Glück, Senta kam wirklich früher als ihr Mann wieder herunter und betrat, sich vorsichtig umsehend, die Zimmer ihres Vaters, die im Seitenflügel lagen. Sie hatte mit Henner verabredet, daß sie sich hier treffen würden, da sie von diesen Zimmern aus unbemerkt durch eine Seitenpforte verschwinden konnten.

Sie war ahnungslos, daß Hans von Dorneck hinter einer Säule verborgen in der Halle auf sie gewartet hatte. Er folgte ihr, sobald sie in dem Zimmer verschwunden war. Als er es betrat, war es aber leer, Senta war weitergegangen. Erst im dritten Raum sah er sie mit geschlossenen Augen in einem Sessel sitzen.

Leise trat er an sie heran, so daß sie ihm nicht entfliehen konnte. Sie hörte ihn nicht auf den Teppichen, fühlte erst, daß jemand vor ihr stand, als er ganz nahe herangekommen war. Sie glaubte, es sei Henner, und schlug mit einem Lächeln die Augen auf.

Aber mit einem halberstickten Aufschrei versuchte sie aufzuspringen, als sie Dorneck erkannte und in sein blasses, von Leidenschaft entstelltes Gesicht sah.

»Was soll das? Entfernen Sie sich sofort!« sagte sie hart und laut.

Er hob flehend die Hände.

»Senta, verzeihen Sie mir, ich — ich mußte Sie noch einmal sprechen. Ich bin so grausam bestraft worden für einen Augenblick der Schwäche. Ich liebe Sie so sehr, so unsagbar! Und ich kann es nicht ertragen, daß Sie mir zürnen. So kalt und grausam waren Sie zu mir. Sagen Sir mir, daß alles nur Verstellung war, daß Ihre Liebe noch immer mir gehört. Verzeihen Sie mir, bitte, verzeihen Sie mir!«

Senta hatte sich gefaßt und sah stolz und abweisend zu ihm auf.

»Ich soll Ihnen verzeihen, und dabei beleidigen Sie mich abermals in unerhörter Weise. Verlassen Sie mich sofort, ich will kein Wort mehr von Ihnen hören«, sagte sie hart und kalt.

Er stöhnte auf.

»So grausam können Sie nicht sein! Senta, in Ihrem Herzen kann doch nicht gestorben sein, was Sie für mich fühlten. Sagen Sie mir, daß Sie mich lieben, wenn Sie mir auch zürnen.«

Sie sprang mit so flammender Entrüstung auf, daß er nun doch zurückweichen mußte.

»Ich verabscheue Sie! Sie irren, wenn Sie glauben, daß ich Sie liebe. Ich habe Sie nie geliebt, habe nur geglaubt, Sie zu lieben, als ich Sie für einen guten, edlen Menschen hielt. Nicht einmal eine Spur von Achtung haben Sie mir gelassen, ich verachte Sie. Ich liebe nur meinen Mann.«

Die letzten Worte Sentas kamen mit so schrankenloser Innigkeit über ihre Lippen, daß er daran glauben mußte. Aber er lachte in maßloser Eifersucht laut und höhnisch auf.

»Weil er der reiche Besitzer von Erlachhausen ist.«

Sie richtete sich stolz auf. »Nein, weil er ein guter, edler Mensch ist, dessen Güte mich vor Schlimmem bewahrte, ohne daß er einen Dank forderte. Ich liebe ihn, ich bete ihn an. Und nun verlassen Sie mich, sonst muß ich um Hilfe rufen, so leid mir auch Ihre arme Braut tun würde. Nur ihretwegen habe ich so lange Geduld gehabt. Gehen Sie! Ich verachte Sie!«

Da lachte er wieder heiser auf und stürmte mit verzerrtem Gesicht, vorbei an Henner Stolberg, der an der Tür zum Nebenzimmer stand. Henner hatte nach Dorneck die Zimmer seines Schwiegervaters betreten und hatte jedes Wort gehört, das hier gesprochen wurde. Erst war er maßlos erschrocken gewesen, Dorneck mit Senta zusammenzusehen, und eine Weile fürchtete er, etwas hören zu müssen, was ihn unglücklich machen würde. Aber diese Furcht fiel schnell von ihm ab, und nun stand er auf dem Sprung, einzugreifen und Dorneck gebührend in seine Schranken zurückzuweisen. Aber da stürmte dieser schon davon mit verzerrtem Gesicht und starr geradeaus gerichtetem Blick. Er ließ ihn gehen.

Senta war kraftlos zurückgesunken in ihren Sessel und schüttelte sich vor Grauen und Entsetzen. Sie war leichenblaß. Und da stand plötzlich Henner vor ihr.

Erschrocken sprang sie auf.

»Henner!

Er sah sie groß und ernst an. Auch in seinem Gesicht zuckte die Erregung. »Ja, Senta!«

Da wich die letzte Spur von Farbe aus ihrem Gesicht.

»Mein Gott, Henner, du hast gesehen, daß Dorneck mich verließ. Was mußt du denken?« fragte sie außer sich.

Er nahm ihre Hände in die seinen.

»Ich habe jedes Wort gehört, das du mit ihm gesprochen hast, Senta. Ist es wahr, was du ihm gesagt hast. Ich hörte, daß du sagtest: ›Ich liebe nur meinen Mann.‹ Ist das wahr?«

Dunkle Glut stieg in ihr Gesicht. Aber ihre Augen hingen in heißer Zärtlichkeit in den seinen.

»Ja, ja, ja! Ich liebe dich, Henner, ich liebe dich und weiß erst jetzt, was Liebe ist. Und nun muß ich dir auch sagen, daß ich dich schon lange liebe. Schon, als ich dich das erstemal drüben in der Halle stehen sah, fühlte ich, daß du mein Schicksal warst; ich wußte nur noch nicht, weshalb ich mich vor deiner Unentwegtheit fürchtete. Ich verschloß mich der Erkenntnis, solange es ging, redete mir nur um so fester ein, daß ich Dorneck liebe und an nichts anderes denken dürfe. Aber ich zog damals schon Vergleiche zwischen dir und ihm. Und ich blieb blind, bis Dorneck mich in seine Arme riß. In dem Entsetzen, das mich da vor ihm packte, erkannte ich, daß ich ihn nie geliebt habe und daß meine Liebe dir, dir allein gehörte. Oh, wie ich mich vor dir schämte, als du vor mir standest! Und wie gern ich mich in deine Arme geflüchtet hätte! Aber selbst als du mich batest, deine Frau zu werden, wagte ich dir mein Gefühl nicht zu gestehen, ich fürchtete, du würdest mich für ein wankelmütiges

Geschöpf halten. Ach, Henner, ich habe nur dich, nur dich geliebt, bitte, glaube mir das.«

Er hatte sie längst in seine Arme gezogen und sah ihr mit flammenden Augen in das bange, flehende Gesicht. Und nun blühte ihm ihr Mund entgegen zum heilig zärtlichen Brautkuß. Heiß und durstig preßte er seine Lippen auf die ihren, und sie standen in zärtlicher, glückseliger Versunkenheit, engumschlungen, und tauschten Kuß um Kuß in höchster Daseinswonne. Die Welt um sie war ihnen versunken.

Erst als drüben im Festsaal jetzt zum Tanz aufgespielt wurde, schraken sie aus dieser Versunkenheit auf. Sie sahen einander mit heißem Glücksleuchten an.

»Senta, meine süße, holde Frau, gehst du nun gern mit mir?«

Sie schmiegte sich an ihn.

»Ach Henner, mein lieber, herrlicher Mann, wie liebe ich dich, wie bin ich glücklich, daß du mich liebst, daß ich dir all deine Liebe lohnen darf. Ach, Henner, wie bang war ich die letzte Zeit, daß du mich nicht mehr lieben könntest.«

Er lächelte zärtlich und bedeckte ihren Mund, ihre Augen, ihre Hände mit seinen Küssen.

»Das konntest du glauben?«

»Du warst so förmlich, so zurückhaltend.«

»Weil ich es nicht mehr ertragen konnte, abzuwarten, bis du mir deine Liebe schenktest, bis ich dich küssen durfte.«

Sie sah ihn verschämt an.

»Und ich habe mich so sehr gesehnt, dich zu küssen und von dir geküßt zu werden.«

»Das spürte ich in der letzten Zeit, Süße, wagte aber noch immer nicht zu glauben, daß ich mich nicht irrte. Und du solltest doch nicht zurückbeben vor meinen Küssen, das — das hätte ich nicht ertragen.«

Da bot sie ihm mit einem hinreißenden Lächeln ihren Mund.

Und er küßte sie heiß und innig, und wieder versank die ganze Welt um sie her. Aber endlich richtete sich Henner auf.

»Nun komm, meine süße Frau, jetzt müssen wir unseren Gästen unser Heim überlassen, aber wir flüchten uns auf die Insel der Seligen. Ach, meine Senta, als ich hier hereinkam und Dorneck bei dir sah, da glaubte ich ihn niederschlagen zu müssen. Aber dann ließ ich ihn ruhig gehen, ich danke es ihm, daß ich zuerst von deinen Lippen hörte: ›Ich liebe nur meinen Mann!‹ Darum sei ihm verziehen, daß er abermals in deinen Frieden einbrechen wollte. Er ist ohnehin bestraft genug, daß er auf eine Frau, wie du es bist, verzichten muß. Leicht mag ihm das nicht sein, wenn er dich auch auf eine andere Art liebte als ich. Ich will ein großmütiger Sieger sein. Komm, meine Senta, es wird Zeit, sonst kommen wir zu spät zu unserem Zug.«

Und er führte sie zu der Seitenpforte, wo das Auto ihrer wartend stand. Er half ihr hinein und stieg zu ihr. Innig schmiegte sie sich an seine Seite, und ihre Hand stahl sich in die seine.

So fuhren sie dem Glück entgegen.

Ende Oktober fand die Vermählung Karola Niemanns mit Hans von Dorneck statt. Dieser hatte sich bemüht, mit seiner Leidenschaft für Senta fertigzuwerden, und seine gekränkte Eitelkeit half ihm. Daß sie ihn so kalt zurückgewiesen hatte, war eine harte Strafe für ihn gewesen. Eine Weile brannte noch die Eifersucht auf Henner Stolberg, und Karola sorgte sich sehr um ihn, weil sie glaubte, eine Krankheit stecke ihm in den Gliedern. Aber endlich fand er sich damit ab, und nun kam Karola zugute, daß Senta ihn so grausam verschmäht hatte. Es tat ihm wohl, daß sie sich so liebevoll um ihn sorgte, und er sagte sich, daß sie eine gute und bequeme Frau werden würde und daß er wenigstens in ihren Augen der Halbgott geblieben war, dem all ihre Liebe und Schwärmerei gehörte.

Und Karola war glücklich, daß er so weich und gut zu ihr war, und ahnte nicht, welchem Umstand sie es zu danken hatte. Nie hat sie es erfahren, daß Senta ihrem Glück oder dem, was sie für ihr Glück hielt, sehr gefährlich geworden war.

Henner und Senta, die so glückselig von der Hochzeitsreise zurückgekehrt waren, wie sie sie angetreten hatten, waren Karolas Hochzeit ferngeblieben. Ein Unwohlsein des Herrn von Erlach gab einen glaubwürdigen Vorwand. Senta hatte ihren Gatten gebeten, dieser Hochzeit fernbleiben zu dürfen, sie hatte Angst um Karolas Glück und wußte nicht, daß Dorneck sich in sein Schicksal gefügt hatte. Und Henner, der seiner süßen Frau jeden Wunsch von den Augen ablas, hatte natürlich eingewilligt.

In Zukunft beschränkte sich der Verkehr zwischen Dorneck und Erlachhausen fast nur auf die beiden Damen, die aber nur in Erlachhausen zusammenkamen. Nur selten ging Senta mit ihrem Gatten nach Dorneck, wenn es gar nicht zu umgehen war. Damit es Karola nicht auffiel, daß Senta nie allein nach Dorneck kam, sagte diese lachend zu Karola:

»Es ist ganz ausgeschlossen, daß ich ohne meinen Mann Erlachhausen verlassen kann, er bildet sich ein, mir könnte Gott weiß was geschehen, wenn ich ohne ihn ausgehe. Und als gehorsames Weib muß ich dieser Schwäche Rechnung tragen.«

Karola hatte das eingesehen und lächelnd erwiderte:

»So komme ich zu Ihnen, mein Mann ist nicht so ängstlich, wenn ich ihm auch immer genau Bericht erstatten muß, wo ich gewesen bin und was ich getan habe, wenn ich ausgegangen war.«

Und so fiel es Karola nicht auf, daß Senta nie allein nach Dorneck kam. Sie wurde immer sehr herzlich in Erlachhausen aufgenommen, und die beiden jungen Frauen verband eine innige Freundschaft.

Hans von Dorneck mußte doch Vertrauen zu Sentas und Henners Schweigen haben, denn er ließ seine Frau ungehindert nach Erlachhausen gehen, so oft sie wollte. Und er war sehr zufrieden, daß er Senta und ihren Gatten möglichst wenig zu sehen bekam. War er auch mit seinen Gefühlen für Senta fertiggeworden, so hatte er doch immer ein Gefühl der Beschämung zu verwinden, weil er wußte, daß er in den Augen dieser beiden Menschen ziemlich klein dastand.

Senta und Henner gingen so wenig wie möglich in Gesellschaft. Sie waren sich beide selbst genug und verlangten weder nach Zerstreuung noch nach Amüsement.

Erlachhausen kam mehr und mehr in Blüte dank Henners Tüchtigkeit, und das Erlachhausener Gestüt machte später viel von sich reden. Daran hatte jedoch Herr von Erlach das größte Verdienst, das erkannte Henner an und machte dadurch seinen Schwiegervater sehr froh und glücklich. Dieser war aufgelebt unter seinen neuen Pflichten und kam sich nicht mehr überflüssig vor.

Senta begleitete ihren Gatten meist auf ihrem schönen Goldfuchs auf seinen Ritten über die Felder. Und sie boten einen überaus harmonischen Anblick, wenn sie nebeneinander dahinflogen auf ihren Pferden. Kamen sie heim, dann hob Henner seine schöne Frau von ihrem Pferd und trug sie die Terrassentreppe empor, an der die Hellebardiere feierlich Wache hielten. Und was er ihr dann zuflüsterte, das war viel zu lieb und zu schön, als daß wir es verraten wollen.

Das Glück blieb ihnen treu.